고양이 눈 2

Cat's Eye

CAT'S EYE
by Margaret Atwood

세계문학전집 425

고양이 눈 2

Cat's Eye

마거릿 애트우드

차은정 옮김

민음사

차례

8부

반쪽 얼굴

37장

한동안 나는 교회 안에 들어가 보곤 했다. 나는 예술 작품을 보고 싶기 때문이라고 스스로에게 변명했다. 내가 무엇인가를 찾고 있다는 사실을 자각하지 못했다. 여행 안내 책자에 나와 있거나 역사적인 중요성을 가지고 있는 교회들을 일부러 찾아다닌 것은 아니었고, 예배가 진행되는 동안에는 절대 들어가지 않았다. 사실 예배라는 개념 자체가 싫었다. 내 관심을 끄는 것은 그 안에 있는 것이지 그 안에서 진행되는 일들이 아니었다. 대부분의 경우 나는 우연히 교회를 발견하고 충동적으로 안으로 들어가곤 했다.

일단 교회 안에 들어서면 건축물 자체에는 별 관심을 두지 않았다. 클리어스토리[1]와 신랑(身廊)에 대해 논문을 쓴 적이 있을 정도로 건축 관련 용어에 익숙했지만 말이다. 스테인드글라스가 있으면 그것을 바라보곤 했다. 나는 개신교 교회보다 가톨릭 성당을 선호했다. 장식적일수록 더 좋았다. 볼 것이 더 많았기 때문이다. 나는 호사스러운 화려함을 좋아했고, 금색 잎사귀와 바로크적인 과도함도 꺼리지 않았다.

나는 벽과 바닥에 새겨진 비문을 읽었다. 교회 안에 비문을 새겨 두면 신에게 더 후한 점수를 받으리라 믿었던 부유한 영국 국교도 교인들의 특이한 기벽의 산물. 영국 국교도 교인들은 누더기가 된 군대 깃발과 그 밖의 전쟁 기념물을 간직하는 것 또한 좋아했다.

그러나 내가 유달리 찾아다녔던 것은 조각상이었다. 성인들의 상, 관대에 누워 있는 십자군 전사의 상, 아니면 십자군 전사인 척하는 이들의 상, 온갖 종류의 인물 조상. 마지막에 보려고 아껴 두곤 하던 동정녀 마리아상. 나는 기대에 차 마리아상에 다가가곤 했지만 항상 실망을 거듭했다. 그것은 내가 전혀 알아볼 수 없는 사람의 상이었다. 그저 옷을 입혀 놓은 인형, 진부하게 푸른색과 흰색의 옷을 걸치고 있는 경건하고 생명력 없는 인형에 불과했다. 그것을 보고 나면 이런 것 외에 다른 무엇을 왜 기대했던 것인지 스스로도 이해할 수 없었다.

내가 멕시코에 처음 간 것은 벤과 함께였다. 우리가 함께 떠난 첫 여행이기도 했다. 나는 이것이 단지 잠시 스쳐 가는 연애일 뿐이라고 생각했다. 내 삶에 다시 남자가 들어오길 바라

---

1) 고딕풍 교회 등에서 채광창이 있는 높은 측벽을 말한다.

는지 확신이 서지 않았다. 그즈음 나는 한 남자에 대한 해결책은 다른 남자라는 생각을 다 답습해 본 상태였고, 호흡이 힘들 정도로 지쳐 있었다. 그러나 벤처럼 복잡하지 않고 쉽게 즐거워하는 사람과 있으니 안도감이 들었다.

결국 벤의 사업과도 연결이 된 두 주간의 유람 여행에서 우리는 둘만의 시간을 보냈다. 그동안 세라는 가장 친한 친구 집에서 지냈다. 우리는 베라크루스에서 여행을 시작해서 새우 요리와 여러 호텔과 바퀴벌레를 경험한 후, 차를 타고 언덕 위로 올라가 언제나 그렇듯 풍광이 아름답고 사람들이 많이 가보지 않은 곳을 찾아보았다.

호수 옆에 작은 마을이 있었다. 내장이 몸 밖으로 나와 피가 흥건히 흐르는 듯 매우 직관적인 느낌을 주었던 멕시코치고는 조용한 곳이었다. 어쩌면 그곳의 서늘함과 호수 때문이었는지도 모른다.

벤이 사진을 찍을 만한 것들을 찾으며 시장 조사를 하는 동안 나는 교회에 들어갔다. 규모가 크지 않았고 빈곤해 보이는 교회였다. 안에는 아무도 없었다. 오래된 돌과 오래된 방치의 냄새, 케케묵은 냄새가 났다. 나는 바깥쪽 통로를 걸어 다니며 더러운 기름 물감으로 아이들 숫자 색칠 그림책처럼 서투르게 그린 「십자가의 길」[2] 유화를 보았다. 그 그림은 미숙하지만 진정성이 있었다. 성실한 의도로 그린 그림이었다.

그다음에는 동정녀 마리아를 보았다. 통상적인 푸른색이나

---

2) 예수 수난의 십자가 길을 차례로 나타낸 성상이나 그림을 말한다.

하얀색, 황금색이 아니라, 검은색 옷을 입고 있었기 때문에 처음에는 동정녀 마리아인 줄 몰랐다. 왕관도 안 쓰고 있었다. 머리는 앞으로 숙이고, 얼굴에는 그늘이 지고, 손은 양옆으로 펼치고 있었다. 발치에는 양초 토막이 있었고, 검은 드레스 전체에 별처럼 보이는 것들이 잔뜩 달려 있었는데, 그것들은 동이나 주석으로 만들어진 조그마한 팔과 다리, 양, 당나귀, 닭, 하트였다.

나는 이것이 무엇을 위한 것인지 알아차렸다. 그녀는 잃어버린 것들의 동정녀, 상실된 것들을 회복시켜 주는 동정녀 마리아였다. 나무나 대리석이나 석고로 만들어진 그 모든 동정녀 상 중에서 이 상이야말로 유일하게 실제적으로 느껴졌다. 그녀에게 기도를 드리고, 그녀 앞에 무릎을 꿇고 촛불을 켜는 것은 의미가 있어 보였다. 그러나 나는 무엇을 기도해야 할지 몰라 기도하지 않았다. 무엇을 잃어버렸는지, 그녀의 드레스에 무엇을 꽂아야 할지 몰랐다.

조금 후 벤이 날 찾아왔다.

"무슨 일이에요? 바닥에 앉아서 뭐 해요? 괜찮아요?" 그가 물었다.

"네. 아무 일도 아니에요. 그냥 쉬는 거예요." 내가 말했다.

돌바닥 때문에 한기가 느껴졌고, 근육에 경련이 나 뻣뻣했다. 내가 어떻게 바닥에 주저앉게 되었는지 기억나지 않았다.

내 두 딸은 "그래서요?"라고 되받아치던 시기를 거쳐 갔다. "그래서 어쨌다는 거죠?"라는 의미다. 첫째가 열두 살인가 열세 살이 되던 즈음이었다. 그들은 팔짱을 끼고 나를, 자기들 친구를, 서로를 빤히 쳐다보았다. 그래서?

나는 말하곤 했다. "그러지 마. 미칠 것 같아."

"그래서요?"

코딜리어 역시 같은 나이에 같은 짓을 했다. 똑같이 팔짱을 끼고, 똑같이 고정된 표정을 하고, 무미건조한 시선으로 응시했다. 코딜리어! 장갑을 껴라. 밖은 무척 추워. 그래서? 나는 너희 집에 갈 수 없어. 숙제를 끝내야 하거든. 그래서?

나는 생각한다. 코딜리어, 너는 내가 아무것도 아닌 존재라고 여기도록 만들었어.

그래서?

그에 대한 대답은 없다.

38장

여름이 오고 다시 가고, 그다음에 가을, 다음에 겨울이 오고, 왕이 서거한다. 나는 점심시간에 뉴스에서 그 소식을 듣는다. 눈 덮인 거리를 따라 학교로 돌아가면서 생각한다. '왕이 서거했구나.' 그의 생전에 일어났던 모든 일은 이제 다 지난 일이 되었다. 전쟁, 한쪽 날개만 남은 비행기, 우리 집 밖의 진흙, 그 외 많은 일들이. 나는 동전에 새겨진 그의 수천 개의 머리를 생각한다. 이제 그것은 살아 있는 사람이 아닌 죽은 사람의 머리다. 동전의 문장도, 우표도 바뀔 것이다. 왕 대신 여왕의 모습이 들어설 것이다. 여왕은 이전에는 엘리자베스 공주였다. 나는 그녀가 훨씬 더 어릴 적의 사진을 보았던 것을 기억한다. 그녀에 대한 다른 기억도 있지만, 그것은 희미하게만 남아 있으며 내 마음을 막연히 불안하게 만든다.

코딜리어와 그레이스는 한 학년을 월반했다. 이제 8학년이다. 그들은 겨우 열한 살밖에 되지 않았고 동급생들은 열세 살이다. 캐럴 캠벨과 나는 겨우 6학년이다. 이제 우리 모두는 협곡 이편에 드디어 세워진 다른 학교에 다닌다. 아침에 통학 버스를 타지 않아도 되고, 점심을 지하실에서 먹지 않아도 되고, 방과 후 무너져 가는 다리를 건너 집으로 걸어오지 않아도 된다. 새 학교는 우체국처럼 보이는 현대식의 노란 벽돌 단층 건물이다. 이 학교에는 끽끽 소리가 나는 검은 칠판 대신 시력을 보호하는 부드러운 감촉의 녹색 칠판이 있고, 퀸 메리 학교의 삐걱거리는 나무 바닥 대신 파스텔색 타일이 깔린 바닥이 있다. 남학생과 여학생 문도 따로 없고 남녀가 구분된 운동장도 없다. 선생들마저 다르다. 그들은 더 젊고 스스럼이 없다. 일부는 젊은 남자 선생이다.

나는 무언가를 망각했다. 내가 망각했다는 사실조차 잊어버렸다. 이전 학교에 다녔던 것이 다섯 달 전이 아닌 오 년 전인 것처럼, 그 학교는 그저 희미하게 생각난다. 주일 학교에 가던 것은 기억나지만 구체적인 것은 기억하지 못한다. 내가 스미스 부인을 좋아하지 않는다는 것을 알지만 왜 그런지는 잊어버렸다. 기절하던 것과 접시 더미에 대해서, 시내에 빠졌던 것과 동정녀 마리아를 보았던 것에 대해서도 잊어버렸다. 내게 일어났던 모든 나쁜 일을 잊어버렸다. 비록 코딜리어와 그레이스와 캐럴을 매일 보지만 나는 이 모든 일을 다 잊어버렸다. 오직 내가 어렸을 때, 다른 친구를 사귀기 전에 그들이 내 친구였다는 것만 기억할 뿐이다. 그들과 관련된 무언가가 존재한다. 옛 전투의 날짜와 같이 매끈한 책장에 작고 건조한 글자로 새겨진 문장 같은 것. 그들의 이름은 주석에 있는 이름들, 또는 갈색 잉크로 성경책 앞장에 거미 다리처럼 각지게 써 놓은 이름들과 같다. 그런 이름에는 어떤 감정도 결부되어 있지 않다. 그것은 먼 친척, 먼 곳에 사는 사람들, 내가 거의 알지 못하는 사람들의 이름 같은 것이다. 그 시간은 사라져 버렸다.

이 사라져 버린 시간에 대해서 어머니를 제외하고는 어느 누구도 언급하지 않는다. 가끔씩 어머니가 말한다. "네가 거쳤던 그 나쁜 시기." 그러면 나는 혼란스러워진다. 어머니는 무엇에 대해 말하고 있는 것일까? 나는 이 나쁜 시기가 언급될 때 막연한 위협과 막연한 모욕을 느낀다. 나는 나쁜 시기를 거쳐 본 그런 부류의 아이가 아니다. 나는 좋은 시기만 경험했다. 6학년 학급 사진 속에서 나는 활짝 미소를 짓고 있다. "조개처럼 행복하지." 어머니는 행복함을 그렇게 표현한다. 나는 조개처럼 행복하다. 딱딱한 껍질이 굳게 닫힌 조개처럼.

부모님은 계속해서 집 공사를 한다. 아버지가 틈이 날 때마다 망치질과 톱질을 무수히 한 끝에 지하층에 서서히 방들이 만들어진다. 암실, 병들과 젤리와 잼을 보관하는 창고. 잔디밭은 이제 제대로 모양을 갖추었다. 부모님은 정원에 복숭아나무와 배나무를 심고, 아스파라거스 무리, 그리고 열을 맞춰 채소를 심는다. 정원 가장자리에는 꽃들이 풍성하다. 튤립과 수선화, 붓꽃, 작약, 패랭이꽃, 국화, 각 계절에 나는 각종 꽃들. 나는 이따금 도와야 할 때도 있지만, 대개는 부모님이 진흙 밭에 쭈그려 앉아 무릎에 진흙 얼룩을 묻히면서 땅을 파고 잡초를 뽑아내는 동안 먼발치에서 바라보고 있을 뿐이다. 부모님은 모래밭에서 노는 아이들 같다. 나는 꽃을 좋아하지만 꽃을 피우기 위해 그런 노력을 들이고 흙투성이가 될 만큼 정성을 기울이지는 않는다.

협곡 위의 나무 인도교가 철거된다. 모두가 이제 때가 되었다고, 다리가 너무 위험해졌다고 말한다. 그것은 콘크리트 다리로 교체될 것이다. 어느 날 나는 그곳에 가서 협곡의 이편 언덕 꼭대기에서 다리가 해체되는 것을 바라본다. 아래 시냇가에는 썩은 판자 더미가 쌓여 있다. 수직으로 선 말뚝들은 죽은 나무 몸통처럼 여전히 그곳에 서 있고, 바닥 교차 판자도 일부 붙어 있지만, 난간은 사라져 버렸다. 나는 마치 이름 없는 중요한 무엇이 저 아래 묻혀 버린 것처럼, 아니면 누군가가 실수로 아직 다리에 남아서 저 공중에서 땅으로 내려오지 못하고 있는 것처럼, 불안한 감정에 사로잡힌다. 그러나 분명 그곳에는 아무도 없다.

코딜리어와 그레이스는 졸업해 다른 학교로 진학한다. 소문에 따르면 코딜리어는 사립 여학교인 성 세바스찬 학교로 갔고, 그레이스는 수학에 중점을 두는 북쪽의 학교에 진학했다고 한다. 그녀는 작게 줄을 맞춰 단정하게 덧셈 수식을 쓰는 데 능숙하다. 졸업할 때도 길게 땋은 머리를 여전히 유지한다. 캐릴은 쉬는 시간에 남학생들 주변을 서성거리고, 두세 명의 남학생들에게 추종을 받는다. 그들은 캐릴을 눈 더미로 던져 넣고 눈으로 그녀의 얼굴을 문지르거나, 눈이 없을 때는 줄넘기 줄로 그녀를 묶어 버리는 것을 즐긴다. 도망칠 때 그녀는 팔을 많이 휘젓는다. 우스꽝스럽게 몸을 흔들면서 따라잡힐 만큼 느린 속도로 뛰어가고, 따라잡히면 크게 비명을 지른다. 그녀는 소녀용 브래지어를 착용한다. 그녀는 여학생들 사이에서는 별 인기가 없다.

사회 시간 과제로 나는 전경기(轉經器)[3]와 윤회가 있으며 여자들이 남편을 둘 가질 수 있는 티베트를 연구하고, 과학 과제로는 여러 종류의 씨앗에 대한 프로젝트를 한다. 다른 아이들처럼 남자 친구도 사귄다. 때때로 남자 친구가 진한 검은 연필로 쓴 쪽지를 통로 너머로 내게 보낸다. 때로는 서투른 춤과 어색한 웃음과 남자아이들의 야단법석, 축축하고 미숙하며 이가 맞부딪치는 키스가 벌어지는 파티가 열리기도 한다. 내 남자 친구는 새 학교 책상에 내 이름 머리글자를 새겨 놓아 체벌을 받는다. 그는 그 외 다른 일로도 체벌을 받는다. 그것은 아이들의 존경을 자아낸다. 나는 처음으로 텔레비전을 본다. 재미없는 작은 흑백 인형극을 보는 것 같다.

캐릴 캠벨이 이사를 가지만 나는 그 사실을 알아차리지도

---

3) 라마교에서 사용하는 신을 섬기는 도구. 바퀴같이 생긴 이 도구에 돈을 넣고 돌리면 신에게 바치는 아름다운 음악이 흘러나온다고 한다.

못한다. 나는 잉글랜드 왕의 연대기와 순환계에 대한 수업을 생략하고 내 남자 친구를 남겨 둔 채 7학년을 건너뛰어 8학년으로 진학한다. 나는 머리카락을 자른다. 그렇게 하고 싶었다. 머리핀이나 머리띠로 눌러 줘야 하는 긴 곱슬머리를 늘어뜨리고 다니는 데 싫증이 났다. 어린아이로 머물러 있는 것에 싫증이 난 것이다. 머리칼이 내게서 안개처럼 떨어져 나가고 두상의 윤곽이 더 날카롭고 뚜렷하게 드러나는 것을 나는 만족스럽게 바라본다. 고등학교에 진학할 준비가 끝났다. 나는 당장이라도 고등학교에 가고 싶다.

나는 그 준비 작업으로 방을 재정돈한다. 벽장에서 오래된 장난감을 치워 버리고, 책상 서랍을 다 비운다. 서랍 뒤쪽에서 굴러다니는 고양이 눈 구슬 하나와 말라 빠진 오래된 밤 몇 개를 발견한다. 또한 어느 해 크리스마스 선물로 받았던 것으로 기억하는 빨간색 플라스틱 손가방도 발견한다. 너무 앳된 손가방이다. 그것을 주워 들자 달그락거리는 소리가 난다. 그 안에는 10센트짜리 동전이 들어 있다. 나는 그 돈을 쓰려고 손가방에서 꺼내고 대신 구슬을 집어넣는다. 밤은 내다 버린다.

나는 검은 속지가 있는 사진 앨범을 발견한다. 오랫동안 내 브라우니 카메라로 사진을 찍지 않았기 때문에 그 앨범은 관심사에서 멀어졌다. 그 안에는 찍은 기억조차 없는 사진들이 검은색 삼각형으로 붙어 있다. 예를 들면 호수 옆의 커다란 둥근 돌처럼 보이는 것의 사진이 여러 장 있다. 그 아래 하얀 색연필로 쓴 활자체 글자가 쓰여 있다. "데이지, 엘지." 내 글씨체다. 그러나 그것을 쓴 기억이 나지 않는다.

나는 그 물건들을 지하층으로 가져가서 오래된 물건을 보관하는 트렁크에 넣어 둔다. 어머니의 결혼 드레스, 화려한 은제품 몇 점, 내가 모르는 사람들의 세피아 초상화, 전쟁 이전부터 보관되어 온 비단 장식술 달린 브리지 게임 득점표 한 묶음. 우리가 옛날에 그린 그림 몇 점도 있다. 오빠가 그린 우주선과 붉은색과 금색의 폭발 장면, 내가 그린 섬세하고 촌스러운 작은 여자아이들 그림. 나는 그들의 피나포어 드레스와 머리 리본과 미숙한 얼굴과 손을 혐오감을 가지고 들춰 본다. 내 유년 시절과 너무 밀접하게 연관된 것들을 보는 것이 싫다. 그 그림들은 매우 서투르다. 이제는 더 잘 그릴 수 있다.

고등학교 개학 전날, 전화가 울린다. 코딜리어의 엄마다. 그녀는 우리 어머니와 통화하고 싶어 한다. 나는 어른들의 따분한 문제겠거니 하며 다시 거실 마룻바닥에 누워 신문을 읽는다. 그러나 통화를 마친 어머니가 거실로 들어온다.

"일레인."

어머니가 나를 부른다. 심상치 않은 일이다. 어머니가 내 이름을 부르는 일은 흔치 않다. 목소리가 심각하게 들린다.

나는 「마법사 맨드레이크」[4]에서 눈을 떼고 올려다본다. 어머니가 나를 내려다본다.

"코딜리어 어머니의 전화였단다. 코딜리어가 너와 같은 고등

---

4) 리 포크(Lee Falk)가 창작한 신문 만화다. 맨드레이크는 마법의 힘으로 악을 타도하는 슈퍼맨과 같은 인물이다.

학교로 갈 거래. 코딜리어 어머니는 너희가 함께 등교하고 싶은지 알고 싶어 하시는구나."

어머니가 말한다.

"코딜리어요?"

내가 묻는다. 일 년 동안 코딜리어를 보거나 그녀와 이야기를 나눈 일이 없다. 그녀는 완전히 사라져 버렸다. 나는 버스를 타지 않고 걸어 다닐 수 있기 때문에 그 학교를 택했다. 그러니 코딜리어와 함께 가지 않을 이유가 뭐가 있겠는가?

"좋아요." 나는 말한다.

"정말 그렇게 하고 싶니?"

어머니는 약간 걱정스러운 기색으로 묻는다. 어머니는 코딜리어가 왜 우리 학교로 전학 오는지 말하지 않으며, 나도 묻지 않는다.

"그러지 않을 이유가 있나요?"

내가 말한다. 고등학교라는 곳에 걸맞게 조금 경솔해진 까닭도 있지만, 나는 어머니가 뭘 암시하는지 알 수 없다. 나는 코딜리어에게, 아니 코딜리어의 어머니에게 일종의 작은 호의를 베풀어 달라는 부탁을 받은 것이다. 어머니는 보통 이런 부탁을 받으면 해 주어야 한다는 입장이다. 그런데 왜 이 경우에는 회피하려는 것일까?

어머니는 그 질문에 대답하지 않고 주저한다. 나는 다시 만화를 읽기 시작한다. "그러면 내가 걔 어머니에게 전화할까, 아니면 네가 코딜리어에게 직접 전화할래?" 어머니가 묻는다.

"어머니가 코딜리어 어머니께 전화해 주세요." 내가 말한다.

그리고 덧붙인다. "부탁해요." 지금 당장 딱히 코딜리어와 이야기를 나누고 싶지는 않다.

다음 날 아침 나는 코딜리어를 데리러 학교 가는 길에 있는 그녀의 집으로 간다. 문이 열리고 코딜리어가 보인다. 그러나 그녀는 예전과 같은 모습이 아니다. 더 이상 마르고 팔다리가 길지 않다. 가슴이 성숙했고 궁둥이와 얼굴에 살이 많이 붙었다. 머리는 시동 스타일이 아니고 길다. 작고 하얀 헝겊 은방울꽃이 철사로 연결된 고무줄로 머리를 한데 묶었다. 과산화수소수로 앞머리 몇 가닥을 표백하고, 주황색 립스틱과 그에 어울리는 주황색 매니큐어를 발랐다. 내 립스틱은 연한 분홍색이다. 코딜리어를 보면서 내가 십 대같이 보이지 않는다는 사실을, 그저 십 대처럼 옷을 차려입은 아이처럼 보인다는 것을 나는 깨닫는다. 나는 여전히 마르고 여전히 평평하다. 더 성숙하고픈 맹렬한 열망이 생긴다.

우리는 함께 학교를 향해 걷는다. 처음에는 별말 없이 주유소와 장례식장과 1마일가량 즐비하게 늘어선 상점들을 지나간다. 나란히 서 있는 울워스와 I. D. A. 약국, 청과물 상점, 철물점 같은 가게들은 모두 지붕이 납작한 2층짜리 노란 벽돌 건물이다. 우리는 교과서를 가슴에 안고 있고, 폭 넓은 면 치마는 맨다리를 가볍게 스친다. 잔디가 칙칙한 녹색이나 누런 색으로 바래고 시드는 여름의 끝자락이다.

코딜리어가 나보다 한 학년 위일 것이라고 생각했는데 알고 보니 같은 학년이다. 박쥐 그림 위에 남자 성기를 그린 죄로

성 세바스찬 학교에서 퇴학당했다고 한다. 적어도 그녀의 말에 따르면 그렇다. 그 학교의 칠판에는 커다란 박쥐 그림이 있었는데, 날개를 크게 펼치고 있고 다리 사이에는 조그마한 혹 같은 것이 달려 있었다고 한다. 그래서 코딜리어는 선생이 교실에 없을 때 작은 혹을 지워 버리고 더 크고 긴 것을 그려 넣었단다. "그렇게 많이 길지는 않았어." 그리고 선생이 돌아와 그 짓을 하고 있는 그녀를 붙잡은 것이다.

"그게 다야?" 내가 묻는다.

그것이 전부는 아니었다. 코딜리어는 그 혹 아래에 "멀더 선생"이라고 단정한 활자체로 써 놓았다. 멀더는 바로 그 선생의 이름이었다.

그것이 다가 아닐지도 모르지만 코딜리어가 말한 것은 이것뿐이다. 그녀는 자기가 유급을 당했다고 덧붙인다. "그 학년에서 공부하기엔 내가 너무 어렸어." 그녀가 말한다. 아마도 다른 사람들이, 십중팔구 그녀의 어머니가 그렇게 말해 준 것 같다. "나는 겨우 열두 살이었는걸. 나를 월반시킨 게 잘못이야."

이제 코딜리어는 열세 살이다. 나는 열두 살이다. 나도 월반을 했다. 나 역시 결국 그녀처럼 되고 말 것인지, 박쥐 위에 남자 성기를 그리고 유급을 당하게 될 것인지 궁금해지기 시작한다.

39장

우리가 다니는 학교는 버넘 고등학교다. 길쭉한 모양에 납작 지붕을 한 신축 건물로, 장식이 별로 없고 내부가 들여다보이지 않아 공장처럼 보인다. 현대 건축의 최신 건물이라고 한다. 내부에는 화강암처럼 생겼지만 사실은 아닌 얼룩무늬 바닥의 긴 복도가 있다. 노란빛 도는 벽에는 진녹색 사물함이 열을 지어 서 있고, 강당과 방송 장치가 갖추어져 있다.

매일 아침 우리는 방송으로 조회를 한다. 먼저 성경을 읽고 기도를 한다. 나는 머리를 숙이지만 기도는 하지 않는다. 왜 그렇게 행동하는지 나 자신도 알 수 없지만 말이다. 기도가 끝나면 교장 선생님은 다가오는 행사에 대해 공고를 하고, 껌 종이를 주으라고 지시하고, 늙은 부부처럼 짝을 지어 복도를 서성거리지 말라고 경고한다. 교장의 이름은 매클라우드지만 벗겨진 윗머리 때문에 안 듣는 데에서는 모두 '크롬 돔'이라고 부른다. 그는 혈연상 스코틀랜드인이라고 한다. 버넘 고등학교에는 학교의 체크 문양, 엉겅퀴와 스코틀랜드인들이 양말에 꽂고 다니는 스코틀랜드 칼이 두 개 그려진 학교 문장, 겔릭어[5]로 된 교훈이 있다. 체크 문양, 문장, 교훈, 학교 대표 색깔, 이 모든 것은 매클라우드 선생 문중의 것이다.

정면 현관에는 여왕의 초상화 옆에 플로라 매클라우드[6] 부인이 백파이프를 부는 두 손자와 함께 던베건성[7] 바깥에 있는 초상화가 걸려 있다. 우리는 이 성을 우리 조상의 고향으로, 플로라 부인을 영적인 지도자로 여기도록 교육받는다. 합창 시간에는 대량 살육이 벌어지는 잉글랜드를 탈출하는 보니 프린스 찰리에 대한 「스카이 보트 송」[8]을 배운다. 「스코츠 워 헤이(Scots Wha Hae)」[9]와 쥐에 대한 시도 배운다. 이 시

5) 스코틀랜드와 아일랜드 일부에서 사용되는 고대 언어다. 그러나 스코틀랜드와 아일랜드의 겔릭어는 분명한 차이점을 지니고 있다.
6) 매클라우드(MacLeod) 문중은 고대 노르웨이의 마지막 왕인 마그누스(Magnus)의 조카인 라우드의 후손들이다. 플로라 매클라우드 부인은 아버지 레지널드 경의 뒤를 이어 1976년 아흔여덟 살의 나이로 사망하기까지 매클라우드 문중의 수장을 맡았으며, 자신의 문중을 세계에 알리는 데 많은 노력을 기울였다.
7) 스코틀랜드의 스카이섬에 있는 성이다. 성의 일부는 9세기에 지어졌다고 한다. 13세기부터 매클라우드 문중이 살기 시작했으며 현재 스코틀랜드에서 거주자가 있는 성 중에 가장 오래되었다.
8) 1746년 컬로든 전투에서 패배한 보니 프린스 찰리가 바다를 건너 스카이섬으로 도망치는 내용을 담은 노래다.
9) '~했던 스코틀랜드 사람.'이라는 뜻이다. 스코틀랜드의 민족 시인 로버트 번스가 지은 시로, 이 시를 가사로 해서 만들어진 노래는 수세기 동안 스코

에는 '젖가슴'이라는 단어가 나와서 낮은 웃음을 자아낸다.[10] 나는 다른 고등학교에 가 본 적이 없기 때문에 이 모든 스코틀랜드에 관한 것을 고등학교 과정의 일부로 당연히 받아들인다. 우리 모두가 체크무늬의 안개 속에 함께 파묻히면서, 학교에 있는 여러 명의 아르메니아 학생, 그리스 학생, 중국 학생들까지도 차이점의 경계선을 지워 버린다.

나는 이 학교에서 아는 사람이 그다지 많지 않고 코딜리어 역시 마찬가지다. 이전 공립학교에서 나와 같은 졸업반에서 온 사람은 여덟 명밖에 없고, 코딜리어의 졸업반에서 온 사람은 네 사람밖에 없다. 우리에게 이 학교는 낯선 학생들로 가득 차 있다. 뿐만 아니라 반이 다르기 때문에 서로 의지할 수도 없다.

우리 반 학생들은 모두 나보다 크다. 모든 학생들이 나보다 더 나이가 많기 때문에 예상했던 바다. 여학생들은 발육된 가슴을 가지고 있고 나른하고 화장분 같은 더운 날의 냄새를 풍긴다. 얼굴은 매끄러워 보이고, 기름기 흐르는 화장수를 바른 것처럼 윤이 난다. 나는 그들에게 경계심을 품고 있으며, 블루머식으로 아래가 처리되어 있고 주머니에 이름이 수놓인 푸른색 면 운동복으로 갈아입는 탈의실을 싫어한다. 그곳에서는 내가 더 마르게 느껴진다. 거울 속 내 모습을 보면 쇄골 아래로 갈비뼈가 보인다. 배구를 하면 다른 여학생들은 내 주위

틀랜드의 비공식적 애국가로 사용되었다.
10) 로버트 번스의 「쥐에게」라는 시를 가리킨다.

에서 뛰어다니고 큰 소리를 지른다. 그들의 목소리는 지나치게 크고 거슬리며, 새로운 여분의 육체가 덜렁거린다. 그들이 나보다 커서 나를 쓰러뜨릴 수 있기 때문에 주의해서 피해 다닌다. 내가 정말로 그들을 두려워하는 것은 아니다. 어떤 면에서는 경멸한다. 그들은 소리를 지르고 마구 설치고 다닌다는 점에서 캐럴 캠벨과 너무나 흡사하다.

남학생들 중에는 아직 변성기를 거치지 않은 애송이도 몇몇 있지만 많은 아이들이 엄청나게 크다. 열다섯 살, 거의 열여섯 살인 학생도 있다. 그들은 옆머리를 길게 길러 기름을 발라 뒤로 넘긴 덕테일 머리를 하고, 면도를 한다. 일부는 면도를 오랫동안 해 온 듯하다. 그들은 교실 뒤쪽에 앉아 긴 다리를 통로에 쭉 뻗는다. 그들은 이미 적어도 한 번은 유급을 당했고, 자신이나 주변 사람들 모두 학과 공부는 이미 포기한 상태로 그저 학교를 그만둘 때까지 시간이나 때우는 것이다. 그런 남학생들은 복도에서 다른 여학생들에 대해 논평하고 키스 소리를 보내거나 사물함 주위를 서성거리기도 하지만, 내게는 아무런 관심도 보이지 않는다. 그들에게 나는 그저 어린아이에 불과하다.

그러나 나는 내가 그들보다 더 어리다고 생각하지는 않는다. 어떤 면에서는 더 성숙하다고 느낀다. 체육 교과서에는 십 대들의 감정에 대해서 나온다. 이 책에 따르면 나는 십 대다운 감정의 소용돌이에 휩싸여 한순간 웃다가 다음 순간에는 우는, 그들의 용어를 빌리자면 롤러코스터를 타고 마구 달리는 듯한 심리 상태를 지닌 것으로 되어 있다. 그러나 이러한 묘사가 내게는 적용되지 않는다. 나는 차분하다. 나는 교과서에 묘사된 것처럼 행동하는 동급생들의 변덕스러운 행동을 과학적인 호기심과 위엄 있는 관대함을 가지고 지켜본다. 코딜리어가 "저 남학생 멋있다고 생각하지 않니?"라고 말하면 무슨 말인지 이해하기 힘들 때가 많다. 어쩌다 나도 교과서에 나온 것처럼 아무 이유 없이 울 때가 있다. 그러나 내가 슬프다는 사실을 믿을 수 없고, 심각하게 받아들일 수도 없다. 흐르는 눈물 자체에 호기심을 느껴 거울 속의 우는 내 모습을 바라본다.

점심시간이면 나는 길고 희끄무레한 식탁이 있는 미색의 카페테리아에 코딜리어와 함께 앉는다. 우리는 아침 내내 무더운 사물함 속에 보관되어 있던 운동화 냄새가 살짝 나는 점심을 먹고, 빨대로 초콜릿 우유를 마시고, 서로에 대해, 다른 아이들에 대해, 선생들에 대해, 우리 딴에는 재치 있고 신랄한 논평을 가한다. 코딜리어는 고등학교에 이미 일 년을 다녀 봤기 때문에 이것에 능숙하다. 그녀는 블라우스 깃을 올려 세우고 조롱하는 웃음소리를 낸다. "걔는 까탈쟁이야." 코딜리어는 말한다. "음침한 놈 같으니." 같은 말도 한다. 이건 남학생들에게만 적용되는 말이다. 여학생들에게는 거칠다거나 건방지다거나 싸구려 같다거나 매력이 전혀 없다거나 남학생에게 집착한다거나 하는 표현이 적용된다. 공부를 너무 많이 한다고 생각되는 경우에는 남학생들처럼 공붓벌레라거나 사기꾼, 아첨꾼이라는 말을 붙일 수도 있다. 그러나 여학생들을 까탈쟁이나 음침한 놈이라고 부를 수는 없다. 나는 '까탈쟁이'라는 말이 마음에 든다. 까탈쟁이라는 말은 스웨터에 까끌까끌하게 생기는 보푸라기를 연상시킨다. 까탈쟁이라는 말을 듣는 남학생들이 그런 스웨터를 입고 있기 때문이다. 나는 내 스웨터에서 털 보풀을 조심스럽게 전부 제거한다.

코딜리어는 영화배우와 가수 사진을 수집한다. 그녀는 프레드릭스라는 할리우드의 야한 속옷 상점과 살을 빼는 초콜릿 맛 알약 광고가 뒷면에 실린 영화 잡지에서 팬클럽 주소를 찾아서, 광택 사진들을 우편 주문한다. 그녀는 그 사진들을 책상 위 게시판에 압정으로 꽂아 두고 자기 방 벽에 스카치테이프로 붙여 둔다. 그녀의 방에 들어설 때면 한 무리의 사람들이 나를 바라보는 듯한 느낌, 그들의 윤기 나는 검고 하얀 눈들이 방 안에서 나를 따라다니는 듯한 느낌이다. 일부 사진에는 사인이 되어 있다. 우리는 펜으로 눌러쓴 자국이 있는지 조명 아래에서 점검한다. 그게 없으면 그냥 인쇄된 것이다. 코딜리어는 영화배우 준 앨리슨을 좋아하고, 가수 프랭크 시나트라와 베티 허튼도 좋아한다. 코딜리어의 의견에 따르면 버트 랭커스터가 가장 섹시한 배우라고 한다.

학교에서 집으로 오는 길에 우리는 음반점에 들러 코르크를 두른 작은 칸막이방에서 78 회전반[11]을 들어 본다. 나보다 용돈을 많이 받는 코딜리어는 때때로 음반을 사기도 하지만 대개 그냥 들어 보기만 한다. 코딜리어는 자기처럼 나도 황홀

---

11) 분당 78회 회전하는 음반을 가리키는 말로서, LP판이 등장하기 전, 1898년에서 1950년대 후반까지 사용되었다.

경에 빠져 눈을 게슴츠레하게 뜨고 신음 소리를 내기를 기대한다. 그녀는 이러한 의례적 행위에 대해, 고등학생으로서 우리가 어떻게 행동해야 하는가에 대해 알고 있다. 그러나 나는 이 모든 것이 불가해하고 부정직하다고 생각한다. 그리고 이렇게 행동할 때마다 내가 연기하고 있다는 생각을 금할 수 없다.

우리는 코딜리어네 집으로 음반을 가져가 응접실 전축에 넣고 소리를 높인다. 프랭크 시나트라가, 육체와 유리된 그의 목소리가 진흙투성이 보도에서 미끄러지는 사람처럼 곡조를 타고 흘러나온다. 그는 한 음까지 매끄럽게 올라가 그 음을 치고, 연타하고, 다시 돌아와서는 다른 음으로 스며 들어간다.

"이 창법이 너무 마음에 들지 않니?"

코딜리어가 말한다. 그녀는 긴 의자에 몸을 내던져 다리는 팔걸이에 걸치고 머리는 거꾸로 늘어뜨리고 있다. 그녀는 가루설탕이 묻은 도넛을 먹고 있다. 설탕이 코에 묻는다. "그가 바로 여기 앉아서 내 척추를 위아래로 쓰다듬어 주는 느낌이야."

"그래." 내가 대답한다.

퍼디와 미리가 응접실로 들어온다. 퍼디가 말한다. "이 가수에 빠져 헤롱거리는 건 제발 그만둬." 미리는 이렇게 말한다. "귀여운 코딜리어, 제발 소리 좀 낮춰 주지 않을래?" 근래 들어 그녀는 코딜리어에게 아주 다정한 투로 말하고, 귀엽다는 말을 자주 붙인다.

퍼디는 이제 대학에 다닌다. 그녀는 남학생 사교 클럽 파티에 간다. 미리는 우리와 같은 학교는 아니지만 고등학교 마지막 학년이다. 그들은 이전보다 더 매력적이고 아름답고 세련된 모습이다. 캐시미어 스웨터를 입고 납작 진주 귀걸이를 하고 담배를 피운다. 그들은 담배를 구름 과자라고 부른다. 계란을 닭 알이라고 부르고, 아침 식사는 아식이라고 부른다. 임신한 사람은 임녀라고 부른다. 여전히 어머니를 엄마라고 부른다. 그들은 앉아서 담배를 피우며 유쾌하고 반쯤 경멸적인 말투로 미키, 보비, 푸치, 로빈이라는 이름을 가진 친구들에 대해 이야기한다. 이름만 들어서는 그들이 남자인지 여자인지 구별하기 힘들다.

"너 충분히 포복(飽腹)했니?" 퍼디가 코딜리어에게 묻는다. 그들이 요즘 들어 사용하기 시작한 말로, 배부르게 먹었냐는 의미다. "그건 저녁 때 먹을 건데." 그것이란 도넛이다.

"아직 많이 남았어." 코딜리어는 여전히 머리를 늘어뜨린 채 코에 묻은 설탕을 닦아 내며 말한다.

"코딜리어, 그렇게 깃 세우지 마. 싸구려로 보여." 퍼디가 말한다.

"아니야. 세련되게 보이는 거야." 코딜리어가 말한다.

"세련되어 보인다고?" 퍼디는 어이없다는 듯 눈을 굴리고 코로 담배 연기를 뿜어내면서 말한다. 그녀의 입은 작고 통통하며 양끝이 살짝 올라갔다. "머릿기름 광고처럼 들리는데."

코딜리어는 몸을 돌려 똑바로 앉아서 입 한쪽 끝으로 혀를 내밀며 퍼디를 바라본다. "그래서?" 드디어 그녀는 그렇게 말한다. "언니가 뭘 알아? 언니는 벌써 한물갔어."

바에서 술을 마실 수는 없지만 저녁 식사 전에 어른들과 칵테일을 마실 수 있는 나이가 된 퍼디가 입을 비쭉한다. 그녀는 미리에게 말한다. "고등학교가 얘한테 나쁜 영향을 미치는 것 같아. 돌대가리가 되어 가잖아." 자신은 그 단계에서 이미 벗어났다는 것을 보여 주기 위해 퍼디는 돌대가리라는 단어를 조롱 어린 투로 천천히 끌며 발음한다. "정신 차려, 코딜리어. 안 그러면 올해 또 낙제할 거야. 지난번에 아빠가 뭐라고 말씀하셨는지 기억하지?"

코딜리어는 얼굴이 붉어진 채 대꾸할 말을 찾지 못한다.

코딜리어는 가게에서 물건을 집어 오기 시작한다. 그녀는 이것을 도둑질이라고 부르지 않고 집어 오기라고 부른다. 울워스에서 립스틱을, 잡화점에서는 감초 간식 한 봉지를 집어 온다. 상점에 들어가서 머리핀 같은 작은 물건을 사고, 점원이 등을 돌리고 금고에서 잔돈을 꺼내는 사이 판매대에서 물건을 슬쩍 채서 코트 속이나 주머니에 감춘다. 지금은 가을이고 우리는 종아리까지 늘어지는 긴 코트를 입고 있다. 헐렁하고 큰 겉주머니가 붙은 코트는 물건을 집어 오기에 안성맞춤이다. 가게를 나서면 코딜리어는 무엇을 가져왔는지 보여 준다. 자신의 행동에 아무 잘못이 없다고 생각하는 듯하다. 환희에 가득한 웃음을 짓는 눈은 반짝이고 뺨은 상기되어 있다. 마치 상이라도 탄 듯이.

울워스에는 수년에 걸쳐 사람들의 장화에서 묻어난 진창으로 더러워진 오래된 나무 바닥이 깔려 있고, 천장에서 내려오는 철제 막대 끝에 어두운 조명이 달려 있다. 립스틱을 제외하면 우리가 가지고 싶은 물건은 하나도 없다. 사진을 넣어 놓은 모습을 보여 주기 위해 이상하게 채색된 영화배우 사진을 끼워 놓은 사진틀이 있다. 배우들은 라몬 노바로라든가 린다 다넬 같은 구시대 스타들이다. 유치한 모자, 베일이 달린 나이 많은 숙녀를 위한 모자, 그리고 모조 라인석이 박힌 머리빗도 있다. 이곳 상품들은 거의 다 모조품이다. 중년의 점원들이 쏘아보는 가운데, 우리는 통로를 왔다 갔다 하며 향수 견본을 뿌려 보기도 하고, 립스틱 견본을 손등에 문질러 보기도 하고, 제품에 손가락질해 가며 큰 소리로 흉보기도 한다.

코딜리어는 자기가 분홍색 나일론 스카프를 집어 오는 것을 우리를 쏘아보던 중년 점원 한 사람이 목격한 것 같다고 말한다. 그래서 우리는 한동안 그 가게에 가지 않는다. 우리는 잡화점에 들어가 '크림시클'이라는 막대 아이스크림을 산다. 내가 돈을 내는 사이에 코딜리어는 공포 만화를 두 권 집어 온다. 학교에서 집으로 오는 길에 우리는 라디오 드라마처럼 등장인물을 생생하게 표현하며 만화책을 번갈아 큰 소리로 읽고, 소리 높이 웃느라 잠시 걸음을 멈추기도 한다. 우리는 장례식장 앞의 낮은 돌벽에 앉아서 그림을 함께 보고, 읽고, 웃는다.

만화책은 대단히 섬세하게 그려져 있고 초록색, 자주색, 유황색 위주로 화려하게 채색되어 있다. 코딜리어가 한 사람은 예쁘고 다른 한 사람은 얼굴 반쪽에 화상 자국이 있는 자매 이야기를 읽어 준다. 화상 자국은 검붉은색이고 썩은 사과처럼 주름이 졌다. 예쁜 자매는 남자 친구가 있고 댄스파티에도 참가한다. 화상 입은 자매는 예쁜 자매를 미워하며 그녀의 남자 친구를 사랑한다. 화상 입은 자매는 질투심에 불타 거울 앞에서 목을 매고, 그녀의 영혼은 거울 속에 깃들게 된다. 예쁜 자매는 거울 앞에서 머리를 빗다가 화상 입은 자매가 거울 속에서 자신을 바라보는 것을 발견한다. 충격을 받은 그녀는 기절한다. 그리고 화상 입은 자매는 거울에서 나와 예쁜 자매의 몸에 들어간다. 그녀는 예쁜 자매의 몸을 점령하고 남자 친구를 속인다. 심지어 키스까지 한다. 지금 그녀의 얼굴은 완벽하지만, 거울에 비치는 그녀의 얼굴은 화상 입은 실제 얼굴이다. 남자 친구가 거울에 비친 그 모습을 보게 된다. 다행히 그는 어떻게 대처해야 하는지 알고 있다. 그는 거울을 부순다.

코딜리어가 읽는다.

"흑, 흑. 오, 봅…… 정말…… 끔찍했어. 괜찮아, 내 사랑, 이젠 다 지나갔어. 그녀는 사라져 버렸어……. 원래 그녀가 있던 곳으로 돌아갔어……. 영원히. 이제 우리는 아무 두려움 없이 함께 있을 수 있어. 쪽. 끝. 아, 구역질 나!"

나는 바다에 빠졌지만 자신들이 완전히 죽지 않았다는 사실을 알게 된 남녀 이야기를 읽는다. 그들은 죽는 대신 엄청나게 불어나고 뚱뚱해진 몸으로 불모의 섬에서 살아간다. 그들은 너무 뚱뚱하기 때문에 더 이상 서로를 사랑하지 않는다. 섬 가까이 배 한 척이 지나가고 그들은 열심히 손을 흔든다.

"저들은 우리를 보지 못해! 그냥 스쳐 지나가 버리잖아! 아, 안 돼……. 그건 바로…… 우리가 이 상태로 영원히 살아가야 한다는 저주야! 탈출구는 없는 걸까?"

다음 장면에서 그들은 목을 매 자살한다. 뚱뚱한 몸들이

야자수에 매달려 있고, 이전의 날씬한 몸들이 낡은 수영복을 입고 서로 손을 잡고 바다로 걸어간다.

"쪽. 끝."

"아, 이중 구역질." 코딜리어가 말한다.

코딜리어는 죽은 남자가 피부가 벗겨져 물 흐르듯 뚝뚝 떨어지는 모습으로 늪에서 나와 자기를 늪에 빠뜨린 형제를 목 졸라 죽이려고 하는 이야기를 읽고, 나는 한 남자가 사실은 십 년 전에 죽은 것으로 밝혀지는 예쁜 여자 히치하이커를 차에 태우는 이야기를 읽는다. 코딜리어는 한 남자가 부두교 마법사의 저주를 받아 손에서 커다란 붉은 가재 앞발이 자라고, 그 앞발이 그를 공격하는 이야기를 읽는다.

자기 집에 도착하자 코딜리어는 공포 만화책을 집에 갖고 들어가기를 꺼린다. 누군가가 책을 찾아내서 어디에서 생겼는지 추궁할 것이라고 말한다. 훔친 것이 아니라 샀다고 그들이 믿어 준다 하더라도 입장이 곤란하기는 마찬가지라는 것이다. 결국 내가 만화책을 들고 온다. 우리 둘 다 그 만화책을 버릴 생각은 하지 못한다.

집에 들고 와서 생각하니, 그 책들과 한밤중에 같은 방에 있는 것이 꺼림칙하다. 대낮에 책을 읽으며 웃어 젖히는 것은 별개의 일이고, 자는 동안 그 책이 내 침실에 있다는 것은 생각만 해도 끔찍하다. 나는 그 책들이 어둠 속에서 선명한 유황색 빛으로 타오르는 상상을 한다. 안개 한줄기가 그 책들에서 소용돌이치며 흘러나와 내 책상 위에서 구체적인 형상으로 변하는 상상을 한다. 내 몸속에 누군가가 사로잡혀 있는 것을 발견하게 될까 두렵다. 나는 목욕탕 거울 속에서 다른 소녀의 얼굴을, 나와 비슷하게 생겼지만 얼굴 반쪽이 타 검게 된 소녀의 얼굴을 발견하게 될 것이다.

이런 일들이 실제로 일어나지 않으리라는 것은 알고 있지만 그래도 그런 생각이 떠오르는 것이 싫다. 그러면서도 만화책을 버리기는 싫다. 그렇게 하면 그것들이 제멋대로 풀려나와 통제할 수 없는 지경에 이르게 될 것이다. 그래서 나는 만화책을 오빠 방으로 가져가 아직도 침대 아래 쌓여 있는 오래된 만화책 더미에 끼워 넣는다. 오빠는 더 이상 만화책을 읽지 않기 때문에 결코 내 만화책을 발견하지 못할 것이다. 한밤중에 그 책에서 그 무엇이 풀려나오건 오빠는 영향을 받지 않을 것이다. 내가 보기에 그는 이런 일들을 포함해 여러 가지를 감당할 능력이 있는 사람이다.

40장

    지금은 일요일 저녁이다. 벽난로에서 불이 타오른다. 무거운 11월의 어두움을 차단하는 커튼이 드리워져 있다. 아버지는 안락의자에 앉아서 소화 기관이 보이도록 절개된 가문비나무 애벌레 그림의 점수를 매기고, 어머니는 베이컨을 올린 그릴드 치즈샌드위치를 이제 막 만들었다. 우리는 라디오에서 흘러나오는 「잭 베니 쇼」[12]를 듣는다. 중간중간 러키 스트라이크 담배 광고의 노래가 흘러나온다. 이 쇼에는 거친 목소리의 남자와 "가운데에는 피클을, 위에는 겨자를."이라고 말하는 남자가 나온다. 나는 첫 번째 남자가 흑인인지 혹은 두 번째 남자가 유대인인지 전혀 모른다. 내게 그들은 그저 우스운 목소

---

12) 유명 연예인이 다양하게 출연해 음악과 재담을 들려주는 프로그램이다.

리를 지닌 사람들일 뿐이다.

초록색 눈이 달린 옛날 라디오는 없어졌고, 미색의 새 라디오가 매끈하고 장식 없는 캐비닛 안에 장시간 재생이 가능한 축음기와 함께 들어 있다. 치즈샌드위치를 담은 접시를 놓을 포개지는 작은 나무 탁자들도 있다. 이 탁자 역시 미색이며, 먼지가 많이 앉는 융기나 소용돌이 문양 같은 것도 없이 위쪽은 굵고 아래로 내려오면서 점점 가늘어지는 다리가 달려 있다. 그것은 만화책에 나오는 뚱뚱한 여자 다리처럼 생겼다. 무릎도 발목도 없는 다리. 이 미색 나무는 모두 스칸디나비아에서 온 것이다. 은식기는 이제 여행용 트렁크에 보관되어 있고 우리는 은식기 대신 새 스테인리스 스틸 식기를 쓴다.

이런 가구들을 고른 것은 어머니가 아니라 아버지다. 아버지는 어머니의 정장까지 골라 준다. 어머니는 웃으며 자신의 구미는 음식 맛을 보는 역할밖에 못 한다고 말한다. 어머니에게 의자란 그저 앉기 위한 물건이고, 분홍색 피튜니아 그림이 있든 자주색 물방울 무늬가 있든 부서지지만 않으면 전혀 상관 않는다. 고양이와 마찬가지로 어머니는 사물이 움직이지 않는 한 그 존재를 전혀 알아차리지 못하는 것 같다. 어머니는 유행에 점점 더 무관심해지고, 스키용 외투, 오래된 머플러, 짝이 맞지 않는 장갑 등을 아무렇게나 걸치고 다닌다. 바람을 막아 주기만 한다면 어떻게 보이든 상관 않는다고 말한다.

더 끔찍한 일은 어머니가 취미로 아이스댄스를 시작했다는 것이다. 어머니는 동네 실내 스케이트장에 가서 다른 여자들과 손을 맞잡고 깽깽대는 음악에 박자를 맞추어 탱고와 왈

츠를 춘다. 이건 정말 굴욕적인 일이지만 그래도 아무도 볼 수 없는 실내 스케이트장에서 하는 것이 그나마 다행이다. 그저 정말 겨울이 왔을 때 내가 아는 사람이 볼 수 있는 실외 스케이트장에서 연습하는 일이 생기지 않기를 바랄 뿐이다. 그러나 어머니는 자신의 행동이 내게 얼마나 분노를 불러일으키는지 눈치조차 못 챈다. 그녀는 다른 어머니들이 하는 것처럼, 혹은 해야 하는 것처럼 "다른 사람들이 어떻게 생각할까?"라는 말을 절대 하지 않는다. 오히려 자신은 그런 것에 대해 콧방귀도 뀌지 않는다고 말한다.

나는 그런 면에서 어머니가 무책임하다고 생각한다. 하지만 어머니가 콧방귀라는 말을 사용했다는 사실은 마음에 든다. 그 단어를 씀으로써 어머니는 어머니가 아닌 존재로, 일종의 변종 올빼미 같은 존재로 변모한다. 나는 내 옷차림새에 까다로워졌고, 손거울로 뒷모습을 살펴보는 버릇이 생겼다. 앞모습이 괜찮게 보일지라도 뒷모습이 몰래 배반할 수도 있는 것이다. 느슨하게 풀린 실, 올이 풀린 끝단. 콧방귀도 뀌지 않는 것은 일종의 사치다. 그것은 내가 여러 방면에서 계발하고 싶은 자질인 미묘하고 불손한 무심함을 묘사해 주는 말이다.

오빠는 탁자와 마찬가지로 끝이 점점 가늘어지는 다리가 달린 미색 의자에 앉아 있다. 그는 내가 관심 갖지 않는 사이 갑자기 몸집이 커지고 성숙해졌다. 이제는 면도도 한다. 지금은 주말이라는 이유로 면도를 하지 않았기 때문에 입 주위에 거친 잔털이 돋아 있다. 오빠는 엄지발가락에 구멍이 날 정도로 낡은 모카신[13] 실내화를 신고, 팔꿈치에 올이 풀린 적갈색 브이넥 스웨터를 입고 있다. 그는 이 스웨터를 수선하거나 새 것으로 바꾸려는 어머니의 시도를 끈질기게 거부하고 있다. 어머니는 옷에 대해 전혀 개의치 않는다고 자주 말하지만, 구멍이나 올 풀린 끝단이나 더러움까지 그냥 두고 볼 정도로 무관심하지는 않은 것이다.

해진 스웨터와 체처럼 구멍 난 모카신은 오빠가 공부할 때 걸치는 것이다. 그는 주중에는 학교 규율대로 재킷과 넥타이와 회색 플란넬 바지 차림을 해야 한다. 우리 학교 남학생들처럼 덕테일을 해서도 안 되고, 상고머리도 안 된다. 그는 영국의 소년 성가대원처럼 뒷머리를 짧게 밀고 한쪽으로 가르마를 탄다. 이 역시 학교 규율이다. 이런 머리 모양 때문에 오빠는 우리 집 지하실에 많이 있는 1920년대 혹은 그 이전에 출간된 모험 이야기책의 삽화 속 인물이나, 만화책에 나오는 연합군처럼 보인다. 비록 더 마르기는 했어도, 그는 그런 인물들과 비슷한 코와 턱을 가졌다. 단정하고, 준수하고, 전통적인 외모. 눈도 비슷하게 생겼다. 꿰뚫어 보는 듯한, 약간 광적으로 보이기도 하는 푸른 눈. 외모에 관심을 갖는 남학생들에게 오빠가 보이는 경멸은 그야말로 통렬하다. 그는 그들을 정신 나간 빨래걸이라고 부른다.

오빠의 학교는 머리 좋은 학생들을 위한 비싸지 않은 사립 학교로서, 어려운 시험을 통과해야 입학할 수 있다. 부모님은

---

13) 북미 인디언들이 손으로 만든 가죽신이다. 주로 실내화로 사용된다.

약간 조바심 어린 목소리로 나도 사립 여학교에 진학하고 싶은지 물어보았다. 오빠한테 해 준 만큼 관심을 보여 주지 않으면 내가 소외감을 느낄까 우려한 것이다. 나는 학생들이 킬트를 입고 필드하키를 하는 학교들에 대해 알고 있다. 나는 그런 학교는 속물들을 위한 것이며 학습 수준이 낮다고 말했다. 그것은 맞는 말이다. 하지만 사실 나는 여학교에 죽어도 가기 싫다. 그런 학교에 대한 생각 자체가 나를 숨 막히는 공포로 몰아넣는다. 여학생들 외에는 아무것도 없는 학교에 다니는 것은 덫에 걸린 기분일 것이다.

오빠도 잭 베니 쇼를 듣고 있다. 라디오를 들으며 왼손에 든 치즈샌드위치를 입에 쑤셔 넣는다. 연필을 쥔 오른손은 잠시도 멈추지 않는다. 오빠는 끼적거리고 있는 연습장을 거의쳐다보지 않는다. 그러나 이따금 종이를 한 장씩 뜯어내 구깃구깃 뭉쳐 버린다. 뭉쳐진 종이는 바닥에 떨어진다. 나중에 종이 뭉치들을 모아 쓰레기통에 버릴 때면 그것이 암호로 쓴 편지처럼 길게 나열된 숫자와 끊임없이 계속되는 기호로 가득 차 있는 것을 볼 수 있다.

때때로 오빠는 친구들을 집으로 데려온다. 그들은 오빠 방에서 체스 탁자를 사이에 두고 앉아, 이따금 손을 체스판에 올리고 머뭇거리다 다시 내려놓는 것을 제외하고는 꼼짝하지 않는다. 어쩌다 투덜거리거나 "아하!" "교환하겠어." "복수다." 같은 소리를 내거나, 새롭고 의미가 모호한 농담 비슷한 조롱을 주고받는다. "이 무리수(無理數) 같은 놈아!" "이 제곱근 같은 녀석!" "넌 격세유전감이야!" 그들이 딴 체스 말들, 기사,

졸, 주교 등이 체스판 가장자리에 놓여 있다. 가끔 게임이 어떻게 되어 가는지 보기 위해 나는 우유와 『베티 크로커 그림 요리책』을 보고 만든 바람개비 모양 바닐라 초콜릿쿠키를 갖다 준다. 내 입장에서는 일종의 과시 행위지만 별다른 반응을 얻어 내지 못한다. 그들은 체스판에서 결코 눈을 떼지 않은 채, 투덜거리면서 왼손으로 우유를 마시고 쿠키를 입에 쑤셔 넣는다. 주교들은 몰락하고, 여왕은 넘어지고, 왕은 포위당한다. "두 칸만 가면 이기는 거야." 그들은 말한다. 손가락 하나가 내려와 왕을 쓰러뜨린다. "5판 3승이다." 그리고 다시 시작한다.

저녁마다 오빠는 공부한다. 어떤 때는 유별난 방법을 동원하기도 한다. 두뇌의 혈액 순환을 돕기 위해 물구나무설 때도 있고, 종이를 씹어 뭉친 것을 천장을 향해 내뱉기도 한다. 천장의 조명 주위는 씹은 종이 뭉치가 붙어 마치 여드름투성이 얼굴 같다. 어떤 때는 미친 듯이 운동에 열중하기도 한다. 불쏘시개를 필요 이상으로 많이 쪼개 놓거나, 창피할 정도로 늘어진 바지와 적갈색 스웨터보다 더 해진 진한 녹색 스웨터를 입고 공터에 버릴 법한 닳은 회색 운동화를 신고 협곡 아래쪽으로 뜀박질하러 나가기도 한다. 오빠 말로는 마라톤 연습이라고 한다.

대개 오빠는 내 존재를 의식하지 않는 것 같다. 그는 다른 일들, 심각하고 중요한 일들에 대해 생각한다. 그는 저녁 식탁에 앉아 오른손을 부지런히 놀리면서, 빵가루를 작은 덩어리로 뭉치고 꽃병에 든 세 개의 대극 꼬투리 그림이 걸려 있는 어머니 머리 뒤쪽의 벽을 응시한다. 한편 아버지는 왜 인류가 파멸할 수밖에 없는지 설명한다. 이번에는 인슐린을 발견했기 때문이라는 것이 그 이유다. 이제 당뇨병 환자들은 예전처럼 죽지 않고 오래 살아서 병을 아이들에게 물려 준다. 곧 기하 급수의 법칙에 따라 우리는 모두 당뇨병 환자가 될 것이고, 인 슐린이 소의 위에서 만들어졌기 때문에 스스로에게 해가 될 정도로 빨리 번식하는 인간이 점유한 부분을 제외하고 나머 지 세계는 모두 인슐린을 생산하는 소로 가득 찰 것이다. 소 들은 트림할 때 메탄가스를 배출한다. 이미 메탄가스가 대기 권에 너무 많은데, 이것은 산소를 몰아내고 아마도 전 지구를 거대한 온실로 변모시킬 것이다. 극지방의 바다는 녹아내릴 것이고, 해변에 위치한 다른 많은 도시들은 물론 뉴욕도 바닷 물 2미터 아래 잠길 것이다. 사막화와 침식 현상도 걱정해야 한다. 우리가 소들의 트림 때문에 죽음에 처하지 않는다 하더 라도, 결국 사하라 사막 같은 환경에서 죽게 될 것이다. 아버 지는 미트로프를 마저 먹으며 명랑한 어조로 말한다.

아버지가 당뇨병이나 소에 대해 반감을 가지고 있는 것은 아니다. 단지 생각의 고리를 따라가서 논리적인 결론에 이르 는 것을 즐길 뿐이다. 어머니가 디저트는 커피 수플레라고 말 한다.

한때는 오빠도 인류의 운명에 관심을 가졌다. 이제 그는 태 양이 폭발해서 초신성이 되어도 우리는 팔 분 후에야 볼 수 있을 것이라고 말한다. 그는 한 발짝 떨어져 보다 폭넓게 바라 보고 있는 것이다. 조만간 어떤 식으로든 우리는 재가 되고 말 텐데, 소에 대해 걱정하는 것이 무슨 소용이 있단 말인가, 하는 뜻을 내비친다. 여전히 나비 관찰기를 쓰고 있지만 오빠는 생물학에 대한 관심으로부터 점점 더 멀어지고 있다. 더 큰 관점에서 보자면 우리는 표면에 붙은 작은 녹색 때에 불과한 존재라고 오빠가 말한다.

아버지는 인상을 약간 찌푸린 채 커피 수플레를 먹는다. 어머니는 때에 맞추어 재빠르게 아버지의 차를 따른다. 나는 인류의 미래가 일종의 전장이며, 오빠는 1점을 얻었고 아버지는 1점을 잃었음을 알아차린다. 가장 마음을 쓰는 사람이 지게 되어 있다.

나는 아버지에 대해 예전보다 더 많이 알게 되었다. 아버지는 전시에 파일럿이 되고 싶었으나 당시 하던 일이 전쟁 지원 작업의 핵심으로 간주되었기 때문에 그 꿈을 이룰 수 없었다는 것을 알고 있다. 어떻게 가문비나무 애벌레가 전쟁 지원 작업의 핵심이 될 수 있는지 지금까지도 모르겠지만, 어쨌든 그랬다고 한다. 그래서 아버지가 항상 그렇게 빨리 차를 몰았는지도 모르겠다. 이륙 지점을 향해 가고 있었던 것일지도.

아버지가 수돗물이나 전기도 없는 노바스코샤의 오지에 있는 농장에서 성장했다는 것은 알고 있다. 그렇기 때문에 물건을 만들고 도끼질을 할 줄 알았다. 그곳에서는 모두가 도끼와 톱을 사용하는 방법을 알았다. 아버지는 부엌 탁자에 앉아서 등유 램프 아래에서 공부하며 고등학교 과정을 통신으로 마쳤다. 제재소 막사에서 일하고 토끼 우리를 청소해서 번 돈으로 대학을 마쳤으며, 너무 가난해서 여름에는 돈을 아끼기 위해 텐트에서 살았다. 아버지는 스퀘어 댄스파티장에서 컨트리 피들을 연주했으며, 스물두 살이 되어서야 처음으로 오케스트라 연주를 들어 보았다. 우리는 이 모든 사실을 알고 있기는 하나 상상이 가지 않는다. 차라리 몰랐으면 하는 마음이 든다. 나는 아버지가 내가 알기 이전의, 신화와 같은 자기만의 삶을 가진 다른 사람이 아닌, 그냥 항상 그랬듯이 똑같은 나의 아버지였으면 좋겠다. 다른 사람들에 대해 너무 많이 알면 결국 그 사람들의 손아귀에 굴복하게 되는 법이다. 그들은 자기들에 대한 나의 관심을 요구하고, 자기들 행동의 근원적 동기를 이해하도록 강요하며, 결국 나를 유약하게 만든다.

나는 인류의 운명에 대해 상관 않기로 마음을 모질게 먹고, 새 양모 스웨터를 사려면 얼마나 더 모아야 하는지 머릿속으로 계산한다. 실제로는 요리와 바느질 배우기에 불과한 가정 경제 시간에 나는 지퍼를 다는 방법과 납작 솔기 만드는 방법을 배웠다. 그리고 이제 많은 옷을 내 손으로 만든다. 도안 앞에 붙어 있는 그림과 항상 똑같이 만들어지지는 않지만, 그편이 더 싸기 때문이다. 패션의 일선에서는 어머니의 도움을 별로 받지 못한다. 내가 무엇을 입든 눈에 띄게 찢어진 데만 없으면 어머니는 예쁘다고 말한다.

그래서 나는 옆집에 살며 주말마다 내가 아이를 봐 주는 핀스틴 부인에게 조언을 구한다. 그녀는 말한다. "얘야, 너한테는 푸른색이 가장 잘 어울려. 정말 예쁘지. 그리고 담홍색. 담홍색 옷을 입으면 너는 놀랄 만큼 아름다워." 그런 후 그녀는 머리는 위로 빗어 올리고, 입술은 선명한 색깔로 칠하고, 굽 높은 작은 신발을 신고, 팔찌와 길게 늘어진 귀고리 소리를 요란하게 내며 핀스틴 씨와 저녁 외출을 한다. 그리고 나는 『할 수 있는 작은 엔진』[14]이라는 책을 브라이언 핀스틴에게 읽어 주고 침대에 재운다.

때때로 오빠와 나는 함께 설거지를 하는데, 그제야 그는 자기가 내 오빠라는 사실을 기억해 낸다. 나는 설거지를 하고 오빠는 접시를 마른 행주로 닦는다. 그리고 나에게 9학년 수업이 얼마나 마음에 드냐는 등 친절하면서도 아저씨 같은, 때로는 부아가 치밀게 만드는 질문을 한다. 오빠는 나보다 두 단계나 높은 11학년이다. 그 사실을 새삼스럽게 내게 주입할 필요는 없는 것이다.

그러나 이렇게 함께 설거지하는 날 중 어떤 날에는 내가 생각하는 진정한 오빠의 모습으로 돌아오기도 한다. 오빠는 학교 선생들의 별명을 이야기해 준다. '겨드랑이'라든가 '인간 대변'처럼 그 별명들은 매우 무례하다. 우리는 함께 막연하게 상스러운 느낌을 자아내는 새로운 욕설을 만들어 내기도 한다. "똥조림."이라고 오빠가 말한다. 나는 "갈퀴하다."로 응수하며 이 단어는 동사라고 말해 준다. 우리는 부엌 조리대에 기대어 서서, 어머니가 부엌에 들어와 "너희들 뭐 하고 있니?"라고 물어볼 때까지 배꼽을 잡고 웃는다.

때로 오빠는 나를 교육하는 것이 자신의 의무라고 작정한 듯 행동한다. 그는 대부분의 여자아이들을 낮게 평가하며, 내

---

14) 힘겹게 산을 올라가는 작은 기차에 대한 미국의 민간 설화다.

가 그런 보통 여학생이 되지 않기를 바라는 것 같다. 내가 멍텅구리 새대가리가 되지 않기를 바라는 것이다. 오빠는 내가 허영에 찬 사람이 될 위험성이 크다고 생각한다. 아침마다 그는 목욕탕 밖에 버티고 서서 내가 과연 거울 앞에서 나 자신을 떼어 낼 수 있겠느냐고 물어보곤 한다.

오빠는 내가 지성을 계발해야 한다고 생각한다. 내 지성의 발전을 돕기 위해 그는 긴 종잇조각을 오리고 한 번 꼬아서 양 끝을 풀로 붙여 뫼비우스의 띠를 만들어 준다. 이 뫼비우스의 띠는 한 면만 있다. 띠의 표면을 따라가 보면 그 사실을 증명할 수 있다. 오빠 말에 따르면 이것은 무한을 가시화할 수 있는 방법이다. 그는 클라인병[15]을 그려 보여 준다. 그 병은 외면과 내면이 없다. 아니, 외면과 내면이 같다고 하는 것이 더 정확할 것이다. 뫼비우스의 띠보다 클라인병이 더 이해하기 힘들다. 아마도 그것이 병이고, 무엇을 담는 것이 아닌 병을 상상하기 힘들어서 그런 것 같다. 나는 그런 병이 왜 필요한지를 이해할 수 없다.

오빠는 이차원적 우주에 관심이 있다고 말한다. 그는 완전히 평평한 사람에게 삼차원적 우주가 어떻게 보일지 상상해 보라고 한다. 이차원적 우주에 서 있으면 우리의 존재는 교차점에서만 인지될 수 있고, 두 발의 이차원적 횡단면인 두 개의 타원형 원반으로만 보일 것이다. 뿐만 아니라 오차원적 우주

---

15) 끝이 점점 가늘어지는 관의 끝 부분이 뒤로 굽어져 관의 옆면을 관통해서 관의 넓은 쪽을 향해 벌어진 개념적 도형이다. 펠릭스 클라인의 이름을 따 붙여진 이름이다.

도 있고 칠차원적 우주도 있다. 나는 이런 것들을 떠올려 보려고 노력하지만 삼차원을 벗어나지 못하는 것 같다.

"왜 삼차원이지?"

오빠가 묻는다. 이렇게 자기가 정답이나 다른 답들을 알고 있는 질문을 던지는 것이 그가 가장 좋아하는 방법이다.

나는 말한다. "삼차원까지만 있기 때문이지."

오빠가 말한다. "우리가 삼차원까지 인지한다는 뜻이겠지. 우리는 자신의 감각 소양에 의해 한정되어 있어. 너는 파리가 어떻게 세상을 본다고 생각하니?" 나는 파리가 세상을 어떻게 인지하는지 알고 있다. 현미경으로 많은 파리의 눈을 보았다. 나는 말한다. "다면적으로 보지. 하지만 각 면은 여전히 삼차원으로만 이루어져 있어."

"네가 무슨 말을 하는지 알겠어." 이런 대답은 내가 성인이고, 이런 대화를 할 만한 사람이라는 느낌을 갖게 해 준다. "하지만 실제로 우리는 사차원을 인식하고 있어."

"사차원이라고?" 나는 되묻는다.

"시간도 차원이야. 시간은 공간에서 분리될 수 없는 거야. 우리는 시공간 안에서 살아가는 거지."

오빠가 말한다. 변화하지 않고 시간의 흐름에서 동떨어져 있는 이산 물체 같은 건 존재하지 않는다고 그는 설명한다. 시공간은 곡선 모양이며, 이 곡선의 시공간에서 두 점 사이의 최단 거리는 직선이 아니라 그 곡선을 따라 그은 선이라고 한다. 또 시간은 늘이거나 수축될 수 있으며, 어떤 장소에서는 다른 장소에서보다 시간이 빨리 흘러갈 수도 있다고 한다. 일란성 쌍둥이 중에 한 명만 일주일간 초고속 로켓을 태워 보내면, 그는 돌아와서 다른 쌍둥이가 자신보다 열 살이나 더 나이 들었다는 사실을 발견하게 될 것이라고 오빠는 말한다. 나는 그건 매우 슬픈 일이라고 말한다.

오빠가 미소를 짓는다. 우주는 공기가 주입되고 있는 점박무늬 풍선 같은 것이라고 오빠는 말한다. 각각의 점은 바로 별들이다. 별들은 서로에게서 점점 더 멀어지고 있다. 정말 흥미로운 질문은 우주가 무한하면서 경계가 없는 것인지, 아니면 무한하면서도 풍선처럼 경계가 있는 것인지 여부라고 오빠는 말한다. 내가 풍선과 연결 지어 생각할 수 있는 것은 터질 때 나는 폭발음뿐이다.

오빠는 우주 공간은 대부분 비어 있으며 물질이란 정말로 단단한 것이 아니라고 말한다. 그것은 단지 빠르거나 느리게 움직이고 있는 넓게 자리 잡은 원자들의 집합에 불과하다. 어쨌든 물질과 에너지는 서로의 한 측면이다. 그것은 마치 모든 것이 단단한 빛으로 만들어졌다고 말하는 것과 같다. 과학적 지식이 좀 더 있다면 벽을 공기처럼 통과할 수 있을 것이고, 지식을 더 많이 갖게 되면 빛보다 빨리 움직일 수 있을 것이며, 그때에는 공간은 시간이 되고 시간은 공간이 되어 시간 속을 여행해 과거로 갈 수 있을 것이라고 오빠는 말한다.

이것은 오빠의 말 중에서 처음으로 내 흥미를 끌었다. 나는 공룡이나 다른 많은 것들, 예를 들면 고대 이집트인들 같은 것을 보고 싶다. 한편으로 이런 개념에는 뭔가 위협적인 요소가 깃들어 있다. 내가 정말로 과거 여행을 하고 싶은지 잘 모르겠다. 오빠가 하는 모든 말에 그토록 영향을 많이 받고 싶지 않다. 그렇게 되면 오빠가 지나치게 우월한 입장에 서게 된다. 어찌 되었건 이것은 그다지 현명한 이야깃거리는 아니다. 대부분 광선총 따위가 나오는 만화처럼 들린다.

그래서 나는 말한다. "그 이점이 뭔데?"

오빠가 미소 짓는다. "그렇게 할 수 있다면, 할 수 있다는 사실을 알게 된다는 점이지." 그저 그렇게 말할 뿐이다.

나는 우리가 충분한 지식을 갖게 된다면 벽을 뚫고 지나갈 수 있다고 오빠가 말했다고 코딜리어에게 이야기한다. 이것이 오빠의 최근 생각 중에서 내가 자신 있게 설명할 수 있는 유일한 것이다. 나머지는 너무 복잡하거나 너무 괴상하다.

코딜리어는 웃는다. 그녀는 우리 오빠가 공붓벌레고, 그렇게 멋지게 생기지 않았더라면 까탈쟁이 취급을 받았을 거라고 말한다.

오빠는 올여름에 남학생 캠프에서 카누 강사 일을 얻었지만, 나는 겨우 열세 살이라 일을 할 수 없다. 나는 부모님과 함께 북쪽 수세인트마리시 인근으로 간다. 그곳에서 아버지는 철망을 두른 우리에 있는 천막벌레나방 애벌레 실험 군락을 감독하는 일을 맡았다.

오빠는 줄 공책에서 뜯어낸 종이에 연필로 내게 편지를 써 보낸다. 편지에서 그는 동료 캠프 교관들과 그들이 하루 일과가 끝난 후 군침을 흘리며 쫓아다니는 소녀들을 포함해, 그가 접하는 모든 것에 대해 조롱을 늘어놓는다. 그는 교관들에 대해 피부에는 여드름이 솟아나고 입에는 송곳니가 튀어나오고 혀는 개처럼 늘어져 있으며, 소녀들에 의해 고무된 영구적 우둔함 때문에 사팔뜨기가 되었다고 묘사한다. 이런 묘사를 읽으면 내가 일종의 힘을 가졌다는 생각을 하게 된다. 아니면 미래에라도 그런 힘을 가지게 될 것이라고. 나 역시 소녀인 것이다. 나는 오빠에게 편지 쓸 거리를 만들기 위해 혼자서 낚시를 간다. 그 외에는 별 쓸 말이 없다.

코딜리어의 편지는 진짜 검정 잉크로 쓴 것이다. 그녀의 편지는 과장된 말과 느낌표투성이다. 소문자 i에 점을 찍는 대신 작은 동그라미를 그린다. 고아 애니[16]의 눈, 또는 거품처럼 보이는 동그라미. 코딜리어는 편지에 이렇게 서명한다. "나이아가라 폭포가 떨어질 때까지 너의 벗." "쿠키가 부스러기가 될 때까지 너의 벗." "바다가 궁둥이가 젖지 않도록 고무 바지를 입을 때까지 너의 벗."

"너무 지겨워!!!" 코딜리어는 밑줄을 세 겹 그어 가며 이렇게 쓴다. 지겹다는 사실에 매우 열광하는 것처럼 들린다. 그녀의 수다스러운 문체는 진실되게 들리지 않는다. 나는 때로 내가 자신을 쳐다보는 줄 모를 때 코딜리어를 보곤 한다. 그녀의 얼굴은 잠잠하고 아득하고 무감각하게 보인다. 마치 그녀가 그 안에 들어 있지 않은 것처럼. 그러나 이내 코딜리어는 내 쪽으로 얼굴을 돌리고 웃는다. 그녀는 말한다. "저 애들이 저

---

16) 1924년 해럴드 그레이가 《시카고 트리뷴》 신문에 연재한 만화 「작은 고아 애니」의 주인공이다.

렇게 소매를 걷어 붙이고 담뱃갑을 그 안에 넣는 거 너무 멋지지 않니? 저렇게 하려면 이두근이 있어야지!" 그러고는 평상시 모습으로 돌아간다.

반복적인 일상으로 시간을 그냥 흘려보내는 기분이다. 나는 주변의 호수에서 수영을 하고, 추리 소설을 읽으면서 건포도, 그리고 땅콩버터와 꿀을 두껍게 바른 크래커를 먹고, 내 또래 아이들이 없어 뚱한 표정으로 시간을 보낸다. 부모님의 지치지 않는 활기도 안도가 되지 못한다. 부모님이 나처럼 퉁명스러우면, 아니 아예 나보다 더 퉁명스러우면 훨씬 나을 것 같다. 그러면 적어도 나는 보다 정상적이라는 느낌이 들 것 같다.

9부

나병

41장

늦은 아침에 전화벨이 나를 깨운다. 차나의 전화다.

그녀가 말한다.

"안녕하세요. 우리가 연예면 첫 페이지를 따냈어요. 그리고 세 장, 세 보세요, 사진 세 장이 실렸다고요! 정말 엄청난 호평이에요!"

나는 그녀가 말하는 호평이 무슨 의미일까 생각하며 몸서리친다. 그리고 우리라니, 그건 또 무슨 뜻인가? 그러나 그녀는 만족해하고 있다. 내가 삶과 살림면을 졸업하고 연예면으로 옮겨 갔다는 것은 좋은 신호다. 영원한 위대함이라는 이상을 가지고 있었던 때, 레오나르도 다 빈치가 되고 싶었던 때를 나는 기억한다. 이제 나는 록 그룹과 최신 영화와 같은 자리를 차지하고 있다. 예술이란 처벌을 모면하며 해내는 것이라고 누군가가 말했다. 마치 예술이 물건을 슬쩍하는 일이나 가벼운 범죄 행위라도 되는 것처럼. 어쩌면 예술이란 그것이 전부였는지도, 아니 현재도 그런지도 모르겠다. 일종의 도둑질. 시각적인 것을 가로채는 행위.

나는 이것이 나쁜 기사일 것임을 안다. 그렇지만 유혹을 이길 수 없다. 옷을 걸치고, 가장 가까운 신문 판매대를 찾아 나선다. 적어도 작업실까지 올라와서 신문을 펼치는 체면 정도는 지킨다.

굵은 활자로 이렇게 쓰여 있다. "기벽의 예술가는 여전히 소요를 일으키는 힘을 지녔다." 화가가 아니라 예술가라는 단어를 썼다는 것, 늙음으로 가는 길을 표시하는 전조인 '여전히'라는 단어를 사용했다는 사실에 나는 주목한다. 도토리 머리의 소녀 안드리아가 앙갚음을 했다. 나는 그녀가 기벽이라는 예스러운 단어를 사용했다는 사실에 놀란다. 그 단어는 기둥, 기교 같은 단어를 연상시키며, 그 두 단어 모두 적절한 것 같다. 그러나 기사의 제목을 쓴 것은 그녀가 아닐 수도 있다.

정말로 사진이 세 장 실렸다. 하나는 내 얼굴인데 약간 아래에서 찍는 바람에 이중 턱으로 보인다. 두 개는 내 작품 사진이다. 첫 번째는 벌거벗은 스미스 부인이 무겁게 공중을 날아가는 작품이다. 양파 모양이 달린 교회 뾰족탑이 멀리 보인다. 스미스 씨는 아스파라거스 딱정벌레처럼 그녀의 등에 붙어 미치광이같이 웃고 있다. 그들은 빛나는 갈색 곤충 날개를 가졌다. 날개는 정확한 축척으로 그려져 꼼꼼하게 채색되었다. 「꾼잡, 성수태 고지」가 제목이다. 다른 작품은 허리 위쪽 상체와 허벅지 아래 벗은 몸을 드러낸 스미스 부인이 초승달 모양의 과도와 껍질 벗긴 감자를 들고 있는 모습을 그린 것으로서 「제국의 블루머」 연작 중 하나다. 신문 사진은 흑백이라 작품을 제대로 보여 주지 못한다. 그것은 스냅 사진처럼 보인다. 실제 작품에서 스미스 부인이 입고 있는 블루머는 내가 색을 제대로 내기 위해 몇 주나 노력을 들인 강렬한 남색이다. 어둡고 숨 막히는 빛을 발하는 듯한 푸른색.

나는 첫 단락을 꼼꼼히 읽는다. "저명한 예술가 일레인 리슬리는 때늦은 회고전을 위해 이번 주 고향인 토론토로 돌아왔다." 저명한. 웅장한 무덤 같은 단어. 당장이라도 대리석 시체 안치대로 올라가 머리까지 이불을 둘러써야겠다. 항상 있기 마련인 부정확한 인용구도 간간이 보일 뿐 아니라, 내 푸른색 조깅복도 논평을 피하지 못한다. "약간은 낡은 듯한 연푸른색 조깅복을 입은 일레인 리슬리는 위협적인 모습과는 거리가 멀어 보였음에도 불구하고, 오늘날의 여성들에 대해 몇 가지의 신랄하고 의도적으로 도발적인 발언을 해 주었다."

나는 커피를 몇 모금 삼키고 마지막 단락으로 뛰어넘는다. 피해 갈 수 없는 단어인 '절충주의적', 의무적으로 끼워 넣는 '후기 페미니즘', '그러나'와 '그럼에도 불구하고'. 유서 깊고 편리한 토론토식 모호함과 유보 조건들. 신랄한 공격이 차라리 나았을 것이다. 소동과 작은 불 유황 같은 것이. 그것을 통해 내가 아직 살아 있다는 사실을 확인할 수 있었을 것이다.

개막전에 대해 과격한 상상을 해 본다. 어쩌면 의도적으로 도발적인 모습을 보여야 할지도 모르겠다. 어쩌면 그들의 가장 깊은 의구심을 확인시켜 주어야 하는지도 모르겠다. 존의 전기톱 살인 공포 영화의 특수 효과 장치를 몸에 두르고 나타날 수도 있다. 화상 입은 얼굴과 피부가 다 벗겨지고 충혈된 한쪽 눈, 피 뿜는 플라스틱 팔을 달고. 아니면 속이 빈 발 모양 틀을 신고 미친 과학자 영화에서 뛰쳐나온 무엇처럼 어기적거리며 들어설 수도 있다.

내가 실제로 그런 행동을 하지는 않겠지만 그래도 이런 생각은 마음을 달래 준다. 이 모든 일을 거리를 두고 바라보도록, 이것이 소극이나 농담에 불과하며 나는 조롱하는 것 외에는 이것과 아무 연관이 없는 것처럼 느끼게 해 준다.

코딜리어는 신문에서 이 기사를 보게 될 것이다. 아마도 그녀는 웃음을 터뜨릴 것이다. 전화번호부에 이름이 실려 있지 않지만 코딜리어는 여전히 이 근처 어딘가에 살고 있을 것이다. 이름을 바꾸는 것은 그녀다운 행동이다. 어쩌면 결혼을 했을지도 모른다. 두 번 이상 했을 수도 있다. 여자들은, 대부분의 여자들은 찾아내기가 쉽지 않다. 그들은 다른 이름 속으로 미끄러져 들어가 아무 흔적 없이 가라앉아 버린다.

어쨌든 그녀는 이 기사를 볼 것이다. 이것이 스미스 부인이라는 것을 알아차리고 짜릿한 기쁨을 느낄 것이다. 나를 알아보고 찾아올 것이다. 화랑으로 들어와, 제목이 달리고 표구가 되고 날짜가 적혀 벽에 걸려 있는 자기 자신을 보게 될 것이다. 코딜리어는 틀림없이 알아볼 것이다. 긴 턱선과 약간 일그러진 입술. 그녀는 전시실에 홀로 남겨진 것처럼 보인다. 파스텔 녹색 벽의 전시실.

이것은 내가 코딜리어만을 홀로 그려 낸 유일한 작품이다. 「반쪽 얼굴」이 제목이다. 그림 속의 코딜리어가 얼굴 전체를 드러내고 있기 때문에 이것은 다소 기이한 제목이다. 그러나 그녀 뒤쪽 벽에는 르네상스 시대의 문장(紋章)처럼, 아니면 북쪽 지역의 바에 걸려 있는 무스나 곰의 머리처럼, 다른 얼굴이 하얀 천에 덮인 채 걸려 있다. 그것은 연극 가면 같은 효과를 자아낸다. 아마 그럴 것이다.

이 그림은 그리기 무척 힘들었다. 코딜리어를 한 시점, 어느 나이에 고정시키는 것이 내게는 어려운 일이었다. 나는 열세 살 정도의 그녀를 그리고 싶었다. 반항적인, 전투적으로까지 보이는 눈초리로 쳐다보는 그녀를. "그래서?"

그러나 그 눈이 나를 곤경에 빠뜨렸다. 이 작품 속의 눈은 강해 보이지 않는다. 그 눈 때문에 그녀의 얼굴은 자신감 없고 우유부단하며 원망하는 듯한 표정을 담고 있다. 겁에 질린 얼굴.

이 그림 속에서 코딜리어는 나를 두려워하고 있다.

나는 코딜리어가 두렵다.

코딜리어를 만나는 것은 두렵지 않다. 코딜리어가 되는 것이 두렵다. 어떤 면에서 우리는 서로 입장이 바뀌었다. 그리고 나는 그게 언제였는지 잊어버렸다.

42장

　여름이 지나고 나는 이제 10학년이 되었다. 여전히 다른 아이들보다 키가 작고 어리지만 그래도 성장했다. 구체적으로 말하자면 가슴이 생겼다. 정상적인 소녀답게 월경도 한다. 나도 이제 비밀을 아는 일원이 되었으며, 이제 배구 게임에서 빠져 앉아 있거나 아스피린을 받으러 양호실에 갈 수 있게 되었고, 납작 눌린 토끼 꼬리 같이 생긴, 적갈색 피에 흠뻑 젖은 패드를 다리 사이에 끼고 복도를 어기적거리며 걸을 수 있게 되었다. 그것은 어떤 만족감을 준다. 나는 다리 털을 민다. 털이 많아서가 아니라 그저 그렇게 하면 기분이 좋아지기 때문이다. 나는 욕조에 앉아서 종아리를 매끈하게 문지른다. 내 종아리가 치어리더들 다리처럼 좀 더 굵고 볼록했으면 좋겠다. 그 사이 오빠가 밖에서 투덜거린다.

"거울아, 거울아, 누가 가장 아름답니?" 그가 말한다.

"저리 가." 나는 조용히 말한다. 이제 그렇게 말할 수 있는 특권을 가졌다.

학교에서 나는 조용하고 주의 깊은 학생이다. 숙제를 꼬박꼬박 한다. 코딜리어는 눈썹을 뽑아 내 눈썹보다 더 가늘게 두 개의 가느다란 선처럼 만들고, 손톱을 칠한다. 파이어 앤드 아이스.[17] 코딜리어는 빗을 잃어버리거나 프랑스어 숙제를 잊어버리는 등 건망증 증세를 보인다. 그녀는 복도에서 거슬리는 소리로 크게 웃는다. 복잡한 새 욕설을 만들어 낸다. 더러운 자식이라는 욕을 그녀는 "유제류(有蹄類) 똥 같으니."로 바꾸어 말한다. "거대한 불꽃을 내는 푸른 눈의 대머리 예수."라는 욕도 한다. 취미로 담배를 피우며, 여학생 화장실에서 피우다 들키기도 한다. 선생들은 언뜻 봐서 왜 우리가 친구인지, 함께 무엇을 하는지 짐작하기 힘들 것이다.

오늘 집으로 돌아오는 길에 눈이 내린다. 부드럽고 어루만지는 듯한 커다란 눈송이가 우리 피부에 차가운 나방처럼 내려앉는다. 공중은 깃털로 가득 차 있다. 코딜리어와 나는 기분이 고조되어서, 차들이 눈 때문에 조용히 그리고 천천히 지나가는 가운데 황혼 녘의 보도를 소란스럽게 걷는다. 우리는 노래 부른다.

---

17) 매우 강렬한 붉은색이다.

리디아 핑컴의 이름을
기억하라,
여성을 위한 그녀의 치료제는 그녀에게 명성을 주었다네!

이것은 라디오에서 나오는 광고 음악이다. 리디아 핑컴의
치료제[18]가 무엇인지는 모르지만, '여성을 위한' 것이라는 게
모두 다달이 흘리는 피 아니면 그와 마찬가지로 입 밖에 내기
거북한 여자들의 신체 현상에 관한 것이기 때문에 우리는 이
것이 매우 재미있다고 생각한다. 우리는 이런 노래도 부른다.

나병,
밤낮 너는 나를 괴롭히지,
내 눈알이
내 하이볼 속으로 떨어지네.

다른 노래도 있다.

네 심장의 일부를
나는 지금 먹고 있어.
우리가 헤어진 건 슬픈 일이야…….

---

18) 1875년 미국인 리디아 핑컴은 여성들의 통증을 위한 가정 제조약을 만
들어 판매하기 시작했다. 그녀는 최초로 여성만을 대상으로 한 의약품 광고
와 판매 영역을 개척했다.

우리는 이런 노래와 다른 유명한 노래를 개사해서 부른다. 이 모든 노래가 무척 재치 있는 것이라고 생각한다. 우리는 윗단을 접어 내린 고무장화를 신고 눈밭을 뛰고 미끄러진다. 눈덩이를 뭉쳐 가로등 기둥에, 소화전에, 대담하게도 지나가는 차를 향해, 심지어는 쇼핑백을 들고 있거나 개를 데리고 있는 여자들이 대부분인 보도의 행인들에게도 던진다. 우리는 교과서를 내려놓고 눈을 뭉친다. 조준이 부정확해 거의 아무것도 맞히지 못하는데, 그 와중에 실수로 털 코트 입은 여자의 등에 눈덩이를 적중시킨다. 그 여자는 몸을 돌려 노려보고, 우리는 모퉁이를 돌아 골목길로 도망친다. 공포와 당혹감으로 너무 많이 웃는 바람에 쓰러질 것 같다. 코딜리어는 눈 덮인 잔디밭에 벌렁 드러눕는다. "그 사악한 눈초리!" 그녀는 소리지른다. 왠지 코딜리어가 저렇게 팔 벌리고 눈 위에 누워 있는 모습이 마음에 들지 않는다.

"일어나. 폐렴에 걸릴지도 몰라." 내가 말한다.

"그래서?" 코딜리어가 대꾸한다. 그러나 이내 몸을 일으킨다.

아직 완전히 어둡지는 않지만 가로등이 켜진다. 우리는 공동묘지가 시작되는 곳 맞은편 거리에 다다른다.

"그레이스 스미스 생각나?" 코딜리어가 묻는다.

나는 그렇다고 대답한다. 나는 그레이스를 기억한다. 명확하지 않은 간헐적 기억이지만. 그녀를 처음 만났던 때를, 그 후 사과 과수원에서 화관을 쓰고 있던 그녀를 기억한다. 그리고 한참 더 시간이 흐른 후 고등학교에 진학하기 바로 전에 8학년이었던 그녀를 기억한다. 나는 그레이스가 어느 고등학교에

갔는지조차 모른다. 그녀의 주근깨와 작은 미소, 거친 말총 같은 많은 머리를 기억한다.

"그 애 집에선 화장지 사용량도 정해져 있었어. 한 번에 네 칸씩, 큰 거 할 때도 말이야. 너 그거 알고 있었니?" 코딜리어가 말한다.

"아니." 내가 대답한다. 그러나 한때 알고 있었다는 막연한 느낌이 든다.

"그 집에 있던 검은 비누 생각나? 그거 기억나? 타르 냄새가 풍겼지." 코딜리어가 말한다.

나는 우리가 지금 무슨 짓을 하고 있는지 알고 있다. 스미스 씨 가족을 흉보고 있는 것이다. 코딜리어는 온갖 일을 다 기억한다. 지하층 빨랫줄에 걸려 물을 똑똑 떨구던 변색된 속옷, 가늘고 긴 조각이 되도록 닳은 과도, 이턴 카탈로그에서 주문한 겨울 코트. 코딜리어의 의견에 따르면 심슨스야말로 제대로 된 쇼핑을 할 수 있는 곳이다. 우리도 토요일 아침마다 머릿수건도 쓰지 않고 정류장마다 급정거하는 전차를 타고 심슨스에 간다. 이턴 카탈로그에서 물건을 고르는 것은 이턴 백화점에서 물건을 사는 것보다 훨씬 더 격이 낮은 일이다.

"뚱뚱보 가족!" 코딜리어는 눈 내리는 공중에 대고 외친다. 잔인하면서도 딱 들어맞는 표현이기도 하다. 우리는 "큭큭." 소리를 내며 웃는다. "뚱뚱보 가족은 저녁으로 뭘 먹지? 연골 한 접시!"

이제 우리는 본격적인 놀이로 들어간다. 그들의 속옷 색깔은? 꿀꿀거리는 색. 뚱뚱보 씨 부인은 왜 얼굴에 반창고를 붙이고 있나? 면도하다 베어서. 그 가족에 대해 어떤 말이든 할 수 있고, 어떤 일이든 지어낼 수 있다. 그들은 방어할 힘이 없으며 우리가 마음대로 좌지우지할 수 있다. 우리는 성인 뚱뚱보 둘이 애정 행각을 벌이는 장면을 그려 보려고 하지만, 그것은 우리에겐 너무 지나친 일이다. 너무나 구토 유발적인 상상이라 도저히 계속할 수 없다. '구토 유발적'이라는 것은 퍼디가 만든 새로운 표현이다.

"그레이스 뚱뚱보는 오락으로 뭘 하나? 여드름 짜기!" 코딜리어는 허리를 굽히고 너무나 많이 웃어서 거의 넘어질 지경이다. "그만, 그만해, 오줌 싸겠어." 그녀가 말한다. 그레이스는 8학년 때부터 여드름이 나기 시작했다고 코딜리어가 말한다. 지금쯤 더 늘어났을 것이다. 그것은 우리가 만들어 낸 것이 아니라 사실이다. 우리는 그 상상을 즐긴다.

우리가 묘사한 스미스 씨 가족은 매력 없고 인색하며 밀가루 반죽처럼 무겁고 하얀 마가린처럼 지루한 사람들이다. 우리는 그들이 하얀 마가린을 디저트로 먹는다고 주장한다. 우리는 그들의 신앙심과 적은 수입과 발크기, 그리고 그들 가족을 요약적으로 보여 주는 고무나무를 비웃는다. 마치 아직도 그들을 알고 있는 양, 우리는 모든 것을 현재 시제로 이야기한다.

이 놀이는 내게 충족감을 준다. 나 자신의 잔인성을 설명할 수 없다. 내가 이것을 왜 이토록 즐기는지, 아니면 코딜리어가 왜 이런 놀이를 하는지, 왜 이 놀이를 하자고 고집하는지, 왜 놀이가 시들해진다 싶으면 다시 활기를 찾도록 몰아 대는지 나는 묻지 않는다. 코딜리어는 나를 곁눈질로 살펴본다. 마치 우리 둘 다 분명히 야비한 배신행위라고 인식하고 있는 이 짓거리를 내가 얼마나 더 오래, 더 심하게 할지 가늠해 보는 것처럼. 내 머릿속에 그레이스의 모습이 스치듯 다시 떠오른다. 어깨끈 달린 치마와 보풀이 인 스웨터를 입고 앞 현관문을 지나 집 안으로 사라지는 모습. 그녀는 우리 모두의 흠모의 대상이었다. 그러나 이제는 아니다. 그리고 지금 코딜리어의 묘사에 따르면, 단 한 번도 우리의 사랑을 받았던 적이 없었다.

우리는 눈 내리는 길을 뛰어 건너서 공동묘지 담장에 연결된 작은 연철 문을 열고 안으로 들어간다. 전에는 한 번도 이런 짓을 한 적이 없다.

이곳은 조경이 되지 않은 끝부분이다. 나무들은 모두 묘목이고, 잎사귀가 없어 더욱더 덧없는 존재들로 느껴진다. 땅은 대부분 손대지 않은 상태지만, 거대한 갈고리 자국, 삽질, 토목 공사 같은 흔적이 보인다. 묘비는 몇 개 되지 않고 모두 새것이다. 장로교인다운 겉치레를 위해 광택을 낸 거대한 직사각형의 화강석, 평범하고 장식적인 기교 없이 새겨진 글씨. 그 묘비들은 남자의 코트를 연상시킨다.

우리는 묘지 사이로 다니며 뚱뚱보 가족이 서로의 무덤에 어떤 묘비를 택할지 생각하며 특별히 회색이 짙고, 특별히 멍청해 보이는 것으로 골라 본다. 이곳에서는 사슬 담장 너머로 맞은편 거리에 서 있는 집들을 볼 수 있다. 그레이스 스미스의 집도 보인다. 우리가 자신에 대해 무슨 이야기를 하고 있는지 전혀 모르는 그녀가 바로 이 순간, 하얀 외부 현관 기둥이 있는 저 평범하게 보이는 벽돌 상자 안에 있다는 사실을 생각하니 이상한 기분이 들면서도 동시에 묘한 즐거움이 느껴진다. 스미스 부인도 아프간 모직 담요를 덮고 긴 벨벳 의자에 누워 있을 것이다. 내가 기억할 수 있는 것은 이 정도다. 그때보다 별로 더 많이 크지 않은 고무나무가 층계참에 놓여 있을 것이다. 고무나무는 천천히 자란다. 이제는 우리가 더 크다. 그리고 그 집은 작아 보인다.

공동묘지가 우리 앞에 광대하게 펼쳐져 있다. 협곡은 왼쪽에 있고, 새 콘크리트 다리가 살짝 보인다. 나는 옛 다리와 그 아래의 시내를 잠시 떠올린다. 우리 발 아래에서 죽은 자들이 녹아들어 차갑고 맑은 물로 변해 언덕 아래로 흘러내리는 것이다. 그러나 나는 이것을 즉시 잊어버린다. 공동묘지는 하나도 무섭지 않다고 나는 스스로에게 중얼거린다. 이곳은 너무 실용적이고, 너무 꼴사납고, 지나치게 단정하다. 물건을 치워 정리하는 부엌 선반 같다.

우리는 아무 말도 하지 않고 어디로, 왜 가는지도 모른 채 한참을 걷는다. 이 주변 나무들은 키가 더 크고, 비석도 더 오래되었다. 켈트십자가[19]도 보이고 때때로 천사상도 보인다.

"여기서 어떻게 빠져나가지?" 코딜리어가 약간 웃으며 말한다.

"계속 걷다 보면 길이 나올 거야. 저거 차량들 아니니?" 내가 말한다.

"나는 구름 과자가 필요해."

---

19) 중간에 원 모양이 있는 십자가다.

코딜리어가 말한다. 우리는 벤치를 찾아 앉고, 코딜리어는 손을 오므려 바람을 피해 담뱃불을 붙인다. 그녀는 장갑도 끼지 않고, 머플러도 두르지 않았다. 그녀는 검은색과 금색이 섞인 작은 라이터를 가지고 있다.

"죽은 사람들의 저 작은 집들을 봐." 코딜리어가 말한다.

"영묘(靈廟)야." 나는 박식한 척 말한다.

"뚱뚱보 가족의 영묘지." 그녀는 농담을 끝까지 밀어붙이며 말한다.

"그들은 영묘 같은 건 없을걸. 너무나 화려하잖아." 내가 말한다.

코딜리어가 읽는다. "이턴. 그 백화점이 틀림없어. 철자도 똑같아. 이턴 카탈로그가 여기 묻혀 있어."

"카탈로그 씨과 그 부인." 나는 말한다.

"파운데이션을 입고 있는지 궁금한데."

코딜리어가 담배 연기를 빨아들이며 말한다. 우리는 이전의 유쾌한 기분을 돌이키려 해 보지만 잘 되지 않는다. 마치 털 코트나 금시계를 보관해 두듯 그들만의 무덤에 보관되어 있는 이턴 부부와 다른 많은 사람들을 나는 생각한다. 그리스 신전같이 생긴 그 무덤의 외관 때문에 이상한 느낌이 더 강하게 든다. 그들은 정확히 무덤 안의 어느 곳에 묻혀 있는 것일까? 관대 위에? 공포 만화에서처럼 거미줄투성이 돌 뚜껑이 덮인 관 속에? 나는 어둠 속에서 반짝이는 그들의 보물과(당연히 보물이 있을 것이다.) 그들의 길고 푸석푸석한 머리카락을 상상한다. 죽은 후에도 머리와 손톱은 자란다. 내가 그걸 어떻게 알고 있는지 나도 모르겠다.

나는 천천히 말한다.

"이턴 부인은 사실 뱀파이어야. 밤이면 밖으로 나오지. 긴 흰색 무도회복을 입고서. 저 문이 삐걱거리며 열리고 그녀가 나와."

"뒤늦게 뚱뚱보 가족의 피를 마시기 위해 말이지." 코딜리어는 희망 어린 목소리로, 담뱃불을 비벼 끄며 말한다.

나는 웃지 않는다. "아니, 정말이야. 그녀는 정말 무덤에서 나와. 나도 우연히 알게 됐어." 내가 말한다.

코딜리어는 초조한 표정으로 나를 바라본다. 눈이 내리고 어스름이 깔리는 때, 이곳에 우리 외에는 아무도 없다. "그래?" 그녀는 내가 농담을 뱉기를 기다리며 묻는다.

"그래. 우리는 때때로 함께 나가지. 나도 뱀파이어거든." 내가 말한다.

"넌 뱀파이어가 아니야." 코딜리어는 일어서서 눈을 털며 말한다. 불안한 미소를 짓고 있다.

"네가 어떻게 알아? 네가 어떻게 아냐고?" 내가 말한다.

"너는 낮에 돌아다니잖아." 코딜리어가 말한다.

"그건 내가 아니야. 내 쌍둥이 자매지. 너는 몰랐겠지만, 나는 쌍둥이야. 일란성 쌍둥이. 그냥 봐서는 우리를 구분할 수 없어. 아무튼 나는 햇빛만 피하면 돼. 이런 날은 아주 안전해. 잠자는 곳은 흙이 가득 찬 관이야. 그건 저 아래, 저 아래쪽……." 나는 그럴듯한 장소를 찾는다. "지하실에 있어."

"어리석은 장난 하지 마." 코딜리어가 말한다.

나도 일어선다. "어리석다고?" 내가 말한다. 나는 목소리를 낮춘다. "나는 그저 진실을 이야기하고 있을 뿐이야. 너는 내 친구잖아. 이제 너도 알아야 할 때라고 생각했어. 나는 실제로는 죽었어. 몇 년 전에 죽은 사람이라고."

"장난 그만해." 코딜리어가 날카롭게 말한다. 그녀가 불안해한다는 것을 아는 것이, 내가 그녀에게 이렇게 큰 힘을 휘두를 수 있다는 것이 얼마나 즐거운지 놀라울 따름이다.

나는 말한다. "무슨 장난? 장난이 아니야. 그렇지만 걱정하지 않아도 돼. 네 피는 빨아 먹지 않을게. 너는 내 친구니까."

"망나니짓하지 마." 코딜리어가 말한다.

내가 말한다. "잠시 후면 우리는 이곳에 갇혀 버릴 거야."

돌연 우리는 이 말이 사실이라는 것을 알아차린다. 우리는 웃으며, 숨을 몰아쉬며, 도로를 따라 뛰어간다. 그리고 다행히 아직도 열려 있는 커다란 입구를 발견한다. 그 밖으로는 퇴근 시간의 교통 체증으로 차들이 늘어서 있는 영 스트리트가 펼쳐져 있다.

코딜리어는 뚱뚱보 가족의 차를 찾고 싶어 하지만 나는 이 놀이에 싫증이 났다. 나는 괄목할 만한 보다 농밀하고 보다 사악한 작은 승리를 손에 넣었다. 에너지가 우리 둘 사이에 오갔고, 이제는 내가 강자가 되었다.

43장

이제 나는 11학년이고, 키는 다른 여학생들 정도다. 즉 그다지 크지 않다. 나는 앞주름이 있어도 걷기가 힘든 진회색 펜슬 스커트와, 붉은 바탕에 너비가 변화하는 회색 가로줄 무늬가 있는 돌먼 슬리브 스웨터를 가졌다. 금박 버클이 달린 넓고 탄력 있는 검은색 벨트와, 걸을 때마다 끌리는 소리가 나고 양 옆으로 벌어지는 납작한 무명 벨벳 발레리나 슈즈도 있다. 펜슬 스커트와 어울리는 짧은 코트도 있다. 내 차림새는 이렇다. 상의는 넓고 펄럭거리고, 그 아래로 가느다란 나뭇가지처럼 허벅지와 종아리가 드러난다. 나는 입이 거칠다.

나는 입이 거칠기로 유명해졌다. 누군가 자극하기 전에는 험한 말을 하지 않지만, 일단 입을 열면 짧고 압도적인 말이 쏟아져 나온다. 무슨 말을 할지 생각할 필요도 없다. 마치 안에 전구가 든 생각의 풍선처럼 갑자기 말이 튀어나온다. "짜증 유발하지 마."와 "뭐 눈엔 뭐만 보이지." 같은 말은 여학생들 사이에서 명답의 표본으로 회자되고 있지만, 그보다 훨씬 심한 말도 서슴없이 한다. 나는 용납되는 수준의 경계쯤 된다고 할 수 있는 '궁둥이에 가시 같은 존재'라는 표현을 서슴없이 할 수 있으며, '걸어 다니는 여드름'과 '액취 방지제 바르기 전 겨드랑이'처럼 상대를 납작하게 만드는 표현을 만들어 낼 수도 있다. 누가 나를 공붓벌레라고 부르면 이렇게 응수한다. "너 같은 돌머리보다는 공붓벌레가 더 낫지." 그리고 "머릿기름을 많이 바르니?"나 "많이 빨아 주니?"라는 말도 거리낌 없이 한다. 나는 사람들의 약점이 어디인지 안다. '빨아 주다'는 특별한 만족감을 주는 단어이자 특별한 파괴력을 가진 단어이기도 하다. 이것은 대개 남학생들이 하는 욕이고, 엄지손가락이나 아기를 연상시킨다. 다른 어떤 부분을 빨 수 있을지, 또 어떤 상황에서 빨게 되는지는 아직 생각해 본 적 없다.

우리 학교 여학생들은 내 험한 입을 조심하고 피해야 한다는 것을 알게 되었다. 나는 잠재적인 언어적 위험이라는 영기를 휘감고 복도를 걸어 다니고, 아이들은 나를 조심스럽게 대한다. 그것은 만족감을 준다. 이상하게도 이 야비한 행동 때문에 친구가 줄어드는 것이 아니라 오히려 더 많아졌다. 표면적으로는 그렇다. 여학생들은 나를 두려워하지만, 가장 안전한 장소가 어디인지 알고 있다. 바로 내 옆, 아니면 나에게서 반 발짝 뒤로 물러선 곳이다. "일레인은 정말 재밌어." 그들은 이렇게 아무 설득력 없는 말을 한다. 몇몇 아이들은 벌써 도자기와 가정용품을 수집하고, 혼수 상자를 가지고 있다. 이런 일에 나는 유쾌한 경멸감을 느낀다. 그러나 내가 의도하지 않은 상처를 누군가에게 주는 것은 불쾌하다. 내가 가하는 상처가 모두 의도적인 것이기를 원한다.

남학생들은 나를 자극하는 말을 하지 않기 때문에 내 험한 입을 놀릴 기회가 없다. 물론 오빠는 예외다. 근래 들어 우리는 언어적 야비함을 일종의 놀이처럼, 배드민턴을 치듯 주고받는다. "넌 내 밥이야.", "복수를 받아라." 보통 이런 말로 오빠를 잠잠하게 만들 수 있다. "이발 어디서 했어? 예초기 마을에서?" 오빠는 머리 모양에 민감하기 때문이다. 오빠가 사립 학교 교복인 회색 플란넬 바지와 재킷을 말쑥하게 차려입고 있을 때는 이렇게 말한다. "어이, 심슨스 외판원같이 보이는걸." 심슨스 외판원이란 주머니에 문장이 박힌 블레이저 코트를 입은 사진을 고등학교 연감에 싣고, 단정한 모습으로 심슨스 백화점 광고를 대행해 주는 인기 없는 아이들을 말한다.

아버지가 말한다. "네 날카로운 혀 때문에 곤경에 처할 날이 올 거야, 작은 숙녀분." 아버지가 작은 숙녀분이라고 부르는 것은 내가 위험 수위 같은 것에 매우 가까워졌다는 신호다. 그러나 아버지의 말은 잠시 내 입을 다물게 만드는 일시적 효과는 있지만, 내 공격성을 누그러뜨릴 영향력은 결코 없다. 나는 사회적으로 용인되는 경계를 뛰어넘었다는 것을 깨달았을 때, 살얼음판이나 허공을 걷고 있다는 것을 알아차렸을 때 느껴지는 위험과 현기증을 즐기게 된 것이다.

내가 험한 입을 가장 많이 사용하는 대상은 바로 코딜리어다. 그녀는 나를 자극할 필요조차 없다. 나는 그녀를 사격 연습용으로 사용한다. 우리는 청바지 차림으로 언덕에서 미식축구 경기장을 내려다보며 앉아 있다. 학교에서 청바지는 오직 미식축구 경기가 있는 날에만 허용된다. 우리는 질질 끌리는 바짓단을 커다란 안전핀으로 고정시켰다. 그것은 최신 유행이다. 치어리더들은 허벅지 중간까지 오는 치마를 입고 이리저리 뛰며 종이로 만든 장식 술을 흔들어 댄다. 그들은《라이프》잡지 뒷면의 치어리더들처럼 다리가 긴 금발이 아니라, 균형이 잡히지 않고 땅딸막한 갈색 머리다. 그래도 나는 그들의 종아리가 부럽다. 선수들이 뛴다. 코딜리어가 말한다. "저기 그레고리 좀 봐! 저 거대한……." 그러면 나는 덧붙인다. "치즈 덩어리." 코딜리어는 상처받은 표정으로 나를 쳐다본다. "나는 저 애가 잘생겼다고 생각해." 나는 "쟤들이 옥수수기름을 뒤집어쓴 게 마음에 든다면." 하고 말한다. 코딜리어가 학교 화장실 변기를 닦지 않고 앉으면 병에 걸린다고 말하면 나는 말한다. "누가 그런 얘길 해 줬니? 네 엄마가?"

나는 코딜리어가 좋아하는 가수들을 비웃는다. 나는 말한다. "사랑, 사랑, 사랑. 그들은 항상 징징대." 나는 지나친 감정 노출을 혹독하게 경멸하게 되었다. 프랭크 시나트라는 노래 부르는 마시멜로이며, 베티 허튼은 인간 맷돌에 불과하다. 어쨌든 이 가수들은 한물간 감상적 연약함에 지나지 않는다. 로큰롤이야말로 진정한 음악이다. 「돌처럼 차가운 가슴」 같은 노래.

코딜리어는 대꾸할 말을 찾아낼 때도 있고, 못할 때도 있다.

그녀는 말한다. "넌 너무 잔인해." 아니면 입 한쪽으로 혀를 날름 내밀고는 화제를 바꾼다. 아니면 담배를 피운다.

나는 역사 수업을 들으며 책 한 편에 낙서를 끼적이고 있다. 우리는 2차 세계 대전에 대해 배우는 중이다. 선생은 매우 열정적인 사람으로, 교실 앞을 휘젓고 다니면서 팔과 지시봉을 흔들어 댄다. 그는 전쟁에 다녀왔을 법한, 아니 소문에 따르면 정말 다녀왔다고 하는, 머리가 헝클어지고 다리를 저는 키 작은 남자다. 그는 칠판에 유럽 지도를 흰 분필로 커다랗게 그려서 노란 점선으로 국경을 표시해 놓았다. 히틀러 군대의 침공은 분홍색 화살로 표시되어 있다. 독일의 오스트리아 합병이 이루어지고, 폴란드가 함락되고, 이제는 프랑스 차례. 나는 튤립과 나무를 그려 놓고 땅을 표시하는 선을 그은 다음 뿌리를 다 그린다. 영국 해협에 초록색 분필로 표시된 잠수함이 등장한다. 나는 통로 건너편에 앉아 있는 여학생의 얼굴을 그린다. 독일군의 런던 야간 폭격이 시작되고, 폭탄은 사악한 은색 천사들처럼 공중에 떨어지고, 런던의 골목, 집, 벽난로, 굴뚝 모두 와해되어 버린다. 여러 세대에 걸쳐 전승된 수공 새김 장식의 이인용 침대는 폭파되어 불타는 장작이 되고 역사는 파편으로 화한다. "이것은 한 시대의 종말이었다." 선생은 말한다. "너희로서는 이해하기 힘들겠지만……. 이제 그 어떤 것도 예전과 똑같지 않을 것이다." 그는 자기 말에 깊이 감동받는다. 그가 자기 말에 도취한 모습을 보는 것은 당혹스럽다. '어떤 면에서 같지 않다는 거지?' 나는 생각한다.

이 모든 분필 사태가 진행되는 동안, 이 모든 죽음의 통계 수치에도 불구하고, 나 자신은 살아남았다는 사실이 무척 놀랍게 느껴진다. 여자들이 커다란 어깨심에 졸라맨 허리선, 거꾸로 맨 앞치마처럼 보이는 주름이 달린 우스꽝스러운 옷을 입고 다닐 때도 나는 살아 있었다. 나는 어깨가 넓고 챙 넓은 모자를 쓴 여자를 그린다. 내 손을 그린다. 손은 가장 그리기 힘든 부분이다. 소시지 덩어리처럼 보이지 않도록 그리는 것은 매우 어렵다.

나는 남자 친구들을 사귄다. 의식적으로 계획한 것이 아니라 그냥 일어난 일이다. 남학생들과의 관계는 너무나 쉽다. 내가 노력을 기울일 필요가 거의 없다는 뜻이다. 내가 불편함을 느끼고, 자신을 방어할 필요를 느끼는 것은 항상 여자아이들과의 관계에서다. 남자아이들과는 그렇지 않다. 방에 앉아 양모 스웨터에서 까끌까끌한 보풀을 떼고 있을 때 전화가 울린다. 아마 남학생일 것이다. 나는 전화가 있는 복도로 스웨터를 들고 가서, 의자에 앉아 수화기를 귀와 어깨 사이에 끼고 계속 보풀을 뗀다. 주로 침묵으로 이루어진 긴 대화가 계속된다.

남자아이들은 본래 이런 침묵을 필요로 한다. 지나친 수다나 빠른 말로 놀라게 해서는 안 된다. 그들이 무슨 말을 하는가는 그리 중요하지 않다. 중요한 부분은 말 사이의 침묵에 놓여 있다. 나는 우리가 공통적으로 찾고 있는 것이 무엇인지 안다. 그것은 바로 도피다. 그들은 어른들과 다른 남자아이들에게서, 나는 어른들과 다른 여자아이들에게서 도피하고 싶어 한다. 우리는 일시적이고 비현실적이지만 어딘가에 존재하는 사막의 섬을 찾는다.

아버지는 호주머니 속에서 열쇠와 동전을 딸그랑거리며 거실을 왔다 갔다 한다. 이러한 단음절, 웅얼거림, 침묵으로 이루어진 대화를 들어야 한다는 사실을 견디지 못하는 것이다. 아버지는 복도로 와서 손가락으로 싹둑 자르는 흉내를 낸다. 통화를 짧게 끝내야 한다는 의미다. "이제 그만 가 봐야 해." 나는 말한다. 상대방은 타이어 이너 튜브에서 공기가 빠져나가는 듯한 소리를 낸다. 나는 그게 무슨 말인지 이해한다.

나는 남자아이들에 대해 알고 있다. 그들의 머릿속에 오가는 생각들, 소녀들과 여자들에 대한 생각들, 다른 남자아이들이나 어느 누구에게도 인정할 수 없는 일들에 대해 알고 있다. 그들은 자기들 몸을 두려워하며 자기들의 말에 대해 수줍어하고, 비웃음을 당할까 조바심 낸다. 나는 그들이 탈의실에서 장난치거나 체육관 뒤에서 몰래 담배 피울 때 어떤 대화가 오가는지 안다. '계집애', '개같은 년', '호박꽃', '화냥년' 같은 말은 여자아이들을 지칭할 때 사용되는 말이다. 물론 더 심한 말도 쓴다. 나는 이런 말 때문에 그들을 비난하지는 않는다. 이런 말이 황소 눈알 표본과 콧물 먹기의 변형에 지나지 않는 것이며, 자신이 강하고 놀림받아서는 안 된다는 것을 보여 주기 위해 서로 주고받는 일종의 증거이기 때문에 곧이들어서는 안 된다는 것을 나는 알고 있다. 그런 용어를 사용한다고 해서 그들이 진짜 여자아이들을, 아니면 특정한 여자아이를 싫어한다는 의미는 아니다. 실제 여자아이들은 때로는 이런 단어의 대용물이고, 때로는 그 단어들이 구체화되어 나타난 것이며, 때로는 그저 배경 소음에 불과하다.

나는 이런 말 중에 어떤 것도 내게는 해당되지 않는다고 생각한다. 그것은 다른 여자아이들, 남학생들을 무시하며 복도를 걷는 여학생들, 자기가 매력적이라고 생각하는 듯 머리를 흔들고 작은 엉덩이를 실룩거리며 다니는 아이들, 너무 큰 소리로 부주의하게 이야기하면서 아무도 속이지 못하는 여학생들, 아니면 부드럽고 순결하고 상큼한 척 행동하는 위선자들에게 해당되는 말이다. 그리고 계집애, 개같은 년, 호박꽃, 화냥년 같은 소리 없는 단어의 구름은 언제나 그들을 둘러싸고 있으면서, 그들을 지적하고, 축소시키고, 마음대로 다룰 수 있는 크기로 작게 잘라 버린다. 이 소리 없는 단어들을 다루는 비결은 단어들 사이의 공간 속으로 걸어 들어가, 머릿속에서 몸을 돌려 사라져 버리는 것이다. 마치 벽을 통과해 걷는 것처럼.

이것이 내가 남자아이들 일반에 대해 알고 있는 것이다. 그 어떤 것도 남자아이들 개개인, 내가 사귀는 남자아이들과는 아무 관련이 없다. 내가 사귀는 남자아이들은 대체로 나보다 나이가 많으며, 기름기 도는 덕테일 머리를 하고 가죽옷을 걸치고 다니는 부류는 아니다. 그것보다는 나은 아이들이다. 남자 친구와 외출하는 날에는 제시간에 집에 돌아와야 한다. 그렇지 않으면 아버지가 제시간에 집에 돌아오는 것은 기차역에 제시간에 가는 것과 같다는 긴 설교를 늘어놓는다. 기차 시간에 늦게 도착하면 기차를 놓친다. 그렇지 않은가? 나는 말한다. "하지만 집은 기차가 아니잖아요. 집은 어디로 가 버리는 게 아니죠." 아버지는 화를 내면서 호주머니 안의 열쇠를 만지 작거린다. "내 요지는 그게 아니야." 아버지가 말한다.

어머니가 이렇게 말한다. "우리는 걱정했단다." "뭐에 대해서 요?" 내가 묻는다. 내가 보기에는 걱정할 게 하나도 없다.

다른 일들과 마찬가지로 이 일에 있어서도 우리 부모님은 골칫거리다. 부모님은 다른 사람들처럼 텔레비전을 사지 않는 다. 아버지가 텔레비전은 우리를 백치로 만들 것이며 해로운 복사 에너지와 무의식적인 메시지를 방출한다고 믿기 때문이 다. 남자아이들이 나를 데리러 오면 아버지는 지하층에서 오 래된 회색 펠트 모자를 쓰고 망치나 톱을 들고 나타나서 그들 과 힘찬 악수를 나눈다. 아버지는 빈틈없고 반짝이고 풍자적 인 작은 눈으로 그들을 평가하며, 마치 그들이 대학원생 제자 라도 되는 듯이 존칭을 붙여 부른다. 어머니는 고상한 숙녀처 럼 행동하며 거의 아무 말도 하지 않는다. 아니면 내가 아주 예뻐 보인다고 남자아이들 앞에서 말한다.

봄이면 부모님은 진흙 묻은 헐렁한 정원 작업용 바지를 입 고 집 모퉁이에서 나타나 나를 배웅한다. 부모님은 아버지가 앞으로 할 일을 위해 시멘트 블록을 잔뜩 쌓아 둔 뒷마당으 로 남자아이들을 데려간다. 소년들이 나이 지긋한 숙녀들이라 도 된다는 듯이 붓꽃 심어 놓은 것을 보여 주려는 것이다. 남 자아이들은 붓꽃 따위에는 관심도 없지만 정원의 붓꽃에 대 해 무슨 말이든 해야 한다. 아니면 아버지는 남자아이들과 시 사 문제에 관한 토론을 벌이려고 하거나 그들이 초조하게 몸을 비꼬는 동안 책장에서 책을 끄집어내 이런저런 책을 읽었는지 물어본다. "네 아버진 특이하셔." 남자아이들은 나중에 어색하게 고백한다.

우리 부모님은 때 묻은 얼굴을 하고 예측이나 통제가 불가능한 창피한 말들을 불쑥 뱉어 내는 장난꾸러기 동생들 같다. 나는 한숨을 내쉬고 최대한 잘해 보려고 노력한다. 내가 부모님보다 더, 훨씬 더 나이를 많이 먹은 느낌이다. 아주 늙어 버린 느낌.

내가 남자아이들과 하는 행동은 걱정할 것이 전혀 없다. 그저 평범한 행동일 뿐이다. 우리는 영화를 보러 가서 흡연석에 앉아 애무를 하거나, 드라이브 인 극장에 가서 팝콘을 먹으며 애무를 하기도 한다. 애무에는 일정한 규칙이 있으며, 우리는 그것을 지킨다. 접근했다가 밀어내고, 다시 접근했다가 또다시 밀어내는 것이다. 가터벨트와 브래지어까지는 너무 지나치다. 지퍼를 내리는 것도 안 된다. 남자아이들의 입에서는 담배 냄새와 소금기가 느껴지고, 피부에서는 올드 스파이스 애프터셰이브 로션 냄새가 난다. 우리는 춤추러 가서 로큰롤 음악에 맞추어 몸을 흔들어 대거나, 다른 사람들에 둘러싸여 푸르스름한 조명 아래에서 천천히 춤을 춘다. 정식 무도회가 끝나면 누군가의 집으로 가거나 세인트 찰스 레스토랑으로 간다. 그 후 얼마 남지 않은 시간에 잠시 애무를 한다. 나는 돈이 없기 때문에 정식 무도회에 입을 드레스를 직접 바느질해 만들었다. 그 드레스에는 여러 겹의 망사가 달려 있고, 그 아래에

심이 든 페티코트가 있다. 나는 혹이 풀리지 않을까 염려한다. 나는 드레스 감과 똑같은 새틴 천으로 된 구두와 은색 끈 달린 구두가 있고, 귀를 너무나 아프게 죄는 귀걸이도 있다. 무도회를 위해 남자아이들은 내게 코르사주를 보낸다. 무도회가 끝나면 나는 그 꽃을 눌러서 책상 서랍에 보관한다. 짓눌린 카네이션과 가장자리가 갈색으로 변한 장미 봉오리, 쪼그라든 꽃송이 수집물 같은 죽은 식물 다발.

오빠 스티븐은 이런 남자아이들을 경멸한다. 그의 의견에 따르면 그들은 멍청이들이며, 내가 심각하게 고려할 가치조차 없는 놈들이다. 오빠는 그들이 없는 곳에서 그들을 비웃으며 그들의 이름을 웃음거리로 삼는다. 오빠는 조지를 '조지포기'로, 로저를 '로버'라고 부른다. 또 각 남자아이들과의 관계가 얼마나 지속될지 내기를 건다. "걔는 석 달 갈 거야." 내 남자친구를 딱 한 번 보고서 오빠는 단언한다. 아니면 이렇게 말하기도 한다. "너 그 애는 언제 차 버릴 거니?"

나는 오빠의 이런 행동을 싫어하지 않는다. 아니, 그렇게 행동하리라고 예상했다. 오빠의 말이 어느 정도 맞기 때문이다. 나는 이 남자아이들에 대해 연애 만화책에 나오는 소녀들이 으레 품는 그런 감정을 느끼지 않는다. 나는 그들이 전화를 할지 조바심을 내며 앉아서 시간을 보내지 않는다. 나는 그들을 좋아하지만 사랑에 빠지지는 않는다. 십 대 잡지에 나오는 뺨에 진주 귀고리 같은 눈물을 흘리는 침울한 소녀들의 그림은 내게 해당되지 않는다. 그러니까 어떤 면에서는 남자아이들은 내게 심각한 문제가 아니다. 그러나 한편으로는 내게 심각한 존재들이기도 하다.

그들을 심각한 존재로 만드는 것은 바로 그들의 몸이다. 수화기를 귀와 어깨 사이에 끼고 복도에 앉아서 나는 그들의 몸을 듣는다. 나는 말보다는 침묵에 귀를 기울인다. 이 침묵 속에서 이 몸들은 스스로를 재창조하고, 나에 의해 창조되며, 형태를 갖추게 된다. 남자아이들이 없어 심심할 때 내가 그리워하는 것은 그들의 몸이다. 나는 영화관의 어둠 속에서 담배를 들어 올리는 그들의 손을, 어깨의 경사를, 엉덩이 각도를 관찰한다. 곁눈으로 살펴보며 그들을 여러 관점에서 점검한다. 그들에 대한 나의 사랑은 시각적인 것이다. 내가 소유하고 싶은 부분은 바로 그것이다. 나는 속으로 말한다. '움직이지 마. 그대로 있어. 내가 가질 수 있도록.' 나에 대한 그들의 지배력은 눈을 통해 유지된다. 내가 그들에게 싫증을 느끼게 되는 것은 한편으로는 신체적으로, 다른 한편으로는 시각적으로 흥미를 잃었기 때문이다.

이것이 모두 섹스와 관련된 것은 아니다. 어떤 부분은 분명 관련이 있기는 하지만. 차가 있는 아이들도 있지만 그렇지 않은 아이들도 있다. 차가 없는 아이들과 나는 버스나 전차, 새로 개통된 깨끗하고 안전하며 옅은 색 타일이 붙은 긴 목욕탕처럼 보이는 토론토 전철을 탄다. 이런 아이들은 집까지 나를 데려다준다. 우리는 먼 길로 돌아간다. 계절에 따라 공기는 라일락 냄새나 새로 깎은 잔디나 타는 낙엽 냄새를 풍긴다. 우리는 새로 지은 시멘트 인도교 위를 걷는다. 위로는 버드나무가 드리워져 있고, 아래쪽에서는 시내에 흐르는 물소리가 들려온다. 우리는 다리 위 가로등에서 비치는 희미한 불빛 아래 서서 난간에 몸을 기댄다. 그들의 팔은 내 몸을 감싸고 내 팔은 그들의 몸을 감싼다. 우리는 서로의 옷을 들추고 서로의 등뼈를 쓰다듬는다. 그리고 나는 상대방의 등뼈가 부서질 듯 팽팽하게 긴장하는 것을 느낀다. 나는 몸 전체의 길이를 느끼고 얼굴을 만지고는 경탄한다. 남자아이들의 얼굴은 너무나 많이 변한다. 그들은 부드러워지고, 활짝 열리며, 아파한다. 그들의 몸은 순수한 에너지, 결정화된 빛이다.

44장

협곡 아래쪽에서 한 소녀가 살해당한 채 발견된다. 우리 집에서 가까운 쪽이 아니라 벽돌 건물을 지나 협곡이 남쪽으로 넓게 뻗어 나간 곳이다. 그곳에는 양쪽에 버드나무가 서 있고, 쓰레기가 마구 버려져 지저분한 돈강이 호수를 향하여 천천히 굽이쳐 흐른다. 뒷문을 잠그지 않은 채 두고 밤에도 창문을 걸어 잠그지 않는 토론토에서 그런 일은 일어나지 않는 것으로 알았다. 그러나 실제로는 그런 일들이 발생하는 것이다. 그 사건은 모든 신문의 1면을 장식한다.

그 소녀는 우리 또래다. 근처에서 그녀의 자전거가 발견되었다. 그녀는 교살당했으며, 외설 행위를 당했다. 우리는 '외설 행위를 당하는 것'이 무엇인지 안다. 신문에는 그녀가 살아 있을 때의 사진들이 실려 있다. 그녀의 사진에는 몇 년이 지난 사진에나 생기는 사로잡힌 듯한 표정, 회복할 수 없고 돌이킬 수 없는 사라져 버린 시간의 표정이 서려 있다. 그 옆에는 그녀가 입고 있던 옷에 대한 자세한 설명이 나와 있다. 그녀는 앙고라 스웨터와 요즘 유행인 털방울이 달린 작은 털 깃을 입고 있었다. 나는 이런 깃이 없지만 하나 있으면 좋을 것 같다. 그녀의 것은 흰색이지만 암갈색도 구할 수 있다. 그녀는 스웨터에 빨간 보석 눈이 달린 두 마리 새 모양의 핀을 달고 있었다. 어느 소녀나 학교에 달고 다닐 만한 것이다. 옷에 대한 이러한 자세한 묘사를 보면서, 비록 그 묘사를 탐독하면서도, 나는 그녀가 부당한 대접을 받고 있다고 생각한다. 어느 날 평범한 옷을 입고 밖에 나갔다가 아무 경고 없이 살해당한 후, 모든 사람이 나를 쳐다보고 나를 점검한다는 것은 옳지 않은 것 같다. 살해는 보다 엄숙하게 다루어져야 한다.

나는 협곡에 있다는 나쁜 남자들 이야기를 오래전부터 잊고 있었다. 나는 그들이 어머니들이 만들어 낸 허수아비 같은 이야기라고 간주해 왔다. 그러나 내 생각과 아랑곳없이 그들은 정말 존재하는 것이다.

이 살해당한 소녀의 존재는 내 마음을 괴롭힌다. 처음의 충격이 지나가자 학교에서 아무도 그녀에 대해 이야기하지 않는다. 코딜리어마저 이야기를 피한다. 마치 그 소녀가 살해를 당함으로써 무엇인가 수치스러운 일을 저질렀다는 듯이. 그렇게 그녀는 자신의 금발과 앙고라 스웨터와 평범함과 함께 입 밖에 낼 수 없는 일이 되어 사라져 버린다. 죽은 나뭇잎처럼 그녀는 무언가를 뒤흔들어 놓는다. 나는 한때 내가 가지고 있었던 하얀 털이 끝단에 달린 치마를 입은 인형을 생각한다. 그 인형을 무서워하던 것이 생각난다. 수년간 그 인형에 대해 잊고 있었다.

코딜리어와 나는 식탁에 앉아 숙제를 한다. 내가 코딜리어를 도와주는 중이다. 나는 원자에 대해 설명하려고 하지만 그녀는 심각하게 받아들이지 않는다. 원자 도식에는 핵이 있고 전자가 그 주위를 돌고 있다. 핵은 나무딸기처럼 생겼고, 전자와 그것의 고리는 토성처럼 생겼다. 코딜리어는 입 한쪽으로 혀를 빼물고 핵을 향해 눈살을 찌푸린다. "이건 나무딸기처럼 생겼어." 그녀가 말한다.

내가 말한다. "코딜리어. 시험이 바로 내일이야." 코딜리어는 분자 따위에는 관심이 없고, 주기율표를 파악하지 못하는 것 같다. 그녀는 질량을 이해하기를 거부하고, 왜 원자 폭탄이 폭발하는지 이해하고 싶어 하지 않는다. 물리책에는 버섯구름 등을 방출하며 원자 폭탄이 폭발하는 그림이 실려 있다. 코딜리어에게 이것은 그저 또 다른 종류의 폭탄에 불과하다. "질량과 에너지는 서로 다른 측면일 뿐이야. 그래서 $E=mc^2$라는 공식이 나오는 거지." 나는 그녀에게 설명한다.

"잘난 체하는 퍼시가 그렇게 음침한 놈이 아니라면 좀 쉬울 텐데." 코딜리어가 말한다. 잘난 체하는 퍼시는 물리 선생이다. 그는 딱다구리처럼 오똑 솟은 빨간 머리를 하고 혀 짧은 소리를 낸다.

오빠가 식탁 옆을 지나가다가 우리 어깨 너머로 들여다본다. "너희는 아직도 어린이 물리를 배우는구나. 이 책에서는 아직도 원자를 나무딸기같이 그려 놓았네." 오빠는 무시하는 태도로 말한다.

"거 봐." 코딜리어가 말한다.

나는 전복당한 느낌이다. "이건 내일 시험에 나올 원자야. 그러니까 지금 공부하는 게 신상에 이로울 거야." 나는 코딜리어에게 말한다. 그리고 오빠에게 묻는다. "그럼 원자는 정말 어떻게 생겼어?"

오빠가 말한다.

"빈 공간이야. 거의 존재하지 않아. 그것은 힘에 의해 한곳에 붙잡혀 있는 몇 개의 미세한 알갱이에 불과해. 아원자(亞元子) 수준에서는 질량이 존재한다고 하기조차 힘들어. 그저 존재하고자 하는 경향이 있다고 할 수 있지."

"오빠는 지금 코딜리어를 더 혼동시키고 있어."

내가 말한다. 코딜리어는 담뱃불을 붙이고, 창밖에 다람쥐 여러 마리가 풀밭에서 서로 뒤쫓는 광경을 내다본다. 그녀는 우리의 논의에도 주의를 기울이지 않는다.

오빠는 코딜리어를 주시한다. "코딜리어는 존재하고자 하는 경향을 지니고 있어." 그는 말한다.

코딜리어도 남자아이들과 사귀기는 하지만, 나와는 다른 식이다. 이따금 나는 내가 사귀는 아이를 통해 더블 데이트를 주선하기도 한다. 코딜리어의 상대는 항상 매력이 덜하고, 그녀는 그 사실을 알고 있기 때문에 그들을 남자 친구라고 인정하지 않는다.

코딜리어는 자신이 어떤 부류의 남자아이를 좋아하는지 결정하지 못하는 것 같다. 나의 오빠 같은 머리를 한 남자아이들은 따분하거나 까다로운 부류고, 덕테일 머리를 한 아이들은 섹시하기는 하지만 천박하고 느끼한 부류다. 코딜리어는 내가 사귀는 남자아이들, 즉 상고머리만 하는 아이들은 너무 어리다고 생각한다. 코딜리어는 지독히 붉은 립스틱과 매니큐어를 그만 쓰고, 더 이상 깃을 세우지 않으며, 수수한 분홍색으로 대체하고 다이어트와 매무새 관리를 한다. 잡지에서 사용하는 단어는 '효과적인 매무새 다듬기'다. 마치 동물들 털가죽을 다듬듯이. 이제 그녀의 머리는 더 짧아지고 옷차림은 보다 얌전해진다.

그러나 코딜리어가 지닌 그 무엇인가에 남자아이들은 불편함을 느낀다. 그들에게 지나치게 집중하거나, 지나치게 공손하거나, 계산적이거나, 정도가 지나치게 행동해서 그런 것 같다. 코딜리어는 남자아이들이 농담을 했다고 생각하면 웃으면서 이렇게 말한다. "정말 재치가 있는걸, 스탠." 남자아이들이 웃기려고 하지 않은 때조차 그렇게 말하곤 한다. 그러면 그들은 그녀가 자기를 조롱하는 것인지 의심하게 된다. 때로는 조롱하는 것이고 때로는 아닐 수도 있다. 부적절한 단어들이 흘러나오는 경우도 있다. 햄버거와 감자튀김을 다 먹고서 코딜리어는 남자아이들을 향해 밝은 목소리로 말한다. "너희들 충분히 포복했니?" 그러면 그들은 멍하니 입을 벌리고 쳐다본다. 그들은 냅킨 고리를 사용하는 부류의 아이들이 아닌 것이다.

코딜리어는 남자아이들에게 유도성 질문을 던지며, 어른들이 하듯이 그들을 대화에 끌어들이려고 노력한다. 그들을 다루는 최선의 방법은 그들만의 침묵 속에 존재하도록 내버려 두고 곁눈질로만 살짝 훔쳐봐야 한다는 사실을 모르는 듯하다. 코딜리어는 그들을 꾸밈없이, 정면으로 바라보려고 노력한다. 그들은 그녀의 눈초리에 눈이 부셔서 전조등에 비친 토끼들처럼 꼼짝 못하고 얼어 버린다. 그녀가 남자아이와 차 뒷좌석에 앉아 있을 때면, 나는 뒤에서 들려오는 헐떡이는 숨소리를 통해 그녀가 그 방면에서도 역시 도를 넘은 행동을 하고 있음을 짐작할 수 있다. "그 애는 좀 이상해, 네 친구 말이야." 남자아이들은 내게 그렇게 말하곤 한다. 그러나 왜 그렇게 생각하는지 이유는 말하지 못한다. 나는 그녀가 남자 형제 없이 자매만 있어서라고 판단한다. 코딜리어는 남자아이들과의 관계에서 중요한 것은 어떤 말을 주고받는가라고 생각한다. 그녀는 남자들 침묵의 복잡함을, 그 미묘함을 한 번도 배운 적이 없다.

그러나 코딜리어가 남자아이들이 정말 말하고자 하는 것에는 관심이 없다는 것을 나는 안다. 그녀 자신이 그렇게 말했다. 대부분의 경우 그녀는 남자들이 아둔하다고 생각한다. 그들과 대화하려는 그녀의 노력은 하나의 공연, 모방 행위에 지나지 않는다. 남자아이들과 함께 있을 때 코딜리어의 웃음소리는 라디오에서 들을 수 있는 여성의 웃음처럼 세련되고 나직하다. 물론 자제심을 잃지 않는 한 말이다. 자제심을 잃게 되면 그녀의 웃음소리는 지나치게 커진다. 그녀는 자신의 머릿속에 있는 무엇인가를, 자신만이 볼 수 있는 어떤 역할이나 영상을 모방하고 있다.

연중행사로 얼 그레이 플레이어스 극단[20]이 우리 학교에 찾아온다. 그들은 고등학교를 찾아다니며 공연하는 것으로 유명하다. 그들은 매년 셰익스피어 연극을 한 편씩 공연한다. 그 연극들은 주 전체에서 치러지는 13학년 시험에 나오는 것이다. 그 시험을 통과해야 대학에 진학할 수 있다. 토론토에는 극장이 많지 않다. 아니, 사실은 두 개밖에 없다. 그래서 많은 사람들이 이 공연을 보러 온다. 아이들은 연극이 시험에 나오기 때문에, 부모들은 연극 관람 기회가 많지 않기 때문에 보러 오는 것이다.

얼 그레이 플레이어스 극단은 항상 주인공을 맡는 얼 그레이 씨와 여주인공 역을 맡는 그의 부인, 그리고 얼 그레이 씨의 친척으로 짐작되며 두 가지나 그 이상의 역을 맡는 두세 명의 배우들로 구성되어 있다. 나머지 역할은 공연하는 학교의 학생들이 맡는다. 지난해의 연극은 「줄리어스 시저」였고, 코딜리어는 군중 역할을 맡았다. 그녀는 더럽게 보이도록 얼굴에 코르크 먹칠을 해야 했고, 집에서 가져온 침대보로 온몸을 감싸고는 마르쿠스 안토니우스가 '귀 연설'을 하는 군중 장면에서 "봉기하라, 봉기하라!" 하고 외쳐야 했다.[21] 올해의 연

20) 1946년에 창단된 극단이다. 토론토에서 셰익스피어 연극을 상연한 초기 극단 중 하나다.
21) 브루투스가 카이사르를 살해한 뒤 마르쿠스 안토니우스가 카이사르의

극은 「맥베스」다. 코딜리어는 시녀 역과 마지막 전투 장면에서 병사 역할을 맡는다. 이번에는 집에서 체크무늬 자동차 깔개를 가져와야 한다. 퍼디가 사립 여학교에 다닐 때 입었던 킬트 치마도 집에 있기 때문에 운이 좋은 편이다. 극중 역할 말고도 코딜리어는 소품 보조로 일한다. 각 공연이 끝날 때마다 소품을 정리하고 순서대로 놓아 두는 일이다. 배우들이 무대 뒤에서 생각할 새도 없이 들고 뛰어나갈 수 있도록 소품은 항상 같은 순서로 있어야 한다.

사흘에 걸친 예행연습 동안 코딜리어는 매우 들떠 있다. 학교에서 집으로 오는 내내 줄담배를 피워 대고, 지루하고 무관심한 듯 행동하고, 가끔씩 진짜 배우들 이름을 친근하게 언급하는 모습을 보고 그녀의 들뜸을 짐작할 수 있다. "어린 배우들은 웃기려고 정말 열심히 노력해." 그녀가 말한다. 그들은 「맥베스」에 등장하는 마녀들을 '괴상한 세 자매'라고 부른다. 그리고 코딜리어를 하얀 얼굴의 물수리라고 부르며, 그녀의 커피에 영원의 눈과 개구리 발가락을 집어넣겠다고 위협한다. 맥베스 부인이 미치는 장면에서 "없어져라, 이 망할 얼룩아!"라고 할 때, 카펫에 똥을 싼 얼룩이라는 이름의 개를 가리키는 거라고 그들은 말한다.[22] 코딜리어는 진짜 배우들은 맥베스라는 이름을 크게 소리 내어 부르지 않는다고 말해 준다.

장례식에서 연설하는 장면이다.
22) 「맥베스」 5막 1장 33행에 나오는 대사다. 몽유병에 걸린 맥베스 부인이 맥베스가 던컨 왕을 죽이는 모습을 상상 속에서 재연하면서 던컨 왕이 흘리는 핏자국에 대해 언급하는 장면이다.

불운을 가져오기 때문이다. 그들은 그 대신 '타탄스'[23]라고 부른다.

"너 방금 불렀잖아." 내가 말한다.

"뭘?"

"맥베스." 나는 말한다.

코딜리어는 길 가운데서 갑자기 걸음을 멈춘다. "아, 이런. 정말 그랬어, 그렇지?" 그녀가 말한다. 코딜리어는 가볍게 웃어 넘기는 척하지만 사실은 불안해한다.

연극 마지막에 맥베스가 참수형을 당하고, 맥더프가 맥베스의 머리를 무대로 가져와야 한다. 머리는 하얀 마른행주로 싼 양배추다. 맥더프가 그것을 무대로 던지면, 살과 뼈가 부딪히는 듯이 "쿵!" 하는 인상적인 소리를 내며 떨어진다. 리허설에서는 그렇게 진행되었다. 그러나 첫 공연 전날 밤(공연은 사흘 밤에 걸쳐서 진행된다.) 코딜리어는 양배추가 상해서 흐물흐물해지고 초절임 비슷한 냄새가 난다는 것을 발견하고 새 양배추로 바꾸어 놓는다.

연극은 학교 강당에서 막을 올린다. 조회가 열리고 합창단 연습을 하는 곳이다. 첫날 밤에는 좌석이 꽉 찬다. 별 사고 없이 모든 것이 잘 진행된다. 엄숙한 장면에서 킬킬거리는 소리가 난 것과 맥베스가 던컨의 방 밖에서 머뭇거리고 있을 때 "계속해, 해치우라고!" 하고 익명의 목소리가 소리친 것, 맥베

---

23) 스코틀랜드인들이 전통적으로 착용하는 체크무늬 모직물이다.

스 부인이 잠옷을 입고 나타났을 때 강당 뒷좌석에서 야유와 휘파람 소리가 들려온 것을 제외하면 말이다. 나는 전투 장면에서 코딜리어를 찾아본다. 그녀가 바로 저기, 킬트를 입고 나무칼을 들고, 자동차 깔개를 걸치고 무대 뒤쪽을 가로질러 뛰어가고 있다. 그러나 맥더프가 마지막 장면에 등장해서 마른 행주에 싼 양배추를 던지자 그것은 한 번 튕기더니 그 자리에 멈춰 서지 않고 고무공처럼 무대를 가로질러 통통 튀어 결국 무대 아래로 떨어진다. 그것은 비극적 효과에 찬물을 끼얹는다. 그리고 관객들의 웃음 가운데 막이 내린다.

양배추를 바꾸어 놓은 코딜리어의 실수다. 그녀는 그에 대해 수치심을 느낀다. "그건 썩은 것이어야 하는 거래." 축하해 주기 위해 무대 뒤로 찾아갔을 때 그녀는 울면서 말한다. "이제야 그렇게 말해 주는 거야!" 배우들은 그게 별일 아니라고들 말한다. 그들은 코딜리어에게 그것이 새로운 효과를 자아냈다고 말한다. 비록 코딜리어가 웃으며 얼굴을 붉히고 가볍게 넘기려고 노력하고 있지만, 사실은 눈물 흘리기 일보 직전이다.

동정을 느끼는 것이 마땅하겠지만 사실 나는 별다른 감정을 느끼지 못한다. 다음 날 학교에서 돌아오는 길에 나는 말한다. "통탕통탕 통, 털썩." 코딜리어가 말한다. "아, 제발 그러지 마." 그녀의 목소리는 활기 없고 풀이 죽었다. 농담이 아닌 것이다. 나는 한순간 의아해한다. 어떻게 내가 나의 가장 친한 친구에게 이렇게 야비하게 굴 수 있단 말인가? 그녀는 정말 나의 가장 친한 친구인데 말이다.

시간이 흘러 우리는 더 나이가 들고, 가장 높은 13학년이 된다. 새로 들어오는 학생들, 한때의 우리처럼 아이에 불과한 그들을 업신여길 수 있게 된 것이다. 그들을 향해 미소 지을 수도 있다. 우리는 화학 실험실에서 진행되는 생물 수업을 들을 수 있는 나이가 되었다. 그 수업을 듣기 위해 우리는 같은 반 아이들을 떠나 다른 반 아이들과 합류한다. 그렇게 해서 코딜리어가 개수대를 갖춘 검은색의 화학 실험 탁자를 공유하는 내 생물 실험 동료가 된 것이다. 코딜리어는 가까스로 통과한 물리만큼이나 생물을 싫어한다. 하지만 과학 과목 중에 하나를 반드시 수강해야 하고, 다른 과목들보다는 생물이 좀 더 쉬울 거라고 생각했던 것이다.

우리는 그리 날카롭지 않은 외과용 메스 비슷한 칼이 딸린 해부 도구와 바닥에 왁스 코팅이 된 쟁반과 바느질 수업에서처럼 핀 한 상자를 받는다. 우선 지렁이를 해부해야 한다. 각자 지렁이를 한 마리씩 받는다. 우리는 동물학 교과서에 나온 지렁이 내부 도해를 본다. 지렁이를 해부하면 이와 같은 모습을 보게 되는 것이다. 지렁이들은 왁스 코팅이 된 쟁반 바닥에서 꿈틀거리고 몸부림치며, 가장자리를 기어 다니면서 밖으로 나가려고 애쓴다. 그것들은 땅에 난 구멍 냄새를 풍긴다.

나는 지렁이 양 끝을 핀으로 꽂아 고정하고 선명한 종단 절개선을 낸다. 지렁이는 낚싯바늘에 걸린 것처럼 몸을 비튼다. 나는 지렁이의 외피를 양쪽으로 펼쳐 핀으로 고정한다. 하트 모양이 아닌 지렁이의 심장을, 지렁이 피를 뿜어내는 중심 동맥을, 진흙이 가득 찬 소화 기관을 볼 수 있다. 코딜리어가 말한다. "아, 너 어떻게 그럴 수가 있니." 코딜리어는 점점 감상적이고 물러 터진 사람이 되어 가는 것 같다. 바보가 되어 가는 것이다. 나는 선생이 보지 않는 틈을 타서 그녀 대신 해부를 해 준다. 그런 다음 해부된 지렁이의 도해를 그리고, 멋지게 각 부위 명칭을 붙인다.

그다음은 개구리 순서다. 개구리는 발길질을 해 대고, 지렁이보다 어렵다. 수영하는 사람과 너무나 흡사하게 보인다. 나는 지시받은 대로 클로로포름으로 개구리를 기절시킨 뒤 핀으로 고정시키고 능숙하게 해부를 한다. 그리고 구불구불하고 둥근 내장과 작은 폐, 차가운 피를 흘려보내는 양서류의 심장을 포함한 개구리 내부를 그린다.

코딜리어는 개구리 해부 역시 못한다. 개구리 외피에 해부도를 갖다 대는 상상만 해도 속이 메스꺼워지는 것 같다고 한다. 그녀는 창백한 얼굴로 눈을 크게 뜨고 나를 바라본다. 개구리 냄새에 비위가 상한 것이다. 나는 개구리 해부도 대신해 준다. 나는 해부에 능숙하다.

나는 가재의 반고리관, 아가미와 주둥이 부위를 외운다. 고양이의 순환계를 암기한다. 평상시에는 남학생들의 미식축구 코치지만 최근에 동물학 여름 강의를 수강해서 이 수업을 가르칠 수 있게 된 선생은 우리를 위해 정맥과 동맥에 푸른색과 분홍색 라텍스를 주입한 죽은 고양이를 주문한다. 도착한 고양이를 보고 선생은 실망한다. 고양이는 너무 심하게 부패해서 포름알데히드 속에서도 썩은 냄새를 풍긴다. 그래서 우리는 그것을 해부하지 않고 그냥 책에 있는 도해를 사용한다.

그러나 지렁이, 개구리, 그리고 고양이로는 내 성이 차지 않는다. 나는 더 많은 것을 원한다. 토요일 오후에 비어 있는 실험실에서 현미경을 사용하기 위해 동물학과 건물로 간다. 나는 슬라이드를 관찰한다. 삼각형 머리와 사팔뜨기 눈을 가진 플라나리아의 단면과 진분홍색, 요란한 자주색, 빛나는 푸른색 등 선명한 색으로 염색된 박테리아를 본다. 그것들은 모두 아래쪽에서 비추는 조명 때문에 스테인드글라스처럼 대단히 아름답다. 나는 각각 다른 색연필로 구조를 표시하면서 그것들을 그린다. 그러나 그 빛나는 선명함은 재현하지 못한다.

이제는 바네르지 박사가 된 바네르지 씨가 내가 무엇을 하고 있는지 발견한다. 그는 내가 좋아할 만한 슬라이드를 가져와 수줍어하면서도 열성적인 태도로 내게 내민다. 그리고 마치 우리가 유쾌하고 난해한 비밀이나 종교적인 무엇을 공유하고 있다는 듯이 공모자 같은 웃음을 짓는다. "천막벌레나방 애벌레의 기생충이에요." 슬라이드를 내 책상 위의 깨끗한 종이에 조심스럽게 올려놓으며 그가 말한다. "가문비나무 애벌레의 알이에요."

"감사합니다." 내가 말한다. 바네르지 씨는 능숙한, 그리고 물어뜯은 흔적이 있는 손가락으로 내 그림 귀퉁이를 집어 들고 들여다본다. "정말 잘 그렸네요, 아가씨, 정말 잘했어요. 곧 제 자리를 물려받겠는걸요." 그가 말한다.

이제 그는 인도 출신 아내와 어린 아들이 있다. 이따금 그들이 실험실 입구에서 들여다보는 것을 볼 수 있다. 온순하고 주저하는 듯한 소년과 불안한 얼굴의 아내. 그녀는 금귀고리와 스팽글이 달린 스카프를 하고 있다. 갈색 캐나다 겨울 코트 아래로 그녀의 붉은색 사리[24]가 보이고, 그 아래로 덧신이 삐쭉 코를 내밀고 있다.

코딜리어가 우리 집에 오고 나는 그녀의 동물학 숙제를 도와준다. 그녀는 저녁 식사 때까지 머무른다. 아버지는 쇠고기 스튜를 담아 각자에게 돌리며, 하루에 한 종(種)씩 멸종하고 있다는 이야기를 한다. 우리는 강을 오염시키고 지구의 유전자 공급원을 파괴하고 있다고 아버지는 말한다. 한 종이 멸종되면, 자연은 빈 공간을 좋아하지 않기 때문에 다른 종들이 와서 그 생태적 자리를 대신 채우게 된다고 한다. 그런데 자리를 대신 채우는 것들이란 흔한 잡초, 바퀴벌레, 쥐들이라고 아버지는 설명한다. 곧 남게 되는 꽃들은 민들레밖에 없을 것이다. 아버지는 포크를 휘두르며, 인류라는 종이 지나치게 번식하면 균형을 맞추기 위해 새로운 전염병이 창궐하게 될 것이라고 말한다. 이 모든 일들은 사람들이 과학의 기본적 가르침을 무시했기 때문에 일어나게 될 것이다. 과학 대신 사람들은 정치와 종교와 전쟁에 열중하면서 서로를 죽일 광적인 이유들을 찾아내려고 애쓴다. 과학은 그와 반대로 감정에 치우치지 않으며 편견에 사로잡히지 않는다. 과학은 유일한 보편적 언어다. 그 언어는 숫자다. 결국 죽음과 쓰레기 더미에 빠진 후에

---

24) 인도 힌두교 여성의 민속 의상이다. 재단하지 않은 기다란 천으로 허리를 감고 나머지는 어깨에 두르거나 머리를 덮는다.

야 비로소 우리는 이 혼돈을 정리하기 위해 과학으로 눈을 돌리게 될 것이다.

코딜리어는 아니꼬운 웃음을 슬쩍 지으며 이 모든 것을 듣는다. 그녀는 우리 아버지가 별난 사람이라고 생각한다. 나는 코딜리어와 같은 생각을 하며 아버지의 말을 듣는다. 이런 이야기는 보통 사람들이 저녁 식탁에 올리는 화제가 아니다.

나는 코딜리어 집에 저녁 식사를 하러 간다. 그 집의 저녁 식사는 두 종류가 있다. 그녀의 아버지가 있을 때의 식사와 없을 때의 식사. 그가 없을 때는 모든 것이 제멋대로다. 엄마는 그림 그릴 때 입는 겉옷을 그대로 입고서 반쯤 정신이 나간 모습으로 식탁에 앉고, 퍼디와 미리, 그리고 코딜리어는 청바지에 남자 셔츠를 걸치고 머리 마는 도구를 한 채 나타난다. 그들은 식탁에서 벌떡 일어나 깜빡하고 식탁에 놓지 않은 버터나 소금을 가지러 어슬렁거리며 부엌으로 간다. 그들은 나른하고 빈정대는 말투로 모두 한꺼번에 지껄여 대고, 식탁을 치워야 할 순서가 되면 불만에 찬 소리를 낸다. 그러면 엄마는 별 설득력 없이 "자, 얘들아." 하고 말한다. 그녀는 실망할 기운을 잃어 가고 있다.

그러나 코딜리어의 아버지가 있을 때는 모든 것이 달라진다. 식탁에 꽃과 촛불이 놓인다. 엄마는 진주 장신구를 하고, 냅킨은 접시 끄트머리 밑에 구겨 넣는 대신 단정하게 말아 냅킨 고리에 끼운다. 무엇을 잊어버리고 가져오지 않는 일도 없다. 머리 마는 도구도, 식탁 위에 팔꿈치를 기대는 일도 없으며, 심지어 등도 더 곧게 펴고 앉는다.

오늘은 촛불을 켜고 식사를 하는 날이다. 험상궂은 눈썹과 사나운 얼굴을 한 코딜리어의 아버지가 식탁 상석에 앉는다. 그리고 육중하고, 신랄하고, 위협적인 매력의 엄청난 힘으로 나를 압도한다. 그는 그가 나를 어떻게 생각하는가가 정확하고 중요하지, 내가 그를 어떻게 생각하는가는 전혀 중요하지 않다고 느끼도록 만드는 사람이다.

코딜리어의 아버지는 슬픈 척하며 말한다. "나는 노파들한테 시달리고 있어. 여자들만 가득한 집에 유일한 남자라니. 아침에 면도하러 목욕탕에 들어가지도 못하게 한단다." 조소하는 듯한 태도로 그는 내 동정과 공모를 구한다. 그러나 나는 무슨 말을 해야 할지 모르겠다.

퍼디가 말한다. "우리가 봐주는 게 다행이라고 여기셔야 할 텐데요." 그녀의 건방진 태도와 스스럼없는 말투는 그런대로 허용된다. 그녀는 그렇게 할 수 있는 머리 모양을 하고 있다. 미리는 지나치게 압박을 받으면 비난하는 듯한 표정을 짓는다. 코딜리어는 이 모든 것에 능하지 못하다. 어쨌든 아버지가 있을 때는 모두 그의 기분을 맞추어 준다.

"요즘은 무슨 공부를 하니?" 그는 내게 묻는다. 그가 늘 하는 질문이다. 내가 무슨 말을 하든 그는 즐거워한다.

"원자에 대해서요." 내가 말한다.

그는 말한다. "아, 원자. 나도 기억해. 그래, 요즘 원자는 어떤 변명을 하고 싶어 하지?"

"어떤 원자요?" 나는 반문을 하고, 그는 웃는다.

"어떤 원자, 그럼 그렇지. 정말 훌륭해." 그가 말한다.

그가 원하는 것은 바로 이것인 것 같다. 일종의 주고받기. 그러나 코딜리어는 절대 그렇게 못한다. 자기 아버지를 너무 두려워한다. 아버지를 만족시키지 못할까 봐 두려워한다. 그런데도 아버지는 만족하지 못한다. 나는 코딜리어가 공포로 떨고 더듬거리며 그를 진정시키기 위해 노력하는 것을 여러 번 보았다. 그러나 그녀가 할 수 있는 일, 말, 그 어떤 것도 충분치 않다. 왜냐하면 어떤 연유에서든 그녀는 잘못된 사람이기 때문이다.

나는 그것을 보며 분노한다. 코딜리어에게 발길질을 퍼붓고 싶다. 어쩌면 저렇게 비굴할 수 있단 말인가? 그녀는 언제 제대로 배우게 될 것인가?

코딜리어는 동물학 중간고사에서 낙제한다. 그래도 개의치 않는 것 같다. 그녀는 시험 시간 절반을 몰래 여러 선생의 그림을 그리면서 보냈다. 집으로 돌아오는 길에 그 그림들을 보여 주며 과장되게 웃는다.

때때로 나는 남자아이들에 대한 꿈을 꾼다. 그것은 말이 없는 꿈, 몸에 관한 꿈이다. 그 꿈들은 잠에서 깨어난 후에도 몇분 동안 내 마음속을 서성이고 나는 그것을 탐닉한다. 그리고 이내 그것을 잊어버린다.

다른 꿈도 꾼다.

내가 전혀 움직일 수 없게 되는 꿈을 꾼다. 말도 할 수 없고, 숨조차 쉬지 못한다. 나는 철제 폐에 갇혀 있다. 철로 된통은 단단한 원통형 피부처럼 나를 옥죈다. 이 철제 피부가 나 대신 들이쉬고 내쉬며 호흡해 주는 것이다. 나는 압축적이고 육중하며, 이 육중함 외에는 아무것도 느낄 수 없다. 철제 폐 끝에 내 머리가 나와 있다. 나는 천장을 올려다보고 있고, 그곳에는 누렇고 뿌연 얼음같이 보이는 조명이 달려 있다.

나는 책상에 달린 거울 앞에 서서 털 깃을 착용해 보는 꿈을 꾼다. 뒤에 누군가가 서 있다. 몸을 약간 움직여 거울 속을 들여다보면, 뒤돌아보지 않고도 내 어깨 너머를 볼 수 있을 것이다. 내 뒤에 서 있는 사람이 누구인지 볼 수 있을 것이다.

나는 서랍이나 트렁크에 숨겨 둔 내 빨간색 플라스틱 손가방을 찾는 꿈을 꾼다. 그 안에 보물이 들어 있다는 것을 알지만, 손가방을 열 수가 없다. 나는 계속 손가방을 열려 애쓰고 마침내 손가방은 풍선처럼 터져 버린다. 그 안에는 죽은 개구리가 가득 들어 있다.

나는 하얀 마른행주에 싼 머리를 받는 꿈을 꾼다. 하얀 천 속의 코와 턱과 입술의 윤곽을 볼 수 있다. 천을 벗기면 누구의 머리인지 볼 수 있겠지만, 그러고 싶지 않다. 그렇게 하면 그 머리가 되살아난다는 것을 나는 알고 있다.

45장

코딜리어는 어렸을 때 병에 걸려 결석하려고 체온계를 깨뜨려 안에 든 수은을 먹었다는 이야기를 들려준다. 아니면 목구멍에 손가락을 집어넣어 구토하거나, 열이 있는 것처럼 보이도록 체온계를 전구에 갖다 댔다고 한다. 어느 날은 체온계를 전구 옆에 너무 오래 둬서 수은주가 43도까지 올라가는 바람에 어머니에게 들키기도 했다. 그 후로는 다른 속임수를 쓰기가 더 힘들어졌다.

"그때가 몇 살쯤이었니?" 내가 묻는다.

"아, 잘 모르겠어. 고등학교에 가기 전이었어. 그런 짓을 하는 나이 있잖아." 코딜리어가 말한다.

오늘은 화요일, 5월 중순이다. 우리는 서니사이드의 칸막이 좌석에 앉아 있다. 서니사이드에는 청량음료 판매대가 있다.

판매대는 얼룩덜룩한 혈옥수(血玉髓)처럼 붉은색에 크롬 장식이 있고, 그 옆에 바닥에 고정된 둥근 회전의자가 일렬로 늘어서 있다. 가죽이 아닐 듯한 검은 의자는 앉을 때마다 가벼운 방귀 소리를 내기 때문에, 코딜리어와 나와 다른 여자아이들은 칸막이 좌석을 선호한다. 칸막이는 짙은 나무색이고, 마주 보고 있는 긴 의자 사이의 탁자 상단은 청량음료 판매대처럼 붉은색이다. 버넘 고등학교 학생들은 방과 후에 여기에서 담배를 피우고 마라스키노 체리를 넣은 코카콜라를 마신다. 코카콜라에 아스피린 두 알을 섞어 마시면 취한다고 한다. 코딜리어는 직접 그렇게 해 봤는데, 진짜로 취하는 것과는 비교가 되지 않는다고 말한다.

우리는 코카콜라 대신 빨대로 바닐라 밀크셰이크를 마신다. 우리는 빨대를 싼 종이를 벗겨서 종이 애벌레처럼 주름을 만든다. 그런 다음 컵에 든 물을 그 위에 떨어뜨린다. 종이 애벌레는 천천히 펴지면서 기어가는 것처럼 보인다. 서니사이드의 탁자는 젖은 종이로 어질러져 있다.

"암탉이 오렌지를 낳으면 병아리들은 무슨 말을 할까?"

코딜리어가 묻는다. 요즘 진부한 병아리 농담이 학교 전체를 휩쓸고 있다. 병아리 농담과 바보 이야기. 바보는 왜 창밖으로 시계를 내던졌을까? 시간이 날아가는 것을 보려고.

"마멀레이드 좀 봐." 나는 지루한 목소리로 대답한다. "바보가 땅에 뚫린 구덩이 세 개를 보고 뭐라고 했는지 알아?"

"뭐라고 했는데?" 코딜리어가 묻는다. 그녀는 한 번 들은 농담도 잘 기억하지 못한다.

"우물, 우물, 우물." 내가 말한다.

"하하." 코딜리어는 웃는다. 이런 의례적 행동의 일부는 다른 사람들의 농담을 가볍게 조롱하는 것이다.

코딜리어는 우리가 엎지른 물로 탁자에 낙서를 한다. "내가 파던 그 구덩이들 기억나?" 그녀가 묻는다.

"무슨 구덩이들?" 나는 되묻는다. 전혀 기억나지 않는다.

"우리 집 뒤뜰에 있던 구덩이들 말이야. 어휴, 거기다 얼마나 구덩이를 만들고 싶던지. 하나 파기 시작했는데, 땅이 너무 딱딱했어. 바위가 가득 있더라고. 그래서 다른 데를 팠어. 방과 후에 계속해서 했어. 매일매일. 삽질을 하도 해서 손에 물집이 잡혔어."

코딜리어는 생각과 회상에 잠긴 듯한 미소를 짓는다.

"구덩이를 뭐에 쓰려고 했는데?" 나는 묻는다.

"안에 의자를 갖다 놓고 앉아 있고 싶었어. 나 혼자서."

나는 웃음을 터뜨린다. "왜?"

"모르겠어. 나만의 어떤 장소를 갖고 싶었던 것 같아. 아무도 나를 귀찮게 하지 않는. 어렸을 때 나는 앞 복도에 놓인 의자에 앉아 있곤 했어. 가만히 앉아서 아무에게도 방해가 되지 않도록 비켜서서 아무 말도 하지 않으면 안전할 거라고 생각했어."

"무엇으로부터 안전한데?" 내가 묻는다.

코딜리어가 말한다. "그냥 안전한 거. 내가 아주 어렸을 때, 아빠에게 말썽을 많이 부렸던 것 같아. 아빠가 화를 낼 때 안전하게 피하려고. 아빠가 언제 화를 낼지 알 수 없는 노릇이었거든. "그 아니꼬운 웃음 얼굴에서 당장 없애지 못하겠어." 아빠는 항상 그렇게 말했어. 나는 아빠에게 항상 반항하곤 했어." 그녀는 재떨이에서 연기를 내며 타고 있던 담배를 비벼 끈다. "나는 그 집으로 이사 가기가 싫었어. 퀸 메리 학교 아이들도, 줄넘기처럼 지루한 놀이들도 마음에 들지 않았어. 너를 제외하고는 좋은 친구들도 없었어."

코딜리어의 얼굴이 해체되었다가 다시 형성된다. 그 얼굴 아래에서 그녀의 아홉 살 때 얼굴이 형태를 갖추는 것이 보인다. 눈 깜짝할 사이에 일어난 일이다. 마치 밖의 어둠 속에 서 있는데, 불 켜진 창문에서 차양이 갑자기 걷히며 그 안에서 진행되던 모든 일들이 선명하고 자세하게 드러난 느낌이다. 그러한 광경이 순간적으로 펼쳐진다. 그리고 이내 모든 것이 사라진다.

마치 위험한 무엇을 아슬아슬하게 피한 것처럼 머리로 피가 몰려들고, 위장이 한꺼번에 수축된다. 도둑질하거나 거짓말하다 들킨 느낌, 나 몰래 내 험담을 하는 것을 엿들은 느낌이다. 그것과 같은 종류의 수치심, 죄책감, 공포감, 그리고 자신에 대한 차가운 역겨움이 밀려온다. 그러나 이런 감정들이 어디서부터 오는 것인지, 내가 무슨 짓을 저질렀는지 나는 알 수 없다.

알고 싶지도 않다. 그것이 무엇이든 내가 알아야 할 필요가 있거나 알고 싶은 것이 아니다. 나는 이곳, 화요일, 5월에, 서니사이드의 붉은색 탁자에 앉아, 코딜리어가 남은 밀크셰이크를 세련되게 빨대로 빨아들이는 것을 바라보고 싶을 뿐이다. 그녀는 아무런 눈치도 채지 못한다.

"나 또 하나 생각났어. 목욕을 하지 않은 병아리는 왜 길을 건넜다가 다시 반대편으로 돌아갔을까?" 내가 말한다.

"왜?" 코딜리어가 묻는다.

"왜냐하면 그 병아리는 더러운 반역자였거든." 나는 말한다.

코딜리어는 퍼디처럼 눈을 굴리며 어이없다는 표정을 짓는다. "그래, 아주 웃긴다." 그녀가 말한다.

나는 눈을 감는다. 머릿속에 정방형 어두움과 자주색 꽃들이 떠오른다.

46장

나는 코딜리어를 피하기 시작한다. 왜 그런지 나도 이유를
모른다.

더 이상 그녀와 더블 데이트를 주선하지 않는다. 나는 사귀
는 남자아이에게 적당한 친구가 없다고 그녀에게 둘러댄다. 방
과 후에 학교에 남아야 한다고 말한다. 그것은 사실이다. 나는
다음 무도회를 장식할 그림을 그리고 있다. 야자수와 훌라 치
마를 입은 소녀들의 그림.

어떤 날에는 코딜리어가 나를 기다려서, 함께 집으로 돌아
가야 한다. 그녀는 아무 일도 없다는 듯이 끊임없이 수다를
늘어놓고, 나는 거의 말하지 않는다. 하긴 돌이켜 보면 나는
말을 많이 한 적이 별로 없었다. 한참 후 코딜리어는 지나치게
밝은 목소리로 말한다. "내 얘기만 계속했네. 너는 어떻게 지

내니?" 그러면 나는 미소를 지으며 대답한다. "별일 없어." 때로 그녀는 그것으로 농담을 삼는다. "그러면 나는 충분히 얘기를 했으니까, 네가 나를 어떻게 생각하는지 말해 봐." 그러면 나는 그 농담에 덧붙여 이렇게 말한다. "별 할 말 없어."

코딜리어는 점점 더 많은 시험에 낙제한다. 그래도 걱정하지 않는 것 같다. 어쨌든 시험에 대해 말하고 싶어 하지 않는다. 나는 더 이상 그녀의 숙제를 도와주지 않는다. 도와줘 봤자 그녀가 주의를 기울이지 않으리라는 것을 알기 때문이다. 코딜리어는 무엇에도 집중하지 못하는 것 같다. 집으로 돌아오는 길에 수다를 떨 때도, 말을 다 끝내기도 전에 화제를 바꿔 버리기 때문에 무슨 말을 하는지 따라가기 힘들다. 코딜리어는 매무새 다듬기도 그만두고, 몇 년 전의 단정치 못한 모습으로 되돌아간다. 탈색한 부분이 그대로 자라도록 내버려 두어서 머리칼에는 혼란스러운 두 가지 색이 혼재한다. 나일론 스타킹은 올이 나가 있고, 블라우스에는 단추가 제대로 붙어 있지 않다. 립스틱 색깔은 입술과 어울리지 않는다.

학교를 다시 옮기는 것이 낫겠다는 결정이 나고, 코딜리어는 전학을 간다. 그 후로 그녀는 내게 자주 전화를 건다. 그러나 전화가 점점 뜸해진다. 그녀는 조만간 한번 만나자고 말한다. 나는 결코 싫다고는 하지 않지만 날짜를 정한 적도 없다. 잠시 후 나는 이렇게 말한다. "이제 가 봐야 해."

코딜리어네 가족은 훨씬 더 북쪽의 부유한 지역에 있는 더 큰 집으로 이사 간다. 네덜란드인 가족이 이전 집에 이사 들어

온다. 그들은 튤립을 많이 심는다. 그것이 코딜리어와의 마지막인 것 같다.

　나는 13학년 마지막 시험을 본다. 체육관 책상에 앉아 과목별로 매일 시험을 치른다. 나뭇잎이 완전히 돋아났으며, 붓꽃은 활짝 피었다. 폭염이 계속된다. 체육관은 오븐처럼 달아오르고, 우리는 모두 그 안에 앉아 과열된 상태로 계속해서 시험을 친다. 체육관에서는 지난 세대의 운동선수들 냄새가 배어난다. 선생들이 통로를 돌아다니며 감독한다. 여학생들 여러 명이 기절한다. 한 남학생이 갑자기 쓰러진다. 그가 냉장고에서 꺼내 마신 토마토주스 한 주전자가 사실은 그의 어머니가 브리지 모임을 위해 만들어 둔 블러디 메리 칵테일이었음이 나중에 밝혀진다. 여러 사람이 실려 나가는 동안에도 나는 시험지에서 눈을 떼지 않는다.
　나는 생물 시험 두 과목에서 좋은 점수를 받으리라는 것을 알고 있다. 나는 무엇이든 그릴 수 있다. 가재의 내부, 인간의 눈, 개구리의 생식기, 금어초(안티리눔 마주스) 꽃의 단면. 나는 총상 꽃차례와 뿌리줄기의 차이점도 알고, 광합성 작용도 설명할 줄 알며, 스크로풀라리아시에[25] 철자도 틀리지 않고 쓸 수 있다. 그러나 식물학 시험 도중, 갑작스러운 발작처럼, 이제까지 생각해 왔던 것과는 달리, 생물학자가 되지 않겠다는 결

---

25) Scrophulariaceae. 현삼과(玄蔘科)의 학명이다. 일레인은 이 단어의 철자를 틀리지 않고 쓸 수 있다고 했지만 Scrophulariaceae라고 쓰지 않고 Scrofulariaciae라고 틀리게 쓴다.

심이 문득 스친다. 나는 화가가 될 것이다. 나는 포자에서 완전한 성체까지 버섯의 성장 주기가 그려진 시험지를 들여다본다. 그리고 이 결심을 확신한다. 내 인생은 소리 없이, 갑자기 변화되었다. 마치 아무 일도 일어나지 않았다는 듯 나는 덩이줄기와 구근과 콩과 식물에 대해 계속 설명한다.

시험이 끝난 직후 어느 날 밤, 전화가 울린다. 코딜리어가 전화한 것이다. 내가 그녀의 전화를 기대하고 있었다는 것을 새삼 깨닫는다.

"너를 만나고 싶어."

코딜리어가 말한다. 나는 그녀를 만나고 싶지 않지만, 만날 것이다. 내가 들은 것은 만나고 싶다는 말이 아니라 만나야 한다는 말이었던 것이다.

다음 날 오후 나는 지하철을 타고 또 버스를 갈아타고 열기가 뜨거운 도시를 가로질러 코딜리어가 현재 살고 있는 북쪽으로 간다. 이곳까지 올라온 적은 없었다. 길들은 이리저리 구부러지고, 집들은 압도적으로 큰 조지 왕조풍 건물들이며, 무성한 관목숲으로 구획되어 있다. 나는 오솔길을 따라 걸어 올라가며 앞쪽 창문에서 코딜리어의 창백하고 희미한 얼굴을 본다. 아니, 보았다고 생각하는 것일 수도 있다. 그녀는 내가 초인종을 울리기도 전에 문을 연다.

코딜리어가 말한다. "안녕, 오랜만이지." 그녀는 명랑함을 가장하고 있으며, 우리 둘 다 그 사실을 알고 있다. 코딜리어는 완전히 폐인의 모습을 하고 있다. 머리칼은 윤기가 없고 얼굴은 창백하다. 체중도 많이 불었는데, 단단한 근육이 아니라 부기와 물살로 이루어진 흐느적거리는 살이다. 그녀는 예전처럼 지나치게 강렬한 주홍색 립스틱을 발라서 얼굴이 누렇게 보인다. "나도 알고 있어. 나 해기스 맥배기스처럼 보인다는 거." 코딜리어가 말한다.

실내는 시원하다. 정면 복도 마룻바닥은 흑백의 정방형 무늬다. 우아한 중앙 계단이 있다. 그 옆의 윤기 나는 탁자 위에 글라디올러스가 포함된 꽃꽂이 꽃들이 있다. 응접실에서 들려오는 시계 소리 외에는 집 전체가 고요하다. 집에 아무도 없는 것 같다.

우리는 응접실로 들어가지 않고 계단을 지나 뒤쪽으로 가서 문을 거쳐 부엌으로 들어간다. 그곳에서 코딜리어는 내게 인스턴트 커피를 타 준다. 부엌은 아름답다. 완벽하게 정리되어 있고 미색에 평화롭다. 냉장고와 스토브는 하얀색이다. 요즘 일부 사람들은 연녹색이나 분홍색처럼 색깔 있는 냉장고를 쓰지만 나는 이런 색깔들을 좋아하지 않으며, 코딜리어의 어머니도 그렇다는 사실이 기쁘다. 부엌 탁자에는 줄 공책이 펼쳐져 있다. 이 부엌 탁자가 다름 아닌 이전 집에서 사용하던 식탁이며, 이제는 보조 상판 없이 사용되고 있다는 것을 나는 알아차린다. 새 식탁이 있다는 의미다. 내가 코딜리어보다 새 식탁을 더 보고 싶어 한다는 사실을 깨닫고 경악한다.

코딜리어는 냉장고를 뒤져 이미 포장이 열린 도넛 한 상자를 꺼낸다. "나머지도 마저 먹을 구실을 찾고 있었어." 그녀가 말한다. 그러나 도넛을 한 입 베어 물자마자 그녀는 담배에 불을 붙인다.

코딜리어가 말한다. "자, 요즘 어떻게 지내니?" 이것은 그녀가 남자아이들에게 말할 때 사용하는 지나치게 밝은 목소리다. 바로 지금 그 목소리를 듣자 섬뜩한 기분이 든다.

내가 말한다. "아, 항상 똑같지 뭐. 너도 알잖아. 시험을 마쳤지." 우리는 서로를 바라본다. 그녀가 나쁜 상황에 처해 있다는 것, 그것만은 확실하다. 내가 그 사실을 못 본 체해 주길 원하는지 아닌지 잘 모르겠다. "너는 어때?" 내가 묻는다.

"나는 과외 선생이 있어. 여름 학기를 대비해 공부해야 하거든." 코딜리어가 말한다. 다른 학교로 전학해서도 유급당했다는 사실을 굳이 말하지 않아도 우리는 알고 있다. 아주 나쁜 성적으로 유급을 당한 것 같다. 다음, 혹은 그다음 시험에서 낙제한 과목을 통과하지 못하면 그녀는 영원히 대학에 가지 못할 것이다.

"과외 선생은 좋아?" 나는 새 드레스에 대해 묻는 듯한 말투로 물어본다.

코딜리어가 말한다.

"그런 것 같아. 이름은 미스 딩글이야. 정말로 이름이 그래. 그녀는 항상 눈을 깜박여. 눈물이 많이 흐르거든. 지저분한 아파트에 살고, 연어색 속옷이 있어. 그녀의 지저분한 욕실의 샤워 커튼에 걸려 있는 걸 봤어. 교과목 공부를 하다 샛길로 빠지고 싶으면 그녀의 건강에 대해 물어보면 돼."

"어떤 교과목?" 나는 묻는다.

"아, 뭐 모든 과목. 물리, 라틴어, 아무거나." 코딜리어가 대답한다. 약간 부끄러워하는 듯도 하지만 동시에 우쭐하고 신이 난 모습이다. 가게에서 물건을 집어 오던 때의 모습과 비슷하다. 이것이 최근 그녀가 성취한 일인 것이다. 과외 선생을 현혹하는 것. 코딜리어가 말한다. "왜 다른 사람들은 내가 항상 공부만 할 거라고 생각하는지 모르겠어. 나는 잠을 많이 자. 아니면 커피를 마시고 담배 피우고 음반을 듣지. 어떤 때는 아빠의 위스키를 조금 따라서 마시기도 해. 물로 채워 놓았는데, 아빠는 아직 알아차리지 못했어!"

"하지만 코딜리어, 너는 무언가를 해야 해!" 나는 말한다.

"왜?" 코딜리어는 예전의 호전적인 태도를 약간 내비치며 반문한다. 그녀의 반문이 완전히 농담은 아니다.

그리고 나는 댈 만한 이유를 찾지 못한다. "모든 사람들이 그렇게 하니까."라고 대답할 수는 없다. "생활비를 벌어야 하잖아."라고도 할 수 없다. 그녀가 생활비를 벌어야 할 필요가 없다는 것은 너무나 명백한 사실이기 때문이다. 코딜리어는 이 넓은 집에 살고 있고, 생활비를 전혀 벌지 않는다. 그녀는 그냥 이런 식으로, 옛날 여자들처럼, 시집가지 않은 이모들처럼, 부모의 집을 절대 떠나지 않고 늙어 가는 영원한 소녀로 살아가는 사람들처럼 살 수 있을 것이다. 부모도 그녀를 쫓아내지 않을 것이다.

그래서 나는 이렇게 말한다. "곧 싫증이 날 거야."

코딜리어는 지나치게 크게 웃는다. "그래서 내가 공부를 하면 어떻게 되는데?" 그녀는 묻는다. "시험을 통과하고, 대학에 가겠지. 모든 걸 배우고, 결국 미스 딩글처럼 되겠지. 고맙지만 사양하겠어."

"저능아처럼 굴지 마. 네가 미스 딩글처럼 되어야 한다고 누가 그랬니?" 내가 말한다.

"아마 나는 저능아인가 봐. 그런 것에는 집중할 수가 없어. 책을 들여다볼 수조차 없다고. 글자들이 모두 깨알 같은 점으로 변해 버려." 코딜리어가 말한다.

"비서 학교에 갈 수 있을지도 몰라."

나는 말한다. 그 말을 꺼낸 순간 내가 배반자가 된 듯한 느낌이 든다. 거미줄처럼 가늘게 다듬은 눈썹과 분홍색 나일론 블라우스 차림을 하고 다니는 비서 학교의 여학생들을 우리가 어떻게 생각하는지 코딜리어도 알고 있다.

"무척 고마워." 잠시 침묵이 흐른다. 코딜리어는 지나치게 밝은 목소리로 다시 돌아오며 말한다. "하지만 거기에 대해선 얘기하지 말자. 재미있는 일들에 대해 이야기해 보자. 그 양배추 생각나? 통통 튀던 그것?"

"응."

내가 대답한다. 그녀가 지금 임신을 한 상태거나 아니면 과거에 임신한 적이 있을지도 모른다는 생각이 문득 떠오른다. 그것은 자퇴하는 여학생들에 대해 자연스럽게 제기하게 되는 의문이다. 그러나 나는 그럴 가능성은 거의 없다고 단정한다.

코딜리어가 말한다. "너무 창피했어. 시내로 나가서 유니언 역에서 사진 찍던 거 생각나? 우리가 정말 멋쟁이라고 생각했는데!"

"지하철이 개통되기 바로 전이었지." 내가 말한다.

"지나가는 여자들에게 눈덩이를 던지곤 했지. 바보 같은 노래도 부르고 말이야."

"나병." 내가 말한다.

"네 심장의 일부. 우리가 세상에서 제일 잘났다고 생각했어. 이제 그 또래 아이들을 보면 이런 생각이 들어. 코흘리개들!" 그녀가 말한다.

코딜리어는 마치 그 시절이 황금기였다는 듯이 회상한다. 아니, 그때가 지금보다는 더 나았기 때문에 그렇게 보이는 것인지도 모른다. 하지만 나는 그녀가 더 많은 일들을 기억해 내는 것이 달갑지 않다. 그녀의 더 많은, 더 어두운 추억으로부터 나 자신을 보호하고 싶다. 그리고 곤혹스러운 상황이 발생하기 전에 점잖게 이곳을 빠져나가고 싶다. 그녀는 가식적인 유쾌함의 가장자리에서 균형 잡기를 하고 있으며, 언제든 정반대 쪽인 눈물과 절망 속으로 고꾸라질 수 있는 노릇이다. 그녀가 그런 식으로 무너지는 것을 보고 싶지 않다. 그녀를 위로하기 위해 내가 해 줄 수 있는 것이 아무것도 없기 때문이다.

나는 코딜리어에 대해 마음을 굳게 다잡는다. 그녀는 멍청이같이 행동하고 있다. 그녀는 이곳에, 이 청승맞고 질질 끌어 온 천박한 비참함 속에 갇혀 있을 필요가 없다. 그녀에게는 온갖 종류의 선택권과 가능성이 있으며, 그것을 손에 넣지 못하는 유일한 이유는 의지 부족, 바로 그것 때문이다. 이렇게 말해 주고 싶다. "정신 차려, 다시 시작해 봐."

나는 이제 돌아가야 한다고, 가 봐야 할 곳이 있다고 말한다. 그것은 사실이 아니며, 코딜리어도 낌새를 챈다. 비록 곤경에 처해 있지만 거짓 변명을 알아차리는 그녀의 본능은 더 날카로워졌다. "물론이지. 전적으로 이해할 만한 일이야." 그녀는 말한다. 냉담한, 어른 같은 목소리다.

서두르고 바쁜 척을 하면서 이곳을 빠져나가려는 이유 중하나는 외출에서 돌아오는 그녀의 어머니를 만나고 싶지 않아서라는 것을 나는 새삼스럽게 깨닫는다. 그녀의 어머니는 나를 책망하는 눈으로 쳐다볼 것이다. 마치 코딜리어의 현재 모습이 내 책임이라는 듯이, 마치 코딜리어가 아니라 내 모습에 실망했다는 듯이. 내 실수가 아닌 일로 왜 내가 그런 눈초리를 견뎌야 하는가?

"안녕, 코딜리어."

나는 정면 복도에서 인사한다. 코딜리어의 팔을 잠시 붙잡았다가 그녀가 내 뺨에 키스하기 전에 재빨리 돌아선다. 뺨에 키스하는 것은 그 가족의 관습이다. 코딜리어가 나로부터 무언가를 기대했다는 것을 나는 안다. 그녀의 옛 생활, 아니면 그녀와 관련된 무엇을. 내가 그 기대를 만족시켜 주지 못했다는 것을 안다. 나는 자신에게 스스로의 잔인함과 무관심, 친절함의 부재에 놀란다. 그러나 그와 동시에 안도감을 느낀다.

"곧 전화할게."

내가 말한다. 나는 거짓말을 하고 있다. 그러나 코딜리어는 알아차리지 못한 척한다.

"그렇게 해 주면 고맙지."

서로를 예절의 방패로 보호하며 그녀가 말한다.

나는 거리를 향해 오솔길을 걷다가 뒤를 돌아본다. 현관의 창문 뒤에 희미하게 번진 달빛 같은 그녀의 얼굴이 있다.

10부

실물화

47장

기억에 관련된 여러 가지 질병이 있다. 예를 들면 명사나 아니면 숫자를 잊어버리는 것. 더 복잡한 기억 상실증도 있다. 어떤 기억 상실증에 걸리면 과거 전체를 잊어버리게 된다. 신발 끈을 어떻게 매는지, 포크로 어떻게 식사를 하는지, 어떻게 읽고 노래하는지를 배워 가며 새롭게 시작해야 한다. 친척들과 가장 오래된 친구들을 한 번도 만난 적이 없는 것처럼 소개받아야 한다. 아무것도 모르는 상태에서 다시 시작하기 때문에 기억 상실증 환자는 그들과의 관계에서 용서보다 더 나은 두 번째 기회를 부여받는다. 다른 기억 상실증의 증상은 먼 과거는 기억하지만 현재를 잊어버리는 것이다. 오 분 전에 일어난 일도 기억하지 못한다. 평생 알아 온 어떤 사람이 방에서 나갔다 들어오면, 마치 이십 년 동안 멀리 떨어져 있었던 것처럼 반갑게 인사할 것이다. 마치 죽은 사람과 재회한 것처럼 기쁨과 안도의 눈물을 흘릴 것이다.

때때로 나는 나중에 어떤 기억 상실증에 시달리게 될지 궁금해한다. 내가 기억 상실증에 걸리게 되리라는 것을 알기 때문이다.

오랫동안 나는 나이가 더 들기를 바랐다. 그리고 이제 바라던 대로 되었다.

나는 콰지의 조악한 검은색 실내에 앉아 붉은 포도주를 마시며 창밖을 응시한다. 창 건너편으로 코딜리어의 모습이 떠내려간다. 그 모습은 차차 사라지다가 다시 조합되어 다른 사람의 모습으로 바뀐다. 또다시 사람을 잘못 알아본 것이다.

왜 코딜리어의 이름을 그렇게 지었을까? 그녀를 무거운 짐처럼 내리누르는 그 이름. 어떤 외국어를 사용하느냐에 따라 달의 심장, 바다의 보물을 의미할 수 있는 이름. 셋째 딸, 유일하게 정직한 딸. 고집 센 딸, 버림받은 딸, 아무도 그 목소리에 귀 기울이지 않는 딸. 만일 그녀의 이름이 제인이었다면 무엇인가가 달라졌을까?

나의 어머니는 당시 여자들이 흔히 그랬던 것처럼 가장 친한 친구 이름을 따서 내 이름을 지었다. 일레인. 한때 이 이름이 너무 구슬프게 들린다고 생각했다. 나는 보다 명확한 이름, 단음절로 된 이름을 원했다. 돗, 아니면 팻처럼 땅에 발을 딛고 있는 듯한 이름. 그런 이름은 실수할 염려도 없다. 질척거리는 느낌도 없다. 그러나 내 이름은 세월과 함께 내 곁에서 단단해졌다. 이제 나는 내 이름을 강하지만 유연하다고 생각한다. 잘 닳은 장갑처럼.

　이곳에는 최신 유행 검은색이 많이 사용되었다. 일부는 가죽이며 일부는 윤기 나는 비닐이다. 이번에는 나도 이에 대한 대비를 하고 왔다. 나는 검은 면 터틀넥 상의에 단추로 연결하는 후드가 달린 검은색 트렌치코트를 입고 있다. 하지만 내가 걸친 옷은 질감이 맞지 않는다. 게다가 나이도 맞지 않는다. 이곳에 있는 사람들은 모두 열두 살 정도. 여기는 존이 제안한 장소다. 그는 항상 최신 유행의 거품 속에 거꾸로 박힌 파도타기 판에 매달린다.

　그는 자신의 삶이 얼마나 많은 일로 분주한지 보여 주기 위해서, 그 모든 일들이 나보다 더 중요하다는 것을 보여 주기 위해서 약속 시간에 늦는 것을 맹목적으로 숭배한다. 오늘 역시 예외는 아니다. 약속 시간에서 삼십 분 늦게 그가 불쑥 들어온다. 그러나 이번에는 사과를 한다. 그는 이제 뭔가를 배운 것일까, 아니면 그의 새로운 아내가 엄격하게 구는 것일까? 아직도 그 여자를 새로운 아내라고 생각하다니, 우스운 일이다.

　내가 말한다. "괜찮아, 예상하고 있었어. 이렇게 나와서 놀 수 있다니 기뻐." 그의 아내에 대해 약소한 선제 공격이다.

　"당신과 점심을 같이하는 것은 노는 축에도 못 들지." 존은 미소를 지으며 말한다.

　그는 여전히 그런 식의 농담을 할 수 있다. 우리는 서로를 유심히 살펴본다. 사 년 사이 그는 주름이 많이 늘었고, 귀밑털과 콧수염도 많이 세었다. "탈모에 대해서는 말하지 마." 존이 말한다.

"탈모라니?"

내 신체적 노후를 못 본 척 넘어가면 그의 노화 또한 눈감아 주겠다는 의도를 비치며 내가 말한다. 그는 이 말 또한 받아넘긴다.

"당신은 이전보다 더 좋아 보이는걸. 작품 완판하는 게 당신에게 잘 맞는 모양이야."

내가 말한다. "아, 그럼. 남의 궁둥이를 핥거나 공포 영화에서 여자 몸을 난도질해 대는 것보다 훨씬 낫지."

예전 같으면 이런 말을 듣고 발끈했겠지만, 이제 존은 삶에서 자신의 몫을 받아들이고 있다. 그저 좋게 받아들이며 어깨를 추슬러 보일 뿐이다. 하지만 그는 피곤해 보인다.

존이 말한다.

"오래 살다 보면 핥아 대던 사람이 다른 사람들이 핥아 주는 사람이 되기도 하지. 폭발하는 눈알 장면 이후로 내가 하는 일은 언제나 성공적인 것으로 여겨진다고. 지금은 사람들이 나를 핥아 대는 바람에 머리끝부터 발끝까지 온통 침투성이야."

그의 말 속에는 조악한 성적 암시가 내비치지만 나는 그냥 슬쩍 피해 버린다. 그 대신 그의 말이 옳다는 생각을 한다. 우리는 이제 변변치는 못하지만 기성세대다. 아니 적어도 그렇게 보일 것이다. 한때 내가 알던 사람들은 자살이나 오토바이 충돌이나 다른 폭력적인 사고로 죽었다. 이제 사람들은 병으로 죽는다. 심장마비, 암, 몸의 배반. 세계는 내 또래의 사람들,

머리가 빠져 가고 건강을 걱정하는 내 또래의 남자들에 의해 굴러간다. 그리고 그 사실에 나는 경악한다. 지도자들이 나보다 나이가 많을 때는 그들의 지혜를 신뢰했다. 그들이 분노와 악함과 사랑받으려는 욕구를 초월했을 것이라고 믿었다. 이제 나는 그렇게 순진하지 않다. 나는 신문과 잡지에 실린 얼굴들을 보며 궁금해한다. 어떤 탐욕, 어떤 분노가 그들을 내몰고 있는 것일까?

"진짜 작업은 어떻게 되어 가?"

나는 부드러운 태도로, 내가 그를 아직도 진지하게 대하고 있다는 것을 알려 주기 위해 묻는다.

질문을 받자 존은 난처해한다. "그저 그래. 최근에는 손을 댈 시간이 별로 없었어." 그는 말한다.

우리는 스스로의 부족함을 절감하며 침묵에 빠져든다. 한때 되고자 꿈꾸었던 것들을 이룰 시간이 얼마 남지 않았다. 존은 잠재력이 있는 사람이었다. 그러나 더 이상 그런 말을 쉽게 쓸 수 없다. 잠재력이란 오직 한정된 유효 기간을 가진 것이다.

우리는 마치 이모와 삼촌처럼 편안하게, 경쟁하지 않으면서 세라에 대해 이야기한다. 내 전시회에 대해서도 이야기한다.

"신문에 난 악평을 봤겠지?" 내가 말한다.

"그게 악평이었나?" 존이 말한다.

나는 뉘우치는 척하며 말한다. "내 실수야. 인터뷰하는 사람에게 무례하게 굴었거든. 나는 고약한 늙은 마녀가 되어 가고 있어."

존이 말한다. "안 그랬다면 나는 오히려 실망했을 거야. 상대방의 진땀을 빼 놓는 것. 당신을 대하는 사람들은 그 대가를 치러야지."

우리는 함께 웃는다. 그는 나를 안다. 내가 얼마나 쓰레기 같은 인간이 될 수 있는지 아는 것이다.

나는 남자들이 전쟁에 대해, 동료 퇴역 군인에 대해 느낀다는 향수 어린 애정을 가지고 존을 바라본다. '내가 한때 이 남자에게 물건들을 던지고 그랬구나.' 하고 생각한다. 나는 유리 재떨이를 던졌다. 싸구려 재떨이는 깨지지 않았다. (그의) 구두와 (내) 핸드백도 던졌다. 핸드백을 미처 닫지 않아서 열쇠와 동전 같은 금속이 그에게 와르르 쏟아졌다. 내가 던진 것 중 최악의 물건은 작은 휴대용 텔레비전이었다. 침대 위에 올라서서 스프링의 탄력을 빌려 힘껏 던졌다. 그러나 내던지는 순간 속으로 이렇게 외쳤다. '오 맙소사, 그가 피해야 할 텐데!' 한때 나는 존을 죽일 수도 있다고 생각했다. 오늘 나는 우리가 그때 서로에게 좀 더 고상하게 대하지 못했던 것에 가벼운 후회를 느낀다. 그 모든 폭발, 그 무모함, 그 모든 선명한 색채의 잔해물은 여전히 놀라운 것이다. 놀랍고 고통스럽고 치명적이기까지 하다.

내가 그로부터 다소 안전해지고 그 역시 나로부터 안전해진 지금, 나는 그에 대해 애정을 가지고 자세하게 회상할 수 있다. 다른 누구에 대해서도 이런 식으로 말할 수는 없을 것이다. 옛 연인은 오래된 사진과 같은 운명을 걷기 마련이다. 그것은 천천히 산(酸)에 씻기는 것처럼 서서히 바래 버린다. 처음에는 점과 여드름이, 다음에는 색의 명암이, 그다음에는 얼굴 전체가 사라져 버리고, 결국에는 대략의 윤곽 외에는 아무것도 남지 않는다. 내가 일흔 살이 되면 무엇이 남아 있을까? 색다른 광희, 기괴한 강박 같은 것은 전혀 남아 있지 않을 것이다. 내면의 허공을 배회하는 한두 마디 단어만이 남을 것이다. 여기 발가락 하나, 저기 콧구멍, 아니면 콧수염, 이렇게 다른 표류물 가운데서 작게 흔들리는 해초처럼 부유할 것이다.

내가 앉은 검은 탁자 맞은편에서 존은 비록 쇠했지만 여전히 움직이고 호흡하고 있다. 내 안에는 작은 고통의 파편, 그리움의 파편이 있다. 아직 가지 마! 지금은 때가 아니야! 가지 말아 줘! 언제나 그렇듯이 나 자신의 감상과 약함을 그에게 드러내는 것은 현명한 짓이 아니다.

우리는 태국 요리 비슷한 것을 먹는다. 향료가 강하고 육즙이 풍부한 닭고기, 붉은 잎사귀, 작은 자주색 조각 등 이국적인 채소로 된 샐러드. 현란한 음식. 이런 것이 바로 요즘 사람들, 이런 곳에서 외식하는 사람들이 먹는 음식이다. 토론토는 더 이상 치킨 포트파이와 비프스튜, 오래 삶은 야채의 땅이 아니다. 나는 스물두 살 때 처음 먹어 보았던 아보카도를 떠올린다. 그것은 아버지의 첫 오케스트라 경험과 흡사하다. 삐딱하게도 나는 유년기에 먹던 디저트를, 간단하고 싸고 별맛이 없던 전쟁 때의 디저트를 그리워한다. 끈적끈적한 물고기 눈처럼 보이는 타피오카 푸딩, 젤로 캐러멜 푸딩, 정켓 응유(凝乳).

응유는 튜브에 든 하얀 환약으로 만들어서, 그 위에 포도 젤리 한 술을 얹어 먹었다. 아마 이제는 사라졌을 것이다.

존은 술을 한 병 주문한다. 한 잔씩 주문하는 것은 그의 취향이 아니다. 그것은 옛날의 거드럭거리는 태도, 공작새 꼬리 같은 허영의 흔적이다. 그리고 그것은 안도감을 가져다준다.

"아내는 어때?" 내가 묻는다.

존은 눈을 내리깔며 대답한다. "아, 메리 진과 나는 당분간 별거하기로 결정했어."

그걸로 작업실에 있는 허브차가 설명된다. 작업실에 비밀스럽게 흘러 들어온 더 젊고, 더 채식주의적인 영향. 내가 말한다. "어린 여자가 생긴 모양이네. 사람들은 '그가 이렇게 말한다.'를 '그가 이렇게 계속한다.'라고도 표현하지. 그거 생각해 본 적 있어?"

"사실을 말하자면 먼저 떠난 건 메리 진이야." 존이 말한다.

"그거 유감인데."

나는 말한다. 그리고 정말 즉각적으로 나는 그에 대한 딱한 감정과 치밀어 오르는 분노를 느낀다. 그 차갑고 몰인정한 나쁜 년은 어떻게 그에게 그런 짓을 할 수 있단 말인가. 수년 전 나 역시 그에게 똑같은 짓을 했다는 사실에도 불구하고, 나는 그의 편을 든다.

"내게도 어느 정도 잘못이 있겠지." 존이 말한다. 그전 같았으면 그는 결코 이런 식으로 자신의 잘못을 인정하지 않았을 것이다. "나를 결코 이해할 수 없다고 그러더군."

그녀가 이야기한 것은 그것뿐이 아니었을 것이다. 존은 무엇인가를, 그에게 필수적이라고 생각되던 일종의 환상을 상실했다. 그는 자신 역시 인간이라는 것을 깨닫게 된 것이다. 아니면 이것은 자신이 시류를 따라 변화하고 있다는 것을 나를 위해 내게 보여 주기 위한 일종의 연극일까? 어쩌면 남자들은 자신의 인간적 속성에 대해 아무것도 모르는 편이 더 나을지도 모르겠다. 그것은 그들을 불편하게 만들 뿐이다. 그것은 그들을 더 교활하게, 더 음흉하게, 더 모호하게 만들며, 더 읽어내기 힘든 존재로 만든다.

"당신이 그렇게 미치지 않았더라면 관계가 유지되었을 수도 있었을 텐데. 우리 관계 말이야." 내가 말한다.

이 말에 존은 기운을 차린다. "누가 미쳤단 말이야?" 그는 다시 미소 지으며 말한다. "누가 누구를 병원으로 데려갔는데?"

"당신이 아니었다면 나는 병원에 실려 갈 필요도 없었을 거야." 내가 말한다.

"그렇게 말하는 건 정당하지 않아. 당신도 알고 있겠지." 존이 말한다.

"당신 말이 맞아. 정당하지 않아. 나를 병원으로 데려다줘서 나도 기뻐." 내가 말한다.

남자를 용서하는 것은 여자를 용서하는 것보다 훨씬 쉽다.

"가는 곳까지 바래다줄게."

보도로 나오자 존이 말한다. 나도 그렇게 해 주는 것이 좋다. 둘 사이에 얽힌 문제가 없는 지금, 우리는 너무나 잘 어울린다. 왜 그와 사랑에 빠졌는지 알 것 같다. 그러나 이제 나에게는 그럴 힘이 남아 있지 않다.

"괜찮아." 내가 말한다. 어디로 갈지 나 자신도 모른다는 사실을 인정하기 싫다. "작업실에 머무르게 해 줘서 고마워. 거기서 뭐 필요하면 언제든지 얘기해." 내가 있는 동안에는 존이 작업실에 오지 않으리라는 것을 알지만, 걸어 잠글 수 있는 문 뒤에 단둘이 함께 있는 상상은 여전히 너무나 어색하고 위험하다.

"나중에 술이나 한잔하지." 존이 말한다.

내가 말한다. "그럴 수도 있겠지."

존과 헤어지고 나는 퀸 스트리트를 따라 동쪽으로 걷는다. 노골적인 티셔츠를 파는 거리 상인과, 가터벨트와 새틴 팬티가 걸린 진열창을 지나친다. 나는 수년 전에 그렸던 작품을 생각하고 있다. 「추락하는 여자」가 그 제목이다. 당시 나의 많은 작품은 언어의 혼란에서 시작되었다.

그 그림에 남자는 없지만 내용은 남자에 관한 것이다. 여자들을 추락하게 하는 그런 부류의 남자들. 나는 그들이 어떤 특정한 의도를 가진 것으로 묘사하지는 않았다. 그들은 날씨 같은 존재다. 그들은 아무 생각이 없다. 상대방을 흠뻑 젖게 만들거나 번개처럼 일격을 가한 후, 눈보라처럼 전혀 개의치 않고 자리를 옮겨 간다. 또는 그들은 가장자리가 거친 날카롭고 미끄러운 일련의 바위들이다. 발걸음을 신중히 디디며 이 바위들 사이를 조심해서 걸을 수 있다. 미끄러지면 떨어져 다치게 된다. 그러나 바위를 원망하는 것은 아무 소용이 없다.

'타락한 여자'라는 말도 이런 뜻일 것이다. 즉 타락한 여자는 남자 위에 추락해 상처를 입은 여자다. 그 단어는 아래로 향하는 행동을 암시한다. 자신의 의지에 반해서 일어나는, 그어느 누구의 의지에 의한 것도 아닌 움직임. 타락한 여자는 '아래쪽으로 잡아당겨진 여자'도 아니고 '뒤에서 떠밀린 여자'도 아니며, 단순히 '떨어진' 여자다. 물론 이브와 타락에 대한 이야기가 존재한다. 그러나 그 이야기 속에는 추락이나 타락에 대한 것은 전혀 나오지 않는다. 그저 대부분의 동화처럼 먹는 것에 대한 언급만 있을 뿐이다.

「추락하는 여자」에는 사고 때문인 것처럼 다리에서 떨어지는 세 여자가 그려져 있다. 치마는 바람 때문에 종처럼 펼쳐지고, 머리카락은 위쪽을 향하여 나부끼고 있다. 그들은 저 깊이, 아래쪽에 보이지 않게 누워 있는, 거칠고 어둡고 아무 의지 없는 남자들 위로 떨어진다.

48장

나는 나신의 여자를 응시하고 있다. 그림이라면 그녀는 누드화가 될 것이다. 그러나 그녀는 그림 속의 인물이 아니다. 거울 속에서 본 내 모습을 제외하면 이 여자는 내가 처음으로 본 나신의 여자다. 고등학교 탈의실에서 여학생들은 항상 속옷을 입고 있었고, 그것은 나신과 다른 것이다. 잡지 광고 속의 탄력 있는 라이크라 수영복과 좁은 치마를 덧대 입은 여자 모델 역시 나신은 아니다.

심지어 이 여자조차도 완전한 나신은 아니다. 얇은 천이 그녀의 왼쪽 허벅지에서 두 다리 사이로 드리워져 있다. 음모(陰毛)는 전혀 보이지 않는다. 모델은 등받이 없는 걸상에 앉아 있고, 궁둥이 살은 양쪽으로 밀려 나와 있다. 단단한 등은 만곡이 져 있고, 오른쪽 다리는 왼쪽 다리 위로 꼬여 있다. 오른쪽 팔꿈치는 오른쪽 무릎에 놓여 있고, 왼쪽 팔은 뒤로 돌려서 손이 걸상 위에 놓여 있다. 눈은 지루한 표정이고 머리는 지시받은 대로 앞쪽으로 수그리고 있다. 그녀는 답답하고 불편하고 추워 보인다. 위팔에 소름 돋은 것이 보인다. 그녀는 목이 굵다. 머리는 곱슬곱슬하고 짧으며 표면의 붉은색 아래로 더 짙은 색이 내비친다. 그리고 지금 껌을 씹고 있는 것 같다. 때때로 턱이 천천히 은밀하게 옆으로 움직인다. 그녀는 움직이지 말아야 한다.

나는 목탄 조각으로 이 여자를 그리려고 노력하고 있다. 나는 흐르는 듯한 선을 그리기 위해 노력한다. 선생은 그것을 목표로 이 모델의 모습을 연출해 놓았다. 흐르는 듯한 선을 위해서. 차라리 딱딱한 연필이 더 나을 것 같다. 목탄은 손가락에 묻고 자꾸 번지며, 머리칼 표현에 적합하지 않다. 게다가 나는 이 여자가 무섭다. 그녀는 매우 풍만하며, 특히 허리 아래쪽에 엄청나게 살이 쪘다. 뱃살은 겹쳤고, 가슴은 처졌으며, 거대한 검은 젖꼭지가 달려 있다. 가혹한 형광 불빛이 그녀에게 쏟아져 눈구멍을 공동(空洞)으로 변화시키고, 코에서 턱으로 내려가는 선을 강조한다. 그러나 거대한 몸 때문에 머리는 마치 나중에 생각나서 붙여 놓은 것처럼 보인다. 그녀는 아름답지 않으며, 나는 저런 모습으로 변하게 될까 봐 두렵다.

이것은 야간 강좌다. 실물화 강좌이며, 매주 화요일마다 토론토 예술 학교의 크고 휑뎅그렁한 교실에서 열린다. 그 방 옆에는 실용적인 계단이 있고, 그것을 벗어나면 맥컬 스트리트가, 그 밖으로는 술주정뱅이와 전차 궤도가 놓인 퀸 스트리트가, 그 옆으로는 촌스럽고 네모 모양으로 구획된 토론토가 펼쳐져 있다. 교실에는 희망찬 미래를 예고하는 거의 새것과 다름없는 백상지 화판과 검게 더러워진 손가락을 가진 열두 명의 수강생이 있다. 나이 많은 여자 둘, 젊은 남자 여덟, 내 또래의 여자 하나, 그리고 나. 나는 여기 학생이 아니지만 학생이 아닌 사람들도 특정 조건으로 이 강좌를 신청할 수 있다. 그 특정한 조건이란 자신이 진지한 의도를 가졌다고 선생을 설득하는 것이다. 그러나 내가 얼마나 오래 버틸지 나도 잘 모르겠다.

선생은 흐르비크 씨다. 삼십 대 중반으로, 굵고 검은 고수머리와 콧수염과 매부리코와 오디처럼 거의 자주색으로 보이는 눈동자를 갖고 있다. 그는 아무 말도 하지 않고 눈도 깜빡이지 않은 채 사람을 응시하는 버릇이 있다.

인터뷰하러 갔을 때 처음 내 주의를 끈 것도 바로 그의 눈이었다. 그는 종이가 널려 있는 작은 학교 사무실에서 의자에 기대 앉아 연필 끝을 씹고 있었다. 나를 보자 그는 연필을 내려놓았다.

"몇 살이죠?" 흐르비크 씨가 물었다.

"열일곱 살요. 거의 열여덟 살이에요." 나는 말한다.

"아." 그는 짧은 소리를 내며 마치 나쁜 뉴스라도 된다는 듯 한숨을 쉬었다. "지금까지 뭘 했지요?"

이 질문은 마치 어떤 일에 대해 나를 비난하는 것처럼 들렸다. 이내 나는 그가 의미한 바를 알아차렸다. 내 실력을 판단할 수 있도록 이른바 '최근 작품 포트폴리오', 즉 내가 그린 그림을 가져와야 했던 것이다. 내가 이제까지 접한 미술은 고등학교 시절, 9학년 때 들어야 했던 미술 감상 시간이 전부였다. 그 시간에 우리는 「월광 소나타」를 듣고 그에 대한 해석으로 구불구불한 크레용 선으로 그림을 그리거나, 꽃병에 꽂힌 튤립을 그렸다. 나는 《라이프》 잡지에서 피카소에 대한 기사를 읽은 적은 있지만, 미술관에 가 본 적은 없다.

지난여름에 가욋돈을 마련하기 위해 머스코카26)의 휴양지에서 침대를 정리하고 화장실을 치우는 일을 했을 때, 나는 관광객 상점에서 작은 유화 세트를 샀다. 작은 물감 튜브에 쓰인 이름은 마치 암호 같았다. 코발트블루, 번트엄버,27) 크림슨 레이크.28) 휴식 시간이면 나는 이 유화 세트를 가지고 호숫가로 나가, 소나무 잎이 밑에서 따끔하게 찔러 대는 곳에서 나무에 등을 기대고 앉아, 모기한테 뜯겨 가며 잔잔한 금속 박판 같은 수면과 그 위를 가로지르는 윤기 나는 마호가니 기선, 그리고 배의 고물에 달린 작은 깃발을 바라보았다. 이런 배에는 이따금 다른 휴양지의 객실 여급들이 타고 있기도 했다. 그들은 손님들 방에서 열리는 불법적인 파티에 가서 호밀 위스키와 진저에일을 종이컵에 따라 마시고, 끝장을 보는 것으로 알려져 있다. 세탁실에서는 침대보를 개키는 동안 눈물 어린 대질이 이루어지기도 했다.

어떻게 그려야 할지, 심지어는 무엇을 그려야 할지도 몰랐지

---

26) 온타리오주 북부의 호수가 많고 풍광이 아름다운 휴양지다.
27) 적갈색을 말한다.
28) 레이크 안료를 이용한 진홍색을 말한다.

만, 내가 그림을 시작해야 한다는 것은 알고 있었다. 한참 후 나는 상표를 뺀 맥주병, 망가진 거품기처럼 생긴 나무, 극도로 푸른 호수를 배경으로 한 불확실한 진흙 색깔의 바위 그림을 여러 장 그렸다. 해 지는 광경도 그렸는데, 그것은 그림 전체가 나에게 쏟아질 듯한 느낌을 주었다.

나는 까만 파일에 보관해 두었던 그 그림들을 꺼냈다. 흐르비크 씨는 눈살을 찌푸리고 연필을 만지작거리며 아무 말도 하지 않았다. 나는 의기소침했고 그가 두려웠다. 그는 나를 내쫓을 힘이 있다. 그가 내 그림들을 신통치 않게 생각하고 있다는 것을 볼 수 있었다. 실제로 그것들은 미숙했다.

"뭐 더 없어요? 데생 같은 건 없나요?" 그가 물었다.

필사적인 마음에서 나는 단단한 납 연필로 그리고 채색 명암을 넣은 옛 생물 시간 그림을 가져왔다. 내가 채색화보다는 데생에 더 능숙하다는 것을 알고 있었다. 데생을 더 오래 했기 때문이다. 더 이상 잃을 것도 없는 형편이라 나는 그것들을 꺼내 보였다.

"이걸 뭐라고 부르지요?" 흐르비크 씨는 첫 번째 그림을 거꾸로 들고서 물어보았다.

"지렁이 내부예요." 내가 대답했다.

그는 전혀 놀란 기색이 없다. "이것은?"

"플라나리아예요. 염색한 단면이죠."

"그리고 이건?"

"개구리의 생식 기관이에요. 수놈이에요." 나는 덧붙였다.

흐르비크 씨는 반짝이는 자주색 눈으로 나를 빤히 쳐다보왔다. "왜 이 강좌를 듣고 싶죠?" 그가 물었다.

"이게 제가 들을 수 있는 유일한 강좌거든요." 나는 대답했다. 그 즉시 이것이 얼마나 형편없는 대답인지 알아차렸다. "이 강좌는 제 유일한 희망이에요. 아니면 미술을 가르쳐 줄 사람이 없어요."

"왜 배우고 싶은데요?"

"모르겠어요." 내가 말했다.

흐르비크 씨는 연필을 집어 들고 담배처럼 입 한쪽에 집어넣었다. 곧 연필을 다시 입에서 빼내었다. 그는 손가락으로 머리를 배배 꼬았다. 그가 말했다. "당신은 완전 초보예요. 하지만 그게 더 나을 때도 있죠. 아무것도 없는 상태에서 시작할 수 있으니까요." 그는 처음으로 내게 미소를 지어 보였다. 그의 치아는 고르지 못했다. "우리가 당신을 어떻게 변화시킬 수 있는지 한번 봅시다." 그가 말했다.

흐르비크 씨는 교실을 천천히 왔다 갔다 한다. 그는 몰래 껌을 씹어 그를 분노케 하는 모델을 포함해서 우리 모두에게 낙담한다. "가만히 있어요." 그가 의자를 세게 잡아당기며 말한다. "껌 좀 그만 씹어요." 모델은 악의에 찬 표정을 그에게 던지고는 입을 악문다. 그는 그녀의 팔과 실쭉한 표정의 얼굴을 잡고 마네킹 다루듯이 위치를 재조정한다. "다시 해 봅시다."

교실 전체가 목탄이 종이에 닿는 거슬리는 소리로 가득 찬 가운데, 흐르비크 씨는 우리들 사이를 걸어 다니면서 어깨 너머로 그림을 쳐다보고는 혼자 투덜거린다. "아니, 그게 아니죠." 그는 한 젊은 남자에게 말한다. "이건 몸이라고요." 그는 "머엄"이라고 발음한다. "자동차가 아니에요. 이 육체를 만지는 손가락, 아니면 그것을 쓰다듬는 손을 생각해 봐요. 촉각적으로 실체감이 나야 해요." 나는 그가 원하는 대로 생각하려고 애쓰다가 움찔한다. 소름 돋은 저 여자의 몸에 손가락을 갖다 대고 싶지 않다.

나이 많은 여자에게 흐르비크 씨가 말한다. "예쁜 걸 원하는 게 아니에요. 머엄은 꽃처럼 예쁜 게 아니란 말이에요. 눈앞에 있는 대로 그려요." 그가 내 뒤에 멈춰 선다. 나는 겁먹어 움츠리며 그의 말이 떨어지기를 기다린다. 그가 나에게 말한다. "우리는 지금 의학 교과서를 만드는 게 아니에요. 당신이 지금 그린 것은 시체지 여자가 아니에요." 그는 "녀자"라고 발음한다.

내가 이제까지 그린 것을 바라본다. 그의 말이 옳다. 나는 철저하고 정확하지만, 내가 그려 놓은 것은 움직이지 않고 생명력이 없는 사람 형상의 빈 병에 불과하다. 나를 이곳까지 이끌고 온 용기가 몸에서 빠져나간다. 나는 재능이 없다.

그러나 강좌가 끝나고 모델이 뻣뻣하게 일어서서 얇은 천을 몸에 두르고 옷을 입으러 사라지고 내가 목탄을 집어 넣고 있을 때, 흐르비크 씨가 내 옆에 와서 선다. 나는 내가 그린 그림을 뜯어내 구겨 버릴 참이다. 그러나 그가 재빨리 내 손에 그의 손을 얹는다. "이 그림들을 보관해 두세요." 그가 말한다.

"왜요? 잘된 그림이 아니잖아요." 내가 묻는다.

흐르비크 씨가 말한다. "나중에 그 그림들을 보고 당신이 얼마나 발전했는지 볼 수 있을 거예요. 당신은 사물을 아주 잘 그려요. 그러나 아직 살아 있는 것은 그리지 못하죠. 신은 처음에 흙으로 머엄을 만들고 영혼을 불어넣었어요. 그 두 가지가 모두 필요해요. 흙과 영혼." 그는 짧은 미소를 지으며 내 팔을 지그시 누른다. "열정이 있어야 하는 거라고요."

나는 혼란스러운 표정으로 그를 쳐다본다. 그의 말은 도를 넘어선 것이다. 사람들은 병에 대해 토론하는 것이 아니라면 몸에 대해 이야기하지 않고, 교회가 아닌 곳에서는 영혼에 대해 이야기하지 않으며, 섹스를 의미하는 것이 아니라면 열정에 대해 이야기하지 않는다. 그러나 흐르비크 씨는 외국인이기 때문에 이런 것을 알지 못할 수도 있다.

그는 낮은 목소리로 덧붙인다. "당신은 미완성의 녀자예요. 그러나 이곳에서 완전히 끝나게 될 거예요." 그는 끝난다는 말이 못쓰게 되고 끝장이 난다는 의미라는 것을 모른다. 그는 나를 격려하려고 한 것이다.

49장

　나는 로열 온타리오 박물관 지하층의 어두운 강당에 앉아서 근질근질한 플러시 천으로 덮인 딱딱한 의자에 몸을 기대고, 먼지와 통풍되지 않은 공기와 오래된 의자와 다른 학생들의 달짝지근한 분 냄새를 맡는다. 내 눈이 점점 커지고 올빼미 눈처럼 동공이 확대되는 것이 느껴진다. 나는 한 시간째 누르스름한 슬라이드 화면을 들여다보고 있는 중이다. 그중에는 하얀 대리석으로 만들어지고 머리 윗부분이 평평한 여자들이 나오는 초점 안 맞는 슬라이드도 있다. 이 머리들은 '엔타블러처'라는 매우 무거워 보이는 수평 부분을 받쳤던 것이다. 그러니까 머리 위가 평평한 것은 당연한 일이다. 이 대리석 여자들은 '카리아티드'라고 불린다. 그것은 원래 카리아에 있던 아르테미스의 여사제를 가리키는 말이었다. 그러나 그들은 더 이상 여사제가 아니라 받침 지주 역할을 겸하는 장식 도구일 뿐이다.

다양한 시대의 다양한 종류의 지주를 담은 많은 슬라이드가 있다. 도리아 양식, 이오니아 양식, 코린트 양식. 도리아 양식은 가장 강하고 단순하며, 우아한 소용돌이꼴과 나선형의 가지런한 아칸서스 잎사귀로 장식된 코린트 양식은 가장 가볍고 화려하다. 긴 지시봉이 빛이 비치지 않는 화면 바깥에서 솟아 나와 소용돌이꼴과 나선형 장식 위에 멈추어서 무엇이 무엇인지 설명해 준다. 나중에 시험에 이걸 그대로 뱉어 내야 할때 이 용어들이 필요할 것이다. 그래서 나는 어둠 속에서 볼수 있도록 몸을 숙이고 공책에 받아쓰려고 노력한다. 나는 어둠 속에서 모호한 용어들을 받아쓰면서 많은 시간을 보낸다.

고대 그리스를 마치고 로마와 중세, 르네상스 시기로 들어서는 다음 달에는 사정이 좀 나아지기를 기대한다. 고전적인 것이란 적어도 내게 있어서는 탈색되고 부서진 것을 의미하게 되었다. 대부분의 그리스와 로마 유적들은 신체 일부가 없어졌다. 이런 전반적인 팔과 다리와 코의 부재는 내 신경을 거스른다. 부러진 남자 성기는 두말할 것도 없다. 게다가 온통 회색과 흰색인 것도 마음에 들지 않는다. 그러나 놀랍게도 이 모든 대리석상들이 예전에는 선명한 색깔로 채색되어 있었다고 한다. 노랑머리와 푸른 눈과 피부색, 그리고 때로는 인형처럼 진짜 옷을 걸치기도 했다는 것이다.

이 수업은 개관 수업이다. 이것은 학생들이 시대별 예술에 익숙해지고 나중에 배울 심화 수업에 대비하도록 하기 위한 것으로, 토론토 대학교의 예술 고고학 과정의 일부다. 이 과정은 내가 미술에 근접한 방향으로 나아갈 수 있는 유일한 허가된 경로다. 또한 내가 재정적으로 감당할 수 있는 유일한 길이기도 하다. 나는 예상대로 장학금을 받았다. "신이 주신 두뇌를 사용해야지." 아버지는 입버릇처럼 말한다. 그러나 우리 남매는 아버지가 실제로는 자신이 그 재능을 물려주었다고 생각한다는 사실을 알고 있다. 내가 대학을 그만두고 장학금을 걷어차 버린다면, 아버지는 나를 위해 어떤 것에 돈을 대 줘야할지 결정하지 못할 것이다.

내가 생물학을 공부하지 않을 것이며 예술가가 되겠다고 말했을 때 부모님은 깜짝 놀랐다. 어머니는 그것이 내가 정말 하고 싶은 일이라면 괜찮다고 말했지만, 내가 생계를 어떻게 꾸려 나갈지 걱정하는 눈치였다. 예술이란 조가비 세공이나 목각처럼 취미로는 괜찮지만 금전 면에서 의지할 만한 것이 못 된다고 부모님은 생각한 것이다. 그러나 예술 고고학은 안심할 만한 것이라고 그들은 간주했다. 부모님이 보기에 보다 진지한 일인 고고학 쪽으로 진로를 바꾸어 무언가를 발굴하는 일을 할 수도 있는 것이다.

최소한 나는 학위를 받을 것이고, 학위가 있으면 언제든 가르치는 일을 할 수 있다. 그것은 개인적으로는 피하고 싶은 진로다. 나는 버넘 고등학교에서 미술 감상을 가르치던 크레이턴 선생을 생각한다. 땅딸막하고 항상 놀림을 당하던 그 선생을 일부 험악하고 거친 남학생들은 종이와 물감을 보관하는 벽장에 툭하면 가둬 놓곤 했다.

어머니의 친구 한 명은 예술 활동은 언제든 집에서 여가 시간에 할 수 있는 것이라고 말한다.

예술 고고학과의 다른 학생들은 한 사람만 빼고 모두 여자다. 그와 마찬가지로 교수진은 한 사람을 제외하고는 모두 남자다. 여자가 아닌 학생과 남자가 아닌 교수는 이상한 사람으로 취급된다. 남학생은 피부가 엉망이고, 여자 교수는 신경성 말더듬 증세가 있다. 여학생은 누구도 예술가가 되기를 원하지 않는다. 그 대신 고등학교 미술 선생이 되고 싶어 하고, 한 명은 미술관 큐레이터가 되고 싶어 한다. 그것을 제외하면 그들은 자신들이 무엇을 원하는지 확실히 알지 못한다. 즉 그들은 이런 다른 일들이 필요하게 되기 전에 결혼하려고 하는 것이다.

그들은 캐시미어 트윈 세트와 낙타털 코트와 질 좋은 트위드 치마를 입고 단추 진주 귀고리를 하고 다닌다. 단정한 중간 높이 굽 펌프스를 신고 맞춤 블라우스나 점퍼스커트, 아니면 같은 무늬의 치마와 단추가 달린 작은 조끼를 입는다. 나역시 이런 옷을 입고 그들과 어울리려고 노력한다. 쉬는 시간에는 다양한 대학 휴게실과 식료품실과 커피숍에서 그들과 함께 커피를 마시고 도넛을 먹는다. 그들은 손가락에 묻은 도넛 설탕을 핥으며 옷에 대해 토론하거나 사귀고 있는 남학생들에 대해 이야기한다. 두 명은 이미 확실한 짝이 생겼다. 이런 이야기를 하는 동안 그들의 눈은 촉촉해지고, 희미해지고, 물러지며, 아직 눈을 뜨지 못한 아기 고양이 눈처럼 유약해진다.

그와 동시에 그들의 눈은 간교하고 계산적이며 탐욕과 거짓으로 가득 차 있다.

나는 그들과 있는 것이 마치 거짓 흉내를 내고 있는 것처럼 불편하다. 흐르비크 씨와 몸의 촉각성은 예술 고고학과와 들어맞지 않는다. 나신의 여자를 그리려는 나의 어설픈 시도는 시간 낭비로 여겨질 것이다. 예술은 다른 곳에서 이미 완성되었다. 남은 일은 암기하는 일뿐이다. 실물화 강좌 전체는 거만하면서도 우스꽝스러운 노력으로 보일 것이다.

그러나 그것은 나의 생명선, 내 진정한 삶이다. 점점 더 나는 그것과 맞지 않는 것을 제거하고 내 껍질을 벗겨 내기 시작한다. 첫 수업 시간에는 체크무늬 점퍼스커트와 피터 팬 깃이 달린 하얀 블라우스를 입고 가는 실수를 저질렀지만, 적응하는 법을 빠르게 배운다. 나는 남학생들과 다른 여학생처럼 차림새를 바꾼다. 검은 터틀넥 스웨터와 청바지. 이 옷차림은 여타 다른 옷차림처럼 가장을 위한 것이 아니라 충실함의 표시다. 그리고 얼마 지나지 않아 용기를 내어 대낮의 예술 고고학과 수업에도 이런 옷을 입고 간다. 단 어느 누구도 입지 않는 청바지는 제외한다. 그 대신 나는 검은 치마를 입는다. 진지한 분위기를 풍기도록 고등학교 시절의 앞머리를 길러서 뒤로 넘겨 머리핀으로 고정시킨다. 캐시미어와 진주를 걸친 여학생들은 예술가 행세를 하는 비트족들에 대한 농담을 주고받고, 내게는 점점 더 말을 건네지 않는다.

실물화 강좌의 나이 많은 두 여자도 내 변신을 알아차린다. "그래, 누가 돌아가셨니?" 그들이 묻는다. 각각 뱁스와 마조리라고 불리는 그들은 직업 화가다. 그들은 초상화를 그리는데 뱁스는 아이들의 초상화를, 마조리는 개 주인과 그들의 개를 그린다. 실물화 강좌를 보충 교육 삼아 듣는다고 한다. 그들은 검은 터틀넥 스웨터를 입지 않고 임신한 여자들처럼 화가용 작업복을 입는다. 그들은 상대방을 "애"라고 부르고, 자기들 작품에 대해 혹독한 논평을 하고, 나쁜 짓이라도 되는 것처럼 화장실에서 담배를 피운다. 어머니와 비슷한 연배의 그들과 나신의 모델이 있는 교실에 같이 있는 것은 곤혹스러운 일이다. 그와 동시에 나는 그들이 채신없이 군다고 생각한다. 그러나 그들은 어머니보다는 우리 옆집에 사는 핀스틴 부인을 더 연상시킨다.

핀스틴 부인은 몸에 딱 붙는 붉은 정장과 그에 어울리게 체리로 장식된 말쑥한 챙 없는 모자를 애용한다. 그녀는 내 새로운 옷차림을 보고 실망한다. 그녀는 우리 어머니에게 말한다. "쟤는 이탈리아 과부처럼 보여요. 자신을 방치하네요. 너무 안타까워요. 머리를 잘 자르고 화장을 좀 하면 놀랄 만큼 예쁠 텐데." 어머니는 마치 우스운 말이라는 듯이 미소 지으며 내게 이 말을 들려준다. 그러나 나는 이것이 어머니가 걱정을 표현하는 방법임을 안다. 내 모습은 지저분함에 가깝다고 할 수 있다. 자신을 방치한다는 것은 염려스러운 말이다. 보통 불결하고 뚱뚱한 늙은 여자나 싸구려로 팔리는 물건에 그런 표현을 쓴다.

물론 그 말에는 일단의 진실이 있다. 나는 내 마음 끌리는 대로 하도록 스스로를 방치하고 있는 것이다.

50장

나는 맥주홀에 앉아 실물화 강좌의 다른 학생들과 함께 10센트짜리 생맥주를 마신다. 뿌루퉁한 웨이터가 한 손에 둥근 쟁반을 균형을 잡으며 들고 와서 맥주잔을 "쿵" 하고 내려놓는다. 맥주잔은 보통 물잔과 똑같고 단지 맥주가 들어 있을 뿐이다. 거품이 흘러넘친다. 나는 맥주 맛은 그다지 좋아하지 않지만 이제는 어떻게 마시는지 안다. 심지어 맥주 거품이 꺼지도록 위에 소금을 뿌리는 것까지 알고 있다.

이 맥주홀에는 우중충한 붉은 카펫이 깔려 있고, 검은 싸구려 탁자와 플라스틱 덮개를 댄 의자와 질 나쁜 조명이 있으며, 자동차 재떨이 악취가 풍긴다. 우리가 가는 다른 맥주홀도 이와 비슷하다. 그런 곳은 '런디스 레인'이나 '메이플 리프 타번' 같은 이름이며, 낮에도 항상 어둡다. 거리에서 홀 안이 들여다보이는 창문을 설치하지 못하도록 되어 있기 때문이다. 미성년자를 타락시키는 것을 방지하기 위해서다. 나 역시 미성년자지만(법적인 음주 연령은 스물한 살이다.) 어떤 웨이터도 내게 신분증을 보여 달라고 요구하지 않는다. 내가 너무 어려 보이기 때문에 그들은 내가 정말 나이가 되지 않았다면 감히 술집에 들어올 용기를 내지 못했으리라고 짐작한 것 같다고 존이 말한다.

이 맥주홀은 두 구역으로 나뉘어 있다. 남자 전용 구역은 난폭한 술주정뱅이와 알코올 중독자들이 서성거리는 곳이다. 그곳 바닥에는 톱밥이 깔려 있고, 엎지른 맥주와 오래된 오줌과 구토 냄새가 흘러나온다. 때로는 안에서 고함 소리와 유리 깨지는 소리를 들을 수 있고, 커피를 흘리고 팔을 마구 휘둘러 대는 남자가 레슬러 같은 덩치의 두 웨이터에게 쫓겨나는 것도 볼 수 있다.

숙녀와 동반자 구역은 더 깨끗하고 조용하며 점잖다. 그리고 더 좋은 냄새가 난다. 남자들은 여자 동행 없이 들어갈 수 없다. 그리고 여자들은 남자 전용 구역에 갈 수 없다. 이것은 창녀들이 남자들을 귀찮게 하는 것과 남자 술주정뱅이가 여자들을 귀찮게 하는 것을 방지하기 위해서다. 영국에서 온 콜린은 벽난로가 있고 다트 놀이를 할 수 있으며 돌아다니거나 노래도 할 수 있는 펍에 대해 이야기해 준다. 그러나 맥주홀에서는 그 어떤 행동도 허용되지 않는다. 이곳은 맥주를 마시는 곳이고, 그게 전부다. 너무 심하게 웃어도 나가 달라는 부탁을 받을 수 있다.

실물화 강좌 학생들은 숙녀와 동반자 구역을 더 좋아하지만, 그곳에 들어가려면 여자가 있어야 한다. 그래서 나를 초대한 것이다. 심지어 내게 맥주를 사 주기도 한다. 나는 그들의 통행증인 것이다. 어떤 때는 수업 후 시간이 나는 여자가 나뿐일 때도 있다. 내 또래인 수지는 자주 변명을 대고 빠지고, 마조리와 뱁스는 집에 가기 때문이다. 그들은 남편이 있으며, 아무도 그들을 진지하게 여기지 않는다. 남학생들은 그들을 '숙녀 화가'라고 부른다.

"그들이 '숙녀 화가'라면 나는 어떻게 되는 거지?" 내가 묻는다.

"소녀 화가지." 존이 농담으로 말한다.

어느 정도 예의 비슷한 것을 갖춘 콜린이 설명한다. "실력이 없으면 너는 숙녀 화가가 되는 거야. 그게 아니면 그냥 화가라고 불리지." 그들은 '예술가'라는 말을 사용하지 않는다. 그들의 의견에 따르면 자기 자신을 예술가라고 부르는 화가는 개자식이라는 것이다.

나는 예전 방식으로 데이트하는 것을 포기했다. 그냥 그게 별로 심각한 일이라는 생각이 안 든다. 게다가 검은 터틀넥 스웨터를 입기 시작한 후로는 그전처럼 자주 데이트 신청을 받지도 못한다. 블레이저에 하얀 셔츠를 받쳐 입는 부류의 남학생들은 그들에게 이득이 되는 게 무엇인지 안다. 어쨌든 그들은 남학생일 뿐, 남자는 아니다. 그들의 발그레한 볼과 집단으로 모여 키득거리는 것, 그들이 나누어 놓은 좋은 여자와 나쁜 여자 범주, 가터벨트와 브래지어의 경계선을 밀어내려는 그

152

들의 열정적이고 서투른 시도는 더 이상 내 관심을 끌지 못한다. 오래 기른 콧수염과 니코틴에 찌든 손가락, 경험이 쌓인 주름, 무거운 눈꺼풀, 세상에 지친 관용, 이런 것이 내 관심을 끈다. 그리고 담배 연기를 입으로 뱉어 낸 후 두 번 생각할 필요 없이 코로 다시 들이마실 수 있는 남자. 나는 이 영상이 어디에서 왔는지 알지 못한다. 이것은 완전한 모습으로, 어딘지 모를 곳에서 갑자기 나타났다.

실물화 강좌 학생들은 블레이저 차림도 아니지만 그렇다고 이런 모습도 아니다. 일부러 조악한 차림을 하고, 물감을 묻힌 옷을 입고, 이제 막 수염이 돋기 시작한 그들은 과도기적인 모습을 하고 있다. 그들은 이야기를 나누지만 언어를 신뢰하지 않는다. 서스캐처원주에서 온 레그는 발음이 너무나 부정확해서 언어 장애인이나 진배없다. 이러한 말 없음은 그에게 특별한 지위를 부여해 준다. 마치 그의 시각적 능력이 뇌 일부를 갉아먹은 결과로 바보 성인(聖人)이 된 것처럼. 영국인 콜린은 말을 너무 많이 해서가 아니라 너무 유창해서 신뢰를 받지 못한다. 진정한 화가는 말론 브란도처럼 툴툴거릴 뿐이다.

그러나 그들은 자기 감정을 드러내는 방법을 안다. 어깨 으쓱하기, 투덜거리기, 말 끝맺지 않기, 일격을 가하고, 주먹을 쥐고, 손가락을 펴고, 공중에 갑작스레 손짓을 하는 등의 손동작. 때때로 이런 손짓 언어는 다른 사람들의 그림에 대한 것이다. "형편없어." 그들은 말한다. 드물게 이런 말도 한다. "정말 환장하게 좋은데." 그들은 좀처럼 남을 인정하지 않는다. 뿐만 아니라 토론토가 형편없는 곳이라고 생각한다. "여기에선 아무 일도 일어나지 않아." 그들은 늘 이렇게 말하며, 대화의 많은 부분을 이곳을 빠져나갈 계획에 할애한다. 파리는 이제 볼 장 다 봤고, 영국인 콜린조차 영국으로 돌아가고 싶어 하지 않는다. 그는 말한다. "거기서는 모두 누런 녹색 그림만 그려. 누르스름한 녹색, 거위 똥처럼 말이야. 정말 더럽게 우울해." 뉴욕을 제외하면 그 어떤 곳도 마뜩잖다. 뉴욕이야말로 모든 일이 일어나는 곳이며 활동의 중심이다.

맥주를 여러 잔 들이켜고 나면 여자 이야기를 하기도 한다. 그들은 여자 친구들을 화제에 올린다. 몇몇은 이미 동거한다. 그들은 같이 사는 여자 친구들을 '내 친애하는 숙녀'라고 부른다. 아니면 매일 밤 바뀌는 실물화 강좌의 모델들에 대한 농담을 주고받는다. 그들은 그 모델들과 자러 가는 것에 대해 이야기한다. 마치 그 여부가 자신들의 의향에 전적으로 달려 있다는 듯이. 이런 이야기에 대해서는 두 가지 반응이 있을 수 있다. 입맛을 다시는 것과 역겹다는 듯 혐오감을 드러내는 것. "젖소." "호박꽃." "인간 쓰레기." 그들은 때때로 내 반응을 곁눈질로 살피며 이런 말을 내뱉는다. 신체 부위에 대한 묘사가 너무 자세해지면 ("코끼리 궁둥이 같은 보지." "네가 어떻게 알아, 응? 코끼리랑 많이 해 봤나 보군?") 그들은 마치 어머니들 앞에서 그러듯 서로의 말을 막는다. 내가 어떤 존재인지 아직 규정하지 못한 것처럼.

나는 그런 것을 혐오하지 않는다. 오히려 내가 특권을 부여받았다고 생각한다. 나는 규율에서 예외적인, 규정조차 되지 않은 존재다.

나는 축축함과 맥주 냄새가 밴 후끈한 공기와 담배 연기 속에서 약간 몽롱해지는 것을 느끼며 입을 다물고 눈을 뜨고 앉아 있는다. 나는 그들에게 기대하는 것이 없기 때문에 그들을 똑똑히 볼 수 있으리라 생각한다. 사실은 나는 많은 것을 기대한다. 받아들여지기를 기대하는 것이다.

그들의 행동 가운데 거슬리는 것이 한 가지 있다. 흐르비크 씨를 놀리는 것이다. 그의 이름은 조제프인데 그들은 엉클 조라고 부른다. 그가 콧수염을 기르고 있고 동유럽 억양을 가지고 있는 데다 권위적으로 의견을 내세우기 때문이다. 그것은 부당한 판단이다. 나는 흐르비크 씨가 전쟁의 대격변 때문에 네 나라를 떠돌아다녀야 했고, 철의 장막에 갇혀 쓰레기 같은 음식을 먹고 거의 굶어 죽을 뻔했으며, 헝가리 혁명에서 목숨을 걸고 탈출했다는 것을 알고 있고, 이제는 그들도 모두 알고 있다. 흐르비크 씨는 정확한 정황을 입에 올린 적이 없다. 사실 수업 중에 이런 말을 한 적이 한 번도 없다. 그렇지만 모두 그 사실을 알고 있다.

그러나 그것이 남학생들과의 벽을 좁히는 데 도움을 주지는 못한다. 그들이 보기에 그림 그리기는 시시한 일이며 흐르비크 씨는 낙오자일 뿐이다. 그들은 흐르비크 씨를 추방된 사람이라는 의미로 '추사'라고 부른다. 그것은 내 고등학교 시절에도 있던 오래된 모욕적 호칭이다. 그것은 유럽에서 온 난민들, 바보 같고 기묘하고 잘 어울리지 못하는 사람들을 가리키는 말이다. 그들은 흐르비크 씨의 억양과 그가 몸에 대해 이야기하는 방식을 흉내 낸다. 그들이 실물화 강좌를 듣는 유일한 이유는 그것이 필수 과목이기 때문이다. 실물화가 아니라 액션 페인팅이 최첨단 조류고, 액션 페인팅을 하기 위해서는 그림을 어떻게 그려야 하는지 알 필요도 없다. 특히 옷을 입지 않은 젖소를 그릴 필요는 더더군다나 없다. 그렇지만 그들은 실물화 교실에 앉아서 목탄으로 선을 그으며 젖가슴과 엉덩이와 허벅지와 목을 계속 그려 내고, 어떤 날은 나처럼 발만 그리기도 한다. 그러는 동안 흐르비크 씨는 머리칼을 잡아당기고 절망을 느끼며 교실을 천천히 돌아다닌다.

남학생들의 얼굴은 무표정하다. 내가 보기에 그들의 경멸이 노골적으로 드러나는데도 흐르비크 씨는 알아차리지 못한다. 나는 그에게 동정을 느끼며, 수업을 듣게 해 준 것에 감사한다. 또한 나는 그를 존경한다. 이제 전쟁은 낭만적으로 느껴질 만큼 먼 과거가 되었고 그는 그것을 겪어 냈다. 나는 그가 총알 자국, 아니면 어떤 영예로운 자국을 갖고 있는지 궁금하다.

오늘 밤 메이플 리프 타번의 숙녀와 동반자 구역에 모인 것은 남학생들과 나뿐만이 아니다. 수지도 있다.

수지의 머리는 노란색이다. 머리를 굽슬굽슬하게 말고 세팅을 한 다음 다시 헝클어트려서 끝을 은빛 도는 금발로 염색했다는 것을 나는 알아볼 수 있다. 그녀도 청바지와 까만 터틀넥 스웨터를 입고 있지만 그녀의 청바지는 몸의 윤곽이 드러날 정도로 꽉 낀다. 그녀는 대개 목에 은목걸이나 큰 메달 같은 것을 달고 있다. 클레오파트라처럼 눈꺼풀에 굵고 검은 선을 그리고, 검은 마스카라와 칙칙한 질푸른색 아이섀도를 바르고 다닌다. 그래서 누구한테 얻어맞은 것처럼 눈가가 퍼런 멍 색깔이다. 그리고 하얀 분과 옅은 분홍색 립스틱을 바르기 때문에 몇 주나 늦게까지 못 잔 것처럼 아파 보인다. 엉덩이가 풍만하고 가슴이 키에 비해 너무 커서 머리가 눌려 가슴 쪽이 부풀어 오른 끽끽 소리 나는 고무 장난감처럼 보인다. 수지는 숨 가쁜 듯한 작은 목소리와 흠칫 놀란 듯한 작은 웃음소리를 지녔다. 심지어 이름조차 파우더 퍼프처럼 들린다. 나는 그녀를 예술 학교에서 노닥거리며 대학에 가기에는 너무 멍청한 바보 같은 여자애로 취급한다. 그러나 남학생들에 대해서는 이런 식으로 단정하지 않는다.

"엉클 조가 오늘 밤 미친 듯 화를 내던걸." 존이 말한다. 존은 키가 크고 구레나룻이 있고 손이 커다랗다. 그는 똑딱 단추가 많이 달린 데님 재킷을 입고 있다. 영국인 콜린 다음으로 말을 가장 유창하게 한다. 그는 '색의 순도', '화면' 같은 용어를 사용하기도 하지만 그것은 두세 사람이 모인 곳에서일 뿐, 학급 전체가 모인 곳에서는 절대 그런 말을 입에 올리지 않는다.

"오." 수지는 마치 공기가 입 밖으로 나오는 것이 아니라 안으로 들어가는 것처럼 작고 숨찬 웃음소리를 내며 말한다. "너무 야비해! 그를 그렇게 부르면 안 돼!"

수지의 말이 신경에 거슬린다. 바로 내가 했어야 하지만 용기가 없어 말하지 못한 것을 그녀가 대신했기 때문이기도 하고, 그녀가 마치 다리에 몸을 비비는 고양이처럼, 이두근을 감

탄하듯 어루만지는 손처럼 부드럽게 그를 변호하기 때문이기
도 하다.

"거만한 늙은 방귀 같은 놈." 수지의 주의를 끌려고 콜린이
말한다.

수지는 눈가가 퍼런 눈을 그에게로 향한다. "그는 늙지 않았
어. 겨우 서른다섯 살이야." 그녀가 엄숙한 목소리로 말한다.
모두가 웃는다.

그런데 그녀는 어떻게 흐르비크 씨의 나이를 아는 것일까?
나는 그녀를 바라보며 의아해한다. 수업에 좀 이르게 갔던 어
느 날이 기억난다. 모델도 도착하지 않아서 나는 교실에 혼자
앉아 있었다. 이내 수지가 코트를 벗은 채로 들어왔고 뒤이어
흐르비크 씨가 들어왔다.

수지는 나에게 와서 말했다. "눈 정말 지긋지긋하지 않니!"
보통 그녀는 내게 말을 걸지 않았다. 그리고 눈 내리는 바깥
에 있었던 사람은 바로 나였다. 그녀는 갓 구운 빵처럼 따뜻
해 보였다.

51장

지금은 2월, 대낮이다. 회색의 박물관 강당은 젖은 코트와 겨울 장화에서 녹아내린 눈석임물로 김이 자욱하다. 기침 소리가 자주 들려온다.

우리는 성인의 유골함과 길쭉길쭉한 성인 상이 많은 중세를 마치고, 중요한 점들을 짚으며 빠른 속도로 르네상스 시기를 훑고 지나간다. 동정녀 마리아가 엄청나게 많다. 마치 한 명의 거대한 동정녀 마리아에게, 비슷하게 생겼지만 완전히 똑같지는 않은 한 무리의 딸들이 있었던 것 같다. 그들은 금색 잎사귀 같은 후광을 던져 버렸고, 석판이나 나무판에서 가졌던 길쭉하고 가슴 납작한 외관을 잃어버렸다. 그들은 좀 더 통통하다. 그전처럼 자주 승천하지도 않는다. 일부는 창백하고 엄숙한 얼굴을 하고 있고, 당대에 사용되던 벽난로나 의자, 혹은 지붕 공사 풍경이 내다보이는 열린 창문 옆에 앉아 있다. 일부 마리아는 염려스러운 표정이고, 어떤 마리아는 장밋빛 도는 하얀 아기 같은 얼굴과 철사처럼 가는 후광과 베일 밖으로 나온 섬세한 금빛 덩굴손 같은 머리카락을 가지고 있다. 그들 뒤로 멀리 청명한 이탈리아의 하늘이 보인다. 그들은 탄생한 아기 예수의 요람에 몸을 숙이거나 무릎에 예수를 앉히고 있다.

예수는 팔다리가 너무 길고 가늘어서 좀처럼 진짜 아기로 보이지 않는다. 정말 아기라 하더라도 갓 태어난 아기와는 거리가 멀다. 나는 얼굴이 쭈글쭈글하고 말린 살구 같은 신생아를 본 적이 있다. 이 예수들은 전혀 그렇게 보이지 않는다. 마치 일 년쯤 성장해서 태어났거나 아니면 수축된 성인 남자처럼 보인다. 이런 그림에는 붉은색과 푸른색이 빈번히 사용되었고, 젖 먹이는 장면이 많이 등장한다.

어둠 속에서 들려오는 메마른 목소리는 작품의 형식적 특성에 초점을 맞춘다. 순환성을 강조하기 위해 천을 겹겹이 배치한 것, 질감의 표현, 아치형 길과 발 아래 타일에 나타난 원근법의 사용. 젖 먹이는 부분은 뛰어넘는다. 알 수 없는 곳에서 튀어나온 지시봉은 벌거벗은 가슴에는 절대 내려앉지 않는다. 가슴 일부는 불쾌한 분홍빛 도는 녹색이거나 정맥이 비쳐 보이고, 젖꼭지를 손으로 누르거나 심지어는 실제 모유를 손으로 짜고 있는 경우도 있다. 이 부분에서 여러 명이 자리를 뜬다. 여학생들은 물론이고 교수들까지 어느 누구도 젖 먹이는 것에 대해 생각하고 싶지 않은 것이다. 커피를 마시며 그들은 몸을 부르르 떤다. 그들은 매우 까다롭다. 그들은 보다 위생적으로 아기들에게 분유를 먹일 것이다.

내가 말한다. "젖 먹이는 그림의 요지는 동정녀 마리아가 그만큼 겸허했다는 거야. 당시 여자들은 대부분 감당할 수만 있다면 젖을 먹일 유모를 고용했거든." 도서관에 쌓인 책 더미에서 찾아낸 책에서 그렇게 읽었다.

"오, 일레인. 넌 정말 수재야." 그들은 말한다.

나는 말한다.

"또 중요한 점은 그리스도가 포유류로 이 세상에 태어났다는 점이야. 마리아가 기저귀로 뭘 썼는지 궁금한걸? 이제 유물이 되어 있을 텐데. 성스러운 기저귀. 유아용 변기에 앉아 있는 그리스도의 그림은 왜 없지? 성스러운 포피가 어딘가 있다는 것은 알고 있어. 그러면 성스러운 똥은 어때?"

"넌 정말 너무해!"

나는 미소를 지으며 다리를 꼬고 팔꿈치를 탁자에 올려놓는다. 나는 이렇게 사소한 일로 여학생들을 괴롭히는 것을 즐긴다. 그것은 내가 그들과 같지 않다는 것을 보여 주는 것이다.

이것은 내 삶의 한 측면, 낮 동안 나의 삶이다. 다른 측면의 삶, 진짜 삶은 밤에 펼쳐진다.

나는 수지를 자세히 관찰하며 그녀의 행동에 주의를 기울여 왔다. 수지는 사실 나와 같은 나이가 아니라 두 살 이상 많다. 거의 스물한 살이다. 그녀는 부모님과 함께 살지 않고 애비뉴 로드와 세인트 클레어 애비뉴가 교차하는 곳 북쪽에 위치한 고층 건물의 일인용 아파트에 산다. 부모님이 집세를 내주는 것 같다. 그렇지 않고서야 그 아파트를 어떻게 감당하겠는가? 이런 빌딩에는 엘리베이터와 화분이 놓인 넓은 홀이 있고, '몬테카를로' 같은 이름이 붙어 있다. 이런 곳에 산다는 것은 대담하고도 세련된 일이다. 비록 그런 곳에는 간호사 삼인조가 산다고 미술 학교의 화가들이 비웃기는 하지만. 화가들은 블루어 스트리트나 퀸 스트리트의 철물점이나 여행용 가방 도매점 위층, 아니면 이민자들이 사는 골목에 산다.

수지는 수업 후에도 남아 있고, 수업에 일찍 나타나며, 늘 교실 주변을 서성인다. 강좌가 진행되는 동안에는 흐르비크 씨를 비밀스럽게 곁눈질한다. 그녀는 흐르비크 씨의 사무실에서 나오다가 나와 마주치자 놀라서 움찔하며 미소를 지어 보인다. 그러고는 몸을 돌려 인위적이고 지나치게 큰 소리로 외친다. "고마워요, 흐르비크 씨! 다음 주에 뵈어요!" 문이 약간 닫혀 있어 흐르비크 씨가 볼 수 없을 텐데도 그녀는 살짝 손을 흔든다. 나에게 보이기 위해서다. 이제서야 그때 진작 알아챘어야 한다는 생각이 든다. 수지는 흐르비크 씨와 연애를 하고 있는 것이다. 뿐만 아니라 그녀는 아무도 눈치채지 못했다고 생각한다.

수지의 짐작은 빗나갔다. 나는 마조리와 뱁스가 우회적으로 말하는 것을 들은 적이 있다. 그들은 말한다. "얘, 그건 이 강좌를 통과하는 방법이기도 해. 나도 한 번씩 드러누워 주고 그렇게 했으면." "그렇기도 하겠지! 하지만 그런 시절은 오래전에 가 버렸어, 안 그래?" 그리고 이 모든 일이 아무것도 아니라는 듯이, 아니면 재미있는 일이라는 듯이 유쾌하게 웃는다.

나는 이 연애 사건이 재미있다고 절대 생각하지 않는다. 나는 이것이 연애 사건이라고 생각한다. 그들 중 어느 누가 상대방을 사랑하는지 불분명하지만, 연애라는 단어에서 사건이라는 단어를 떼어서 생각할 수 없다. 나는 흐르비크 씨가 수지를 사랑한다고 단정한다. 아니, 그녀를 진정으로 사랑하는 것이 아니라 그녀 때문에 얼이 빠진 것이다. 나는 얼이 빠졌다는 표현을 좋아한다. 물에 빠진 느낌, 흠뻑 젖은 느낌, 설탕물에 취한 파리를 연상시킨다. 수지는 사랑을 할 능력이 없다. 그러기에는 너무 천박하다. 나는 수지가 주도면밀하고 관계를 통제하는 사람이라고 생각한다. 그녀는 1940년대 영화 포스터에서 금방 튀어나온 것처럼 단단하고 매끈한 방법으로 그와 장난 삼아 연애하는 것이다. 손톱처럼 단단한 방법. 나는 그 손톱이 무슨 색인지도 알고 있다. 파이어 앤드 아이스. 쉽게 상처받을 듯한 얼굴과 환심을 사는 행동에도 불구하고 그녀는 바로 그런 여자다. 그녀는 죄책감을 감미로운 향내처럼 던져 버리고, 흐르비크 씨는 얼이 빠져 자신의 파멸을 향해 휘청거리는 것이다.

강좌를 듣는 사람들이 그 관계를 눈치챘다는 것을 알게 된 후로(뱁스와 마조리는 자기들이 아는 것을 표 내는 수완이 있다.) 수지는 더 대담해진다. 그녀는 흐르비크 씨를 성을 붙이지 않고 이름으로 부르며, 말끝마다 그를 언급한다. "조제프는 이렇게 생각해." "조제프는 이렇게 말하지." 수지는 그가 어디 있는지 항상 알고 있다. 때때로 그는 훨씬 좋은 음식점과 괜찮은 포도주가 있는 몬트리올에서 주말을 보내기도 한다. 그녀는 그곳에 가 본 적이 없으면서도 매우 단정적으로 이야기한다. 그녀는 흐르비크 씨에 대한 내부자 정보를 한 토막씩 내놓는다. 그는 헝가리에서 결혼했지만 아내는 함께 오지 않았고 이제는 이혼한 상태다. 두 딸이 있으며 그들의 사진을 지갑에 넣고 다닌다. 딸들과 헤어져 있다는 사실 때문에 그는 죽을 만큼 고통스러워한다. "그는 정말 죽을 만큼 괴로워해." 수지는 눈시울을 적시며 부드럽게 말한다.

마조리와 뱁스는 이런 이야기를 게걸스럽게 주워듣는다. 그들과 이야기를 나눌 때면 수지는 놀아나는 여자의 위치에서 벗어나 일상사의 언저리로 진입한다. 그들은 수지를 부추긴다. "이것 봐, 널 비난하는 게 아니야! 그는 정말 멋있잖아!" 화장실에서 그 둘은 나란히 놓인 칸으로 들어가 세찬 오줌 소리를 배경으로 이야기를 나눈다. "나는 그를 단숨에 먹어 치울 수도 있어! 하지만 그건 아들뻘을 탐하는 도둑년 같은 짓이겠지, 안 그래?" 나는 그들의 말에 귀를 기울이며 거울 앞에 서 있다. "그가 무슨 짓을 하고 있는지 자각했으면해. 저렇게 좋은 애를 말이야." 그들이 의미하는 바는 흐르비크 씨가 수지와 결혼해야 한다는 것이다. 아니면 그녀가 임신하면 결혼해야 한다는 의미인지도 모른다. 그것이 온당한 행동일 것이다.

한편 화가들은 수지를 심한 태도로 대한다. "제기랄, 조제프에 대해 입 좀 다물 수 없어? 태양이 그의 궁둥이에서 뜬다고 생각하나 보지!" 그러나 수지는 입을 다물지 못한다. 그녀는 비겁하고 변명하는 듯이 킬킬 웃으며 무마하려 하지만, 그들과 나의 화를 더 돋울 뿐이다. 나는 그런 충만하고 넘칠 듯한 표정을 예전에 본 적이 있다.

　나는 흐르비크 씨가 보호를, 아니 심지어 구조를 받아야 한다고 느낀다. 남자가 여러 면에서 훌륭하더라도 다른 면에서는 바보일 수도 있다는 것을 나는 아직 모른다. 또한 남자들이 하면 기사도로 여겨지는 행동을 여자들이 하면 바보짓이될 수 있다는 것도 아직 배우지 못했다. 남자는 일단 구조 작업에 들어가면 더 쉽게 작업을 마칠 수 있다.

52장

 나는 여전히 부모님과 함께 살고 있다. 그것은 매우 창피한 일이다. 그러나 대학이 같은 도시에 있는데 왜 기숙사에 살면서 돈을 더 들인단 말인가? 이것이 아버지의 견해인데, 타당한 말이다. 그러나 내가 마음에 두고 있는 것은 기숙사가 아니라 제과점이나 담배 가게 위에 있는 엘리베이터도 없는 허름한 집임을 아버지는 알지 못한다. 그런 집 바깥에는 전차가 덜컹거리며 지나가고 천장은 검게 칠한 달걀 상자로 덮여 있다.

 그러나 나는 더 이상 바닐라색 조명 시설과 커튼이 달린 어린 시절의 내 방에서 자지 않는다. 공부가 더 잘된다는 핑계로 지하층으로 피한다. 난방기 바로 옆 창고에 나는 인위적인 누추함의 영역을 연출해 낸다. 나는 찬장에 가득한 오랜 캠프 도구 가운데서 군대용 간이침대와 울퉁불퉁한 카키색

슬리핑 백을 꺼낸다. 내가 제대로 된 매트리스를 쓸 수 있도록 내 침대를 지하로 옮기려던 어머니의 계획이 수포로 돌아갔다. 벽에는 지역 극단에서 제작된 연극 포스터들(베케트의 「고도를 기다리며」, 사르트르의 「비상구는 없다」)을 붙여 놓는다. 포스터에는 일부러 낸 손자국과 검은 잉크로 번지게 쓴 글자와 세제로 씻긴 것처럼 희미한 인물들의 모습이 있다. 내가 신중하게 그린 발 데생도 여러 장 붙인다. 어머니는 연극 포스터는 음침하다고 생각하고, 발 데생은 전혀 이해하지 못한다. 발은 몸에 붙어 있어야 한다는 것이 어머니의 생각이다. 나는 뭔가 더 많이 안다는 식으로 눈을 가늘게 뜨고 어머니를 쳐다본다.

아버지로 말할 것 같으면, 데생을 하는 내 재능은 인상적이지만 그 재능이 낭비되고 있다고 생각한다. 재능을 식물 줄기 단면이나 해조류의 세포를 그리는 데 사용했다면 더 좋았을 거라고 여기는 것이다. 아버지는 나를 되다 만 식물학자로 간주한다.

바네르지 씨가 인도로 돌아간 다음부터 인생을 보는 아버지의 시각은 더 비관적으로 변했다. 그 배후에는 무엇인가 명석하지 못한 구석이 있다. 어느 누구도 그것에 대해 별다른 말을 하지 않는다. 어머니는 신경 쇠약 증세라고 암시하며 바네르지 씨가 향수병에 걸렸다고 말하지만, 그 이상의 무엇이 있다. "그들은 그를 승진시킬 의향이 없었어." 아버지가 말한다. 그들(우리가 아닌)과 승진시킬 의향이 없었다(승진시키지 않았다는 것이 아니라)는 말에는 많은 숨은 뜻이 들었다. "그는 진가를 인정받지 못했어." 그것이 무슨 의미인지 알 것 같다. 인간의 본성에 대한 아버지의 견해는 항상 우울한 것이었지만, 그래도 과학자들에 대해서는 예외적이었다. 그런데 이제 그들 역시 다른 사람들과 같은 부류에 포함되었다. 아버지는 배반감을 느낀다.

부모님의 서성거리는 발소리가 머리 위에서 들려온다. 살림하는 소리, 믹스마스터 상표 블렌더 소리와 전화 소리와 아득한 뉴스 소리가 병중에 듣는 소리처럼 스며 나와 내려앉는다. 나는 눈을 껌벅이며 식사를 하러 지하층에서 나타나, 무감각하게 반쯤 침묵하고 앉아서, 닭고기 찜과 으깬 감자를 깨작댄다. 어머니는 내 식욕 부진과 창백한 안색에 대해 이런저런 말을 하고, 아버지는 내가 아직도 어린아이인 양 유용하고 흥미로운 이야기를 늘어놓는다. 질소 비료가 해초를 지나치게 성장시킴으로써 물고기 생태계를 파괴한다는 것을 내가 알고 있었던가? 제지 회사들이 수은을 강물에 버리는 짓을 그만두도록 규제하지 않으면 우리를 기형적 바보로 만들 새로운 병이 생겨날 것이라는 이야기를 들어 본 적이 있던가? 나는 전혀 알지 못했고, 들어 보지 못했다.

"충분히 잠은 자니, 얘야?" 어머니가 묻는다.

"예." 나는 거짓으로 대답한다.

아버지는 신문에서 방사능 돌연변이 곤충 영화 광고를 발견한다. "너도 알다시피 그런 거대 메뚜기는 실제로는 존재할 수 없어. 그렇게 크면 호흡계가 허탈 상태에 빠질 거야." 아버지가 말한다.

나는 아무것도 모른다.

4월, 내가 시험공부에 열중하고 있고 봉오리가 싹트기 전, 오빠가 체포된다. 올 것이 오고야 말았다.

오빠는 예전처럼 여기에서 나와 함께 저녁 식탁을 치우지 않는다. 그는 연중 내내 집에 없었다. 그 대신 세상을 자유롭게 돌아다니고 있다. 오빠는 학사 학위를 사 년이 아닌 이 년 만에 받은 후, 캘리포니아의 대학교에서 천체물리학을 공부하고 있다. 이제는 대학원 과정을 밟고 있다.

한 번도 가 보지 않았기 때문에 나는 캘리포니아가 어떤 모습일지 떠올릴 수 없다. 그러나 그곳은 햇빛이 밝고 항상 따뜻할 거라고 생각한다. 하늘은 활기찬 아닐린 푸른색일 것이고 나무들은 초자연적으로 푸를 것이다. 나는 그곳을 선글라스를 끼고 야자수 그려진 스포츠 셔츠를 입은 그을린 피부의 미남들, 진짜 야자수, 그리고 금발에 긴 다리와 역시 햇빛에 그을린 피부와 하얀 컨버터블 자동차를 가진 여자들로 채운다.

선글라스를 쓴 이 모든 멋진 사람들 가운데서 오빠는 이질적 존재다. 사립 남학교를 졸업한 후 그는 예전의 흐트러진 모습으로 돌아가서 모카신을 신고 팔꿈치 닳은 스웨터를 입고 돌아다닌다. 누가 일러 주기 전에는 이발을 하지 않는다. 누가 그걸 일러 주겠는가? 오빠는 주위를 전혀 의식하지 않고, 휘파람을 불며, 보이지 않는 숫자들의 광휘로 머리를 덮어씌운 채 야자수 사이를 걷는다. 캘리포니아 사람들이 그를 어떻게 생각하겠는가? 그들은 그가 일종의 방랑자라고 생각한다.

바로 그날 오빠는 쌍안경과 나비 도감을 갖고 중고 자전거를 타고 캘리포니아 자생 나비를 찾아 교외로 향한다. 그는 나비가 많을 듯한 들판에 도착해 자전거에서 내려서 자물쇠를 채운다. 그는 그 정도의 신중함은 있다. 오빠는 키 큰 풀과 작은 덤불들이 있는 들판으로 향한다. 그는 이국적인 캘리포니아 나비를 두 마리 발견하고 쫓기 시작한다. 잠시 멈춰 쌍안경으로 나비들을 살펴보기도 한다. 멀어서 잘 식별할 수 없다. 앞으로 다가가면 나비들 역시 날아오른다.

오빠는 쇠사슬 울타리가 쳐진 들판 끝까지 나비를 따라간다. 나비들은 쇠사슬 사이로 날아가 버리고, 그는 울타리를 넘는다. 건너편에는 초목이 별로 없는 평평한 들판이 펼쳐져 있다. 들판을 가로지르는 비포장도로가 놓여 있다. 그러나 오빠는 그 길을 무시하고 나비들을 쫓기 시작한다. 붉고 희고 검은 색에 모래시계 문양이 있는 이 나비들은 그가 한 번도 보지 못한 종류다. 들판 다른 쪽에는 더 높은 울타리가 있다. 그는 이것 또한 타고 넘는다. 이내, 나비들이 분홍색 꽃이 핀 작은 열대 관목에 드디어 내려앉았을 때, 그리고 오빠가 한쪽 무릎을 꿇고 앉아 쌍안경 초점을 맞추고 있을 때, 군복을 입은 세 사람이 지프차를 타고 그곳으로 온다.

"여기서 뭘 하는 겁니까?" 그들이 묻는다.

"어디서 말입니까?" 오빠는 묻는다. 그는 짜증을 낸다. 그들이 방해하는 바람에 나비가 날아가 버린 것이다.

그들은 말한다. "표지판 못 봤습니까? 저기 위험, 출입 금지라고 쓴 표지판 말입니다."

오빠는 대답한다. "아니요. 나비를 쫓고 있었을 뿐이오."

"나비라고?" 한 사람이 말한다. 두 번째 사람은 미쳤다는 표시로 손가락을 귀에 대고 돌리는 시늉을 한다. "미친놈이군." 그가 말한다. 세 번째 사람이 말한다. "그걸 우리가 믿을 거라고 생각합니까?"

"당신이 무얼 믿든 그건 당신 문제요." 오빠가 말한다. 아니 뭐 그런 비슷한 말을 한다.

"제 잘난 놈이로군." 그들은 말한다. 만화책에서 미국인들은 항상 그렇게 말한다. 나는 상상 속에서 그들의 입 한쪽에 담배를 몇 대 물려 주고 권총 몇 점과 다른 무기, 그리고 장화를 보탠다.

알고 보니 그들은 군인이고, 그곳은 군사 실험 장소다. 그들은 오빠를 사령부로 데려가 가둔다. 쌍안경도 압수한다. 그들은 그가 나비를 찾아 나온 천체물리학과 대학원생이라는 것을 믿지 않는다. 스파이라고 생각하는 것이다. 그러나 그가 왜 그토록 뻔한 수법을 썼는지는 설명하지 못한다. 그 군인들과 나에게는 익숙하지만 오빠는 전혀 모르는 스파이 소설들에는 무해한 나비 애호가인 척하는 스파이들이 넘쳐 나기 때문이다.

결국 그들은 오빠에게 전화 통화를 허락하고, 지도 교수가 찾아와서 그를 보석시킨다. 자전거를 찾으러 가 봤지만 이미 누가 훔쳐가 버렸다.

나는 비프스튜를 먹으며 부모님으로부터 대략적인 이야기

를 듣는다. 부모님은 재미있어 해야 할지 놀라야 할지 갈피를 잡지 못한다. 그러나 나는 오빠에게서는 이와 관련된 이야기를 전혀 듣지 못한다. 그 대신 낱장으로 된 공책 한쪽을 뜯어서 연필로 갈겨쓴 편지를 받는다. 오빠의 편지들은 마치 각각이 단일한 편지의 일부이며, 끝없는 종이 타월이 풀려나오듯 시간의 경과를 따라 펼쳐지는 것처럼 항상 인사말 없이 시작되고 서명 없이 끝난다.

"나무 위에서 이 편지를 쓰는 중이다."라고 오빠는 쓴다. 그곳에서 오빠는 경기장 벽 너머로 미식축구 경기를 보면서(표를 사는 것보다 싸다.) 땅콩버터 샌드위치를 먹고 있다. 식당에서 밥을 사 먹는 것보다 저렴한 방법이다. 그는 돈거래를 싫어한다. 실제로 종이에는 기름 자국이 몇 군데 있다. 그는 지금 털방울로 몸을 뒤덮은 거세 수탉 한 무리가 이리저리 뛰는 것을 볼 수 있다고 써 놓았다. 아마 치어리더들을 가리키는 것일 게다. 오빠는 여자들에게 군침을 흘리고 미국 맥주를 마시고 취하는 것밖에는 아무것도 하지 않는 많은 개자식들과 기숙사에서 살고 있다. 오빠의 의견에 따르면 미국 맥주를 마시려면 어느 정도 노력이 필요하다. 왜냐면 그들이 마시는 맥주는 도수가 약할 뿐 아니라 샴푸 비슷한 맛이 나기 때문이다. 아침마다 그는 노른자에 얼음 조각이 박힌 네모난 냉동 달걀프라이를 데워 먹는다. 현대 기술의 개가라고 그는 말한다.

그것을 제외하면 오빠는 우주의 본질에 대한 연구를 열심히 하면서 즐겁게 생활하고 있다. 가장 중요한 질문은 바로 이것이다. 우주는 계속해서 팽창하는 거대한 비행선과 같은가,

아니면 확장과 수축을 반복하면서 박동하는가? 아마도 나는 조바심이 나서 죽을 지경이겠지만, 오빠가 최종 해답을 찾아 내기까지 몇 년을 기다리는 수밖에 없다고 오빠는 쓴다. "오싹한 다음 연재분을 기대하라." 오빠는 굵은 글씨로 이렇게 써 놓는다.

"네가 그림 그리는 작업을 시작했다는 말을 들었다." 그는 보통 글씨로 계속해서 쓴다. "나도 어렸을 때는 그런 짓을 좀 했지. 대구 간유 알약을 꾸준히 먹고, 문제 일으키지 말길 바란다." 편지는 이렇게 끝난다.

나는 캘리포니아의 나무 꼭대기에 앉아 있는 오빠의 모습을 그려 본다. 그는 자신이 편지를 쓰는 대상이 누구인지 알지 못한다. 나는 오빠가 알아보지 못할 만큼 변해 버렸다. 그리고 나 역시 편지를 쓰는 그 사람이 누구인지 알지 못한다. 나는 그가 항상 똑같은 모습으로 머물러 있을 것이라고 생각하지만 물론 그럴 리가 없다. 그는 내가 그렇듯 이전에 모르던 일들을 이제는 알고 있을 것이다.

한 가지 덧붙이면, 샌드위치를 먹으며 동시에 편지를 쓰고 있다면 오빠는 어떻게 나무 위에 앉아 있는 것일까? 그는 저격병 자리 같은 그 나무 위에 앉아 있는 것에 만족해하는 것 같다. 그러나 좀 더 신중해야 한다. 내가 항상 용감함이라고 여겨 왔던 그의 자질은 어쩌면 결과에 대한 무지에 불과한 것일 수도 있다. 그는 자신의 모습이 스스로가 말하는 것과 일치한다고 생각하기 때문에 자신이 안전하다고 생각한다. 그러나 그는 열린 공간에, 낯선 사람들에게 둘러싸여 있는 것이다.

53장

나는 프랑스 음식점에 조제프와 함께 앉아 백포도주를 마시며 달팽이 요리를 먹는다. 그것은 내가 처음 먹어 보는 달팽이 요리고, 이곳은 내가 처음 와 본 프랑스 음식점이다. 조제프의 말에 따르면 이곳은 토론토에 있는 유일한 프랑스 음식점이라고 한다. 이름은 '라 쇼미에르'다. 조제프가 '초가지붕 오두막'이라는 의미라고 말해 준다. 그러나 라 쇼미에르는 초가지붕이 있는 오두막이 아니라 토론토의 다른 건물들처럼 평범하고 촌스러운 건물에 불과하다. 달팽이 요리는 커다랗고 검은 콧물처럼 보이는데, 뾰족한 두 갈래 포크로 먹어야 한다. 질기기는 하지만 맛은 괜찮다고 나는 생각한다.

조제프는 이것이 신선한 달팽이가 아니라 통조림 달팽이라고 말한다. 그는 슬픈 어조로 체념한 듯이 이 말을 한다. 마치 이것이 종말이라는 듯이. 그러나 무엇의 종말인지는 분명치 않다. 그는 다른 많은 것들에 대해서도 이런 식으로 말한다.

예를 들면 내 이름을 처음 불렀을 때도 그랬다. 지난 5월, 실물화 강좌 마지막 주였다. 우리는 일 년 동안 우리의 진행 상태에 대해 토의하는 개인 평가를 위해 개별적으로 흐르비크 씨를 만나야 했다. 마조리와 뱁스는 복도에서 커피를 마시며 내 앞에 서 있었다. "얘야, 안녕." 그들이 말했다. 마조리는 킹스턴에서 기차로 돌아오는 딸을 데리러 유니언역에 갔을 때 어떤 남자가 노출증 증세를 보였던 이야기를 하는 중이었다. 그녀의 딸은 내 또래고 퀸스 대학교에 다닌다.

"그 남자는 레인코트를 입고 있었어. 믿을 수 있겠어?" 마조리가 말했다.

"맙소사." 뱁스가 말했다.

"그래서 나는 그의 눈을 똑바로 쳐다보면서, 눈을 말이야, 말했지. '그보다 더 잘할 수 없어?' 당연히 그 소시지를 두고 한 말이지. 그 불쌍한 바보가 자기 걸 좀 제발 봐 달라고 기차역을 돌아다니는 건 놀라운 일이 아니지."

"그리고?"

"한번 올라간 건 다시 내려와야지, 안 그래?"

그들은 코로 웃음을 내뿜으며 커피를 뿜고 담배 연기를 게워 냈다. 언제나 그렇듯 나는 그들이 품위 없이 군다고 여겼다. 그들은 농담거리가 아닌 것을 가지고 농담하고 있는 것이다.

수지가 흐르비크 씨 사무실에서 나왔다. "안녕, 여러분." 그녀는 명랑한 척 인사했다. 아이섀도가 번졌고 눈은 충혈되었다. 나는 현대 프랑스 소설을 읽고 있었으며, 윌리엄 포크너의 작품도 읽고 있었다. 나는 사랑이 무엇인지 알고 있었다. 역겨움 곁들인 강박, 바로 그것이다. 수지는 그런 종류의 사랑을 추구할 여자다. 그녀는 비굴하게 굴고 매달리고 부복할 것이다. 바닥에 누워 신음하며 흐르비크 씨의 다리를 붙잡고 늘어질 것이다. 머리칼이 그의 검은 가죽 구두 위에(그는 이제 문밖으로 유유히 걸어 나갈 것이기 때문에 구두를 신고 있다.) 금색 해초처럼 흩어져 내릴 것이다. 이 각도에서 보면 흐르비크 씨는 무릎 부근에서 끊겼고, 수지의 얼굴은 보이지 않았다. 그녀는 열정에 짓눌리고 삭제되어 버릴 것이다.

그러나 나는 수지를 동정하지 않았다. 약간 부러웠다.

"가련한 토끼 같으니." 뱁스가 멀어지는 수지의 등 뒤에서 말했다.

마조리가 말했다. "유럽인들이란. 그가 이혼했다는 사실을 절대로 믿을 수 없어."

"이것 봐, 어쩌면 결혼하지 않았는지도 몰라."

"그럼 아이들은 어떻게 되는 거야?"

"조카거나 뭐 그렇겠지."

나는 그들에게 인상을 찌푸렸다. 목소리가 지나치게 높았다. 흐르비크 씨가 들을 수도 있는 것이다.

그들이 돌아가고 이번에는 내 차례였다. 나는 사무실로 들어가, 흐르비크 씨가 앉아서 책상 위에 펼쳐진 내 포트폴리오를 훑어보는 동안 서 있었다. 나는 긴장되는 이유가 바로 이 포트폴리오 때문이라고 생각했다.

흐르비크 씨는 침묵 속에서 연필을 씹으며 손, 머리, 엉덩이 그림을 넘겼다. 드디어 그가 입을 열었다. "이 부분은 좋군. 진전이 있어요. 이 부분은 더 편안해 보이는군요. 이 선 말이에요."

"어디요?"

나는 책상에 손을 짚고 몸을 숙였다. 그가 머리를 옆으로, 나를 향해 돌렸다. 바로 그곳에 그의 눈이 있었다. 그의 눈동자는 자주색이 아니라 진갈색이었다.

"일레인, 일레인."

흐르비크 씨는 슬픈 목소리로 내 이름을 불렀다. 그는 자기 손으로 내 손을 덮었다. 냉기가 내 팔로, 배 속으로 치밀어 올라왔다. 나는 얼어붙은 상태에서, 스스로에게 속마음을 들킨 채, 그곳에 서 있었다. 이것이 내가 낚으려고 노력해 왔던 것인가? 그를 구조하겠다는 나름대로의 생각으로?

흐르비크 씨는 포기한 것처럼, 아니면 더 이상 선택의 여지가 없다는 듯이 머리를 가로저었다. 그러고는 나를 끌어당겨 무릎 사이에 앉혔다. 그는 일어서지조차 않았다. 그래서 나는 바닥에 무릎을 꿇고 앉아야 했다. 내 머리는 뒤쪽으로 젖혀졌고, 그의 손은 내 목덜미를 쓰다듬었다. 그런 식의 키스를 받은 적은 한 번도 없었다. 향수 광고 같았다. 이질적이고 위험하며 타락의 가능성이 내비치는 무엇. 일어나서 달아날 수도 있었다. 그러나 단 일 분이라도 더 그대로 머물러 있으면 차 안이나 영화 속에서 서툴게 더듬어 대거나 브래지어 훅을 두고 실랑이하는 일은 없을 것이다. 어떤 허튼짓도, 어떤 애무도 없을 것이다.

우리는 택시를 타고 조제프의 아파트로 갔다. 택시 안에서 내 무릎에 손을 올려놓기는 했지만 조제프는 나와 상당히 거리를 두고 앉았다. 그 당시 나는 택시에 익숙하지 않았기 때문에 기사가 백미러로 우리를 쳐다보고 있을 것이라고 생각했다.

조제프의 아파트는 빈민가라고는 할 수 없지만 그리 많이 다르지도 않은 헤이즐턴 애비뉴에 있었다. 집들은 낡고 다닥다닥 붙어 있었고, 작고 지저분한 앞마당과 뾰족지붕과 외부 현관의 썩어 가는 나무로 된 소용돌이 장식이 있었다. 차들이 보도를 따라 빽빽이 주차되어 있었다. 집들은 대부분 두 채씩 나란히 붙은 모양이었다. 이 무너질 듯한 뾰족지붕의 쌍둥이 집들 중 하나에 조제프가 살고 있었다. 그는 2층에 살았다.

셔츠 바람에 멜빵을 멘 뚱뚱한 늙은 남자가 조제프 옆집 외부 현관에서 흔들의자에 몸을 내맡기고 있었다. 그는 조제프가 택시비를 지불하는 동안 가만히 바라보고 있더니 우리가 집 앞 길로 올라가자 말을 걸었다. "좋은 날일세."

"정말 그렇죠?"

내가 말했다. 조제프는 전혀 귀 기울이지 않는 눈치였다. 좁은 실내 계단을 올라가면서 그는 내 목덜미에 가볍게 손을 얹었다. 그가 손을 대는 곳은 다 무겁게 느껴졌다.

그의 아파트는 세 개 공간으로 나뉘어 있었다. 앞쪽 방, 간이 부엌이 달린 중간 방, 그리고 뒷방이 있었다. 방들은 작고 가구는 거의 없었다. 이제 막 이사 왔거나 가기 직전처럼 보였다. 침실은 연자주색이었다. 벽에는 어두운 색의 길다란 인물 인쇄물이 여러 장 붙어 있었다. 그 방에는 바닥에 멕시코풍 담요에 덮인 매트리스 외에는 아무것도 없었다. 나는 매트리스를 보며 내가 성인들의 삶을 들여다보고 있다고 생각했다.

조제프는 이번에는 선 채로 키스했다. 하지만 거북한 느낌이 들었다. 누가 창문으로 들여다볼까 봐 두려웠다. 그가 나보고 직접 옷을 벗으라고 요청할 것이 두려웠고, 나를 이리저리 돌려 보고 멀리서 감상할 것이 두려웠다. 나는 누가 내 뒷모습을 보는 것을 좋아하지 않는다. 그것은 내가 통제할 수 없는 시선이다. 그러나 조제프가 부탁했더라면 나는 그렇게 했을 것이다. 조금이라도 주저하면 그의 고려 대상에서 제외될 테니까.

조제프는 매트리스에 누워서 마치 기다리는 것처럼 나를 올려다보았다. 잠시 후 나는 그의 옆에 누웠고, 그는 내 단추를 풀며 다시 부드럽게 키스하기 시작했다. 단추들은 내게 너무 큰 면 셔츠에 달려 있었다. 날씨가 따뜻해져서 터틀넥 스웨터 대신 그것을 입었다. 나는 팔로 그를 감싸 안으며 생각했다. '그는 지금 전쟁 중이야.'

"수지는 어떻게 된 거죠?"

내가 물었다. 그 질문을 입 밖에 낸 순간, 고등학생들이나 하는 질문이라는 것을 깨달았다.

"수지?"

조제프는 마치 그 이름을 생각해 내려고 노력하는 듯 되물었다. 그의 입은 내 귀 바로 옆에 있었다. 그 이름은 후회 가득

한 한숨처럼 들렸다.

멕시코 담요는 껄끄러웠지만 나는 개의치 않았다. 섹스는 처음에는 즐겁지 않은 법이라고 했다. 나는 고무 콘돔 냄새와 통증을 예상했다. 그러나 통증은 그다지 심하지 않았고, 사람들 이야기처럼 피가 많이 나오지도 않았다.

조제프는 통증을 전혀 예상하지 않았다. "아파?" 그가 어느 순간 물었다. "아니요." 나는 주춤하며 대답했고, 그는 멈추지 않고 계속했다. 그는 피도 예상하지 않았다. 담요를 빨아야 했겠지만 그는 거기에 대해 전혀 언급하지 않았다. 그는 사려 깊게 행동했고, 내 허벅지를 쓰다듬어 주었다.

조제프와의 관계는 여름 내내 지속된다. 때때로 그는 체크무늬 식탁보와 키안티 포도주 병에 초가 꽂혀 있는 음식점으로 나를 데려가기도 한다. 때로는 관객이 별로 없는 작은 극장에서 상영하는 스웨덴 사람과 일본 사람에 대한 외국 영화를 보러 가기도 한다. 항상 마지막에는 그의 아파트로 돌아와 멕시코 담요 위나 아래 누워 있는 것으로 데이트를 마치곤 한다. 조제프의 성행위는 예측이 불가능하다. 어떤 때는 열정적이고 어떤 때는 타성적이며, 또 어떤 때는 마치 낙서하는 것처럼 소홀하기도 하다. 부분적으로는 바로 그 예측 불가능성 때문에 내가 그에게 그토록 열중하는 것이다. 그것, 그리고 때로는 억누를 수 없고 그 자신도 통제하지 못하는 것처럼 보이는 그의 욕구 때문에.

"나를 떠나지 말아 줘." 조제프는 언제나 사랑의 행위 후가 아닌 전에 나를 쓰다듬으며 이렇게 말한다. "나는 견딜 수가 없었어." 이런 식의 말은 한물간 것이다. 다른 남자가 그렇게 말했다면 나는 우습게 여겼을 것이다. 그러나 조제프는 다르다. 나는 그의 욕구와 사랑에 빠졌다. 생각만 해도 붉게 달아오르고 수박 과육처럼 무기력해지는 것 같다. 그것 때문에 나는 지난여름처럼 머스코카 휴양지에서 일하려던 계획을 취소했다. 그 대신 블루어 스트리트에 있는 스위스 샬레에서 일자리를 얻는다. 간판에 쓴 것처럼 '압력솥 튀김' 닭고기만 취급하는 음식점이다. 닭고기와 찍어 먹는 소스, 양배추 샐러드와 하얀 둥근 빵, 그리고 버건디 체리라는 한 가지 맛 아이스크림. 그것은 선명한 자주색이다. 나는 고등학교 체육 시간 때처럼 앞주머니에 내 이름이 새겨진 유니폼을 입는다.

조제프는 때때로 일이 끝나고 나를 데리러 온다. "당신한테서 닭고기 냄새가 나." 그는 택시 안에서 내 목에 얼굴을 갖다 대고 웅얼거린다. 나는 택시 안에서 지키던 정숙함을 다 던져버렸다. 그에게 기대 앉으면 그의 손은 내 몸 전체를, 내 팔을, 내 가슴을 감싼다. 아니면 그의 허벅지를 베고 길게 눕기도 한다.

게다가 나는 부모님 집에서 나왔다. 함께 밤을 보낼 때면 조제프는 내가 밤새 머물러 있기를 바란다. 잠에서 깨면 내가 옆에서 잠들어 있기를 원하며, 나를 깨우지 않고 사랑을 나누기를 원한다. 나는 부모님에게 여름 동안 스위스 샬레 가까이 살겠다고 말한다. 부모님은 돈 낭비라고 생각한다. 그들은 여름 내내 북쪽 지방을 돌아다닐 예정이라 집 전체를 나 혼자 차지할 수 있었던 것이다. 그러나 내가 생각하는 나와 부모님이 생각하는 나는 더 이상 일치하지 않는다.

머스코카에 갔더라면 이번 여름에 부모님 집에 머물 수 없었을 것이다. 그러나 같은 도시에 있으면서 부모님 집에서 살지 않는 것은 전혀 다르다. 이제 나는 나처럼 학생인 스위스 샬레 점원 두 명과 하보드 스트리트에 있는 복도식 아파트에서 산다. 목욕탕에는 스타킹과 속바지가 줄줄이 걸려 있다. 머리 마는 기구는 부엌 조리대에 털을 곤두세운 애벌레처럼 놓여 있고, 개수대 안의 접시들에는 음식 찌꺼기가 말라서 굳어 있다.

나는 일주일에 두 번씩 조제프를 만난다. 그 외 시간에 그에게 전화하거나 만나려는 바보짓은 하지 않는다. 그는 외출 중이거나 수지와 함께 있을 것이다. 그는 수지와의 만남을 중단하지 않은 것이다. 그러나 우리는 그녀에게 내 이야기를 꺼내지 않을 것이다. 이 관계를 비밀로 할 것이다. "그녀는 아주 많이 상처받을 거야." 조제프가 말한다. 앎의 짐을 져야 하는 사람은 줄 가장 끝에 서 있는 사람이다. 누군가가 상처받게 된다면 그것은 바로 나일 것이다. 그러나 우리가 수지를 보호하는 일에 함께한다는 사실에, 나는 그의 신뢰를 받고 있다고 느낀다. 이것은 그녀를 위하는 길이다. 여기에는 모든 비밀들이 가져다주는 만족감이 있다. 나는 그녀가 알지 못하는 무엇인가를 알고 있는 것이다.

수지는 내가 스위스 샬레에서 일한다는 사실을 알게 되었다. 아마 조제프가 태연하게, 우리 관계를 감추면서 알려 줬을 것이다. 그는 우리 두 사람이 함께 있는 상상이 재미있다고 생각했던 모양이다. 이따금 수지는 고객들이 별로 없는 오후에 커피를 마시러 온다. 그녀는 살이 약간 붙어 볼이 통통하다. 신경 쓰지 않으면 오십 년 후에 어떤 모습이 될지 상상된다.

나는 어느 때보다도 수지에게 상냥하게 대한다. 동시에 약간 경계한다. 사실을 알면 그녀는 자제심을 잃고 스테이크 나이프를 들고 내게 덤벼들 것인가? 그녀는 이야기하고 싶어 한다. 언제 한번 따로 만났으면 좋겠다고 한다. 그녀는 여전히 "조제프와 나"라고 말한다. 그녀는 비참해 보인다.

조제프는 마치 문제아에 대해 이야기하는 것처럼 수지 이야기를 내게 털어놓는다. 그가 말한다. "걔는 결혼하고 싶어 해." 그녀가 비이성적인 요구를 하고 있다는 것과, 그런데도 그녀에게 이것, 이 엄청나게 비싼 장난감을 주지 않으면 그가 깊은 상처를 입을 것이라고 암시하는 것이다. 나는 스스로를 똑같은 범주에 집어넣고 싶은 생각이 추호도 없다. 비이성적이며 변덕스러운 여자라는 범주. 나는 조제프와, 아니 그 누구와도 결혼하고 싶은 생각이 없다. 결혼이란 천한 짓이며, 대가 없는 선물이 아니라 저속한 거래라고 생각하기에 이른 것이다. 그리고 결혼에 대해 생각하는 것만으로도 조제프는 위축되고 상처받을 것이다. 이 세계의 전체 구도 속에서 결혼은 그가 맡은 역이 아니다. 그의 역할은 비밀스러움과 거의 텅 빈 방, 그리고 해로운 기억과 악몽을 지닌 연인이 되는 것이다. 어쨌든 나는 결혼과 동떨어진 곳에 스스로를 위치시켜 왔다. 그곳에서 나는 결혼을 돌아본다. 순수하고 리본 달린, 아이들 인형 같은 그것. 돌이킬 수 없는 것. 결혼 대신 나는 그림에 헌신할 것이다. 나는 머리를 염색하고, 이국적인 옷을 입고, 무거운 외국제 은 장신구를 달고 다닐 것이다. 여행을 많이 할 것이다. 아마도 술을 마실 것이다.

(물론 임신에 대한 공포가 떠돈다. 결혼하지 않으면 피임용 페서리를 살 수 없고, 콘돔은 남자들에게만 비밀스럽게 판매된다. 극장 뒷좌석에서 선을 넘어 아이가 생겨서 고등학교에서 퇴학당하거나, 이상한, 결코 설명되지 않는 사고를 당했다는 여학생들이 있다. 그런 사건을 지칭하는 우스운 용어들이 있다. 망한 거래, 오븐 속에서 부풀어 오르는 빵. 그러나 그런 상스러운 생각들은 조제프와 그의 경험 풍부한 연자주색 침실과는 아무 관련이 없다. 또한 잔잔한 매혹에 빠져 있는 나와도 아무 관련이 없다. 그러면서도 나는 호주머니에 넣고 다니는 달력에 작은 표시를 해 놓는다.)

일하러 가지 않고 조제프도 만나지 않는 때면 나는 그림을 그리려고 노력한다. 때로는 색연필로 그린다. 아파트에 있는 가구를 그린다. 벗은 옷을 제멋대로 걸쳐 둔 두둑한 구세군 소파, 룸메이트의 어머니가 빌려 준 볼록한 램프, 부엌 의자. 그러나 그림을 그리기보다는 기운 없이 욕조 안에 앉아 추리 소설을 읽는 때가 더 많다.

조제프는 전쟁에 대해서나 혁명 때 헝가리를 어떻게 탈출했는지에 대해 이야기하지 않는다. 그런 일들을 생각하면 마

음이 너무 괴롭고 그저 잊고 싶을 뿐이라고 한다. 그는 죽는
데는 여러 가지 방법이 있는데 다른 방법들보다 더 괴로운 몇
몇 방식들이 있다고 말한다. 내가 그런 일을 알 필요가 없다
면 행운일 거라고 말한다. 조제프가 말한다. "이 나라에는 영
웅이 없어. 계속 그래야 해." 그는 내가 미답의 상태라고 말한
다. 내가 이 상태에 머물러 있기 바란다고 한다. 이런 말을 할
때면 그는 마치 나를 지우려는 듯이 손으로 내 피부를 부드럽
게 쓰다듬는다.

그러나 자기의 꿈 이야기는 들려준다. 그는 이 꿈에 큰 관심
을 갖고 있으며, 실제로 그의 꿈들은 내가 들어 본 어떤 것과
도 다르다. 그 꿈에는 붉은 벨벳 커튼과 붉은 벨벳 소파, 붉은
벨벳 방이 등장한다. 끝에 술이 달린 하얀 비단 끈도 나온다.
직물에 관심이 지대하다. 썩어 가는 찻잔이 있다.

조제프는 셀로판으로 얼굴까지 둘둘 감긴 여자의 꿈과 하
얀 수의를 입고 발코니 난간을 걷는 여자의 꿈, 그리고 욕조
속에서 엎드린 채 죽어 있는 여자에 대한 꿈을 꾼다. 이런 꿈
이야기를 해 줄 때면 나를 똑바로 쳐다보지 않는다. 마치 내
머리 내부 몇 센티 들어간 곳을 바라보는 것 같다. 나는 어떻
게 반응해야 할지 몰라 그저 희미한 미소를 지어 보일 뿐이다.
그의 꿈에 등장하는 여자들에게 나는 약간 질투를 느낀다. 그
여자들 가운데 나는 없다. 조제프는 한숨을 내쉬며 내 손을
두드린다. "너는 너무 어려." 그가 말한다.

내가 어리다고 느끼지 않지만, 대꾸할 말은 없다. 지금 나는
아주 늙어 버린 느낌이며, 너무 지치고 너무 덥다. 끊임없이

압력솥에 닭을 튀기는 냄새를 맡아야 하기 때문에 식욕이 다 달아나 버렸다. 지금은 7월 하순, 토론토의 습기가 늪지의 가스처럼 도시 위에 드리워지고, 오늘은 스위스 샬레의 에어컨이 고장 났다. 손님들이 불평을 늘어놓았다. 누군가가 닭 4분의 1마리와 둥근 빵, 찍어 먹는 소스가 담긴 접시를 부엌 바닥에 엎어 바닥을 미끄럽게 만들었다. 주방장은 나를 바보 같은 년이라고 불렀다.

"내게는 조국이 없어." 조제프가 구슬프게 말한다. 그는 내 뺨을 부드럽게 만지며 눈을 응시한다. "너는 이제 내 조국이야."

나는 정통과 거리가 먼 통조림 달팽이 요리를 다시 먹는다. 아무런 사전 경고도 없이 갑자기 비참하다는 생각이 밀려든다.

54장

코딜리어가 가출했다. 물론 그녀 자신은 그렇게 표현하지 않는다.

코딜리어는 우리 어머니를 통해 내가 있는 곳을 알아냈다. 나는 오후 휴식 시간에 스위스 샬레가 아닌 곳에서 그녀를 만나 커피를 마신다. 스위스 샬레에서라면 무료 커피를 마실 수 있었겠지만 가능하면 그곳으로부터, 지겨운 뒷방의 생닭 냄새로부터, 죽은 아기들같이 보이는 벌거벗은 닭고기들로부터, 마구 으깨지고 미지근하며 개 사료처럼 보이는 고객들 식사 찌꺼기로부터 벗어나고 싶다. 그래서 우리는 그곳 대신 같은 거리에 조금 떨어진 곳에 있는 파크 플라자 호텔의 머리스에서 만난다. 이곳은 웬만큼 청결하고, 에어컨은 없지만 천장에 선풍기가 있다. 적어도 이곳에서는 나는 주방에서 무슨 일이 오가는지 모르는 것이다.

이제 코딜리어는 마르다 못해 여위었다. 긴 얼굴에 광대뼈가 두드러지고, 회녹색 눈이 커다랗게 보인다. 눈 주위에는 녹색 선을 그렸다. 그녀는 햇빛에 그을렸으며 입술은 연한 오렌지빛 도는 분홍색으로 발랐다. 팔은 앙상하고 목의 선은 우아하다. 머리는 발레리나처럼 뒤로 묶었다. 코딜리어는 여름인데도 검은 스타킹을 신었고, 샌들을 신고 있다. 고상한 여성용 여름 샌들이 아니라 굽이 두껍고 예술적으로 보이며 투박한 농사꾼용 버클이 달린 신발이다. 또한 가슴이 드러나도록 목이 깊게 팬 검은색 반팔 상의와 흐릿한 청록색에 추상적인 검은 소용돌이와 사각형이 그려진 폭 넓은 치마를 입고 넓은 벨트를 매고 있다. 터키석 박힌 반지를 포함해 두 개의 두꺼운 반지를 끼었고, 커다란 사각형 귀고리와 은팔찌를 하고 있다. 멕시코산 은이다. 사람들은 그녀를 보고 아름답다고 하지는 않겠지만, 내가 지금 그러듯이 계속 눈길을 주게 될 것이다. 인생에서 처음으로 그녀는 돋보인다.

우리는 보자마자 손을 내밀고 반쯤 껴안고, 오랫동안 만나지 못한 여자들이 으레 그러듯 놀람과 기쁨의 탄성을 지른다. 이제 나는 머리스에 늘어져 앉아, 코딜리어가 이야기하는 동안 묽은 커피를 마시면서, 내가 왜 그녀를 만나기로 했던가 자문한다. 나는 불리한 입장이다. 구겨지고 고깃국물이 튄 스위스 샬레 유니폼을 입고 있고, 겨드랑이에서는 땀 냄새가 나며, 발은 저리고, 머리칼은 습기에 제멋대로 헝클어지고 눅눅하며 그슬린 양모처럼 오그라들었다. 어젯밤이 바로 조제프와 보내는 밤이라 눈 밑에는 다크서클이 있다.

반면 코딜리어는 내 앞에서 자기 모습을 과시한다. 게으름과 과식과 실패의 나날들 이후로 자신이 어떻게 변모했는지 보여 주고 싶은 것이다. 그녀는 자신을 재창조했다. 매우 세련된 모습이고, 가벼운 소식들을 잔뜩 가져왔다.

코딜리어는 지금 스트랫퍼드 셰익스피어 축제[29]에서 일한다. 단역 배우다. "아주 사소한 배역이야." 팔찌와 반지를 거만하게 흔들어 대며 그녀가 말한다. 그것은 그녀가 말하는 것보다는 사소하지 않다는 의미다. "너도 알잖아. 창 나르는 역 같은 거. 나는 창을 나르지는 않지만 말이야." 그녀는 웃음을 터뜨리고 담뱃불을 붙인다. 나는 코딜리어가 달팽이를 먹어 본 적이 있는지 궁금해하다가, 그녀는 그런 것에 아주 익숙할 것이라고 단정한다. 그 생각에 매우 우울해진다.

스트랫퍼드 셰익스피어 축제는 이제 상당히 널리 알려졌다. 그것은 에이번강이 가로질러 흐르고 두 가지 색깔 백조들이 사는 스트랫퍼드라는 도시에서 몇 년 전 시작되었다. 나는 이 모든 것을 잡지에서 읽었다. 사람들은 기차나 버스, 차를 타고 피크닉 바구니를 들고 그곳에 간다. 때로 주말 내내 머무르며 서너 편의 셰익스피어 연극을 보기도 한다. 처음 이 축제는 서커스처럼 커다란 텐트에서 열렸다. 그러나 이제는 진짜 건물, 이상하고 현대적인 원형 건물이 세워졌다. "그래서 동시에 세

---

29) 토론토에서 차로 한 시간 삼십 분가량 떨어진 작은 도시 스트랫퍼드에서 열리는 연극 축제다. 1953년 7월 처음 시작된 이후 매년 4월에서 11월까지 지속된다.

방향으로 목소리를 내야 해. 목에 부담이 정말 많이 가는 일이야." 마치 자신이 연극 공연 내내 목소리를 내야 해서 목에 부담이 간다는 듯이 코딜리어는 얕보는 미소를 지으며 말한다. 그녀는 상황에 따라 자신의 이미지를 날조해 내는 사람 같다. 즉흥적으로 꾸며 대고 있는 것이다.

"부모님은 어떻게 생각하시니?"

내가 묻는다. 최근 내 마음속에 자리 잡고 있었던 질문이기도 하다. 부모님은 어떻게 생각할 것인가?

코딜리어의 얼굴이 순간적으로 어두워진다. "내가 무언가를 하고 있다는 사실을 기뻐하셔." 그녀는 말한다.

"퍼디와 미리는 어때?"

"너도 퍼디를 알잖니." 코딜리어가 딱딱하게 말한다. "항상 사람을 조금씩 깎아내리잖아. 이제 내 얘기는 충분히 했구나. 너는 나를 어떻게 생각하니?" 이것은 그녀의 오랜 농담이다. 그리고 나는 웃음을 짓는다. "정말 너는 요즘 뭐 하면서 지내니?" 내가 기억하는 말투다. 정중하지만 별 흥미는 없다는 말투. "내가 너를 마지막으로 본 후로 말이야."

나는 이 마지막을 죄책감과 함께 기억하고 있다. 내가 말한다. "아, 별일 없었어. 너도 알다시피 학교 다녀." 바로 이 순간 정말 별일 없었던 것처럼 보인다. 일 년 동안 나는 정말 무엇을 했던가? 수박 겉 핥기 식으로 공부한 미술사, 목탄을 가지고 꾸물댄 것. 내보일 것이 아무것도 없다. 조제프가 있지만, 정확히 말해 그는 내가 성취한 무엇이 아니기 때문에 그에 대해 언급하지 않기로 한다.

코딜리어가 말한다.

"학교! 학교를 끝내게 된 게 얼마나 기뻤던지. 맙소사, 정말 지루했어."

하지만 스트랫퍼드 축제는 여름에만 한다. 코딜리어는 겨울에 할 일을 생각해야 할 것이다. 어쩌면 고등학교를 순회하는 얼 그레이 플레이어스에서 일할 수도 있을 것이다. 어쩌면 그녀는 그에 대비하고 있는지도 모른다.

코딜리어는 버넘 고등학교 시절 침대보를 두르고 연기했던 그녀를 기억한 얼 그레이 사촌의 도움으로 스트랫퍼드 일을 얻었다. "인맥이 있는 사람들이지." 코딜리어가 말한다. 그녀는 「폭풍우」에서 프로스페로의 시종 요정 역을 맡고 있으며, 전신 스타킹을 입고 그 위에 마른 잎사귀와 스팽글이 붙은 얇고 비치는 무대 의상을 입는다. "아주 야해." 그녀가 말한다. 또한 첫 장면에서 선원 역할도 맡았다. 키가 큰 덕분에 그 역할을 무난히 해낼 수 있다. 그녀는 「리처드 3세」에서 궁중 시녀 역과 「말은 말로 되는 되로」에서 대표 수녀 역을 한다. 특히 이 작품에서는 대사까지 있다. 그녀는 벌꿀 색깔 같은 영국식 발음으로 내 앞에서 대사를 외워 보인다.

그렇다면, 당신이 말을 한다면, 얼굴을 보여서는 안 됩니다, 아니면, 얼굴을 보인다면, 말을 해서는 안 됩니다.[30]

---

30) 『말은 말로 되는 되로』 1막 4장에 나오는 대사다.

"연습하면서 계속 헷갈렸어." 코딜리어가 말한다. 그리고 손가락으로 센다. "말하다, 얼굴을 가리다, 얼굴을 보이다, 입 닫치다." 그녀는 합장하고 머리를 숙여 인사한다. 그런 다음 일어서서 「리처드 3세」에 나오는 궁중식 정식 인사를 해 보인다. 머리스에서 차를 마시던 여자 쇼핑객들이 그녀를 멍청히 바라본다. "내년에 맡고 싶은 역은 '타탄스'에 나오는 첫 번째 마녀야. '우리 셋은 언제 다시 만날 것인가, 천둥 속에서, 번개 속에서, 아니면 빗속에서?'[31] 어쩌면 할 수도 있을 거라고 영감이 말했어. 그는 첫 번째 마녀로 젊은 여자를 기용하는 게 멋지다고 생각해."

영감이란 알고 보니 감독인 타이론 거스리[32]다. 영국에서 온 그는 너무나 유명해서, 그에 대해 들어 본 적이 없는 척할 수 없는 상황이다. "정말 대단한걸." 내가 말한다.

코딜리어가 묻는다. "버넘 고등학교에서 공연했던 '타탄스' 기억해? 그 양배추 기억해? 난 정말 너무 창피했어."

나는 기억하고 싶지 않다. 과거는 수면을 가로질러 담방담방 뛰는 물수제비 돌멩이처럼, 엽서처럼, 불연속적인 것이 되었다. 나는 나 자신의 영상을 붙잡는다. 검은 공허, 하나의 영상, 공백. 내가 돌먼 슬리브 블라우스와 무명 벨벳 슬리퍼를

---

31) 「맥베스」의 첫 대사다.
32) Wiiliam Tyrone Guthrie(1900~1971). 영국의 연극 감독이다. 셰익스피어 연극과 현대극을 독창적으로 해석함으로써 20세기 연극계의 전통극 재생에 큰 영향을 미쳤다. 스트랫퍼드 셰익스피어 축제에서의 공연을 통해 캐나다 연극 발전에 많은 기여를 했다.

신었던 적이 있던가? 물들인 마시멜로 같은 드레스를 입고 무도회에 갔던가? 그곳에서 어떤 낯선 이의 국부가 내 몸속을 파고드는 가운데 발을 끌며 춤을 추었던가? 말라 버린 코르사주 꽃은 오래전에 버려졌고, 졸업장과 학급 핀과 사진은 부모님 집 지하층에 있는 어머니의 여행용 트렁크 속에서 변색된 은제품들과 함께 놓여 있을 것이다. 그 사진들을 잠깐 떠올린다. 립스틱을 바르고 침 발라 머리를 넘긴 아이들의 그 많은 사진들을. 나는 그 사진들을 보고 미소 짓지 않을 것이다. 나는 굳은 얼굴로 먼 곳을, 그런 사춘기적 장난을 넘어선 곳을 응시할 것이다.

내 험한 입을, 내가 스스로를 얼마나 현명하다고 생각했는지를 기억한다. 그러나 그때 나는 현명하지 않았다. 지금의 나는 현명하다.

코딜리어가 말한다. "우리가 물건 집어 오던 거 기억나? 그 당시를 통틀어 내가 좋아했던 유일한 일이었어."

"왜?" 내가 묻는다. 나는 그걸 그다지 즐기지 않았다. 언제나 붙잡히게 될까 봐 두려웠다.

"뭔가 내가 가질 수 있는 거였으니까." 코딜리어가 말한다. 무슨 말인지 의미를 파악할 수 없다.

그녀는 어깨에 멘 가방에서 선글라스를 꺼내 쓴다. 선글라스 렌즈 속에 단색으로 된 나의 영상이 실물보다 훨씬 작게 반사된다.

코딜리어는 자기 공연을 보러 오라고 스트랫퍼드 초대권을 한 장 준다. 나는 버스를 타고 간다. 그것은 주간 공연이다. 그곳에 가서 연극을 본 다음 스위스 샬레 근무 교대 시간에 맞춰 돌아올 수 있다. 연극은 「폭풍우」다. 나는 코딜리어를 찾아본다. 그리고 프로스페로의 시종 요정들이 음악과 초조함을 자아내는 조명과 함께 등장했을 때, 무대 복장으로 변장한 그녀를 찾아내기 위해 열심히 눈여겨본다. 그러나 나는 그녀를 찾아낼 수 없다.

55장

조제프는 나를 변모시키는 중이다. "머리 좀 풀고 다녀." 제멋대로 틀어올린 내 머리를 풀어 손가락으로 빗어 부풀리며 그가 말한다. "멋진 집시처럼 보여." 그는 내 쇄골에 입술을 갖다 대고 자신이 내 몸에 둘렀던 침대보를 걷어 낸다.

나는 가만히 서서 조제프가 그렇게 하도록 내버려 둔다. 그가 하고 싶은 대로 하게 둔다. 지금은 8월이고 꼼짝하기 싫을 정도로 덥다. 연무가 젖은 연기처럼 도시 위에 드리워져 있다. 그것은 내 피부를 기름진 막으로 감싸 살 속으로 스며든다. 낮 동안 나는 되살아난 시체처럼 움직이며 방향 없이 시간을 보낸다. 아파트 가구 그리기는 그만두었다. 욕조에 찬물을 채우고 들어가 앉아 있지만, 거기에서 더 이상 독서는 하지 못한다. 곧 학교로 돌아갈 때가 다가올 것이다. 나는 그것에 대해 거의 생각하지 않는다.

조제프가 말한다. "너는 자주색 드레스를 입어야 해. 그러면 더 나아 보일 거야." 그는 창밖의 황혼을 배경으로 나를 세워 놓고, 이리저리 돌리기도 하고, 뒤로 물러서 바라보기도 하고, 몸 옆을 어루만지기도 한다. 이제 나는 누가 방 안을 들여다보는 것에 더 이상 신경 쓰지 않는다. 무릎이 벌어지고 입술이 느슨해지는 것이 느껴진다. 우리가 함께 있는 동안 그는 초조하게 걷거나 머리칼을 잡아당기지 않는다. 천천히, 부드럽고 신중하게 움직인다.

조제프는 새 자주색 드레스를 입은 나를 파크 플라자 호텔 루프 가든으로 데려간다. 그 드레스는 몸통이 꼭 맞고 목선이 깊게 파이고 치마 폭이 넓다. 걸을 때마다 맨다리에 치마가 스친다. 머리는 풀어 내렸고 축축하다. 내가 보기에는 대걸레처럼 보인다. 우연히, 위로 올라가는 엘리베이터의 흐릿한 거울 벽 속에서 나는 내 모습을 흘끗 본다. 그리고 그 순간 조제프가 보고 있는 것이 무엇인지 알아차린다. 풍성한 머리와 여위고 하얀 얼굴에 구슬픈 눈을 한 호리호리한 여자. 나는 그것이 무슨 스타일인지 알아본다. 19세기 말. 라파엘 전파(前派). 나는 양귀비꽃을 들고 있어야 한다.[33]

---

33) 19세기 중반 단테 게이브리얼 로제티 등 일곱 명의 젊은 영국 예술가들이 로열 아카데미에서 고수되던 라파엘 전통의 기존 화풍에 반기를 들고 라파엘 이전의 정신으로 되돌아갈 것을 주창하며 결성한 집단이다. 지도자격이었던 로제티는 자신의 아내이자 모델이었던 엘리자베스 시달, 정부였던

우리는 야외 테라스에 앉아 맨해튼 칵테일을 마시며 돌난간 너머를 바라본다. 조제프는 최근 맨해튼 칵테일을 애호하게 되었다. 이곳은 주위에서 가장 높은 건물 중 하나다. 아래에서는 토론토가 저녁 열기 속에서 곪아 가고 있다. 나무들은 시든 이끼처럼 늘어지고, 호수는 멀리서 아연색으로 빛난다.

조제프는 언젠가 어떤 사람의 머리에 총을 쏜 적이 있다고 말한다. 그것이 너무나 쉬운 행위라는 사실이 그를 괴롭혔다고 한다. 그는 실물화 강좌를 싫어하며, 이 촌스러운 고인 물에 갇혀 바보들에게 기초를 가르치는 이런 일을 영원히 하지는 않겠다고 말한다. 조제프는 말한다. "나는 더 이상 존재하지 않는 나라에서 왔어. 그리고 너는 아직 존재하지 않는 나라에서 왔지." 예전 같았으면 매우 심오하다고 생각했을 말이다. 이제는 무슨 말을 하는 것인지 미심쩍다.

토론토는 유쾌함도 기백도 없는 곳이며, 어떻든 간에 그림 자체는 유럽의 과거로부터의 잔존물에 불과하다고 조제프가 말한다. "그건 이제 중요하지 않아." 한 손을 저으며 그는 말한다. 조제프는 영화 일을 하고 싶어 한다. 미국에서 영화감독을 맡고 싶어 한다. 일이 성사되면 즉시 미국으로 갈 것이다. 그는 좋은 연줄이 있다. 예를 들면 헝가리 사람들의 전체 인맥 조직이 있는 것이다. 헝가리 사람들, 폴란드 사람들, 체코슬로바키

패니 콘포스, 연인이었던 제인 모리스 등을 모델로 삼아 풍성한 머리칼과 구슬픈 눈, 성적 매력을 풍기면서도 수동적으로 보이는 특징적 여인상을 많이 그렸다. 라파엘 전파의 작품은 상징주의적 경향을 띠는데, 특히 양귀비는 죽음을 의미한다.

아 사람들. 최소로 줄잡아 봐도 미국에 더 많은 기회가 있다. 이 나라에서 만들어지는 영화는 진짜 영화가 상영되기 전에 나오는 짧은 영화들, 즉 물웅덩이를 향해 나선을 그리며 떨어지는 나뭇잎, 시간차 연속 촬영한 꽃 피는 모습을 플룻 음악에 맞춰 보여 주는 영화들뿐이다. 조제프가 아는 다른 사람들은 모두 미국에서 잘나가고 있다. 그들은 그를 영입할 것이다.

나는 조제프의 손을 잡는다. 요즘 그는 사랑을 나눌 때도 다른 생각에 빠져 있는 것처럼 보인다. 나는 내가 약간 취했다는 것과 높은 곳을 두려워한다는 사실을 발견한다. 이렇게 높이 올라와 본 적이 없다. 나는 돌난간 가까이에 서서 천천히 몸을 앞으로 기울이는 상상을 한다. 이곳에서는 미국이 보인다. 지평선 위에 돋은 가는 잔털처럼 보이는 그곳. 조제프는 그곳에 나와 함께 가는 것에 대해서는 전혀 언급하지 않는다. 나는 아무것도 묻지 않는다.

그 대신 조제프는 이렇게 말한다. "당신, 오늘 너무 조용한데." 그는 내 뺨을 만진다. "신비로워." 나는 나 자신이 신비롭게 느껴지지 않는다. 오직 공허할 뿐이다.

"나를 위해 무엇이든 해 줄 수 있겠어?"

조제프가 내 눈을 응시하며 묻는다. 나는 세상으로부터 멀어져 그를 향해 기운다. "응"이라고 대답하는 것은 너무나 쉽다.

"아니."

나는 말한다. 그 대답에 스스로 놀란다. 이 돌발적이고 단호한 정직함이 어디서 왔는지 모르겠다. 그것은 무례한 대답이다.

"안 그럴 줄 알았어." 조제프는 슬프게 말한다.

어느 날 오후 스위스 샬레에 존이 나타난다. 나는 그를 안 보고 있기 때문에 처음에는 그를 알아보지 못한다. 나는 행주로 탁자를 닦고 있다. 행동 하나하나에 엄청난 노력이 필요하다. 무기력감으로 팔이 천근만근 느껴진다. 어젯밤은 조제프와 함께 보냈지만 오늘 밤은 아니다. 오늘은 나의 날이 아니라 수지의 날이다.

요즘 들어 조제프는 수지에 대해 거의 언급하지 않는다. 그녀에 대해 이야기할 때는 항상 그리움에 젖은 말투다. 마치 그녀가 이미 과거의 사람인 것처럼, 아니면 시에 나오는 인물같이 아름답게 죽은 것처럼. 하지만 그것은 조제프가 말하는 방식에 불과할 것이다. 그들은 그가 신문을 읽는 동안 그녀는 캐서롤을 준비하는 그런 일상적인 지루한 저녁을 보낼 것이다. 조제프는 내 존재가 비밀이라고 했지만, 조제프와 내가 수지에 대해 논의한 것처럼 그들은 나에 대한 이야기를 나눌 것이다. 그런 생각에 나는 불편한 감정이 든다.

나는 수지를 탑 속에 갇힌 여자로 상상하는 것을 더 즐긴다. 애비뉴 로드에 있는 몬테카를로에 갇혀서, 채색한 가느다란 금속 발코니 꼭대기에 있는 창문에서 밖을 내다보고, 가냘프게 울며 조제프가 나타나기를 기다리는 상상. 그녀가 그 외에 어떤 다른 삶을 가지고 있으리라고 생각할 수 없다. 예를 들어 나처럼 팬티를 빨아서 타월에 끼워 물기를 짜고 욕실 수건걸이에 너는 모습을 그려 볼 수 없다. 그녀가 먹는 모습도 상상할 수 없다. 수지는 사랑 때문에 등뼈를 상실한 탓에 아무 의지 없이 흐느적거린다. 지금 내 모습처럼.

"오랜만이야."

존이 말한다. 그는 탁자를 닦고 있는 내 팔 너머에서 내 시야로 뛰어들어 나를 바라보며 싱긋 웃는다. 내 기억보다 더 그을린 얼굴에서 그의 치아가 하얗게 빛난다. 그는 회색 티셔츠와 무릎 길이로 잘라 낸 낡은 청바지를 입고 맨발에 운동화를 신은 차림으로, 내가 닦고 있는 탁자에 몸을 기대고 있다. 그는 겨울보다 건강해 보인다. 나는 대낮에 그를 본 적이 한 번도 없다.

얼룩 묻은 유니폼이 마음에 걸린다. 겨드랑이에서 땀내가 풍기고 있을까? 아니면 닭고기 기름 냄새? "여기 어떻게 왔어?" 내가 묻는다.

존이 말한다. "걸어 들어왔지. 커피 한잔 어때?"

그는 여름 동안 노동 부서에서 일하고 있다. 그가 맡은 일은 길에 난 구덩이를 메우고, 서리 균열이 생긴 도로에 타르 칠을 하는 것이다. 정말 타르 냄새가 약간 풍긴다. 그의 모습은 깨끗한 것과는 거리가 멀다. "나중에 맥주 한잔 어때?" 존이 말한다. 이전에도 자주 했던 말이다. 그는 숙녀와 동반자 구역에 들어갈 통행증이 필요한 것이다. 나는 할 일이 없기 때문에 선선히 대답한다. "좋아. 하지만 옷을 갈아입어야 해."

일을 마친 후 나는 만약을 위해 샤워를 하고 자주색 드레스를 입는다. 우리는 메이플 리프 타번에서 만나 숙녀와 동반자 구역으로 들어간다. 우리는 적어도 냉방은 된 어두운 실내에 앉아 생맥주를 마신다. 그와 단둘이 있으려니 어색한 기분이다. 전에는 항상 전체 무리가 함께 있었다. 존은 내게 무엇을 하고 지냈냐고 묻고, 나는 별일 없었다고 대답한다. 그는 엉클 조를 근처에서 만난 적 있냐고 묻고, 나는 본 적 없다고 대답한다.

존은 말한다. "아마 그는 수지의 니커스 속바지 속으로 사라졌을 거야. 운 좋은 놈 같으니." 그는 여전히 나를 명예 소년 취급하며 여자들에 대해 상스러운 말을 늘어놓는다. 나는 '니커스'라는 말에 놀란다. 그는 아마 영국인 콜린에게서 그 말을 배웠을 것이다. 존이 나에 대해서도 알고 있는지, 내 뒤에서도 내 니커스 속바지에 대해 언급하는지 궁금해진다. 하지만 어떻게 그럴 수 있겠는가?

노동 부서에서 일하는 것은 꽤 짭짤하다고 한다. 하지만 존은 동료들, 특히 나이 많은 정규 직원들에게는 자기가 화가라는 것을 밝히지 않는다. "내가 동성애자나 뭐 그딴 거라고 생각할 거야." 그는 말한다.

나는 생맥주를 좀 과하게 마신다. 이내 조명이 깜박이고 폐업 시간이 다가온다. 우리는 더운 여름 거리로 나간다. 혼자 집에 돌아가고 싶지 않다.

"돌아갈 수 있겠어?" 존이 묻는다. 나는 아무 말도 하지 않는다. "이리 와, 내가 데려다줄게." 그는 말한다. 그가 손을 내 어깨에 얹고, 나는 그에게서 풍기는 타르와 바깥 먼지와 햇빛에 그을은 피부 냄새를 맡는다. 그리고 울기 시작한다. 남자 전용 구역에서 술 취한 사람들이 비틀거리며 나오는 가운데 나는 거리에 서서 손으로 입을 막고 스스로 바보 같다고 느끼며 계속 운다.

존은 놀란다. "이봐, 친구." 그는 나를 어색하게 토닥거리며 말한다. "뭐 잘못된 거라도 있어?"

"아무것도 아니야." 나는 말한다. 친구라고 불리자 나는 더 심하게 운다. 젖은 양말이 된 것 같은 느낌이다. 추악한 사람이 된 느낌이다. 술을 지나치게 마신 탓이라고 생각해 주기를 바랄 뿐이다.

존은 내게 팔을 두르고 꼭 안아 준다. "자, 커피 마시러 가자." 나는 거리를 걷는 동안 울음을 멈춘다. 여행 가방 도매점 옆에 있는 문까지 가서 존은 열쇠를 꺼내 든다. 그리고 어둠 속에서 계단을 올라간다. 위층 문안에서 그는 타르 냄새와 맥주 냄새를 풍기는 입으로 내게 키스한다. 불이 다 꺼져 있다. 나는 마치 진흙 속으로 빠져드는 것처럼 그의 허리에 팔을 감고 매달린다. 그는 나를 그대로 들어 올려 안고서 어두운 방을 가로질러 가다가 벽과 가구에 부딪히고, 우리는 함께 바닥에 넘어진다.

11부

추락하는 여자

56장

나는 점심때 마신 포도주 때문에 현기증을 약간 느끼며, 계속 퀸 스트리트를 따라 동쪽으로 걷는다. 예전에는 이런 상태를 두고 얼근하다는 말을 썼다. 알코올은 들뜬 것을 가라 앉히는 효과가 있다. 잠시 후면 이것 때문에 기분이 우울해질 것이다. 하지만 지금은 유쾌하다. 나는 입을 약간 벌리고 흥얼 거린다.

바로 이곳에 구릿빛 도는 녹색에 금속성 피인 양 검은 자국이 흘러내리는 일단의 동상들이 있다. 왕홀을 쥐고 앉아 있는 여자와 그 주위에 모여 서서 앞으로 행진하는 세 젊은 군인들. 제국을 방어하는 그들의 다리는 붕대처럼 보이는 퍼티에 칭칭 감겨 있고, 얼굴은 엄숙하고 절망적으로 보이며 시간 속에 동결되어 있다. 위쪽의 석판에는 천사 날개를 단 다른 여자가 서 있다. 승리의 여신, 아니면 죽음의 여신, 어쩌면 둘 다인 지도 모른다. 이 기념비는 약 구십 년 전의 남아프리카 공화국 전쟁을 기리는 것이다.[34] 그 전쟁을 기억하는 사람이 있는지, 아니 앞으로 나아가는 이 모든 차량에 탄 어느 누군가가 한 번이라도 쳐다보기는 하는지 궁금하다.

나는 유니버시티 애비뉴에서 북쪽으로 향한다. 무균 상태 의 병원들을 지나 전에 산타클로스 시가 행렬이 벌어졌던 경 로를 따라 걷는다. 동물학과 건물은 몇 년 전 철거되었다. 한 때 내가 앉아서 뱀과 소독제와 쥐 냄새를 맡으며 비에 젖은 요정들과 동상에 걸린 눈송이들을 바라보던 창턱은 이제 허 공이 되어 버렸다. 그곳이 예전에 무엇이었는지 다른 누가 기 억하겠는가?

이 차도에는 이제 분수대가 길을 따라 배치되어 있고, 네 모난 꽃밭과 새롭고 특이한 모양의 동상들이 있다. 나는 부 푼 치마를 입고 무표정한 얼굴로 웅크리고 앉은 빅토리아 시 대 귀족 과부처럼 생긴 검분홍색 의회 건물 둘레의 곡선 길을 따라 걷는다. 내가 결코 따라 그릴 수 없었던 그 국기는 이제 주 깃발로 강등되어 건물 앞에서 펄럭인다. 선명한 주홍색 바 탕에 유니언 잭이 위쪽 모서리에 있고, 아래쪽에 모사 불가능 한 비버와 잎사귀 문장이 박혀 있다.[35] 두 개의 붉은 기둥과

---

34) 남아프리카 공화국에서 일어났던 보어 전쟁을 의미한다. 당시 영국의 식민지였던 캐나다는 영국군의 일원으로 참여했다. 캐나다군이 처음으로 참여한 대외 전쟁이다.
35) 분홍색 건물은 온타리오 주의회 건물, 깃발은 온타리오 주기를 가리킨다.

하얀 바탕에 자유롭게 펼쳐진 붉은 단풍잎 모양의 새 국기도 있다. 그것은 싸구려 마가린 상표같이 보이기도 하고, 눈 위의 올빼미 시체같이 보이기도 한다. 제정된 지 오랜 시간이 지났지만 내게는 여전히 새로운 국기처럼 보인다.

나는 길을 건너 이곳이 재개발될 때 살아남은 작은 교회 뒤쪽을 가로지른다. 슈퍼마켓 특별 상품 게시판과 똑같이 생긴 게시판에 일요일 설교 예고가 붙어 있다. "믿는 것이 보는 것이다." 울퉁불퉁한 세로무늬 판유리가 게시판에 부딪히며 흔들린다. 윤기 나는 외관 안쪽에 진열된 가늘게 찢은 천과 무두질한 가죽과 정교한 은 장신구들의 조합들. 군침 흘리게 만드는 파스타. 수년 사이 신학은 변했다. '응분의 상벌(just deserts)'이란 종말 때에 모든 사람이 받게 되는 것이다. 이제 그것은 케이크 전문 식당 이름(Just Desserts)이다. 이제 사람들은 죄책감을 떨쳐 버리고 단 음식만 즐기면 되는 것이다.

나는 모퉁이를 돌아서 비싼 부티크가 양쪽에 늘어선 골목길로 들어선다. 손뜨개 제품들과 프랑스산 임부복, 끈으로 한껏 장식된 비누, 수입 담배, 스템이 가느다란 포도주 잔이 있고 장소와 그 모든 부속물에 돈을 지불해야 하는 호화로운 음식점. 디자이너 청바지 상점, 베니스산 종이 장식품 상점, 발차기를 하고 있는 네온 다리가 놓인 스타킹 부티크.

예전에 이 건물들은 오두막에 가까웠다. 조제프가 살던 곳, 맥주에 취한 뚱뚱한 남자들이 외부 현관에 앉아 8월의 열기 아래 땀을 흘리고, 그들의 아이들은 소리를 지르고, 개들은 울타리에 묶은 낡은 줄에 속박되어 숨을 헐떡이고, 목조 구조물의 페인트가 벗겨지고, 고양이 오줌에 절어 기운 없는 금잔화가 갈라진 정원 길을 따라 시들어 있던 곳. 적당한 곳에 수천 달러만 투자했으면 지금쯤 백만장자가 되었을 것이다. 그러나 누가 예상이나 했겠는가? 분명 나는 예상하지 못했다. 조금씩 가빠지는 숨을 쉬면서, 내 작은 등에 놓인 그의 손의 무게를 느끼며, 저무는 여름 저녁의 빛 속에서 조제프의 2층 아파트로 향하는 좁은 계단을 올라가던 그때의 나는. 천천히 흘러가던, 금기된, 슬프도록 감미로웠던, 그 여름 저녁.

나는 당시보다 지금 조제프에 대해 더 많이 알고 있다. 그것은 내가 나이가 더 들었기 때문이다. 나는 그의 애수에 대해, 야망에 대해, 절망에 대해, 채워야만 했던 내적 공허의 모퉁이들에 대해 알고 있다. 나는 위험에 대해서도 알고 있다.

한 예로 그는 자기보다 열다섯 살이나 어린 두 여자와 무엇을 하고 있었던가? 만일 내 딸이 그런 남자와 사랑에 빠진다면 나는 미쳐 버릴 것이다. 세라와 그녀의 가장 친한 친구가 학교에서 집으로 달려와서 공원에서 처음으로 노출광을 보았다고 했던 때의 기분과 비슷할 것이다. "엄마, 엄마, 어떤 남자가 바지를 내리고 있었어요!"

내게 그것은 공포와 사나운 분노를 의미했다. "우리 애들을 건드리면 죽여 버리겠어!" 그러나 아이들에게 그것은 그저 특이하고 우스꽝스러운 사건에 불과했다.

혹은 내가 세라를 낳은 후 처음으로 우리 집 부엌을 보고 느꼈던 감정과도 유사할 것이다. 세라를 병원에서 집으로 데려오고 나서 나는 생각했다. '이 모든 칼들. 이 모든 날카로운 것들과 뜨거운 물건들.' 내 눈에는 그녀에게 해가 될 수도 있는 물건만 보였다.

어쩌면 내 딸 중 하나가 조제프 같은 남자나 존 같은 남자를 삶 속에 비밀스럽게 숨겨 놓고 있는지도 모른다. 필요에 따라, 혹은 내게 반항하기 위해 어떤 지저분한, 아니면 나이 든 남자를 이용하고 있는지 누가 알겠는가? 내가 끔찍해할 것을 알기 때문에 그런 관계가 지속되는 내내 나를 배제한 채 말이다.

나는 예전에는 결코 소리 내서 말할 수 없었던 단어들이 신문 1면에 쓰여 있는 것을 발견한다. 성교, 낙태, 근친상간. 비록 이제 성인이지만, 아니 성인으로 간주되지만, 나는 딸들의 눈을 가리고 싶은 충동을 느낀다. 나는 어머니이기 때문에 충격받을 수 있는 것이다. 어머니가 아닐 때는 절대 충격받지 않았다.

딸들이 어렸을 때 내가 여행을 다녀올 때마다 그랬던 것처럼 그들을 위해 작은 선물을 사야 한다. 예전에는 본능적으로 그들이 무엇을 좋아할지 알았다. 이제는 그렇지 않다. 그들의 정확한 나이조차 기억하기 힘들다. 내가 성인이라는 사실을 어머니가 잊어버릴 때마다 나는 화를 내곤 했다. 그러나 이제는 누렇게 변색된 아기 사진을 꺼내 보고 간직한 머리 타래를 하염없이 바라보는, 그렇게 두서없이 푸념하는 시기에 나 자신이 다가서고 있는 것이다.

나는 눈을 가늘게 뜨고 진열장 속의 이탈리아 실크 스카프를, 회청색, 바다색, 그 놀라운 불확정적 색채를 바라본다. 그때 누군가 내 팔을 건드리고, 내 심장은 섬뜩한 놀라움으로 펄쩍 뛴다.

"코딜리어." 나는 뒤를 돌아보며 이름을 부른다.

그러나 그것은 코딜리어가 아니다. 내가 모르는 사람이다. 그것은 어떤 여자, 정확히 말하자면 중동 출신처럼 보이는 소녀다. 발목까지 오는 길고 넓은 치마, 날염 면직, 그 아래 어울리지 않는 캐나다산 고무 밑창 장화가 보인다. 단추를 채운 짧은 재킷, 수녀의 쓰개처럼 이마를 가로질러 접혀 있고 양쪽에 잔주름이 잡힌 머릿수건. 나를 건드린 손은 북쪽 지방의 두꺼운 장갑을 끼고 있고, 장갑과 재킷 소매 사이에 드러난 피부는 더블 크림 넣은 커피처럼 갈색이다. 눈은 그림 속의 부랑아들처럼 커다랗다.

그녀가 말한다. "부탁이에요. 그들은 많은 사람을 죽이고 있어요." 어느 곳에서 그런 일이 벌어지고 있는지는 말하지 않는다. 많은 장소가 그것에 해당할 수 있고, 혹은 여러 장소의 경계에 위치한 곳일 수도 있다. 이제는 집이 없다는 것도 일종의 국적으로 취급된다. 어쨌든 전쟁은 결코 끝나지 않았다. 작은 조각으로 부서지고 산산이 흩어져 모든 곳으로 확산되었을 뿐이다. 우리는 전쟁을 막아 낼 수 없다. 살인은 이제 끝없는 행위가 되었다. 그것은 하나의 산업이고, 돈이 개입되어 있다. 선한 편과 악한 편을 구분하기는 거의 불가능하다.

"그래요." 나는 말한다. 이것이 오빠 스티븐을 죽인 바로 그

전쟁이다.

"몇몇은 이곳에 있어요. 그들은 아무, 아무것도 없어요. 그들은 죽임을 당할 거예요……."

"네, 알겠어요."

나는 말한다. 걸어다니면 이런 일을 당하게 된다. 차를 타고 다니면 더 보호받을 수 있다. 그런데 그녀의 주장이 사실인지 내가 어떻게 알아낼 수 있겠는가? 그녀는 마약 중독자일 수도 있다. 순진해 빠진 사람들의 시장에서는 사기가 판친다.

"우리 가족은 네 사람이에요. 아이가 둘 있죠. 아이들은 저와 함께 있고, 이것은 저의, 저의 책임이에요."

그녀는 '책임'이라는 단어를 발음할 때 약간 더듬지만 결국 제대로 말한다. 그녀는 수줍음이 많고, 지금 하고 있는 것처럼 길에서 사람들을 잡아끄는 일을 싫어한다.

"그래서요?"

"그래서 제가 이걸 하고 있는 거예요." 우리는 서로 마주 본다. 그녀가 이것을 하고 있는 것이다. "24달러면 네 가족이 한 달 동안 먹고 살 수 있어요."

무엇을 먹을 수 있는가? 굳은 빵, 버려진 도넛? 일주일 동안이라는 의미인가? 그녀가 정말 자신이 한 말을 믿는다면 내 돈을 받을 가치가 있다. 나는 장갑을 벗고 재빨리 지갑을 꺼내 지폐를 바스락거린다. 분홍색, 푸른색, 자주색. 이런 식의 권력을 갖는 것은 불쾌하다. 동시에 자신이 너무나 무기력하게 느껴지기도 한다. 어쩌면 그녀는 나를 미워하는지도 모른다.

"여기 있어요." 내가 말한다.

그녀는 고개를 끄덕인다. 고마워하지는 않는다. 그저 나에 대한, 아니 자신에 대한 스스로의 의견을 확증할 뿐이다. 그녀는 현금을 받기 위해 두터운 뜨개 장갑을 벗는다. 나는 우리들의 손을 바라본다. 손톱이 창백한 달 같은 그녀의 부드러운 손과 각피층이 너덜너덜하고 어린 두꺼비 피부 같은 내 손을. 그녀는 지폐를 재킷 단추 사이에 끼워 넣는다. 그 안에, 날치기의 손길이 미치지 않는 곳에 지갑이 있을 것이다. 그리고 그녀는 검붉은 바탕에 분홍색 털실로 나뭇잎이 수놓인 장갑을 다시 낀다.

"신의 축복이 있기를." 그녀가 말한다. 알라라고 하지 않는다. 알라라면 내가 믿을지도 모르겠다.

나는 장갑을 다시 끼면서 그녀로부터 걸음을 옮긴다. 매일 그 침묵의 울부짖음이, 저런 굶주린 손들이, "필요해요, 필요해요.", "도와주세요, 도와주세요." 하는 소리들이 더 늘어난다. 그것에는 끝이 없다.

57장

9월이 되자 나는 스위스 샬레를 그만두고 학교로 돌아간다. 그리고 부모님 집 지하층으로 돌아간다. 돈 때문에 어쩔수 없다. 이 두 곳 모두 내게 위험한 곳이다. 이제 내 삶은 다중적이며, 나는 파편화되었다. 그러나 더 이상 무기력하지 않다. 정반대로 늦여름 더위에도 기민하고 아드레날린으로 가득차 있다. 나를 이렇게 만드는 것은 나의 배반 행위, 스스로의속임수를 통제하려는 노력이다. 나는 조제프를 우리 부모님으로부터 숨겨야 하고, 존을 그들 모두로부터 숨겨야 한다. 나는몰래 돌아다니고 늘 잔뜩 긴장하며, 발각될 것을 두려워한다. 늦은 밤에 나다니지 않고 대강 얼버무려 넘기며 까치발로 다닌다. 이상하게도 이 때문에 불안감이 증폭되기보다는 오히려더 큰 안정감이 든다.

한 남자보다는 두 남자가 낫다. 아니 적어도 내 기분은 더 좋다. '나는 그 둘 다와 사랑에 빠졌어.' 나는 스스로에게 말한다. 그리고 그 둘과 사귀고 있다는 것은 그들 어느 누구에 대해서도 마음을 정할 필요가 없음을 의미한다.

조제프는 이제까지 내게 항상 주어 왔던 것에 공포를 더해 준다. 그는 어떤 사람 머리에 총을 쏜 이야기를 해 주던 때처럼 대수롭지 않은 투로, 이 나라를 제외한 대부분의 나라에서 여자는 남자에게 속한 존재라고 말한다. 만일 자기 여자가 다른 남자와 함께 있는 것을 발견하면, 남자는 그 둘을 모두 죽이고 사람들은 그를 변호한다는 것이다. 자기 남자가 다른 여자와 함께 있는 경우 여자가 어떻게 하는지는 말하지 않는다. 이 이야기를 하면서 조제프는 손으로 내 팔을 타고 어깨까지 어루만지고, 가볍게 목을 가로지른다. 그리고 나는 그가 무엇을 의심하는지 궁금해한다. 그는 자주 내게 말을 하라고 요구한다. 그럴 때가 아니면 손으로 내 입을 막아 버리기도 한다. 나는 눈을 감고 그를 막연하고 변화하는 힘의 근원으로 느껴 보려 한다. 객관적 시선으로 보면 그에게서 무슨 바보 같은 점을 발견할 수 있지 않을까 나는 생각한다. 그러나 그럴 수가 없다.

존으로 말하자면, 나는 그가 내게 주는 것이 무엇인지 안다. 그는 도피를, 어른들로부터의 탈주를 제공한다. 즐거움과 혼란을 준다. 짓궂은 장난을 준다.

나는 존의 반응을 보기 위해 조제프에 대해 말해 볼까 생각한다. 하지만 그런 행동은 다른 종류의 위험을 내포한다. 그는 조제프와 자는 것을 두고 나를 비웃을 것이다. 존은 조제프가 늙었을 뿐 아니라 우스꽝스럽다고 여긴다. 그는 내가 그런 남자를 어떻게 심각하게 여길 수 있는지 이해하지 못할 것이고, 충동이라는 것을 이해하지 못할 것이다. 나를 무시하게 될 것이다.

여행 가방 상점 위에 있는 존의 아파트는 길고 협소하며 아크릴 물감과 오래된 양말 냄새가 난다. 그리고 방 두 칸과 욕실밖에 없다. 욕실은 자주색이고, 붉은색 발자국이 한쪽 벽에서 천장, 그리고 반대편 벽까지 찍혀 있다. 앞방은 눈 시린 흰색이고 다른 방(침실)은 번들거리는 검은색이다. 야비한 집주인에게 복수하기 위해서 이렇게 칠한 것이다. "내가 이사하고 나서 저 벽 색을 바꾸려면 페인트칠을 열다섯 번은 해야 할걸." 존이 말한다.

존은 때로는 이 아파트에 혼자 살고, 때로는 한두 사람이 함께 살 때도 있다. 그들은 마룻바닥에 슬리핑 백을 깔고 임시로 거주한다. 성난 집주인들로부터 도망 중이거나 뜨내기 일을 하다 그마저도 잃은 화가들이다. 아래층 초인종을 누를 때마다 나는 누가 문을 열어 줄지, 안에서 무슨 일이 벌어지고 있는지 전혀 알 수 없다. 밤새도록 계속된 파티의 아침 잔존물, 많은 다툼, 누군가가 변기에 게워 놓은 쿠키들. 존은 토하는 것을 '쿠키 게우기'라고 표현한다. 그는 그게 재치 있는 표현이라고 생각한다.

계단을 오르내릴 때면 다양한 부류의 여자들이 곁을 지나간다. 그들은 전기 가열기와 전기 주전자가 갖추어진 임시 부엌이 있는 하얀 방의 저편 끝에서 어정거리기도 한다. 그 여자들이 누구와 짝인지는 늘 불명확하다. 어느 때는 얘기를 나누러 온 다른 미술 학교 학생일 때도 있다. 그러나 그들끼리는 별다른 대화가 없다. 그들은 남자들에게만 말을 걸거나 침묵을 지킨다.

존이 그린 그림은 하얀 방에 걸려 있거나 벽에 겹겹이 기대어 있다. 그림들은 거의 매주 바뀐다. 존은 창작력이 왕성하다. 그는 빨간색과 분홍색, 자주색 등 눈을 태울 듯 강렬한 아크릴 물감으로 열광적인 고리 모양과 소용돌이 문양을 만들어 내며 매우 빠르게 그림을 그린다. 나는 그런 식으로 그림을 그리지 못하기 때문에 그의 작품들에 대해 경탄해야 할 것 같은 느낌이 든다. 그리고 외마디 탄성을 지르며 실제로 경탄한다. 그러나 사실 나는 그 작품들을 그다지 좋아하지 않는다. 고속도로에서 무엇인가가 차에 치였을 때 이것 비슷한 흔적이 남는 것을 본 적이 있다.

그러나 이 그림들은 우리가 알아볼 수 있는 어떤 사물의 그림이 아니다. 과정의 순간이 캔버스에 포착된 것이다. 그것은 순수 회화다.

존은 순수에 열광한다. 그러나 그 열광은 오직 미술에만 한정된 것이고, 그의 살림살이에는 전혀 적용되지 않는다. 살림살이에 대한 그의 태도는 모든 어머니들, 특히 그의 어머니에 대한 과장된 항의 선언이라 할 수 있다. 어쩌다 설거지를 할 때도 그는 빵 부스러기와 통조림 옥수수 낱알이 배수구에 걸려

있는 욕조에서 한다. 거실 바닥은 주말 이후의 해변 같다. 침대
보는 그 자체가 '과정의 순간'을 보여 주고 있는데, 그 순간이라
는 것이 상당 기간 지속된다. 나는 그나마 덜 더러워 보이는 슬
리핑 백에서 자는 것을 선호한다. 욕실은 북쪽의 외딴 휴게소
화장실처럼 보인다. 변기 안쪽에는 갈색 테가 보이고, 담배꽁
초가 떠다니며, 타월이 혹시라도 있을 때면 손자국이 마구 찍
혀 있고, 정체 모를 종잇조각들이 바닥 이곳저곳에 뒹군다.

나는 여기를 깨끗이 해 보려는 시도는 아예 하지 않는다.
그것은 선을 넘는 행동이고, 멋이라는 것을 모르는 중산층 출
신의 결함을 드러내는 짓이다. "너 뭐야, 내 엄마야?" 그의 집
에서 서성거리는 여자 하나가 유난히 지저분한 곳을 치우려
고 약간 손을 대자 존이 그렇게 말하는 것을 들은 적이 있다.
나는 그의 엄마보다는 그의 공모자가 되고 싶다.

존과의 사랑의 행위는 조제프와의 관계처럼 안락하면서도
절실한 황홀경이 아니라, 진흙탕에서 뒹구는 강아지들을 연상
시킬 만큼 매우 광적이다. 거리의 싸움처럼, 음담패설처럼 음
란하다. 그런 후 우리는 슬리핑 백에 누워 봉지째 감자칩을 먹
고 별일도 아닌 것에 킬킬거린다. 조제프와 달리 존은 여자가
무기력한 꽃이라거나 단장하고 감상할 대상이라고 생각하지
않는다. 그는 여자들이란 똑똑하거나 바보라고 생각한다. 그것
이 그가 나눈 범주다. 존이 말한다. "이봐, 친구. 너는 다른 여
자들보다 똑똑해." 나를 기쁘게 해 주면서 동시에 나를 무시하
는 발언이기도 하다. 나는 알아서 자기 관리를 할 수 있다.

조제프는 내가 어디에 갔고 무엇을 했는지 묻기 시작한다. 나는 간교하게 별일 없는 척한다. 그에게 대항해 존을 에이스 카드처럼 간직하고 있는 것이다. 그가 이중생활을 할 수 있다면 나 역시 그럴 수 있다. 그러나 그는 수지에 대해 더 이상 이야기하지 않는다.

　내가 수지를 마지막으로 본 것은 스위스 샬레를 그만두기 직전인 8월 하순경이었다. 그녀는 거기서 혼자 저녁을 먹었다. 닭 반 마리와 버건디 체리 아이스크림. 머리는 다듬지 않아 금발 염색과 곱슬기가 사라졌다. 몸은 더 통통해지고 얼굴은 더 둥글어졌다. 수지는 마치 무슨 하기 싫은 작업이라도 하는 것처럼 기계적으로 먹었지만 그래도 전부 다 먹어 치웠다. 조제프 때문에, 위안을 얻으려고 먹고 있었는지도 모른다. 무슨 일이 일어나든 그는 절대로 그녀와 결혼하지 않을 것이다. 그녀도 그걸 알았을 것이다. 나는 그녀가 조제프 이야기를 하러 왔으리라 짐작하고는 애매모호한 미소로 그녀를 묵살하며 피해 버렸다. 그 자리는 내 담당이 아니었다.

　그러나 떠나기 전에 수지가 내게 다가왔다. "조제프 본 적 있어?" 그녀가 물었다. 구슬픈 목소리가 신경에 거슬렸다.

　나는 서투르게 거짓말을 했다. "조제프? 아니. 내가 왜 그를 만나겠어?" 나는 얼굴을 붉히며 말했다.

　"그냥 너라면 그가 어디 있는지 알지도 모른다는 생각이 들었어." 수지가 말했다. 그녀는 비난하는 것이 아니라 절망하는 것처럼 보였다. 그녀는 중년 여성처럼 구부정하게 걸어 나갔다. '저런 궁둥짝이니 조제프가 멀리하는 게 당연하지.' 나는 생각했다. 그는 말라빠진 여자를 좋아하지 않지만, 그 반대에도 한계가 있는 법이다. 수지는 자신을 방치하고 있었다.

그러나 지금 그녀가 내게 전화를 건다. 늦은 오후, 지하층에서 공부하고 있는데 어머니가 전화가 왔다고 알려 준다.

전화에서 흘러나오는 수지의 목소리는 부드럽고 절망적인 통곡처럼 들린다. "일레인, 제발 와 줘." 그녀는 말한다.

"무슨 일이니?" 나는 묻는다.

"지금은 말할 수 없어. 그냥 와 줘."

'수면제로구나.'

나는 생각한다. 그녀다운 방식이다. 그런데 왜 나지? 왜 조제프에게 전화하지 않았을까? 나는 그녀를 때려 주고 싶은 충동에 사로잡힌다.

"괜찮니?" 내가 묻는다.

수지는 목소리를 높이며 대답한다. "아니, 상황이 나빠. 뭔가 꼬여 버렸어."

택시를 타고 가야겠다는 생각은 전혀 못 한다. 택시는 조제프를 위한 것이다. 나는 어딜 가든 버스와 전차, 지하철을 이용한다. 몬테카를로까지 가는 데 거의 한 시간이 걸린다. 수지가 아파트 호수를 말해 주지 않았고 나 역시 물어보지 않았기 때문에, 아파트 관리인을 찾아야 한다. 그녀의 집 문을 두드려도 아무도 대답하지 않는다. 나는 관리인에게 다시 도움을 청한다.

관리인이 아파트 문 열어 주기를 주저하자 내가 말한다. "수

지는 안에 있어요. 그녀가 내게 전화했어요. 긴급 상황이라고
요."

드디어 안으로 들어가 보니 실내가 어둡다. 커튼이 드리워
져 있고, 창문은 닫혀 있으며, 특이한 냄새가 난다. 청바지, 겨
울 장화, 수지가 입고 있는 것을 본 적 있는 검은 숄 등, 옷이
여기저기 흩어져 있다. 가구는 그녀의 부모님이 골라 준 것처
럼 보인다. 직각 팔걸이가 달린 연녹색 소파, 밀 색깔 카펫, 커
피 탁자, 갓에 아직 보호용 비닐이 씌워진 두 개의 램프. 이 모
든 것은 내가 상상한 수지의 모습과 들어맞지 않는다.

카펫에 검은 발자국이 있다.

수지는 잠자는 곳을 분리하는 커튼 뒤에 있다. 그녀는 분홍
색 짧은 원피스 잠옷을 입고, 생닭고기처럼 허연 살을 드러내
고, 눈을 감은 채 침대 위에 누워 있다. 침대 제일 위에 덮는
덮개와 술 달린 씌우개는 바닥에 떨어져 있다. 그녀의 몸 아래
침대보는 이제 막 흘러나온 피로 얼룩이 크게 져서 양쪽으로
선명한 붉은 날개처럼 번져 있다.

적막감이 나를 스쳐 간다. 아무 이유 없이, 버림받은 듯한
느낌이 든다.

이내 메스꺼워진다. 나는 욕실로 달려가 토한다. 변기가 검
붉은 피로 가득 차 있어 구토를 더 악화시킨다. 흑백 타일 바
닥에는 피 묻은 발자국이, 세면대에는 손가락 자국이 남아 있
다. 쓰레기통은 축축한 생리대로 가득 차 있다.

나는 수지의 연푸른색 타월로 입을 닦고 핏자국 묻은 세면
대에서 손을 씻는다. 이제 어떻게 해야 할지 모르겠다. 무슨 일

이 되었든 개입하고 싶지 않다. 그녀가 죽는다면 내가 살인혐의를 받으리라는 어처구니 없는 생각을 잠시 한다. 아파트를 몰래 빠져나가 문을 닫고 내 흔적을 지워 버릴까도 생각한다.

그러나 그러는 대신 나는 침대로 돌아가 수지의 맥을 짚는다. 그렇게 해야 한다는 것을 알고 있다. 수지는 아직 살아 있다.

나는 관리인에게 다시 찾아가고, 그는 앰뷸런스를 부른다. 나는 그곳에 없는 조제프에게 전화를 건다.

나는 수지와 함께 앰뷸런스 뒷자리에 타고 병원으로 간다. 수지는 이제 반쯤 의식을 되찾는다. 나는 작고 차가운 그녀의 손을 붙잡는다. "조제프에게는 알리지 마." 그녀가 속삭인다. 나는 수지의 분홍색 잠옷을 보며 깨닫는다. 그녀는 내가 상상해 왔던 것과는 거리가 먼 사람이다. 그저 옷 차려입기를 좋아하는 착한 여자일 따름이다.

그러나 수지는 자기가 저지른 짓 때문에 다른 부류로 분리된다. 그것은 물속에 잠긴 언덕처럼, 일상적 말 아래 가라앉아 결코 발화되지 않는 것들의 보이지 않는 풍경에 속한 것이다. 내 또래는 모두 그것에 대해 알고 있다. 어느 누구도 그것에 대해 논의하지 않는다. 소문은 저 아래쪽, 부엌 탁자 밑을 떠돌며, 돈이 비밀리에 건네진다. 사악한 노파, 무면허 의사, 치욕과 도살. 저 아래쪽에는 공포가 도사리고 있다.

두 명의 접수원은 무심하고 냉소적이다. 전에도 이런 일을 본 적이 있었던 것이다.

"뭘 사용했죠? 뜨개바늘?" 한 명이 묻는다. 책망하는 투다. 내가 그녀를 도왔다고 생각하는 듯하다.

내가 말한다. "나는 아무것도 몰라요. 이 여자랑 잘 아는 사이가 아니에요." 연루되고 싶지 않다.

"보통 그런 법이죠. 바보 같은 아이들. 지각이 좀 있어야지." 그가 말한다.

바보 같은 짓이었다는 것에 나도 동의한다. 그와 동시에 내가 그녀의 입장이었다면 나 역시 그처럼 바보짓을 했으리라는 것을 깨닫는다. 나는 매 순간, 매 단계마다 수지와 똑같이 행동했을 것이다. 그녀처럼 나도 겁에 질렸을 것이고, 그녀처럼 조제프에게 알리지 않았을 것이고, 그녀처럼 어디로 가야 할지 몰랐을 것이다. 수지에게 일어난 일은 모두 내게도 일어날 수 있었다.

그러나 또 다른 목소리가 들려온다. 작고 야비한 목소리, 내 머릿속 깊은 어디선가 들려오는 오래되고 독선적인 목소리. 이런 일을 당해도 싸지.

드디어 조제프의 소재를 파악하여 소식을 알리자 그는 완전히 넋을 잃는다. "그 불쌍한 아이, 그 불쌍한 아이. 그녀는 왜 내게 말하지 않았을까?" 그가 말한다.

나는 차갑게 말한다. "그녀는 당신이 화낼 거라고 생각한 거야. 자기 부모처럼 말이지. 임신 때문에 당신이 자신을 걷어차 버릴 거라고 생각한 거야."

우리 둘은 그것이 가능성 있는 일이라는 것을 알고 있다. 조제프는 얼버무리며 말한다. "아니, 아니야. 나는 그녀를 돌봐주었을 거야." 여러 가지로 해석이 가능한 말이다.

조제프가 병원에 전화를 걸어도 수지는 그를 만나려 하지 않는다. 그녀 내부의 무엇인가가 변화되고 더 단단해졌다. 그녀는 다시는 임신하지 못할 수도 있다고 말한다. 그녀는 그를 사랑하지 않는다. 다시는 그를 만나고 싶어 하지 않는다.

이제 조제프는 허우적거린다. "내가 그녀한테 무슨 짓을 한 거지?" 그는 머리를 잡아당기며 한탄한다.

조제프는 그 어느 때보다 깊은 우울에 잠긴다. 저녁 식사를 하러 나가지도, 사랑을 나누지도 않는다. 그는 아파트에만 처박혀 있다. 그의 아파트는 더 이상 단정하게 비어 있지 않고 삶의 정리되지 않은 파편들로 채워지기 시작한다. 중국집 배달 그릇, 빨지 않은 침대보.

조제프는 자신이 수지에게 저지른 짓의 충격에서 벗어날 수 없을 것이라고 말한다. 그는 이 사건을 이렇게 생각하고 있다. 자신이 수지에게, 그녀의 저항하지 못하는 순수한 육체에 무슨 짓을 가한 것이라고. 동시에 그는 그녀에게서 상처받았다. 그녀의 삶에서 그를 도려내 버리다니, 어떻게 그를 이런 식으로 대할 수 있는가?

조제프는 자신의 죄책감과 그에게 가해진 상처들을 내가 달래 주기를 기대한다. 그러나 나는 그런 일에 능숙하지 못하다. 나는 그가 싫어지기 시작한다.

"그건 내 아이였어." 그는 말한다.

"그녀와 결혼할 참이었어?" 내가 묻는다. 그가 고통받는 광경은 내게 연민보다는 비정함을 자아낸다.

"너는 너무 잔인하구나." 조제프는 말한다. 그것은 그가 이

전에 나에게 성적인 농담으로 하던 말이었다. 이제는 진심으로 하는 말이다. 이제 그는 옳은 말을 하고 있다.

수지가 사라지자 우리 사이의 균형을 유지시켜 주던 것이 없어져 버렸다. 조제프의 무게가 통째로 내게 실려 있고, 그는 내게 너무 무거운 존재다. 나는 그를 행복하게 할 수 없고, 그런 자신의 실패에 분노를 느낀다. 나는 그에게 충분하지 못하다. 나는 부적절한 존재다. 이제 조제프가 약한 사람으로 보인다. 내게 매달리고, 창자를 들어낸 물고기처럼 무기력한 사람. 나는 여자 때문에 그렇게 무너져 버리도록 자신을 방치하는 남자를 존경할 수 없다. 그의 구슬픈 눈을 보며 경멸을 느낀다.

나는 전화에 대고 변명을 한다. 조제프에게 바쁘다고 말한다. 어느 날 저녁에는 그를 바람맞힌다. 그것이 너무나 깊은 만족감을 가져다주어서 한 번 더 반복한다. 그는 헝클어진 머리에 면도도 하지 않고 갑자기 너무나 늙어 보이는 모습으로 대학까지 찾아와서, 강의실을 옮겨 다니는 내게 애원한다. 나의 두 세계가 이런 식으로 겹쳐지는 것에 나는 분노한다.

"누구야?" 캐시미어 트윈 세트를 입은 여학생이 묻는다.

"그냥 알던 사람이야." 나는 가볍게 넘긴다.

조제프는 박물관 밖에서 나를 불러 세워 놓고 내가 그를 절망으로 몰고 갔다고 주장한다. 나의 태도 때문에 자기는 토론토를 영원히 떠날 것이라고 한다. 그는 나를 속일 수 없다. 어차피 떠날 준비를 하고 있었던 것이다. 내 험한 입이 발동한다.

"잘됐네." 내가 말한다.

조제프는 내게 고통에 찬 비난의 눈길을 던진다. 그리고 거만하고 연극적이며 엉덩이에 단단히 힘을 준 투우사 같은 자세를 취한다.

나는 그를 뒤에 내버려 둔 채 걸어가 버린다. 이렇게 내버려 두고 걸어가 버리는 행동은 감정적으로 매우 유쾌한 일이다. 이것은 사람들을 마음대로 눈에 보이게 했다가 사라지게 만드는 것과 비슷하다.

나는 조제프 꿈은 꾸지 않는다. 그 대신 수지에 대한 꿈을 꾼다. 그녀는 실제보다 더 작은 모습으로 검은 터틀넥 스웨터와 청바지를 입고 시동 스타일 머리를 하고 있다. 그녀는 내가 알기는 하지만 식별할 수 없는 거리에 서서, 연기 내며 타는 낙엽 더미 사이에서 꼬인 줄넘기 줄을 들고, 반쯤 남은 오렌지 맛 막대 아이스크림을 핥고 있다.

수지는 마지막으로 봤을 때처럼 창백하고 힘없는 모습이 아니다. 오히려 교활하고 계산적인 눈을 굴리고 있다. "너는 트윈 세트가 뭔지도 모르니?" 그녀가 심술궂게 묻는다.

그녀는 계속해서 막대 아이스크림을 핥아 먹는다. 나는 내가 뭔가 잘못했다는 것을 깨닫는다.

58장

시간이 흘러가고 수지는 잊힌다. 조제프는 다시 나타나지 않는다.

그래서 나는 존과 단둘이 남겨졌다. 나는 북엔드 한 짝처럼 존이 혼자서는 불완전하다는 인상을 받는다. 그러나 이제 그에게 아무것도 감추는 것이 없기 때문에 나는 고결한 사람이 된 느낌이다. 그렇다고 그에게 달라질 것은 없다. 그는 애초에 내가 무언가를 감추고 있다는 사실을 몰랐으니까. 그는 나머지 시간 동안의 그의 행적에 내가 요즘 왜 더 관심을 갖는지 알지 못한다.

나는 존과 사랑에 빠졌다고 결론 내린다. 그러나 드러내지 않고 속마음을 감춘다. 그는 그 단어에 반감을 보이거나 속박되었다고 느낄지도 모른다.

나는 여전히 흰색과 검은색으로 칠해진 그의 기다란 아파트를 방문하고, 여전히 그의 슬리핑 백에서 잔다. 그러나 우리의 만남은 두서가 없다. 존은 미리 계획하거나 기억하는 일에 서툴다. 때로는 내가 아래층에 도착했는데 아무도 대답하지 않을 때도 있다. 어떤 때는 그가 전화 요금 납부를 잊어버려서 전화가 끊기기도 한다. 우리 사이에 명백한 것은 아무것도 없지만, 우리는 어떤 의미에서 한 쌍이다. 나와 함께 있을 때 존은 나의 짝인 것이다. 아직은 관계라고 부를 수 없는 우리 사이의 그 무엇을 그는 그 정도로 규정한다.

불이 모두 꺼지고 병에 꽂힌 촛불이 일렁이는 가운데 어둡고 연기 자욱한 파티가 벌어질 때도 있다. 다른 화가들, 그리고 터틀넥 스웨터를 입고 긴 생머리에 앞가르마를 탄 온갖 부류의 여자들도 나타난다. 그들은 작게 무리 지어 어둠 속에서 바닥에 주저앉아 여자가 단도에 찔리는 내용의 포크송을 듣고, 뉴욕 사람들처럼 마리화나를 피운다. 그들은 이것을 '약'이나 '뽕'이라고 부르고, 자기들 예술 작업을 자유롭게 해 준다고 주장한다.

담배는 종류를 불문하고 숨이 막히기 때문에 나는 마리화나를 피우지 않는다. 어떤 날에는 뒤쪽 복도에서 다른 화가들과 어울리기도 한다. 존이 생머리 여자들과 무슨 짓을 하고 있는지 보고 싶지 않아서다. 무슨 짓을 하든 비밀리에 해 주었으면 좋겠다. 그러나 그는 아무것도 숨겨야 할 필요성을 느끼지 않는다. 성적 독점은 부르주아적이며, 사유 재산을 신성시하는 관념의 잔존물에 불과하다고 생각하는 것이다. 어느 누구도 타인을 소유할 수 없다.

존이 직접 그런 말을 하는 것은 아니다. 오직 이렇게 말할 뿐이다. "이봐, 너는 나를 소유한 게 아니야."

내가 어울리는 화가들은 그저 마약이나 술에 취해 있을 때도 있지만, 때로는 자신들의 문제에 대해 내게 말하고 싶어 한다. 그들은 서툴게, 움찔거리고 멈칫거리면서, 짧게 말을 꺼낸다. 그들의 문제는 대부분 여자 친구에 대해서다. 곧 그들은 내게 양말을 기워 달라거나 단추를 달아 달라고 할지도 모른다. 그들과 있으면 내가 그들의 이모쯤 되는 기분이다. 나는 질투에 허우적거리는 대신 이런 역할을 맡는다. 질투에는 미래가 없다. 적어도 나는 그렇게 생각한다.

존은 소용돌이와 내장같이 보이는 그림을 그만둔다. 그런 그림이 너무 낭만적이고, 너무 감정적이며, 너무 태만하고, 너무 감상적이라고 말한다. 이제 그는 모든 형태가 직선이나 완벽한 원으로 된 그림을 그린다. 그는 선을 똑바로 긋기 위해 페인트 보호 테이프를 쓴다. 그리고 양감이 느껴지지 않도록 엷게 칠한 색의 단면들로 작업한다. 임파스토[36] 기법은 절대 보이지 않는다.

존은 이 작품들에 이런 제목을 붙인다. 「수수께끼, 파랑과 빨강」, 「변형, 검정과 하양」, 「작품 번호 36」. 그 작품을 들여다보고 있으면 눈이 아프다. 존은 그것이 이 작품들의 핵심이라

---

36) 물감을 두껍게 칠하는 기법이다.

고 말한다.

나는 낮에는 학교에 다닌다.

예술 고고학 과정은 작년보다 더 애매하고 종잡을 수 없이 진행되고, 임파스토 기법과 키아로스쿠로[37] 기법으로 가득 차 있다. 여전히 성모 마리아가 등장하지만, 그들의 몸은 이전 시대가 지녔던 충만한 빛을 상실했고, 밤에만 나타나는 것처럼 어둡게 보인다. 성인들 역시 여전히 나오지만, 더 이상 메멘토 모리[38] 두개골과 발치에 개처럼 웅크리고 있는 사자와 함께 조용한 방이나 사막에 앉아 있는 모습이 아니다. 그 대신 몸에 화살이 잔뜩 박히거나 말뚝에 매여 손발을 뒤틀며 고통에 일그러진 자세를 하고 있다. 성경적 주제가 폭력적인 방향으로 기울고 있는 것이다. 홀로페르네스의 머리를 베는 유디스는 이제 인기 있는 주제다.[39] 많은 고대 신들과 여신들도 등장한다. 전쟁과 싸움과 살육을 그린 그림들은 이전 시대에도 있었지만, 이제는 팔과 다리가 서로 얽혀 더욱 혼란스럽게 보인다. 부자들의 초상화도 여전히 존재한다. 그러나 그들의 의복 색깔은 더 어두워진다.

---

37) 단색의 명도 차로 입체감을 나타내는 회화 기법이다.
38) "그대는 반드시 죽는다는 것을 기억하라."라는 의미의 라틴어. 죽음에 대한 경고로서, 그 상징으로 두개골 등이 사용되었다.
39) 아수르의 왕 네부카드네자르 2세가 홀로페르네스 장군을 보내 유대인들을 공격하려 하자, 미모의 유대인 과부 유디스는 홀로페르네스에게 접근해 술에 취해 잠든 그의 목을 베어 버린다. 지도자를 잃은 아수르군은 전쟁에 패배한다.

여러 세기를 훑어 가는 동안 새로운 것이 등장한다. 선박만 있는 그림이나 개나 말 같은 동물만 그린 작품들. 홀로 서 있는 농부. 집이 있거나 없는 풍경. 꽃만 있는 그림, 접시 위의 과일과 고깃덩어리, 가재가 덧붙여지기도 한다. 가재는 색깔 때문에 선호된다.

나신의 여자들.

그 주제에 관해서는 겹치는 부분이 상당히 많다. 화관 쓴 나신의 여신과 그 옆에 있는 두어 마리 개. 옷을 입거나 입지 않은 성경의 인물들과 그 옆에 때로 덧붙여지기도 하는 동물들, 나무들, 그리고 배. 신과 여신을 가장한 부자들. 과일과 잔인한 살육은 함께 등장하는 경우가 거의 없다. 신들과 농부들 역시 마찬가지다. 나신의 여자들은 접시에 놓인 고깃덩어리나 죽은 가재와 똑같은 방식으로 그려져 있다. 피부에 어른거리는 촛불에 대한 똑같은 관심, 똑같은 감미로움, 똑같이 관능적이고 풍부하게 표현된 세부 사항, 촉지성에 대한 똑같은 화가 특유의 기쁨.(나는 '풍부하게 표현된', '촉지성에 대한 화가 특유의 기쁨' 같은 현학적 표현을 쓴다.) 그 여자들은 탐식의 대상으로 제공된 것처럼 보인다.

나는 이런 어둡고 끈끈한 그림을 좋아하지 않는다. 낮의 선명함, 고요하고 정지된 모습을 보여 주는 이전 시대 작품들을 선호한다. 나는 유화도 포기했다. 유화가 지니는 농밀함, 선의 삭제, 혀로 핥은 듯한 붓 자국, 화가의 붓놀림에 이목을 집중시키는 방식을 싫어하게 되었다. 그것으로는 어떤 작품도 생산해 낼 수 없다. 내가 원하는 것은 자발적으로 존재하는 작품이다. 나는 빛을 뿜어내는 대상을 그리고 싶다. 빛을 발하는 평면성.

나는 색연필로 그림을 그린다. 수도사들이 사용했던 템페라 기법을 사용하기도 한다. 어느 누구도 이런 것을 가르쳐 주지 않기 때문에 그 기법에 대한 설명을 찾아 도서관을 뒤진다. 템페라는 어렵고 지저분하고 힘이 들며, 처음 시작할 때는 진저리가 나는 작업이다. 나는 회화용 석고를 삶느라 어머니의 부엌 바닥과 냄비를 더럽히고, 매끈한 작업 표면을 칠하는 방법을 알아내기까지 많은 화판을 망쳐 놓는다. 때로는 계란 노른자와 물이 든 병을 까맣게 잊어버리는 바람에, 그것이 썩어 지하층에서 유황 냄새가 피어오르기도 한다. 나는 계란 노른자를 무수히 쓴다. 흰자를 조심스럽게 분리해 위층의 어머니에게 드리면 어머니는 그것으로 머랭 쿠키를 만든다.

나는 집에 아무도 없을 때에는 위층 거실 전망창 옆에서 그림을 그리고, 지하층 창을 통해 들어오는 햇빛 아래에서 그리기도 한다. 밤에는 전구가 세 개씩 들어가는 거위 목 램프 두 개를 사용한다. 그 어떤 것도 충분하지는 않지만 이것이 내가 마련할 수 있는 전부다. '나중에 천창이 있는 커다란 작업실을 마련해야지.' 나는 생각한다. 그러나 내가 어떤 그림을 그릴지는 전혀 알 수 없는 노릇이다. 그것이 무엇이든 나의 그림은 오랜 시간이 흐른 후 채색 도판으로, 책으로 나오게 될 것이다. 레오나르도 다 빈치의 작품처럼. 나는 손과 발과 머리카락과 죽은 사람을 그린 그의 그림을 열심히 들여다본다.

나는 유리와 빛을 반사하는 여러 다른 표면이 자아내는 효과에 매료된다. 진주, 크리스털, 거울, 황동의 빛나는 세부가 잘 묘사된 그림을 연구한다. 얀 반에이크의 「아르놀피니의 결혼」을 살펴보며 많은 시간을 보낸다. 내 책에 실린 형편없는 채색 복사화를 돋보기로 자세히 검토한다. 나를 매혹시키는 것은 서로 손을 잡고 있는 섬세하고 창백하며 깎아지른 어깨의 두 인물이 아니라, 그 둘 사이 벽에 있는 체경(體鏡)이다. 그 거울의 볼록면은 그 인물들의 등뿐만 아니라 전면에 보이지 않는 다른 두 사람의 모습을 반사하고 있다. 거울에 비친 이 두 사람은 약간 비스듬하게 보인다. 마치 다른 중력의 법칙, 다른 식의 공간 배열이 그 안에 존재하고, 유리 서진(書鎭) 안에 정지된 사물처럼 유리 안에 갇혀 봉인되어 버린 것처럼. 이 둥근 거울은 다른 어느 누구보다 더 많은 것을 볼 수 있는 하나의 눈과도 같다. 거울 위쪽에 이렇게 쓰여 있다. "요하네스 데 에이크 푸이트 힉. 1434."[40] 이것은 화장실 낙서나 벽에 스프레이 페인트로 써 놓은 무엇처럼 어수선하다.

우리 집에는 연습할 만한 마땅한 체경이 없다. 그 대신 나는 진저에일 병, 포도주 잔, 냉장고에서 꺼낸 얼음 조각, 윤기 나는 찻주전자, 어머니의 가짜 진주 귀고리를 그린다. 나는 광택을 낸 나무와 금속을 그린다. 밑에서 바라본 황동 바다 프라이팬, 알루미늄 이중 냄비. 나는 세밀한 부분 묘사를 위해 그림 위로 몸을 수그린 채 작업하고, 빛나는 부분은 작은 붓으로 가볍게 칠한다.

---

40) Johaness de Eyck fuit hic. "얀 반에이크가 여기 있었다. 1434."

내 취향이 유행에 뒤떨어졌다는 것을 알기 때문에 아무도 모르게 그림을 그린다. 예를 들어 존이라면 내 작품을 삽화라고 부를 것이다. 그는 무엇이든 알아볼 수 있는 것을 그린 그림은 삽화라고 주장한다. 그런 그림에는 즉흥적인 에너지가 전혀 없다고 그는 말할 것이다. 과정이 표현되지 않은 작품. 나는 사진 작가나 노먼 록웰[41]이 되는 것이 나을 것이다. 어떤 때에는 나도 그의 말에 동의한다. 내가 이제까지 해 놓은 것이 무엇이던가? 그저 이턴 카탈로그 가정용품 부문에서 마구잡이로 오려 놓은 것처럼 보일 뿐이다. 그러나 나는 작업을 계속한다.

수요일 저녁마다 나는 다른 야간 강좌에 참석한다. 흥분 잘하는 유고슬라비아인이 새로 맡은 실물화 강좌가 아니라 광고 예술 강좌다. 거기 학생들은 실물화 강좌 학생들과 상당히 다르다. 대부분은 예술 학교의 순수 미술 학부가 아닌 상업 미술 학부 학생들이다. 일부는 진지한 예술적 야망을 갖고 있지만, 맥주를 그리 많이 마시지는 않는다. 그들은 보다 깨끗하고 성실하며, 졸업 후에는 월급 주는 직장을 원한다. 나 역시 그렇다.

선생은 마르고 패배한 표정의 늙은 남자다. 그는 내가 어린 시절 보았던 기억이 나는 유명한 돼지고기와 콩 통조림 깡통

---

41) Norman Rockwell(1894~1978). 20세기 미국의 삽화가로서, 여러 잡지와 신문에 삽화를 그렸다.

삽화를 그렸지만, 정작 자기는 현실 세계에서 패배했다고 생각한다. 우리는 전쟁 때 돼지고기와 콩 통조림을 무척 많이 먹었다. 그의 전문은 미소 짓는 얼굴 그리기다. 요령은 하얗고 고른 치아에 있다. 치아가 벌어지면 개가 웃는 모습이나 의치처럼 보이게 된다.(선생은 의치를 하고 있다.) 그는 내가 미소 짓는 얼굴을 그리는 데 소질이 있으며 잘해 나갈 수 있을 것이라고 말한다.

존은 내가 이 야간 강좌를 듣는 것을 약간 놀리기는 하지만 예상만큼 심하게 굴지는 않는다. 선생을 비니위니 씨라고 부르는 정도다.

59장

나는 대학을 졸업한다. 그리고 내 학위로 할 수 있는 일이 별로 없다는 것을 깨닫는다. 아니, 학위를 이용해서 하고 싶은 일이 없다. 대학원 공부를 하고 싶지도 않고, 고등학교에서 가르치고 싶지도 않고, 박물관에서 큐레이터의 심부름꾼이 되고 싶지도 않다.

지금까지 나는 예술 학교에서 야간 강좌를 다섯 개 들었다. 그중 넷은 상업 미술 분야다. 나는 그 강좌에서 배운 것과 미소 짓는 얼굴과 캐러멜 푸딩 접시와 반으로 자른 복숭아 통조림 포트폴리오를 다양한 광고 회사에 종종거리며 내보인다. 그렇게 하기 위해 세일 중인 베이지색 모직 정장에 어울리는 중간 높이 펌프스, 단추 진주 귀고리와 세일 중인 품위 있는 실크 스카프를 심슨스에서 구입한다. 마지막 야간 강좌인

설계와 디자인 강좌 여선생의 권유에 따른 것이다. 선생은 머리도 자르라고 권했지만, 내가 한 것은 커다란 머리 마는 도구와 헤어 젤과 많은 머리핀으로 프렌치 롤을 만 것이 고작이다. 드디어 나는 실물 모형을 만드는 하찮은 직업과 블루어 스트리트 북쪽 애넥스 지역의 커다란 낡은 집에 붙은 조그마한 아파트를 구한다. 아파트에는 가구가 갖춰져 있고, 침실 두 개에 작은 부엌이 있으며, 입구가 따로 있다. 나는 두 번째 침실을 그림 그리는 데 사용하고 항상 문을 닫아 둔다.

이 아파트에는 진짜 침대와 진짜 부엌 개수대가 있다. 존은 저녁을 먹으러 와서 내가 세일 때 산 타월과 내가 마련한 내 열 접시들과 샤워 커튼을 두고 놀려 댄다. "《베터 홈스 앤드 가든스》 잡지에 나오는 것 같군, 안 그래?" 그가 말한다. 그는 침대도 조롱하지만 거기에서 자는 것은 좋아한다. 이제 내가 그의 집에 가는 것보다 그가 나의 집에 오는 횟수가 더 많아진다.

부모님은 집을 팔고 북쪽으로 이사한다. 아버지는 대학에서 은퇴하고 연구 작업을 재개했다. 아버지는 이제 수세인트마리에 있는 숲 곤충 연구소 소장이다. 그는 토론토 인구가 지나치게 늘어나고 오염도 심해졌다고 말한다. 남쪽에 위치한 오대호는 세계에서 가장 큰 하수도로 변해 버렸고, 우리가 현재 마시는 물에 어떤 첨가물이 들어가는지 알게 된다면 모두 알코올 중독자가 되어 버릴 것이라고 단언한다. 공기 중에는 화학 물질이 너무 많기 때문에 방독면을 써야 한다고 주장한다.

북쪽에서는 아직 안심하고 호흡할 수 있다.

어머니는 정원을 두고 떠난다는 사실이 내키지 않았지만 좋은 쪽으로 생각하려 애썼다. "적어도 지하층에 쌓여 있는 쓰레기를 내버릴 기회가 되겠구나." 어머니가 말했다. 수세인 트마리에서는 식물 생장 기간이 짧기는 하지만 부모님은 또 다른 정원을 만들기 시작했다. 그러나 여름 내내 그들은 곤충 출몰 지역들을 찾아다닌다. 곤충들은 항상 풍부하다.

나는 부모님이 그립지 않다. 아직은. 아니, 부모님과 같이 살고 싶지 않다고 표현하는 게 맞을 것이다. 내 마음대로, 엉망으로 어지르면서 살 수 있게 된 것이 기쁘다. 이제 아무렇게나 먹을 수 있다. 균형 잡힌 식단에 대해 걱정하지 않고 형편없는 음식과 배달 요리로 배를 채운다. 자고 싶을 때 자고, 더러운 빨래가 썩도록 내버려 두고, 설거지를 등한시한다.

나는 승진한다. 시간이 좀 더 지나 출판사 미술 부서로 직장을 옮겨 책 표지 만드는 일을 한다. 밤에 존이 없을 때면 그림을 그린다. 때때로 자는 것도 잊고 있다가, 벌써 새벽이 된 것을 깨닫고 옷을 갈아입고 출근할 때도 있다. 그런 날이면 나는 완전히 지쳐서 사람들이 하는 말을 잘 못 알아듣는다. 그러나 어느 누구도 그걸 알아채지 못하는 것 같다.

나는 어머니가 덜루스나 카퍼스케이싱 같은 곳에서 보낸 엽서를 받고, 이따금 짧은 편지를 받기도 한다. 어머니는 도로가 점점 붐빈다고 쓴다. "트레일러가 너무 많단다." 어머니는 그렇게 써 놓았다. 나는 내 직업, 내 아파트, 그리고 날씨에 관한 소식을 담은 답장을 쓴다. 존에 관해서는 언급하지 않는다. 그와 관련된 새 소식이 없기 때문이다. 새 소식이란 약혼처럼 확정적이고 어엿한 무엇이어야 하는 것이다.

오빠 스티븐은 여러 곳을 돌아다닌다. 그는 더 말수가 적어졌다. 그도 이제 엽서로 소식을 보내온다. 가죽 반바지 입은 남자 그림엽서 한 장이 독일에서 날아온다. "거대한 소립자 가속기." 선인장 그림엽서는 네바다에서 온다. "흥미로운 생물 형태." 휴가차 방문한 볼리비아에서는 높은 모자를 쓰고 담배를 피우는 여자 그림엽서를 보낸다. "굉장한 나비들. 너도 잘 지내길." 어느 시점에 이르러 오빠는 결혼한다. 그리고 금문교 석양 장면 엽서로 결혼 사실을 알린다. "결혼했다. 아네트가 안부 전한다." 이것이 수년 동안의 그의 결혼 생활에 대해서 들은 전부다. 몇 년 후 그는 뉴욕에서 자유의 여신상 엽서를 보낸다. "이혼했다." 오빠는 그 두 사건 때문에 몹시 혼돈스러웠던 것 같다. 마치 자발적으로 한 일이 아니라 무언가에 발을 찧듯 우연히 일어난 일인 것처럼. 나는 어떤 상해를 입게 될지 알지 못한 채 이국에서 한밤중에 공원에 가듯 결혼 속으로 걸어 들어가는 그의 모습을 상상한다.

오빠는 학술 회의에서 강연하기 위해 토론토에 나타난다. 그는 보스턴에서 폴 리비어[42] 동상이 있는 엽서를 보내 자신의 도착을 내게 미리 알려 준다. "12일, 일요일에 도착한다. 내

---

42) Paul Revere(1735~1818). 보스턴 출신의 사업가. 1775년 영국 군대의 접근을 알리기 위해 렉싱턴까지 갔던 일을 주제로 한 롱펠로의 시로 영웅이 되었다.

강연은 월요일에 있다. 곧 보자."

나는 강연에 참석한다. 물론 이해할 수 있으리라는 큰 기대가 있어서가 아니라(강연 제목은 '첫 피코초(秒)[43]와 통일장 이론의 추구: 몇 가지 고찰'이다.) 그가 나의 오빠이기 때문이다. 대부분 남자인 청중이 대학 강당을 채우는 동안 나는 손가락을 깨물며 앉아 있다. 대부분은 내가 고등학교 때 절대 사귀지 않았을 사람들이다.

이내 오빠가 그를 소개해 줄 남자와 함께 들어온다. 나는 수년간 오빠를 보지 못했다. 그는 더 말랐고 머리가 조금씩 벗겨지기 시작했다. 원고를 읽으려면 안경을 써야 한다. 상의 주머니 밖으로 안경이 삐죽 나와 있는 것을 볼 수 있다. 누군가가 오빠의 옷가지를 개선해 준 것 같다. 그는 정장과 넥타이 차림을 하고 있다. 그러나 이러한 변화로 그가 보다 정상적으로 보이는 것은 아니다. 오히려 그는 인간 복장을 한 외계 생물체처럼 더 비정상적으로 보인다. 그는 놀랄 만큼 밝아 보인다. 마치 어느 한순간 갑자기 그의 머리가 빛을 발하며 투명하게 변하면서 그 안에 든 찬란한 색깔의 두뇌를 드러낼 것처럼. 동시에 그는 행복한 꿈에서 깨어나 보니 꼬맹이 요정들에 둘러싸여 있는 사람처럼 초라하고 당혹스러워 보이기도 한다.

소개하는 사람이 오빠는 아무런 소개가 필요 없는 인물이라고 말하고, 곧 오빠가 쓴 논문과 받은 상들과 그의 공헌들을 나열한다. 박수가 터지고 오빠는 연단에 올라선다. 그는 하

---

43) 1조 분의 1초. 빛이 약 0.3밀리미터 진행하는 시간이다.

얀 영사 스크린 앞에 서서, 목소리를 가다듬고, 이쪽 발에서 저쪽 발로 중심을 옮기고, 안경을 꺼내 쓴다. 훗날 우표에 등장할 인물처럼 보인다. 오빠가 긴장하고 있어서 나는 불안해진다. 나는 그가 우물거리며 말하리라 생각한다. 그러나 일단 강연을 시작하자 모든 것이 잘 진행된다.

오빠가 말한다.

"밤하늘을 응시할 때, 우리는 과거의 파편들을 바라보고 있는 것입니다. 이는 우리가 바라보는 별들이 시공간상 수 광년 전에 일어난 사건의 메아리라는 것만을 의미하는 것은 아닙니다. 저 위에 있는 모든 것과 실로 아래쪽 이곳에 있는 모든 것이 화석이라는 것, 즉 초기의 균일한 플라스마에서 이 우주가 결정화되었던 창조의 첫 피코초의 순간으로부터 남겨진 잔존물에 불과하다는 뜻입니다. 첫 피코초 순간의 상황은 상상이 거의 불가능합니다. 타임머신을 타고 이 폭발적인 순간을 향하여 시간을 거슬러 여행할 수 있다면, 우리는 이해할 수 없는 에너지와 인지할 수 없을 정도로 왜곡된, 이상하게 작동하는 힘들로 가득 차 있는 우주를 발견하게 될 것입니다. 더 많이 거슬러 올라갈수록 이 상황은 더 극심해질 것입니다. 현재의 실험 기구들은 이 경로의 아주 일부만을 우리에게 보여 줄 수 있을 뿐입니다. 그 지점을 넘어선 곳에서는 이론만이 우리의 유일한 인도자입니다."

그 후로도 오빠는 영어같이 들리지만 전혀 이해할 수 없는 언어로 강연을 계속한다.

다행히 무엇인가 보여 주는 순서가 있다. 강당이 어두워지고 스크린의 불이 켜진다. 그리고 우주가, 아니 그 일부가 펼쳐진다. 은하계와 별들이 찍힌 검은 공간, 흰색 고온 지점, 푸른색 고온 지점, 붉은색 고온 지점. 스크린 위로 화살표 하나가 추적하고 찾으며 그 별들 사이를 움직인다. 그다음에는 도표와 숫자들이 나열되고, 나를 제외한 여기 모인 모든 사람이 인지하고 있는 듯한 문제들이 언급된다. 분명 사차원 이상의 많은 차원이 있는 모양이다.

흥미로워하는 사람들의 속삭임이 강당 전체에 물결처럼 일어난다. 귓속말, 종이 넘기는 소리가 들려온다. 불이 다시 들어오자 오빠는 언어의 영역으로 되돌아온다. 그가 말한다.

"그러나 그 첫 순간을 넘어선 순간은 어떻게 되는 것일까요? 아니면 시간이란 공간 없이 존재할 수 없고 시공간이란 사건 없이 존재할 수 없으며 사건이란 물질 에너지 없이 존재할 수 없는데, 이전이라는 단어를 쓰는 것 자체가 말이 되는 것일까요? 그러나 이전에 무엇인가가 존재했음이 틀림없습니다. 그 무엇이라는 것은 에너지가 작동하는 이론적 틀, 매개 변수입니다. 이제 밝혀지고 있는 불충분하지만 점점 늘어 가는 증거들로 미루어 볼 때, 만일 우주가 피아트 룩스,[44] 즉 "빛이 있으라."라는 명령으로 창조되었다면, 그 명령은 라틴어가 아닌 단 하나의 진정한 우주 언어로 표현되었을 것입니다. 즉 수학입니다."

내가 듣기에는 형이상학과 상당히 비슷하다. 그러나 청중은

---

44) Fiat lux. 성경 「창세기」에 나오는 "빛이 있으라."라는 의미의 라틴어다.

나쁘게 받아들이지 않는 듯하다. 박수가 나온다.

나는 강연 후 리셉션에 참석한다. 그곳에는 보통 대학에서 마련하는 음식이 차려져 있다. 질 나쁜 셰리, 진한 차, 포장 판매 쿠키. 수학 전문가 남성들이 여기저기 모여 낮은 목소리로 말을 나누고 악수를 주고받는다. 그들 속에서 나는 지나치게 눈에 띄고, 잘못된 장소에 온 것처럼 느껴진다.

나는 오빠를 찾는다. "아주 좋았어." 내가 그에게 말한다.

"네가 좀 알아들었다니 기쁘다." 오빠는 반어적으로 말한다.

"수학은 내가 가장 잘하는 과목은 아니었지." 내가 말한다. 그는 부드러운 미소를 짓는다.

우리는 부모님 소식을 교환한다. 내가 마지막으로 소식을 들었을 때 부모님은 케노라에 있었고, 서쪽으로 여행하는 중이었다. "아마 여전히 예전처럼 가문비나무 애벌레를 세고 계시겠지." 오빠가 말한다.

나는 오빠가 길가에서 토하던 것과 그가 풍기던 향나무 연필 냄새를 기억한다. 텐트와 벌목 야영지에서의 삶, 베어 낸 재목과 휘발유와 짓밟힌 풀과 상한 치즈 냄새, 어둠 속에서 몰래 돌아다니던 것을 기억한다. 나는 오렌지색 피를 칠한 오빠의 나무칼과 그가 수집한 만화책을 기억한다. 그가 습지에 웅크리고 앉아서 "쓰러져, 넌 죽었어!"라고 외치던 것을 기억한다. 그가 포크로 접시를 가라앉히던 것을 떠올린다. 오빠의 어린 시절에 대한 모든 영상들은 분명하고 뚜렷하고 선명한 색채를 지니고 있다. 통 넓은 반바지, 줄무늬 셔츠, 햇빛에 바랜 텁수룩한 머리, 겨울 바지와 가죽 헬멧. 그리고 공백이 있다. 이제 그는 그 맞은편에, 불가사의하게 두 살 더 먹은 상태로 다시 나타난다.

내가 묻는다. "오빠가 부르던 노래 생각나? 전쟁 때 말이야. 휘파람으로 부르기도 했지. '한쪽 날개와 기도로 돌아오네.' 하는 노래?"

오빠는 당황한 표정으로 이맛살을 찌푸린다. "생각난다고 할 수 없겠는데." 그가 대답한다.

"오빠는 항상 폭파 장면을 그리곤 했어. 빨간 색연필을 다 써서 내 것을 빌려 가곤 했어."

그는 기억이 안 나서가 아니라 내가 그걸 기억한다는 사실에 어리둥절하다는 표정으로 나를 바라본다. "그러면 그때 넌 아주 어렸겠네." 그가 말한다.

작은 여동생이 항상 따라다니는 것을 오빠가 어떻게 생각했을지 궁금해진다. 내게 있어 그는 당연한 존재다. 내 삶에서 그가 존재하지 않았던 시간은 없었다. 그러나 그에게 나는 당연한 존재가 아니다. 한때 그는 단독으로 존재했고 나는 침입자였던 것이다. 내가 태어났을 때 오빠가 날 미워했는지 궁금하다. 어쩌면 나를 귀찮게 여겼는지도 모른다. 분명 이따금 그렇게 생각했을 것이다. 그러나 다른 모든 것을 고려해 볼 때, 그는 나를 최대한 긍정적으로 받아들였다.

내가 묻는다. "오빠가 다리 아래 묻었던 구슬 병 기억해? 왜 그랬는지 절대 말해 주지 않았어." 땅속에 파묻혀 이제는 만질 수 없는 최상의 구슬들. 붉고 푸른 순수, 물아기와 고양이 눈. 그는 병을 흙으로 덮고 나뭇잎을 뿌려 놓았을 것이다.

"그건 생각이 나는 것 같아."

오빠는 이전의 어렸던 자아를 상기하게 되는 것이 그다지 내키지 않는다는 듯 말한다. 그가 자신과 관련된 일을 일부만 기억하고 나머지는 기억하지 못한다는 사실이 내 마음을 불편하게 만든다. 그가 잃어버렸거나 잘못 놓아둔 것들이 이제는 오직 나에게만 존재한다는 사실이. 그가 그렇게 많은 것을 잊어버렸다면, 나는 무엇을 잊어버렸는가?

"아마 아직 그 아래 묻혀 있을 거야. 새 다리를 놓을 때 누가 발견했을지 모르겠어. 오빠는 지도도 묻어 버렸잖아." 내가 말한다.

"그랬지."

오빠는 예전처럼 비밀스럽고도 괘씸한 미소를 짓는다. 그는 여전히 다 털어놓지 않는다. 그리고 나는 안도한다. 변한 외모에도 불구하고, 빠져 가는 머리칼과 잠정적으로 걸치고 있는 정장에도 불구하고, 그 이면의 그는 여전히 동일한 사람인 것이다.

오빠가 다음 행선지로 떠나고 난 후 나는 생일 선물로 그의 이름을 붙인 별을 선물할까 생각해 본다. 돈을 보내면 증명서와 함께 자신의 별이 표시된 별자리표를 보내 준다는 광고를 본 적이 있다. 아마 오빠가 재미있어 할 것이다. 그러나 나는 '생일'이라는 단어가 그에게 아직 의미가 있을지 확신할 수 없다.

60장

존은 이제까지 그리던 눈을 아프게 만드는 기하학적 형태를 포기하고 광고 삽화같이 보이는 그림을 그린다. 엄청난 막대 아이스크림, 거대한 소금 통과 후추 통, 시럽에 담긴 복숭아 조각, 감자튀김이 넘치도록 담긴 종이 접시. 그는 더 이상 순수에 대해 이야기하지 않고 우리 시대 아이콘의 진부함을 반영하기 위해 공통적인 문화 기호 체계를 사용해야 할 필요성에 대해 이야기한다. 나는 직업적 경험에서 우러나온 충고를 몇 가지 해 줄까 생각한다. 예를 들면 복숭아 조각은 좀 더 윤기가 흘러야 한다는 등의 조언. 그러나 그런 말은 하지 않는다.

존은 점점 더 자주 내 거실에서 그림을 그린다. 그는 물감과 캔버스에서 시작해서 조금씩 자기 물건을 들여놓고 있다.

자기 아파트에는 사람들이 너무 많아서 작업을 할 수 없다고 한다. 그것은 사실이다. 앞방은 미국 징병 기피자들, 떠돌이들로 가득 차 있다. 모두 존의 친구의 친구들인 듯하다. 벽까지 다다르려면 그들 위로 넘어 다녀야 한다. 그들은 각자의 슬리핑 백에 누워 비참한 모습으로 마리화나를 피우면서 다음에는 어디로 갈지 궁리한다. 토론토가 그들이 생각했던 것처럼 전쟁 없는 미국이 아니라, 우연히 잘못 들어서서 이제는 빠져나갈 수 없는 지옥의 변방 같은 곳이기 때문에 그들은 우울해하는 것이다. 토론토는 아무것도 아닌 곳이고, 그곳에서는 아무 일도 일어나지 않는다.

존은 일주일에 사나흘 밤을 내 아파트에서 잔다. 나머지 날들에는 뭘 하는지 나는 묻지 않는다.

그는 내가 원한다고 그가 지레짐작하는 무언가를 위해 자신이 엄청난 양보를 하고 있다고 생각한다. 어쩌면 나는 그것을 원하는지도 모른다. 나는 혼자 있을 때면 개수대에 접시를 그대로 쌓아 두고, 남은 음식을 담은 그릇에 색색 털 같은 곰팡이가 자라도록 방치하고, 속옷이 동날 때까지 세탁을 미룬다. 그러나 존의 존재는 나를 깔끔함과 능률의 본보기로 변화시킨다. 나는 아침에 일어나 그를 위해 커피를 내리고, 새로 장만한 얼룩무늬 회백색 내열 도자기 그릇으로 두 사람 아침 식탁을 차린다. 빨래방에서 내 빨래를 하면서 그의 빨래를 한꺼번에 돌리는 것도 개의치 않는다.

존은 이런 깨끗한 옷을 가져 본 적이 별로 없다. "너는 결혼하기 좋은 여자야." 어느 날 내가 개킨 셔츠와 청바지를 들고 나타나자 그가 말한다. 비꼬는 말일 수도 있지만 아닐 수도 있다.

"그럼 네 빨래는 네가 해." 나는 말한다.

"어이, 그러지 마." 그가 말한다.

일요일이면 우리는 늦잠을 자고, 사랑을 나누고, 손잡고 산책을 나간다.

아무것도 바뀌지 않고 일상과 다른 어떤 일도 일어나지 않았던 어느 날, 나는 임신 사실을 알게 된다. 내 첫 반응은 결과에 대한 불신이다. 나는 날짜를 세고 또 세어 보고, 다음 날, 또 다음 날까지 기다리며, 미식축구 경기에 귀 기울이듯 내 몸의 내부에 귀 기울인다. 결국 나는 범죄자가 된 기분으로 병에 오줌을 약간 담아 몰래 약국으로 간다. 기혼 여성들은 의사를 찾아간다. 미혼 여성들은 이렇게 한다.

약국에 있는 남자는 결과가 양성이라고 말한다. "축하합니다." 그는 비난조의 조롱을 담아 말한다. 그는 나를 그대로 꿰뚫어 볼 수 있다.

존에게 말하기 두렵다. 그는 이를 빼듯 그냥 지워 버리기를 기대할 것이다. 그는 "그것"이라고 부를 것이다. 아니면 내게 욕조에 앉아 있으라고 하고 그것에 뜨거운 물을 부어 버릴 것이다. 내게 진을 마시라고 할 것이다. 아니면 사라져 버릴지도 모른다. 그는 예술가들은 다른 사람들처럼 끊임없이 요구하는 가족들과 비싼 소유물에 매여 살 수 없다고 자주 말해 왔다.

내가 들어 본 이야기들을 생각해 본다. 진을 많이 마시고 뜨개바늘이나 옷걸이를 이용하는 것. 하지만 그것들로 어떻게 한다는 말인가? 나는 수지와 날개처럼 번져 있던 붉은 피를 생각한다. 그녀가 한 짓이 무엇이든 나는 그것을 되풀이하지는 않을 것이다. 너무나 두렵다. 그녀처럼 되고 싶지 않다.

나는 아파트로 돌아가 바닥에 눕는다. 내 몸은 아무 감각 없이 마비되고 무기력하다. 움직이는 것도, 숨 쉬는 것도 버겁다. 무의 한가운데, 텅 빈 검은 정방형의 한가운데 놓여 있는 듯한 기분이다. 내 몸이 천천히 바깥쪽으로, 차갑게 불타오르는 허공 속으로 폭발하는 듯한 느낌.

잠에서 깨어났을 때는 이미 한밤중이다. 내가 어디 있는지 알아차리지 못한다. 탁한 조명 시설이 달린 부모님 집의 내 옛날 방으로 돌아왔으며, 군대용 간이침대에서 그랬던 것처럼 침대에서 굴러떨어져 바닥에 누워 있는 것이라고 생각한다. 그러나 그 집은 팔렸고, 부모님은 더 이상 그곳에 살지 않는다는 것을 나는 알고 있다. 어쨌든 나는 그동안 간과되고 내버려져 있었다.

이것은 꿈의 마지막에 불과하다. 나는 일어나서 불을 켜고 부엌 탁자에 앉아 추위에 떨며 우유를 데워 마신다.

이제까지 나는 언제나 실제로 내 눈앞에 놓여 있는 대상만 그렸다. 이제 나는 여기 없는 것들을 그린다.

나는 손잡이와 문이 달린 구식 은색 토스터를 그린다. 내부의 붉게 달아오른 석쇠를 드러내며 문 하나가 약간 열려 있다. 나는 투명한 물에서 끓어오른 물거품이 모이는 유리 커피 여과기를 그린다. 검은 커피 한 방울이 떨어져 확산되기 시작한다.

나는 탈수 세탁기를 그린다. 세탁기는 땅딸막한 하얀 에나멜 원통이다. 탈수기는 불쾌한 살색 같은 분홍색이다.

이런 사물들은 기억에서 비롯된 것이지만, 기억이 가지는 특질들을 결여했다. 그것들은 경계선이 흐릿하지 않고 오히려 선명하고 뚜렷하다. 모든 맥락에서 절연되어 있으며, 거리에서 흘끗 보게 되는 사물들처럼 단순히 그곳에 단독으로 존재할 뿐이다.

나는 이 사물들과 관련된 나 자신의 모습을 전혀 떠올릴 수 없다. 이 물건들에는 조바심이 뒤범벅되어 있지만, 나의 조바심은 아니다. 그 조바심은 물건 자체에 내재한 것이다.

나는 소파 세 개를 그린다. 하나는 짙은 장미색 친츠 천[45]으로 된 것이고, 다른 하나는 적갈색 벨벳이고 작은 장식용 깔개가 딸려 있다. 가운데 있는 것은 초록 사과 색이다. 가운데 소파의 한가운데 놓인 쿠션 위에는 실물보다 다섯 배나 큰 달걀 컵이 놓여 있고, 그 안에는 깨진 달걀 껍질이 들어 있다.

나는 유리병을 그린다. 거기에서 벨라도나 꽃다발이 연기처럼, 도깨비 병에서 나오는 어둠처럼 솟아오른다. 줄기는 꼬이고 얽혀 있고 가지에는 붉은 열매 송이와 자주색 꽃들이 달려 있다. 촘촘하게 엉킨 윤기 나는 잎사귀 뒤쪽에 거의 보이지 않게 고양이들의 눈이 그려져 있다.

---

45) 정련, 표백, 염색한 뒤 방수 가공을 한 면직물에 풀칠한 다음 광택을 낸 천이다.

낮 동안 나는 출근하고, 퇴근하고, 말하고, 먹는다. 존은 와서, 먹고, 자고, 돌아간다. 나는 거리를 두고 그를 바라본다. 그는 아무것도 눈치채지 못한다. 내 모든 행동에는 비현실성이 흠뻑 스며 있다. 주위에 아무도 없을 때면 나는 손가락을 물어뜯는다. 일상생활에 자신을 밀어 넣기 위해 육체적 고통을 느껴야 하는 것이다. 내 몸은 내게서 분리된 객체다. 그것은 시계처럼 똑딱거린다. 그 안에 시간이 존재한다. 그것은 나를 배반했으며, 나는 그에 대해 역겨움을 느낀다.

나는 스미스 부인을 그린다. 그녀는 죽은 물고기처럼 아무런 경고 없이 내가 그리고 있는 소파 위에 체화되어 떠오른다. 처음에는 듬성듬성 털이 난 발목 없는 하얀 다리, 그다음에는 굵은 허리와 감자 같은 얼굴, 철제 안경테 속의 눈. 아프간 모직 담요가 허벅지에 드리워져 있고, 고무나무는 뒤에 선풍기처럼 솟아 있다. 머리에는 일요일마다 쓰던 잘못 포장된 소포처럼 보이는 펠트 모자가 씌어 있다.

스미스 부인은 그림의 평면 속에서 이제 삼차원적인 모습을 갖추고, 특유의 닫힌 엷은 미소를 지으며, 독선적이고 책망하는 표정으로 나를 바라본다. 내게 무슨 일이 일어났건 그것은 모두 내 실수다. 내가 잘못된 아이라는 실수.

스미스 부인은 그것이 무엇인지 알고 있다. 그녀는 말해 주지 않는다.

스미스 부인의 그림이 또 다른 그림을 낳는다. 그녀는 벽에서 박테리아처럼 번식한다. 서서, 앉아서, 날아가면서, 옷을 입고, 입지 않고, 싸구려 편의점에서 살 수 있는 삼차원 엽서에 나오는 예수같이 보이는 수많은 눈으로 그녀는 나를 지속적으로 지켜본다. 때로 나는 그녀의 얼굴을 벽 쪽으로 돌려놓는다.

61장

나는 세라를 유모차에 태우고 녹고 있는 눈 더미를 피해 거리를 걷는다. 두 살이 넘었지만 붉은 고무장화를 신은 세라의 걸음은 쇼핑하러 갈 때 나를 따라올 만큼 빠르지 못하다. 또한 이렇게 하면 식품 봉지를 유모차 손잡이에 걸거나 세라 옆에 밀어 넣을 수 있다. 이제 나는 이전에는 알 필요가 없었던 물건들과 도구들과 공간 재배치에 관련된 작은 요령들을 많이 알고 있다.

우리 셋은 이제 좀 더 큰 집에 산다. 블루어 스트리트 서쪽 골목, 휘어진 사각 나무 기둥 외부 현관이 있는 반독채 붉은 벽돌집의 위 두 층을 사용하고 있다. 이 주변에는 이탈리아 사람들이 많이 산다. 기혼이거나 늙은 과부들은 모두 예전의 나처럼 검은색 옷을 입고, 화장을 하지 않는다. 내가 임신 막달이었을 때 그들은 내가 자기들 일원이라는 듯이 나를 향해 미소 지었다. 이제 그들은 세라를 향해 먼저 미소를 보낸다.

나는 원색 미니스커트를 입고 그 아래 타이츠와 부츠를 신는다. 위에는 발목까지 오는 코트를 걸치고 있다. 이런 복장이 썩 마음에 드는 건 아니다. 이 차림으로는 앉아 있기가 무척 불편하다. 게다가 나는 출산 후 살이 좀 붙었다. 이런 빈약한 치마와 조그마한 윗옷은 나보다 훨씬 마른 여자들을 위한 것이다. 요새는 그렇게 마른 여자들이 수십, 수백은 되는 것 같다. 긴 머리가 엉덩이가 있어야 할 곳까지 길게 내려오고 가슴은 합판처럼 납작한 족제비 얼굴의 젊은 여자들 때문에 상대적으로 내가 둥글둥글하다는 느낌이 든다.

그들과 함께 새로운 단어들이 등장했다. 그들은 말한다. "끝내주는걸." "죽여주는군." "환상적이야." "지랄같으니." "다 까발려." 나는 그런 말을 하기에는 너무 나이 들었다고 생각한다. 그것은 젊은이들을 위한 것이고, 나는 더 이상 젊지 않다. 나는 왼쪽 귀 뒤에서 흰머리를 발견했다. 몇 년 후면 서른이 될 것이다. 언덕을 넘은 나이.

나는 집 앞 보도까지 유모차를 민 다음, 유모차 안전벨트를 풀고, 세라를 현관 계단 위에 세워 놓은 후, 식료품 봉투를 집어 들고, 유모차를 접는다. 나는 현관까지 세라와 함께 걸어 올라간다. 계단은 미끄러울 수도 있다. 봉투와 유모차가 있는 곳으로 다시 가서, 그것을 계단 위로 질질 끌어올리며, 손가방을 더듬어 열쇠를 꺼내고, 문을 열어 세라를 실내에 들여 놓고, 봉투와 유모차를 끌어 들여 놓고, 문을 닫아 잠근다. 나

는 세라와 함께 실내 계단을 올라가서, 실내 문을 열고, 그녀
를 안에 들여보낸 후 영아용 문을 닫고, 다시 봉투를 가지러
내려와 위로 운반해서, 영아용 문을 열고 안으로 들어가 다시
닫고, 부엌으로 들어가서 봉투를 탁자에 놓고 식료품을 꺼내
기 시작한다. 계란, 화장지, 치즈, 사과, 바나나, 당근, 핫도그와
빵. 나는 핫도그를 너무 자주 먹는 것은 아닌가 염려한다. 내
가 어렸을 때 그것은 축제 음식이었고, 불량 식품으로 간주되
었다. 소아마비에 걸릴 수 있다는 것이다.

세라가 배고파해서 나는 식료품 정리하던 것을 멈추고 우
유 한 잔을 준다. 나는 그녀를 맹렬히 사랑하며 그녀 때문에
자주 짜증을 내기도 한다.

첫해에 나는 항상 피곤했고, 호르몬 때문에 어수선한 마음
으로 지냈다. 그러나 나는 그 상태에서 벗어나고 있다. 내 주
변을 둘러보기 시작한 것이다.

존이 들어와서 세라를 안아 올려 뽀뽀해 주며 수염으로 얼
굴을 간질이고, 빽 소리를 지르며 웃는 그녀를 거실로 안고 간
다. "엄마 몰래 숨자." 그는 말한다. 존은 항상 나를 대항해 가
상의 동맹을 상정하고 둘이서 같은 편이 된다. 그것은 필요 이
상으로 내 신경을 거스른다. 그리고 그가 나를 엄마라고 부르
는 것이 싫다. 나는 그의 엄마가 아니라 세라의 엄마다. 그러나
그 역시 세라를 사랑한다. 그것은 뜻밖의 일이었고, 나는 그에
대해 끝없는 감사를 느낀다. 그러나 아직까지 나는 내가 그에
게 세라를 선물로 준 것이 아니라 그가 나에게 그녀라는 선물

을 허락한 것이라고 생각한다. 세라 때문에 우리는 시청에서 결혼했다. 결혼을 하는 가장 오래된 이유 때문에. 그렇게 하는 것은 거의 사라진 풍습이었다. 그러나 당시 우리는 몰랐다.

나이아가라 폭포 지역 출신의 명목만 루터교 신자인 존은 자기 고향으로 밀월여행을 가야 한다고 했다. 그는 '밀월여행'이라는 단어를 말하며 웃음을 터뜨렸다. 그게 나름대로 농담이라고 생각한 것이다. 거대한 코카콜라 병 그림처럼 일부러 의도한 진부함. "풍광이 어마어마해." 존이 말했다. 그는 내게 밀랍 세공품과 꽃시계를 보여 주고 메이드 오브 미스트[46]를 태워 주고 싶어 했다. 주머니에 우리 이름을 새기고 등에는 나이아가라 폭포라고 쓰인 새틴 셔츠를 사고 싶어 했다. 나는 아무 말도 하지 않았지만, 그가 우리의 결혼을 이런 식으로 바라보는 것에 마음이 상했다. 시간이 흘러가고 내 몸이 느리게 불어나는 육체 풍선처럼 부풀어오르면서 우리가 맞닥뜨리게 될 일이 무엇이 될지 알 수 없었지만, 아무튼 그것은 절대 장난이 아닌 것이다. 그래서 결국 우리는 가지 않았다.

결혼 직후 나는 향락적인 나태에 빠져들었다. 내 몸은 따뜻하고 푹신하고 아주 편안한 깃털 침대 같았다. 폭 싸여 누워 있을 수 있는 침대. 내 아드레날린을 다 흡수해 버리는 임신 상태 때문이었을 것이다. 아니면 안도감 때문이었을 수도 있다. 그 당시 내게 존은 햇빛 아래 놓인 자두처럼 빛나는 존재

---

46) 나이아가라 폭포에서 관광객을 실어 나르는 배의 이름이다.

로 보였다. 풍부한 색깔에 완벽한 형태를 지닌 존재. 나는 침대에서 그의 옆에 눕거나 부엌 탁자에 앉아 손으로 쓰다듬듯이 눈으로 그를 훑곤 했다. 그에 대한 나의 숭배는 육체적이고 형언할 수 없는 것이었다. 나는 "아."라는 감탄사 외에는 아무것도 생각할 수 없었다. 마치 숨을 내쉬는 것처럼. 혹은 마치 아이처럼 '내 거야.'라고 생각하곤 했다. 그것이 사실이 아니라는 것은 알고 있었다. '그대로 머물러 줘.' 나는 중얼거리곤 했다. 그러나 그것은 불가능한 일이었다.

존과 나는 다투기 시작했다. 우리의 다툼은 밤에 세라가 잠들었을 때 비밀스럽게 이루어진다. 낮은 목소리로 언쟁하기. 우리는 세라가 알지 못하도록 다툼을 감춘다. 우리에게도 두려운 이 언쟁이 그녀에게는 얼마나 공포스러울 것인가?

우리는 어른들로부터 벗어나고 있다고 생각해 왔는데, 이제 바로 우리가 어른이다. 그게 바로 가장 큰 쟁점이다. 우리 둘 다 어른이 된 것에 대해 완전히 책임지고 싶어 하지 않는다. 예를 들면 우리는 누가 더 아픈가를 두고 경쟁한다. 내가 두통이 있으면 존은 편두통이 있다고 우긴다. 그가 허리가 아프다고 하면 나는 목이 쑤셔 죽을 지경이라고 맞선다. 어느 누구도 반창고 사 오는 일을 맡으려 하지 않는다. 우리는 어린아이로 남아 있을 권리를 두고 싸우는 것이다.

처음에는 존에 대한 사랑 때문에 나는 이런 다툼에서 이기지 못한다. 아니, 그렇다고 스스로에게 말한다. 내가 그와의 언쟁에서 혹시라도 이긴다면 세계의 질서가 바뀔 것이고, 나는 그런 변화에 대한 준비가 되지 않았다. 그래서 그 대신 나는 다툼에서 져 주면서 다른 기술을 연마한다. 나는 어깨를 추스르고, 말 없는 질책의 표시로 입술을 악다문 채, 등 돌리고 누워 그가 묻는 말에 응하지 않는다. 나는 "당신 하고 싶은 대로 해."라고 말함으로써 그의 분노를 돋운다. 그는 항복뿐 아니라 자기 자신과 자신의 생각에 대한 존경과 관심을 원한다. 그것을 얻지 못했을 때는 농락당했다고 느낀다.

존은 이제 직업을 구했다. 그는 그래픽 미술 협동조합 작업실에서 비상근 감독 일을 하고 있다. 나 역시 비상근직을 하고 있다. 우리가 번 돈을 합치면 집세를 낼 정도는 된다.

존은 이제 캔버스나 평평한 화면에 그리지 않는다. 사실상 그림 그리기 자체를 그만두었다. 그는 평평한 화면에 물감으로 그린 그림을 '벽에 걸린 미술'이라고 부른다. 미술이 벽에 걸려 있어야 할 이유도, 액자 속에 끼워지거나 물감 칠이 되어 있어야 할 이유도 없다. 그 대신 그는 쓰레기 더미나 여기저기서 모아 온 물건들로 구성 작업을 한다. 그는 각각 다른 물건이 들어 있는 분실(分室)이 있는 나무 상자를 만든다. 커다란 형광색 여성 팬티 세 장, 긴 가짜 손톱이 붙어 있는 석고 손, 관장(灌腸) 봉지, 남성용 가발. 그는 동력 장치가 달려 자동으로 바닥을 휩쓸고 다니는 털 실내화를 만들고, 페서리에 괴기 영화에 나올 법한 눈과 입, 그리고 방사선에 손상된 굴처럼 탁자 위를 뛰어다니는 발을 붙여 페서리 가족을 만든다. 존은 목욕탕을 붉은색과 오렌지색으로 장식하고 벽에는 수영하는 자주색 인어 공주를 그려 놓았다. 그리고 변기 시트에 기기를 설치해서, 들어 올리면 「징글벨」 음악이 울리도록 해 놓았다. 이것은 세라를 위한 것이다. 그는 세라에게 장난감도 만들어 주고, 작업하는 동안 나무토막이나 천 조각, 위험하지 않은 도구를 가지고 놀도록 해 준다.

그것은 존이 여기에 있을 때의 얘기다. 그리고 그가 여기에서 보내는 시간은 많지 않다.

세라가 태어난 첫 해에 나는 그림을 전혀 그리지 않았다. 그 당시 나는 집에서 프리랜서로 일했다. 내가 맡은 몇 개의 책 표지 작업을 계속하는 것만도 무척 힘들었다. 나는 마치 옷을 입고 수영하는 것처럼 답답했다. 이제 하루의 절반을 직장에서 보내게 되어서 한결 나은 편이다.

나는 비록 서투르지만 나만의 작업이라고 부르는 것을 조금씩 해 오고 있다. 내 손은 기량이 떨어지고 안목은 쇠퇴했다. 주로 하는 것은 데생이다. 작업 표면 준비, 힘든 밑그림과 템페라화를 그리기 위한 세부적인 집중 작업은 내게 너무 버거운 일이다. 나는 자신감을 잃었다. 어쩌면 내가 앞으로 성취할 수 있는 모습이란 현재 모습과 다를 바 없는 것일지도 모른다.

나는 무대 위에 놓인 나무 접의자에 앉아 있다. 커튼이 걷혀 있고 작고 낡은 텅 빈 강당이 보인다. 무대에는 이제 막 끝난 연극의 무대 장치가 아직 철거되지 않고 남아 있다. 무대 장치는 미래를 나타낸 것인데, 갖춰진 건 별로 없지만 많은 검은색 원주와 간결한 층계 여럿이 있다.

원주 주변에 배치된 다른 나무 의자와 층계 여기저기에 열일곱 명의 여자가 앉아 있다. 모두 예술가 아니면 그 비슷한 일을 하는 사람들이다. 여러 명의 배우와 두 명의 무용가, 나외에도 세 명의 화가가 있다. 잡지 기고가와 내가 다니는 출판사에서 온 편집자도 한 명 있다. 한 여자는 라디오 아나운서고(낮 시간 클래식 음악 프로그램), 다른 한 여자는 꼭두각시 아동 인형극을 하며, 또 다른 여자는 전문 광대다. 한 여자는 무대 디자이너고, 그녀 덕분에 우리가 이곳에 모였다. 그녀는 이 모임을 위해 장소를 마련해 주었다. 내가 이 모든 것을 알고 있는 것은 돌아가면서 이름과 하는 일을 말해야 했기 때문이다. 물론 생계를 위한 직업을 말하는 것은 아니다. 직업은 다른 일이다. 특히 배우들에게는 더욱 그렇다. 내게도 마찬가지다.

이것은 모임이다. 이런 모임에 처음 가 본 것은 아니지만 여전히 참으로 놀라운 일이다. 한 가지 이유를 들자면, 모인 사람이 모두 여자다. 그것 자체가 평범하지 않은 일이기 때문에 일종의 비밀스러운 기운과 막연하고도 매혹적인 불결함이 감돈다. 내가 참석했던 마지막 여자들 모임은 고등학교 시절 보건 시간이었다. 그때 여학생들은 남학생들과 분리되어 여자들에게 내리는 저주에 대한 이야기를 들었다. 물론 그런 단어가 사용된 것은 아니다. '그날'이라는 말이 용납되는 공식적 표현이었다. 우리는 탐폰이란 비록 어린 여학생들, 즉 처녀들에게 권장되는 품목은 아니지만, 몸속에서 행방이 묘연해져 결국 폐에서 발견되는 그런 물건이 아니라는 설명을 들었다. 아이들은 소란스럽게 킥킥대며 웃었다. 그리고 선생이 피라는 단어의 철자를 "피읖, 이." 하고 나열하자 한 여학생이 기절했다.

오늘 모임에서는 킥킥대거나 기절하는 사람이 없다. 이 모임은 분노에 대한 것이다.

내가 이전에 한 번도 의식적으로 생각해 본 적 없던 일들이 논의된다. 많은 것들이 타도 대상이 된다. 예를 들어 우리는 왜 다리털을 제거해야 하는가? 왜 립스틱을 발라야 하는가? 왜 몸의 굴곡을 드러내는 옷을 입어야 하는가? 왜 몸매를 바꿔야 하는가? 있는 그대로의 우리 모습이 뭐가 잘못되었단 말인가?

이런 질문을 제기한 것은 화가인 조디다. 그녀는 정장을 차려입거나 체형을 바꾸지 않는다. 작업용 장화를 신고 줄무늬 작업복을 입고 있다. 그녀는 작업복 바지 한쪽을 걷어 올려 그 속의 진짜 다리, 도전적이고 눈부시게 털이 많은 다리를 보여 준다. 나는 털이 제거된 내 비겁한 다리를 생각하고 세뇌당했다는 느낌을 받는다. 내가 과감하게 끝까지 밀고 나갈 수 없다는 것을 알고 있기 때문이다. 나는 겨드랑이 털까지는 선을 긋는다.

있는 그대로의 우리 모습에서 잘못된 점이 있다면 그건 바로 남자들 때문이다.

남자에 대해 많은 이야기가 오간다. 한 예로 이곳에 모인 여자 중 두 사람이 강간을 당한 경험이 있다. 한 사람은 얻어맞은 경험이 있다. 다른 이들은 직장에서 권리를 빼앗기거나 무시당하는 차별을 경험했다. 혹은 그들의 예술이 너무 여성적이라는 이유로 조롱당하거나 퇴짜 맞았다. 다른 이들은 자기들 보수를 남자들과 비교해 보고 돈을 적게 받는다는 사실을 발견했다.

나는 이 모든 일이 사실이라는 것을 추호의 의심도 않는다. 강간범은 존재한다. 아이들을 범하고 여학생들을 목 졸라 죽이는 이들도 존재한다. 그들은 내가 한 번도 보지 못한 협곡에 잠복해 있는 나쁜 남자들처럼 그늘에 존재한다. 난폭하고, 싸움을 일으키고, 살인을 저지른다. 일은 적게 하면서 돈은 더 많이 번다. 가사를 여자들에게 떠넘긴다.

그들은 둔감하고 자기 감정을 대면하기를 거부한다. 쉽게 속아 넘어가고 또 그것을 좋아한다. 예를 들어 약간만 가쁜 숨을 몰아쉬고 신음 소리를 내면 자기들이 성적인 면에서 슈퍼맨이라고 믿는다. 이에 맞장구치는 웃음소리가 퍼진다. 나는 내가 의식하지 못한 사이에 오르가슴을 가장하고 있었는지 의심하기 시작한다.

그러나 남자의 유죄를 증명하는 일에서 나는 매우 불안정한 입장에 서 있다. 남자와 함께 살고 있기 때문이다. 나처럼 남편과 아이를 가진 여자들은 경멸조로 '핵족'이라고 불린다. 핵가족을 의미하는 것이다. '출산 장려자'라는 단어는 갑자기 나쁜 말로 돌변한다. 이 모임에는 다른 핵족들이 몇몇 있지만, 그들은 다수가 아니고 자기들 입장을 변호하는 어떤 말도 하지 않는다. 남편 없이 아이만 있는 것이 더 가치 있게 여겨지는 것 같다. 그럼으로써 우리의 의무를 다한 것이 된다. 남자

곁에 계속 머물러 있다가 무슨 문제가 일어나면 그것은 자신의 과실이다.

이런 말이 실제로 나온 것은 아니다.

이런 모임들은 참가자들에게 힘을 불어넣어 주기 위한 것이다. 어떤 면에서는 정말 그런 역할을 한다. 분노는 산을 움직일 수 있다. 뿐만 아니라 이 모임은 나를 경이로 가득 채운다. 여자들의 입에서 그런 말이 나오는 것을 듣는 것은 충격적이고도 흥분되는 일이다. 나는 이제까지 멍청하거나 소심하다고 여겨 왔던 여자들이 사실은 나와 마찬가지로 단순히 자신의 생각을 숨겨 왔을 뿐이라고 생각하기 시작한다.

그러나 이 모임은 나를 불안하게 만들기도 한다. 그 이유는 알 수 없다. 나는 어색하고 막연한 느낌이 들어서 말을 많이 하지 않는다. 내가 무슨 말을 하든 틀린 것일 수 있기 때문이다. 나는 충분히 고통받지도 않았고 의무를 완수하지도 않았으므로 말을 꺼낼 권리가 없다. 문 안쪽에서 판결과 비난 어린 선고가 내려지는 동안 닫힌 문 밖에 서 있는 기분이다. 그와 동시에 나는 호감을 사고 싶기도 하다.

나는 스스로에게 중얼거린다. '자매애란 내게 어려운 개념이야, 나는 자매가 없었으니까.' 형제애는 어렵지 않다.

나는 세라가 자는 밤이나 이른 아침에 작업한다. 바로 지금 나는 동정녀 마리아를 그리고 있다. 푸른 옷에 으레 등장하는 하얀 베일을 쓴 모습을 그린다. 그러나 그녀는 암사자의 얼굴을 하고 있다. 그리스도는 새끼 사자의 형상을 하고 그녀의 무를에 누워 있다. 전통적인 성상이 보여 주듯 그리스도가 사자라면, 왜 동정녀 마리아는 암사자가 될 수 없는가? 어쨌든 내 그림은 미술사에 등장하는 창백하고 생기 없는 동정녀들보다 더 정확하게 모성을 드러내고 있다. 내가 그린 마리아는 맹렬하고, 방심하지 않으며, 거칠다. 그녀는 노란 사자 눈으로 관람자의 눈을 똑바로 바라본다. 갉아 먹은 뼈가 그녀의 발치에 놓여 있다.

나는 눈과 진창으로 뒤덮인 지상으로 하강하는 동정녀 마리아를 그린다. 그녀는 푸른 긴 옷 위에 겨울 코트를 입고 숄더백을 메고 있다. 그녀는 식료품이 가득 든 갈색 종이봉투를 두 개 들고 있다. 몇 가지가 봉투에서 떨어진다. 계란, 양파, 사과. 그녀는 피곤해 보인다.

「영원한 도움을 주시는 우리 성모님」. 나는 이렇게 제목을 붙인다.

존은 내가 밤에 그림 그리는 것을 싫어한다. "그럼 언제 그림을 그리겠어? 당신이 말해 봐." 내가 말한다. 그의 시간을 낭비하지 않는 해결책은 하나밖에 없다. 아예 하지 마. 그러나 그는 그런 말은 하지 않는다.

존은 내 작품에 대해 어떻게 생각하는지 말하지 않지만 나는 그의 생각을 알고 있다. 그는 내 작품들이 시대에 뒤떨어졌다고 생각한다. 그의 마음속에서 내 그림은 꽃을 그리는 여자들과 한통속으로 취급된다. 한통속이라는 말이 정확한 표현이다. 현재 시제는 많은 개념들을 폐기하면서 앞으로 계속해서 나아간다. 그리고 나는 어딘가 옆쪽으로 밀쳐진 채, 마치 20세기가 절대 존재하지 않았던 것처럼 템페라와 평평한 화면을 가지고 씨름한다.

그것은 내게 일종의 자유를 안겨 준다. 내 작업이 중요하지 않은 것이기 때문에 내가 원하는 것을 할 수 있는 것이다.

우리는 문을 쾅쾅 닫고 물건을 던지기 시작한다. 나는 재떨이와 초콜릿 칩 봉지를 던진다. 초콜릿 칩 봉지는 부딪쳐 터져 버린다. 우리는 며칠 동안 초콜릿 칩을 주워 담는다. 존은 컵에 든 우유를 던진다. 컵이 아니라 우유를. 그는 나와는 반대로 자신이 강하다는 것을 알고 있다. 그는 뜯지 않은 치리오스 시리얼 상자를 던진다.

내가 던지는 것들은 더 위험한 것들이지만 대부분 빗나가고, 존이 던지는 것들은 잘 맞지만 무해한 것들이다.

나는 연기와 살인의 경계선을 어떻게 넘게 되는지 깨닫는다.

존은 물건을 깨뜨리고는 파손된 모양대로 파편들을 제자리에 붙인다. 나는 그런 작품에 매력을 느낀다.

존은 거실에 앉아서 화가 친구 하나와 맥주를 마시고 있다. 나는 부엌에서 냄비를 쾅쾅 친다.

"왜 저러지?" 화가가 묻는다.

"자신이 여자라는 사실에 화가 난 거야." 존이 말한다. 이런 언사는 고등학교 졸업 이후 들어 본 적이 없다. 한때 이런 말은 망신을 주기 위한 것이었고, 남자한테 이런 말을 듣는 것은 수치였다. 이것은 괴상함, 기형, 성적 기능 장애를 암시하는 것이다. 나는 거실 문으로 다가간다. "나는 여자라서 화가 난 게 아니야. 네가 개자식이기 때문에 화가 난 거야." 나는 소리 지른다.

62장

그 모임에서 만난 우리 몇몇은 여자들만의 단체 전시를 한다. 위험 부담이 큰 일이라는 것을 우리는 알고 있다. 조디는 우리가 기성 남성 예술계에 의해 쓰레기 취급을 당할 수도 있다고 말한다. 요즘 그들의 노선은 위대한 예술은 성별을 초월한다는 것이다. 조디의 노선은 이제까지의 예술이란 대부분 서로를 추켜세우는 남자들의 전유물이었다는 것이다. 여자 예술가는 단지 부차적이며, 일종의 별난 예외로서 그들의 추앙을 받았다. "절벽 가슴의 괴짜들로 취급되었죠." 조디가 말한다.

우리는 우리 자신만을 구별해서 전선에 내세웠다는 이유로 여자들에게도 쓰레기 취급을 받을 수도 있다. 엘리트주의자라고 불릴 수도 있다. 많은 위험 부담이 따른다.

전시회 참여자는 네 사람이다. 천사를 연상시키는 달덩이 같은 얼굴에 짙은 앞머리와 사각으로 자른 머리를 한 캐럴린은 자신을 직물 예술가라고 부른다. 그녀의 작품 일부는 창의적인 디자인의 패치워크 퀼트다. 어떤 작품은 (사용하지 않은) 탐폰으로 채워진 콘돔들을 글자 모양으로 붙여서 "사랑이란 무엇인가?"라는 문장을 써 놓았다. 다른 작품은 꽃무늬 천을 이용해 이런 메시지를 아플리케했다.

너의 성
명서를
발기하라!

아니면 밧줄처럼 꼰 화장지와 한때 '예술 영화'라고 불리던 오래된 야한 영화 필름을 함께 땋고 엮어서 벽 장식을 만든다. 그녀는 활기찬 목소리로 말한다. "오래된 포르노지요. 재활용하면 좋잖아요, 안 그래요?"

조디는 상점의 마네킹을 톱으로 잘라 몹시 거슬리는 자세로 재조합하는 작업을 한다. 그녀는 그것을 페인트와 콜라주와 적절한 곳에 부착한 강면(鋼綿)으로 단장한다. 마네킹 하나는 고기 거는 갈고리에 명치가 걸려 있고, 다른 마네킹은 마치 섬세한 문신같이 나무와 꽃이 얼굴 전체에 그려져 있다. 조디에게 그런 섬세함이 있으리라고는 짐작하지 못했다. 또 다른 마네킹은 배에 낡은 인형 머리가 예닐곱 개 달려 있다. 일부는 나도 알아볼 수 있는 것이다. 스파클 플렌티,[47] 벳치

웨치,[48) 바버라 앤 스콧.

질라는 수년 전의 연약한 꽃 파는 아가씨를 연상시키는 금발과 연약한 몸매의 여자다. 그녀는 자기 작품들을 린트스케이프라고 부른다. 그 작품들은 세탁 건조기 필터에 쌓여 낱장으로 떼어 낼 수 있게 된 펠트 같은 보풀 뭉치로 만들어졌다. 항상 그것을 쓰레기통에 그냥 버려 왔던 나로서는 그 작품들에, 그것의 질감과 부드러운 색깔에 감탄하지 않을 수 없다. 질라는 다양한 색의 타월을 사서 건조기에 넣고 반복해 돌려서, 보통 침대 밑에서 나오는 먼지 같은 회색은 물론이고 여러 색조의 분홍색, 회녹색, 회백색 보풀 뭉치를 만들었다. 그녀는 이것을 자르고 형태를 만든 다음 등판에 조심스럽게 붙여서 구름과 비슷한 다층적 구성물을 만들었다. 나는 그 작품들에 매혹되었고, 내가 먼저 생각해 냈더라면 하는 아쉬움을 갖는다. "이건 수플레 만드는 것과 같아요. 차가운 공기를 한 번만 쐬어도 다 무너져 버리고 말죠." 질라가 말한다.

어느 누구보다도 더 많은 일을 책임지고 있는 조디가 내 그림을 살펴보고 전시회에 내걸 작품들을 골라 주었다. 그녀는 정물화 몇 점을 택한다. 「탈수기」, 「토스터」, 「벨라도나」, 그리고 「세 마녀들」. 세 마녀들은 세 개의 소파가 있는 그림이다.

---

47) 1930년대 미국 만화 「딕 트레이시」의 등장인물 스파클 플렌티를 모델로 만들어진 인형이다.
48) 1950년대부터 뉴욕에서 만들어진 인형이다. 우유병을 물릴 수 있도록 입을 벌리고 있는 것이 특징이다.

정물화를 제외하면 내가 전시하는 작품들은 대부분 상징적이다. 그리고 빨대와 삶지 않은 마카로니로 만든 두어 개의 구성물과 「은종이」라고 불리는 작품이 있기는 하다. 나는 이 작품들을 포함시키고 싶지 않았지만, 조디는 마음에 들어 했다. "가정 생활용품이잖아요." 그녀가 말했다.

동정녀 마리아 작품과 스미스 부인 작품은 전부 전시회에 포함되었다. 나는 스미스 부인이 지나치게 많다고 생각했지만 조디는 모두 전시하기 원했다. "이것은 반(反) 관능적 여자 모습이에요." 조디는 말한다. "왜 항상 젊고 아름다운 여성이어야 하는가? 그와 달리 늙어 가는 여자의 신체가 동정적으로 그려진 것을 보는 것은 기쁜 일이다." 그녀는 보다 과장된 언어를 동원하여 이런 글을 카탈로그에 싣는다.

전시회는 블루어 스트리트 서쪽에 위치한 이제는 폐업한 작은 슈퍼마켓에서 열린다. 이곳은 곧 햄버거 천국으로 개조될 것이다. 그러나 그때까지는 비어 있을 것이다. 이곳을 소유한 개발자의 아내의 사촌을 아는 여자가 그 개발자를 겨우 설득해 두 주간 사용할 수 있게 해 주었다. 그녀는 그 개발자에게 르네상스 시대의 가장 명망 있는 공작들은 심미적 기호와 예술에 대한 후원으로 유명했다고 말했고, 그 말이 유효하게 먹혀 들었다. 개발자는 이것이 여자들만의 전시회라는 것은 모른다. 그저 몇몇 예술가라고 말했기 때문이다. 그는 우리가 장소를 더럽히지만 않는다면 괜찮다고 말한다.

"더럽힐 게 뭐가 있다는 거지?"

가게를 둘러보며 캐럴린이 말한다. 그녀 말이 맞다. 이곳은 이미 상당히 지저분하다. 농산물 판매대와 선반은 벌써 분해되었고, 오래된 리놀륨 타일 바닥에서 뜯겨 나간 조각 밑으로 벌거벗은 넓은 판자가 드러나 있다. 조명은 쇠줄로 된 틀에 매달려 있고, 그나마 작동하는 것은 몇 개밖에 없다. 그래도 계산대는 여전히 제자리에 있고, 다 해진 표지판들이 벽에 축 늘어져 걸려 있다. "특가 3달러 95센트." "캘리포니아에서 방금 도착." "당신이 원하는 고기."

"이 공간을 유용하게 바꿀 수 있어요." 조디는 작업복 주머니에 손을 넣고 성큼성큼 걸으며 말한다.

"어떻게 말이에요?" 질라가 묻는다.

"내가 유도를 그냥 배운 게 아니에요. 적이 자신의 기세 때문에 되려 균형을 잃도록 만드는 거예요." 조디가 말한다.

그 말이 실제 의미하는 바는 '당신이 원하는 고기' 표지판을 전용(轉用)해서 자기 작품에 포함시키는 것이다. 그 작품은 유난히 폭력적으로 절단된 마네킹으로 만들어진 것으로, 밧줄과 가죽 조각만 걸친 이 마네킹은 자기 머리를 겨드랑이 아래에 거꾸로 끼워 들고 있다.

"당신이 남자였다면 이런 작품을 만들었다고 엄청나게 공격받았을 텐데." 캐럴린이 조디에게 말한다.

조디는 매력적인 미소를 짓는다. "하지만 나는 남자가 아닌걸요."

우리는 작품을 배치하고 재배치하면서 사흘 내내 일한다.

작품을 제자리에 놓은 다음에는 음식을 놓을 다리 달린 탁자를 조립하는 일과 약주와 먹거리를 사는 일이 남았다. '약주'와 '먹거리'란 조디가 사용하는 단어다. 우리는 대량으로 판매되는 캐나다산 포도주와 그것을 대접할 스티로폼 컵, 프레첼과 감자칩, 얇은 비닐 포장 체더치즈 덩어리, 리츠 크래커를 산다. 우리가 감당할 수 있는 것은 이 정도다. 뿐만 아니라 음식은 분명히 서민적이어야 한다는 불문율이 있다.

우리의 카탈로그는 등사 인쇄한 종이 몇 장을 스테이플러로 찍은 것이다. 이 카탈로그는 공동 작업으로 만들어진 것으로 되어 있지만 사실은 요령을 아는 조디가 대부분 작성했다. 캐럴린은 누군가 피를 흘린 것처럼 염색한 침대보로 현수막을 만들어 문 밖에 걸었다.

　　모두를 위한 네(내) 사람

"저건 무슨 의미지?"

나를 데리러 왔다는 명목으로 구경하러 온 존이 묻는다. 그는 내가 이 여자들과 일하는 것을 탐탁지 않게 여긴다. 그러나 채신없이 그런 말을 하지는 않는다. 하지만 그는 그들을 '젊은 처자들'이라고 부른다.

그가 알고 있다는 것을 알지만 나는 설명한다. "그건 모두를 위한 무료라는 표현을 변형한 거야. 그리고 우리 편 사람이라는 뜻을 함축하고 있잖아." 함축이라는 단어 역시 조디가 사용하는 말이다.

존은 아무 말도 하지 않는다.

신문의 주목을 끈 것은 현수막이다. 이런 일은 새로운 사건이며, 파괴를 예고하는 것이다. 한 신문사는 미리 사진 기자를 파견한다. 그 사진 기자는 우리 사진을 찍으며 장난스럽게 "이것 봐요, 아가씨들, 브래지어를 불태워 보시지 그래요."라고 말한다.

"더러운 놈." 캐럴린이 낮은 목소리로 말한다.

"담담하게 굴어요. 저들은 우리가 화를 내면 더 좋아해요." 조디가 말한다.

개막 전에 나는 전시장에 일찍 나온다. 나는 전시장 안을 서성이며, 여러 통로와 조디의 조각이 도망간 모델처럼 자세를 취하고 있는 계산대 주변을 걸어 다니고, 캐럴린의 퀼트가 반항적으로 고함치고 있는 벽을 지나간다. '이것은 정말 강렬한 작품이야. 내 것보다 강해.' 나는 생각한다. 심지어 질라의 얇은 천 작품마저도 내 그림이 결여한 자신감과 섬세함, 확신을 가지고 있는 것 같다. 이 전시회 전체를 두고 볼 때 내 그림들은 지나치게 다듬어지고, 너무나 장식적이며, 그저 예쁘기만 한 것으로 보인다.

나는 주류에서 벗어났으며, 내 주장을 펼쳐 보이는 데 실패했다. 나는 주변인에 불과하다.

나는 형편없는 포도주를 좀 마시고 조금 후 더 마신다. 그러자 기분이 약간 풀린다. 하지만 나중에는 기분이 더 나빠질 것이다. 이 포도주는 고기찜을 부드럽게 하는 데 쓰는 술 같은 맛이 난다.

나는 스티로폼 컵을 들고 문 옆 벽에 기대 서 있다. 이곳이 비상구이기 때문에 여기 서 있는 것이다. 이곳은 또한 입구이기도 하다. 사람들이 연이어 들어온다.

대부분은 여자다. 온갖 종류의 여자들이 다 있다. 긴 머리를 한 사람, 긴 치마를 입은 사람, 청바지와 작업복을 입은 사람, 귀고리를 한 사람, 건축 노동자 같은 모자를 쓴 사람, 연보라색 숄을 두른 사람. 일부는 화가들이고 일부는 그저 관람하러 온 사람들이다. 이제 캐럴린과 조디와 질라 모두 와 있다. 그들은 인사를 나누고, 얼싸안고, 뺨에 키스를 주고받고, 환호성을 지른다. 그들 모두 나보다 친구가 많은 것 같다. 가까운 여자 친구들. 나는 이 공백에 대해 한 번도 심각하게 생각해 본 적이 없다. 다른 여자들도 나와 비슷하리라 생각해 왔던 것이다. 한때는 그들도 나와 비슷했다. 그러나 이제 그들은 나와 다르다.

물론 내게는 코딜리어가 있다. 그러나 수년간 만나지 못했다.

오겠다고 약속했던 존은 아직 여기 없다. 그가 올 수 있도록 아기 보는 사람까지 구해 두었다. 나는 그냥 어떤 일이 일어날지 보기 위해 부적절한 남자에게 한번 추근대 볼까 하는 생각을 한다. 그러나 전시회에 온 남자가 별로 없는 것으로 보아 그럴 가능성은 많지 않을 것 같다. 나는 소외감을 느끼지 않으려고 노력하며, 형편없는 고기 재움용 붉은 포도주 한 잔을 더 들고 군중 사이를 헤쳐 간다.

내 바로 뒤에 있는 여자가 말하는 소리가 들린다. "흠, 정말 다르긴 하구나." 이것은 전형적인 토론토 중산층 마나님의 업신여기는 말투이며 궁극적인 반감을 드러내는 목소리다. 그들은 빈민가에 대해서도 이런 식으로 이야기한다. 소파 위에 걸어 놓을 만한 작품이 아니라는 것이 바로 그녀가 의미하는 바다. 나는 몸을 돌려 그녀를 쳐다본다. 잘 재단된 은회색 정장, 진주, 세련된 스카프, 비싼 스웨이드 신발. 그녀는 자신의 정당성에 대해, 발화할 수 있는 자신의 권리에 대해 확신하고 있다. 나와 내가 속한 부류의 사람들은 그저 이곳에서 묵인되는 존재인 것이다.

"일레인, 우리 어머니를 소개할게요." 조디가 말한다. 이 여자가 조디의 어머니라니 숨이 막힐 듯 놀라운 일이다. "엄마, 일레인이 그 꽃 그림을 그렸어요. 엄마가 마음에 들어 하신 거 있죠."

「벨라도나」를 가리키는 것이다. 조디의 어머니는 따스한 미소를 지으며 대답한다. "아, 그래. 당신들은 정말 재능이 뛰어나군요. 그 그림이 정말 마음에 들었어요, 색채가 아름답더군요. 그런데 거기 그려진 눈동자들은 뭘 의미하죠?"

바로 우리 어머니가 했을 법한 그 질문에 나는 갑자기 그리움에 사로잡힌다. 어머니가 여기 있다면 얼마나 좋을까? 어머니는 여기 있는 작품 대부분, 특히 마구 잘라 놓은 마네킹을 좋아하지 않을 것이고, 전혀 이해하지 못할 것이다. 그러나 어머니는 미소를 지으며 뭔가 좋은 말을 해 주려고 애쓸 것이다. 얼마 전까지만 하더라도 나는 그런 태도를 비웃었을 것이다. 그러나 지금 나는 그것이 필요하다.

나는 포도주를 좀 더 마시고 치즈 얹은 리츠 크래커를 먹는다. 그리고 군중 사이로 존이 왔는지, 아니 내가 아는 사람이 있는지 살펴본다. 사람들의 머리 위로 내가 볼 수 있는 것은 스미스 부인뿐이다.

스미스 부인은 나를 쳐다보고 있다. 그녀는 터번 같은 주일용 모자를 쓰고, 아프간 모직 담요를 두른 채 소파에 누워 있다. 나는 그녀가 취하고 있는 자세와 그녀 뒤에 있는 선풍기 같은 고무나무를 염두에 두고 「토론토달리스크, 앵그르에 대한 오마주」라고 제목을 붙였다.[49] 그녀는 내가 언젠가 만화책에서 보았던 악한처럼 얼굴 반쪽이 벗겨진 모습으로 거울 앞에 앉아 있다. 이 작품의 제목은 「나병」이다. 그녀는 개수대 앞에 서서 사악한 과도를 한 손에 들고 다른 손에는 반쯤 벗겨진 감자를 들고 있다. 이것은 「눈·에·는·눈」이라는 작품이다.

그 옆에 전시되어 있는 것은 화판 넷으로 구성된 「하얀 선물」이다. 첫 번째 그림에는 스미스 부인이 스팸 통조림이나 미라처럼 얇고 하얀 종이에 둘둘 싸여 있고, 입을 다물고 희미하게 미소를 짓고 있는 얼굴만 밖으로 나와 있다. 다음 세 그림에서는 포장이 서서히 벗겨진다. 날염 드레스와 가슴판 달

---

49) 19세기 프랑스 화가 장 오귀스트 도미니크 앵그르의 「오달리스크, 노예와 내시」를 패러디한 것이다.

린 앞치마를 입은 모습, 이튼 카탈로그 뒷면의 파운데이션 의류(비록 그녀가 그것을 갖고 있었으리라 생각되지는 않지만)를 입은 모습, 그리고 마지막으로 가랑이가 축 늘어진 속바지 차림에 단일한 커다란 젖가슴이 갈라져 심장을 드러내고 있는 모습. 그녀의 심장은 죽어 가는 거북이의 심장이다. 파충류의 병든 검붉은 심장. 이 화판 아래에는 이런 문구가 스텐실되어 있다. "하·나·님·의·왕·국·은·너·희·안·에."

내가 왜 그녀를 그토록 미워하는지 여전히 알 수 없다.

스미스 부인으로부터 눈을 돌리자, 또 다른 스미스 부인이 있다. 이 스미스 부인은 실제로 움직이고 있다. 그녀는 막 문 안으로 들어서서 나를 향해 걸어온다. 그 당시와 똑같은 연령이다. 마치 벽에 걸려 있는 그림에서 뛰어내린 것처럼. 똑같은 날감자 같은 얼굴, 커다란 골격, 빛나는 안경과 머리핀을 꽂아 올린 머리. 두려움으로 배 속이 오그라드는 것 같다. 그 두려움은 이내 불쾌한 증오로 바뀌어 순간적으로 번득인다.

물론 이 사람이 이제는 훨씬 더 나이가 들었을 스미스 부인일 리 없다. 실제로도 스미스 부인이 아니다. 핀을 꽂아 올린 머리는 착시 현상에 불과했다. 그저 조금씩 희게 세기 시작한 짧은 머리일 뿐이다. 이 사람은 모양새 없고 나이를 가늠할 수 없는 회갈색 옷을 걸치고 있는 매력 없고 정의감에 불타는 그레이스 스미스다. 결혼반지를 끼지 않았고, 아무 장신구도 하지 않았다. 그녀의 걷는 모습, 엄격하고 전율하는 표정, 꽉 다문 입술, 식물 뿌리처럼 하얀 피부에 벌레 물린 자국처럼 선명한 주근깨를 보면서, 내 알량한 미소로는 이 만남을 가벼운 사교적 만남으로 바꿀 수 없으리라는 것을 나는 알아차린다.

어쨌든 나는 시도해 본다. "그레이스니?" 내가 말한다. 주위의 여러 사람들이 대화를 나누다 중단한다. 이 여자는 어떤 전시회든 종류를 막론하고 전시회 개막전에 자주 오는 부류는 아니다.

그레이스는 무자비하게 쿵쿵거리며 걸어온다. 얼굴이 전보다 퉁퉁하다. 나는 정형외과용 신발과 라일라사 스타킹과 세탁된 얇은 회색 속옷과 석탄 저장고를 생각한다. 나는 그녀가 두렵다. 그녀가 내게 가할 행동이 아니라 나를 판단할 것이 두렵다. 그리고 이제 그것이 다가온다.

그레이스가 말한다.

"당신은 정말 역겨워. 당신은 주님의 이름을 함부로 이용하고 있어. 왜 사람들을 해하고 싶어 하는 거지?"

무슨 대답을 하겠는가? 스미스 부인은 그레이스의 어머니가 아니라 그저 창작품일 뿐이라고 주장할 수 있을 것이다. 형식적인 가치와 신중하게 사용된 색채에 대해 말할 수 있을 것이다. 그러나 「하얀 선물」은 창작이 아니다. 그것은 스미스 부인을, 그것도 꼴사납게 그린 것이며, 화장실 낙서가 더 높은 격으로 상승된 것에 불과하다.

그레이스는 내게서 눈을 돌려 벽을 뚫어지게 바라본다. 그곳에는 불쾌한 작품이 한두 점도 아니고 상당히 많이 걸려 있다. 변신 중인 스미스 부인, 벌거벗고, 노출되고, 모독당하는 스미스 부인의 모습. 그 옆에는 적갈색 벨벳 긴 의자와 성스러운 고무나무와 하나님의 천사가 그려져 있다. 내가 너무 지나

쳤던 것 같다.

그레이스는 주먹을 불끈 쥐고 살찐 턱을 부르르 떤다. 그녀의 눈은 실험실 토끼의 눈처럼 붉어져 물기가 어려 있다. 저것이 눈물인가? 나는 무척 놀란다. 그리고 깊은 만족감을 느낀다. 그녀는 결국 자기 자신을 웃음거리로 만들었고, 나는 우월한 입장에 놓여 있는 것이다.

그러나 나는 다시 한번, 더 자세히 살펴본다. 이 여자는 그레이스가 아니다. 그레이스처럼 생기지도 않았다. 그레이스는 나와 비슷한 나이이며 이렇게 늙지 않았을 것이다. 전체적으로 비슷한 구석이 있을 뿐이다. 이 여자는 내가 모르는 사람이다.

"당신은 부끄러운 줄 알아야 해."

그레이스가 아닌 그 여자가 말한다. 안경 뒤로 보이는 그 여자의 눈은 매우 가늘다. 그녀는 주먹을 쳐들고, 나는 포도주 잔을 떨어뜨린다. 붉은 액체가 벽과 바닥에 튄다.

그녀가 쥐고 있는 것은 잉크병이다. 손을 떨면서 그녀는 병을 비틀어 연다. 그리고 나는 두려움과 동시에 호기심으로 숨죽인다. 나에게 잉크를 뿌릴 것인가? 어딘가에 뿌릴 것이라는 사실은 확실하다. 주위 사람들이 헉, 하며 숨을 죽인다. 이 모든 일은 너무나 순식간에 일어났다. 캐럴린과 조디가 다가오고 있다.

그레이스가 아닌 여자는 잉크를 병째 「하얀 선물」을 향하여 정면으로 던진다. 잉크병은 한쪽으로 기울며 카펫 위에

"쿵" 하고 떨어지고, 잉크가 공중에서 날려 스미스 부인이 파커 수성 잉크에 뒤덮인다. 여자는 의기양양한 표정으로 나를 보고 웃으며 몸을 돌려서, 이제는 의기양양한 걸음이 아닌 종종걸음으로 출입문을 향해 간다.

나는 소리를 지를 것처럼 손으로 입을 틀어막는다. 캐럴린이 나를 감싸 안는다. 그녀에게서는 어머니 같은 냄새가 난다. "경찰을 부를게요." 그녀가 말한다.

"아니에요. 잉크 자국은 없앨 수 있어요." 내가 말한다. 그리고 아마 정말 없앨 수 있을 것이다. 「하얀 선물」은 나무 위에 그려 유약을 바른 작품이기 때문이다. 어쩌면 조그만 홈조차 남지 않을 수도 있다.

내 주위에 여자들이 모여들고, 그들 깃털이 바스락거리는 소리와 속삭임이 들려온다. 그들은 마치 내가 충격을 받은 것처럼 위로하고 달래고 쓰다듬고 돌봐 준다. 어쩌면 그들은 진심인지도, 나를 좋아하는지도 모른다. 여자들과의 관계에서는 분간하기가 너무 힘들다.

"그건 누구인가요?" 그들이 묻는다.

"광신도일 거예요. 반동주의자죠." 조디가 말한다.

이제 나는 존중받게 될 것이다. 잉크병에 얻어맞는 수모를 당하고 그런 분노의 난폭함, 그런 소동과 상황을 야기할 수 있는 작품은 색다른 혁명적 힘을 가졌음에 틀림없다. 나는 오만하고 용감하게 보일 것이다. 영웅주의라는 한 차원이 내게 따라붙는다.

"페미니스트 소동에서 큰 싸움 벌어지다."라고 신문에 보도된다. 손으로 입을 막고 움츠린 내 모습과 그 뒤에 벌거벗은 스미스 부인이 잉크를 뚝뚝 떨어뜨리고 있는 사진이 실려 있다. 여자들이 싸우는 것이 뉴스거리가 될 수 있다는 것을 나는 이제야 알게 된다. 그것에는 이브닝드레스와 하이힐 차림을 한 남자들처럼, 무언가 자극적이고 전복적이고 코믹한 요소가 있다. 이것은 '암탉 싸움'이라고 불린다.

전시회 자체에는 나쁜 수식어들이 붙는다. "거슬리는", "공격적인", "신랄한." 이런 비평을 불러온 것은 주로 조디의 마네킹과 캐럴린의 퀼트 작품이다. 질라의 린트스케이프는 "주관적", "내성적", "약한" 등의 평을 받는다. 그들에 비하면 나는 혹평을 쉽게 빠져나간 셈이다. "페미니즘이라는 레몬의 신맛이 약간 곁들여진 순진한 초현실주의."

캐럴린은 선명한 노란 바탕에 붉은 글씨로 "거슬리는", "공격적인", "신랄한"이라고 쓰인 현수막을 출입구 밖에 내건다. 아주 많은 관객들이 전시회를 찾는다.

63장

나는 대기실에서 대기 중이다. 대기실에는 시트에 황녹색 충전재 덮개를 댄 별 특징 없는 연한 나무 의자 여러 개와 세 개의 작은 탁자가 있다. 이 가구는 십 년에서 십오 년 전에 유행했고, 이제는 구닥다리가 된 초기 스칸디나비아 가구의 투박한 모방품이다. 한 탁자에는 손때 묻은《리더스 다이제스트》와《맥클린스》잡지가 있고, 다른 탁자에는 하얀 바탕에 장미 봉오리 장식 재떨이가 있다. 카펫은 주황빛 도는 녹색이고, 벽은 탁한 노란색이다. 벽에는 오스트리아풍의 가짜 농민 옷을 입고 버섯을 우산 삼아 쓴 소심하고 역겨운 아이들 둘이 새겨진 석판화가 걸려 있다.

방에서는 오래된 담배 연기, 오래된 고무, 너무 오랫동안 살에 접촉해 닳아진 천 냄새가 난다. 뿐만 아니라 바닥 청소용

살균제를 퍼부은 냄새가 저 밖 복도에서 스며 들어온다. 이곳에는 창문이 없다. 이 방은 손톱으로 칠판을 긁는 소리처럼 내 신경을 곤두서게 만든다. 아니면 치과 대기실이나 싫어하는 직업을 구하기 위한 면접 시험 대기실처럼.

이곳은 은밀한 사설 정신 병원이다. 소위 요양소라고 불리는 곳. 도로시 린드윅 요양소. 부유한 사람들이 공공연히 돌아다니기에 부적합한 가족을 은밀히 숨겨 두는 곳. 그렇지 않으면 그들은 은밀하지도 않고 사설도 아닌 퀸 스트리트 999번지로 끌려가게 될 수 있다.

퀸 스트리트 999번지는 실제 장소이기도 하고, 다른 한편으로는 언덕 위의 하얀 집, 정신 이상자 수용소 등 상상할 수 있는 온갖 종류의 정신 병원을 지칭하는 고등학생들의 은어이기도 하다. 그 당시 우리는 정신 병원을 본 적이 없었기 때문에 상상에 의존해야 했다. 혀를 옆으로 빼물고, 사팔눈을 하고, 집게손가락으로 귀 옆에 원을 그리며 "퀸 스트리트 999번지"라고 말하곤 했다. 실제로는 무섭고 깊은 수치심을 느끼게 하는 다른 모든 일들이 그렇듯이, 광기 역시 우스운 것으로 간주되었다.

나는 코딜리어를 기다리는 중이다. 아니, 그저 내가 코딜리어일 거라고 생각하는 것일 수도 있다. 전화에서 흘러나오는 목소리는 그녀 목소리 같지 않았고, 느리고 다소 어눌하게 들렸다. "너를 봤어."라고 코딜리어가 말했다. 마치 우리가 불과 오 분 전에 함께 이야기를 나누고 있었던 것처럼. 그러나 실제로는 칠 년, 아니 팔 년, 아니 구 년이 흘렀다. 그녀가 스트랫퍼드 셰익스피어 축제에서 일했던 그 여름으로부터, 조제프와 함께 보냈던 그 여름으로부터. "신문에서 말이야." 코딜리어가 덧붙였다. 그리고 마치 그것이 질문이었던 것처럼 침묵이 흘렀다.

"그렇구나." 나는 말했다. 그리고 일종의 의무감에서 제안했다. "한번 만나자."

코딜리어는 예의 그 느린 말투로 말했다. "난 나갈 수 없어. 네가 여기로 와야 해."

그래서 내가 이곳에 왔다.

코딜리어는 방 맨 끝에 있는 문을 통해 균형을 잡으려 애쓰는 것처럼, 아니면 다리를 저는 것처럼, 조심스럽게 걸어 들어온다. 그러나 다리를 저는 것은 아니다. 그 뒤에 돈 받고 고용된 간병인 특유의 낙관적이고 거짓된, 이를 활짝 드러낸 웃음을 짓고 있는 한 여자가 따라 들어온다.

코딜리어를 알아보는 데 약간 시간이 걸린다. 그녀는 완전히 달라 보인다. 아니, 마지막으로 보았던 그때, 풍성한 면 치마를 입고 난한 팔찌를 했던, 우아하고 자신만만하던 모습과 달라 보인다고 하는 것이 더 정확하겠다. 그녀는 이전 시절로 돌아간 것일 수도 있고, 다음 단계로 넘어간 것일 수도 있다. 자기 집안의 세련된 취향을 보여 주는 연녹색 트위드와 맞춤 블라우스를 이제 코딜리어가 입고 있으니 중년의 옷차림으로 보인다. 살이 쪄서 그런 것이다. 아니, 정말로 살이 쪘을까? 살이 붙기는 했지만, 언덕을 미끄러져 내려가는 진흙처럼 몸의 중간 부위로 내려앉았다. 긴 광대뼈가 얼굴 표면으로 솟아올랐고, 피부는 저항할 수 없는 중력이 당긴 것처럼 그 아래로 처졌다. 그녀가 늙으면 어떤 모습이 될지 상상할 수 있을 것 같다.

머리는 누군가 다듬어 주었다. 자기 손으로 한 것이 아니다. 코딜리어라면 저렇게 보글거리는 곱슬머리를 하지 않았을 것이다.

코딜리어는 불안정하게 서서 눈을 약간 찡그리며, 머리를 앞으로 내밀고, 코끼리나 무슨 느리고 당황한 동물처럼 미세하게 몸을 좌우로 흔든다. "코딜리어." 나는 일어서서 그녀를 부른다.

"저기 당신 친구가 있군요." 간병인이 엄격한 미소를 지으며 말한다. 간병인은 코딜리어의 팔을 잡고 바른 방향으로 걷도록 슬쩍 잡아당긴다. "드디어 왔네." 나는 어린애를 다루는 듯한 투로 말을 건넨다. 나는 앞으로 다가가 어색한 키스를 한다. 놀랍게도 나는 코딜리어와의 만남을 기뻐하고 있는 것이다.

"영영 못 보는 것보다는 늦게라도 만나는 게 낫지."

코딜리어는 전화로 들었던 바로 그 주저하는 듯한 굵은 목소리로 말한다. 간병인이 코딜리어를 맞은편 의자로 데려가 마치 그녀가 늙고 완고한 여편네라도 되는 것처럼 억지로 앉힌다.

갑자기 나는 분노를 느낀다. 어느 누구도 코딜리어를 저런 식으로 다룰 권리는 없다. 나는 간병인에게 눈살을 찌푸린다. 간병인이 내게 말한다. "이렇게 오시니 얼마나 좋아요! 코딜리어는 사람들이 찾아오는 것을 좋아해요. 그렇죠, 코딜리어?"

"네가 나를 데리고 나갈 수 있어." 코딜리어가 말한다. 그녀는 허락을 구하듯 간병인을 올려다본다.

간병인이 말한다. "그럼요, 좋아요. 차나 마시러 가세요. 다시 데려온다고 약속만 하면 말이에요!" 간병인은 농담이라도 하는 것처럼 활기차게 웃는다.

나는 코딜리어를 데리고 나간다. 도러시 린드윅 요양원은 하이 파크에 있다. 내가 한 번도 와 본 적 없어 길을 전혀 모르는 외곽이다. 그러나 몇 골목 떨어진 곳에 카페가 있다. 코딜리어는 그곳을 알고 있고, 가는 길도 안다. 나는 그녀를 부축해야 할지 망설이다가 하지 않기로 한다. 나는 옆에서 걸으면서, 건널목에서는 그녀가 시각 장애인이라도 되는 것처럼 주의를 기울이고, 그녀의 걸음에 맞추어 속도를 늦춘다.

"나는 돈이 없어. 요양원에서 돈을 갖고 있게 허락하지 않아. 담배도 대신 사 줘." 코딜리어가 말한다.

"괜찮아." 내가 말한다.

우리는 칸막이 자리에 느긋하게 앉아서 커피와 데운 데니시페이스트리를 두 개 시킨다. 웨이트리스가 우리를 빤히 쳐다보는 것이 싫어서 주문은 내가 한다. 코딜리어는 더듬거리며 담배를 꺼낸다. 불을 붙이는 손이 떨린다. "위대하게 불타오르는 예수의 푸른 불알." 그녀는 똑똑히 발음하려 애쓰며 말한다. "여기 나와 있으니까 좋아." 그리고 웃는다. 나 역시 비난받고 문책당하는 기분을 느끼며 그녀와 함께 웃는다.

그녀에게 의례적인 질문을 해야 할 것이다. 우리가 서로 만나지 못했던 그간의 세월 동안 무엇을 했는가? 연기 생활은 어떻게 된 것인가? 결혼은 했는지, 아이는 있는지? 현재 처한 상황에 이르기까지 정확히 어떤 일이 일어났는가? 그러나 이 모든 것은 중요하지 않다. 이것은 부차적이고 지엽적인 문제들이다. 중요한 것은 코딜리어 자신, 현재의 모습이다.

"도대체 너한테 뭘 먹였니?" 내가 묻는다.

"일종의 안정제야. 나도 싫어. 침을 흘리게 되거든." 코딜리어가 대답한다.

"왜 먹이는 건데? 그나저나 어쩌다 정신 병원에 들어가게 된 거야? 너는 나만큼이나 멀쩡했잖아."

코딜리어는 담배 연기를 뿜어내며 나를 쳐다본다. "일이 잘 풀리지 않았어." 그녀가 잠시 후 대답한다.

"그래서?" 나는 추궁한다.

"그래서 약을 먹었지."

"오, 코딜리어." 무엇인가 날카롭게 나를 관통하는 느낌이다. 아이가 넘어져 바위에 입술을 부딪히는 것을 보는 것처럼. "왜 그랬니?"

"나도 모르겠어. 그냥 그 생각에 휩쓸리고 말았어. 아주 지쳐 있었거든." 코딜리어는 말한다.

그런 짓을 하지 말았어야 한다고 말하는 것은 아무 소용이 없다. 나는 고등학교 때 하던 식으로 구체적인 상황을 물어본다. "그래서, 의식을 잃었니?"

코딜리어가 말한다.

"응. 자살하려고 호텔에 갔어. 그런데 지배인이나 아무튼 누군가가 알아낸 거야. 펌프질로 위를 세척해야 했어. 그건 정말 역겨운 일이야. 구토 유발적인 짓이라고 할 수 있겠지."

코딜리어의 얼굴이 그렇게 굳어 있지만 않다면 그 말을 듣고 웃을 수도 있을 것이다. 나는 어쩌면 울지도 모르겠다고 생각한다. 그와 동시에, 왜 그런지 모르겠지만, 그녀에게 분노를 느낀다. 이것은 코딜리어가 나를 넘어선 곳, 내가 미칠 수 없는 곳, 내가 그녀에게 다가갈 수 없는 곳으로 가 버린 것과 같다. 그녀는 자기 존재의 개념을 놓아 버린 것이다. 그녀는 상실된 존재다.

"일레인, 나를 나가게 해 줘." 코딜리어가 말한다.

"뭐라고?" 불시에 습격당한 기분으로 내가 말한다.

"빠져나갈 수 있게 도와줘. 너는 그곳에 있는 게 어떤 건지 모르지. 프라이버시도 없어." 이것은 그녀가 내게 한 말 중 가장 애원에 가까운 것이다.

토요일 오후, 남자아이들과 함께 만화책을 읽던 때 들었던 말이 떠오른다. '네 체격에 걸맞은 상대와 싸워라.' 나는 묻는다. "내가 어떻게 하면 되는 건데?"

"내일 나를 찾아와. 그리고 택시를 타고 도망가는 거야." 코딜리어는 내가 망설인다는 것을 알아차린다. "아니면 그냥 돈만 빌려 줘. 그것만 하면 돼. 아침에 안정제를 먹지 않고 숨길 거야. 그러면 나는 괜찮을 거야. 내가 이런 상태인 건 그 안정제 때문이야. 25달러면 충분해."

"지금은 돈이 많이 없어." 나는 말한다. 그것은 사실이기도 하지만 회피하기 위한 변명이기도 하다. "그 사람들이 너를 붙잡을 거야. 네가 안정제를 버렸다는 걸 알아차릴 거라고. 그들은 분간할 수 있어."

"나는 언제고 그들을 속일 수 있어." 코딜리어는 예전의 교활함을 번득이며 말한다. 나는 생각한다. '물론이지, 배우니까. 아니 배우였으니까.' 그녀는 무엇이든 가장할 수 있을 것이다. "하여튼 그 의사들은 정말 바보야. 별의별 질문을 하고, 내 말을 전부 믿어. 내 대답을 다 받아 적더라."

그러면 그곳에는 의사들이 있는 것이다. 그것도 여러 명이. "코딜리어, 내가 어떻게 그런 책임을 지겠니? 나는 어느 누구와도 이야기를 나눠 보지 않았잖아."

코딜리어가 말한다. "그들은 모두 개자식들이야. 나는 멀쩡해. 너도 그렇게 말했잖아." 저 굳게 닫히고 피부가 늘어진 얼굴 뒤에 광적인 아이가 하나 숨어 있는 것이다.

나는 코딜리어를 유괴해서 구출하는 상상을 한다. 그런 일을, 아니면 그 비슷한 무엇을 할 수도 있을 것이다. 하지만 그 다음에는 어떻게 될까? 그녀는 우리 아파트에 숨어 징병 기피자, 난민, 유민처럼 임시 침대에서 자고 부엌에서 담배 연기를 피워 댈 것이다. 그러는 동안 존은 도대체 저 여자가 누구이며 왜 여기 있느냐고 추궁할 것이다. 지금도 우리의 관계는 상당히 어렵다. 내가 코딜리어를 감당할 수 있을지 확신할 수 없다. 그녀는 존이 머릿속에 간직하고 있는 죄목 계산서에 내 잘못으로 올릴 또 하나의 항목이 될 것이다. 게다가 나는 자신도 온전히 건사하지 못하는 상태다.

그리고 세라에 대해서도 생각해야 한다. 그녀는 이 코딜리어 이모를 좋아하게 될까? 코딜리어는 어린아이들과 어떻게 지낼까? 그리고 좌우간 그녀는 뇌에 어느 정도 이상이 생긴 것인가? 노을이 밝게 불타는 황혼 녘애 집에 돌아왔을 때, 그녀가 목욕탕 바닥에 싸늘하게 죽어 있거나 그보다 더 끔찍한 꼴이 되어 있는 일이 곧 생기지 말란 법이 없지 않은가? 존의 작업대는 일종의 무기고다. 그곳에는 작은 톱과 작은 끌이 마구 널려 있다. 어쩌면 그저 멜로드라마처럼 옛날의 연극 기질을 발휘해 한두 번 살짝 긋는 데 그칠지도 모른다. 하지만 극적인 사람들은 더 무모한 구석이 있다. 맡은 배역을 위해 그들은 모든 것을 희생한다.

"그럴 수 없어, 코딜리어."

나는 온화하게 말한다. 그러나 코딜리어에 대해서는 온화한 마음을 품을 수 없다. 나는 설명할 수도, 표현할 수도 없는 분노로 들끓고 있다. 감히 네가 어떻게 나에게 그런 부탁을 할 수 있니? 그녀의 팔을 비틀고 눈 속에 얼굴을 처박아 버리고 싶다.

웨이트리스가 계산서를 가져온다. "충분히 포복했니?" 나는 분위기를 띄우고 주제를 바꾸기 위해 그렇게 말을 건넨다. 그러나 코딜리어는 그런 말에 넘어갈 멍청이가 절대 아니다.

"그래, 하지 않겠다는 말이구나." 코딜리어가 말한다. 그러고는 비참한 표정으로 덧붙인다. "너는 항상 날 미워한 것 같아."

나는 말한다. "아니야, 내가 너를 왜 미워하겠어? 아니야!" 그건 충격적인 말이다. 그녀는 왜 그런 말을 하는 것일까? 나는 코딜리어를 미워한 기억이 없다.

"어쨌든 나는 탈출할 거야."

코딜리어가 말한다. 그녀의 목소리는 이제 굵게 들리지도 않고, 주저하는 기미도 없다. 그녀는 예의 완고하고 반항적인 표정을 짓는다. 오래전 기억 속의 그 표정. '그래서?'

나는 요양원까지 코딜리어를 바래다준다. "다시 만나러 올게." 내가 말한다. 그러고 싶지만, 정말 다시 올 가능성은 적다. '그녀는 괜찮을 거야.' 나는 스스로에게 중얼거린다. 고등학교 졸업 즈음에도 그녀는 지금과 비슷한 모습이었지만, 이후에 나아지지 않았던가. 이번에도 그럴 수 있다.

집으로 돌아가는 지하철에서 나는 광고를 쳐다본다. 맥주, 초콜릿 바, 한 마리 새로 변신한 브래지어. 나는 안도한 척한다. 나는 가볍고, 자유롭다.

그러나 나는 코딜리어로부터는 자유롭지 못하다.

나는 코딜리어가 석양을 배경으로, 양팔을 활짝 펴고 치마가 종처럼 부풀어오른 가운데, 허공에서 눈 천사 모양을 만들며 절벽이나 다리에서 떨어지는 꿈을 꾼다. 그녀는 결코 어디에 부딪히거나 착륙하지 않는다. 계속해서 추락할 뿐이다. 그리고 나는 심장 박동이 빠르게 뛰는 가운데, 통제할 수 없이 곤두박질치는 엘리베이터에서처럼 내 아래에서 중력이 차단되어 버리는 것을 느끼며 잠에서 깨어난다.

나는 코딜리어가 예전 퀸 메리 학교 운동장에 서 있는 꿈을 꾼다. 학교는 이제 사라졌고, 벌판과 작은 상록수가 있는 언덕만 남았다. 코딜리어는 방한 외투를 입고 있다. 그러나 어린아이가 아니라 현재 나이의 성인이다. 그녀는 내가 자신을 저버렸다는 것을 알고 있으며 매우 화가 났다.

한 달, 두 달, 세 달이 흘러 나는 코딜리어에게 꽃무늬가 많아 글 쓸 자리가 별로 없는 편지지에 편지를 쓴다. 나는 그녀를 위해 특별히 이 편지지를 샀다. 너무나 거짓된 쾌활함을 가장해서 쓴 것이라 봉투를 봉하기 위해 침질하기조차 힘겹다. 그 편지에 나는 다시 방문하겠노라고 쓴다.

그러나 내 편지는 주소 불명이라는 글자가 갈겨쓰여 돌아온다. 나는 이 글씨체가 혹시 가장한 코딜리어의 필체가 아닌지 알아내려고 여러 각도에서 꼼꼼히 살펴본다. 이것이 코딜리어의 필체가 아니고 그녀가 더 이상 요양원에 살지 않는다면, 그녀는 어디로 간 것일까? 그녀는 어느 순간에라도 우리 아파트 초인종을 누르거나 전화를 할 수도 있다. 그녀는 어느 곳에나 있을 수 있는 것이다.

나는 조디의 전시회 작품처럼 마구 난도질되었다가 다시 조합된 마네킹 꿈을 꾼다. 마네킹은 스팽글이 잔뜩 달린 얇은 의상 외에는 아무것도 걸치지 않았다. 그 마네킹은 목까지만 있다. 겨드랑이에는 하얀 천에 싸인 코딜리어의 머리를 끼고 있다.

12부

한쪽 날개

64장

주차장 한구석, 호화로운 부티크들이 몰려 있는 곳에 1940년 대 식당이 재현되었다. 이름은 '4D 식당'이다. 원래 있던 것을 개조한 것이 아니라 새로 만든 것이다.

예전에는 이런 것을 빨리 헐어 버리지 못해 안달이었다.

내부가 지나치게 깨끗하다는 점만 제외하면 상당히 진짜처 럼 보인다. 사실 1940년대보다는 1950년대 초반처럼 보인다. 청량음료 판매대가 있고, 그 옆에는 앉는 곳이 형광 라임색인 등 없는 높은 의자가 놓여 있고, 빛나는 상어 지느러미 장식 이 달린 초창기 컨버터블 표면 같은 자주색 비닐로 감싼 칸막 이 좌석이 있다. 진짜 1940년대 식당의 자동 전축, 크롬 옷걸 이, 벽에 붙은 화질 나쁜 흑백 사진. 웨이트리스들은 검은 테 두리가 있는 흰 유니폼을 입고 있다. 그러나 그들이 바른 붉은 립스틱은 색조가 시대와 맞지 않으며, 입술 선 주변까지 발랐어야 했다. 웨이터들은 청량음료 판매원 모자를 비스듬하게 쓰고, 머리는 목 뒤를 짧게 친 제대로 된 모양을 하고 있다. 장사는 아주 잘 된다. 손님은 대부분 이십 대 젊은이들이다.

정말로 이곳은 박물관으로 개조된 서니사이드 같다. 돌먼 슬리브 옷과 폭 넓은 벨트 차림을 한 코딜리어와 내가 밀크셰이크를 마시며 지겨워 죽겠다는 표정을 짓는 모습을 박제해서 받침대에 올려놓거나 밀랍으로 만들어 갖다 놓아도 될 것 같다.

내가 마지막으로 본 코딜리어는 요양원 문으로 들어가던 모습이었다. 그것이 내가 마지막으로 그녀에게 말을 했던 때였다. 하지만 그녀가 내게 마지막으로 말을 건넨 때는 아니었다.

이곳에는 아보카도와 무순 샌드위치도 없고, 커피도 에스프레소가 아니다. 파이는 코코넛 크림 파이이며 그때와 마찬가지로 별로다. 나는 자주색 칸막이 좌석에 앉아, 젊은 사람들이 과거의 진수라고 생각하는 것들에 대해 감탄하는 것을 보면서, 커피와 파이를 먹는다.

과거는 우리가 그 안에 처해 있을 때는 색다른 것이 아니다. 시간이 흐르고 그것으로부터 안전한 거리를 두게 되었을 때, 그것을 우리의 삶을 구속하는 틀이 아닌 하나의 장식으로 볼 수 있을 때, 비로소 과거는 색다른 것이 된다.

요즘 엘비스 프레슬리 모양 돼지호박 틀이 나왔다. 호박이 아직 작을 때 틀에 넣어 놓으면 자라면서 엘비스 프레슬리 머리 형태로 변형되는 것이다. 그가 이것을 위해서 노래를 불렀던가? 돼지호박이 되기 위해서? 채식주의와 환생 이론이 유행이지만, 이건 너무 극단적이다. 나라면 차라리 쥐며느리로 환생하겠다. 아니면 볶음새우로. 그래도 환생 이론은 지옥 이야기보다는 관대한 것 같다.

나는 웨이트리스에게 말한다.

"정말 잘 꾸며 놓았는데요. 물론 가격은 잘못되었어요. 그때는 커피 한 잔에 10센트였지요."

"정말요?"

웨이트리스가 말한다. 질문은 아니다. 그녀는 내게 의무적인 미소를 던진다. '지겨운 늙은 아줌마.' 그녀는 내 나이 절반밖에 안 됐지만 벌써 내가 상상조차 할 수 없는 삶을 살고 있다. 그녀의 죄책감, 증오, 공포가 무엇이든, 그것은 결코 이전 시대의 것과 같을 수 없다. 이 여자아이들은 에이즈에 어떻게 대비하고 있을까? 우리가 했던 것처럼 건초 더미 속에서 뒹굴며 사랑을 나눌 수는 없을 것이다. 어쩌면 의사 전화번호 교환하기를 포함한 구애 의식 같은 것이 있을지도 모른다. 우리 세대가 두려워하던 것은 임신이었다. 그것은 성적인 위장 폭탄이며, 우리를 끝장낼 수 있는 것이었다. 이제는 그렇지 않다.

나는 계산을 하고, 후한 팁을 주고, 내 꾸러미를 주워 든다. 두 딸을 위한 이탈리아제 스카프와 벤을 위한 만년필. 만년필이 다시 유행하고 있다. 지옥의 변방 어딘가에서 모든 오래된 장치와 기계와 의상들이 줄을 서서 다시 입장할 순서를 기다리고 있을 것이다.

나는 모퉁이까지 거리를 따라 올라간다. 다음이 조제프가
살던 거리다. 나는 집들을 세어 본다. 이 집이 그가 살던 집일
것이다. 앞부분은 헐리고 유리창으로 교체되었고, 잔디밭에는
포석이 깔려 있다. 유리창 안에는 오래된 아동용 흔들 목마와
닳아서 올이 보이는 퀼트와 얼굴이 찌그러진 목각 머리 인형
이 있다. 한때 내버려졌던 물건들이 이제는 돈으로 재활용된
다. 가격표처럼 경솔한 것은 붙어 있지 않은데, 그것은 이 모
든 것이 엄청난 가격이라는 의미다.

나는 조제프가 결국 어떻게 되었는지 궁금하다. 여전히 살
아 있다면 예순다섯 살이나 그 이상일 것이다. 그가 당시 치
사한 늙은이였다면, 지금은 얼마나 치사한 모습일까?

그는 정말로 영화를 만들었다. 분명히 그였을 거라고 생각
한다. 어쨌든 감독 이름이 같았다. 나는 그 영화를 영화제에서
우연히 보게 되었다. 한참 후 내가 이미 밴쿠버에 살고 있을
때의 일이다.

그것은 모호한 성격과 부푼 머리를 가진 두 여자에 관한 영
화였다. 그들은 얇은 드레스를 입은 허벅지 위로 바람이 불어
오는 벌판을 헤매고 다니며, 불가사의한 시선으로 주위를 둘러
보았다. 한 여자는 정신이 나가 라디오를 분해해 부품을 강에
빠뜨리고, 나비를 잡아먹고, 고양이 목을 베었다. 만일 그 여자
가 금발에 우아한 모습이 아니라 추악했다면 그다지 호소력이
없었을 것이다. 다른 여자는 자기 할아버지의 구식 접이식 면

도기로 허벅지에 작은 상처를 냈다. 영화 끝 무렵 그녀는 드레스 자락을 커튼처럼 펄럭거리며 철도교에서 강으로 뛰어내렸다. 머리 색깔을 제외하면 두 여자는 거의 구별되지 않았다.

영화 속의 남자는 이 두 여자를 다 사랑하며 마음을 정하지 못했다. 그래서 그들의 광기가 시작된 것이다. 바로 이것 때문에 나는 감독이 조제프일 거라고 확신했다. 그 여자들이 남자 말고도 미칠 만한 자신들만의 어떤 이유가 있었으리라는 생각을 그는 못했을 것이다.

이 영화에 나오는 피도 진짜 피가 아니었다. 여자들은 조제프에게 실제 존재가 아니었다. 그가 내게 실재적이지 않았던 것처럼. 그랬기 때문에 나는 그의 고통을 그런 경멸과 무관심으로 대할 수 있었다. 내가 그에 대한 꿈을 전혀 꾸지 않았던 이유는 그가 이미 꿈의 세계에 속한 사람이었기 때문이다. 불연속적이고 비이성적이며 강박적인 꿈의 세계.

물론 내가 조제프에게 부당한 대접을 한 것은 사실이다. 하지만 그런 부당함을 행사할 수 없었다면 내가 어디에 놓여 있었겠는가? 속박 속에, 멍에 속에 놓였을 것이다. 젊은 여자들은 부당함을 행사할 필요가 있다. 이것은 그들이 지닌 몇 안 되는 방어 수단의 하나다. 그들은 무정함을, 무지를 필요로 한다. 그들은 어둠 속에서, 높은 절벽 가장자리를 걸으며, 콧노래를 흥얼거리면서도, 자신들이 안전하다고 생각한다.

나는 조제프가 만든 영화를 두고 그를 비난할 수 없다. 그는 자신만의 해석, 자신만의 재현을 할 자격이 있다. 내가 그러하듯 말이다. 내가 그의 목적에 부합한 역할을 했다면, 그 역시 내 목적에 부합한 역할을 했다.

예를 들어 바로 지금 미술관 벽에 걸려 있는 「실물화」라는 작품에서 조제프는 먹기 적합한 모습으로 아스픽[50] 속에 보존되어 있다. 그는 그림 왼쪽에 있으며, 옷을 다 벗고 있다. 그러나 반쯤 몸을 돌리고 있어서 관객이 볼 수 있는 것은 궁둥이 끄트머리와 몸 옆면뿐이다. 오른쪽에는 존이 똑같은 자세로 서 있다. 그들의 몸은 다소 이상적으로 그려져 있다. 실제보다 털이 적으며, 근육은 보다 선명하고, 피부색은 환하다. 토론토에 대한 존중의 표시로 삼각 속옷을 입힐까도 생각했지만, 그러지 않기로 결정했다. 그들 둘 다 멋진 궁둥이를 갖고 있다.

그들은 각각 그림을 그리고 있고, 그림은 이젤 위에 있다. 조제프가 그린 것은 풍만하지만 뚱뚱하지는 않은 여성이 다리 사이에 천을 두르고 가슴을 드러낸 채 등 없는 의자에 앉아 있는 모습이다. 얼굴은 라파엘 전파풍으로, 사색에 잠긴 듯하고 의식적으로 신비로움을 자아내고 있다. 존의 그림은 진분홍색, 짙은 적자색, 그리고 버건디 체리 같은 자주색으로 그린 일련의 창자 같은 소용돌이 모양이다.

모델은 그들 사이에 놓인 의자에 앉아서, 얼굴은 정면을 향하고 맨발로 바닥을 딛고 있다. 가슴 아래는 하얀 침대보로

---

50) 소고기, 송아지고기, 닭고기, 생선 뼈 육수를 우려내 향신료 등을 첨가해서 굳힌 요리다.

감싸고 손은 허벅지 위에 단정히 포개고 있다. 그녀의 머리는 푸른색 도는 유리로 된 구체(球體)다.

나는 존과 함께 파크 플라자 호텔의 루프톱 바에 앉아 백 포도주 소다 칵테일을 마시고 있다. 이것은 나의 제안이었다. 이곳을 다시 보고 싶었다. 바깥의 스카이라인이 바뀌었다. 파크 플라자는 더 이상 주위에서 가장 높은 건물이 아니고, 낮은 잔여물, 주변에 솟아오른 세련되고 매끈한 건물들 사이에서 눌려 압도된 건물에 불과하다. 정남향에는 뒤집힌 거대한 고드름 모양의 CN 타워가 솟아 있다. 공상 과학 만화책에서나 보던 건물이다. 그것이 단색의 호수와 하늘을 배경으로 판판하게 붙어 있는 것 같은 광경을 보면서 나는 시간 속에서 앞으로 나아가는 것이 아니라 옆길로 내려선 듯한 기분, 이차원의 우주 속으로 발을 내디딘 것 같은 기분에 사로잡힌다.

그러나 바의 내부는 그다지 많이 변하지 않았다. 이 장소는 여전히 섭정 시대의 상류 계급 매음굴처럼 보인다. 잘 다듬은 머리 모양을 하고 걱정스러운 신중함을 풍기는 웨이터들마저 똑같은 것 같다. 아마 똑같을 것이다. 운영진은 넥타이를 잊은 신사들을 위해 외투 보관실에 넥타이를 준비해 두곤 했다. 그들은 '잊었다'는 단어를 사용했다. 신사라면 일부러 넥타이를 매지 않았을 리가 없다는 것이다. 이 장소에 바지 정장을 입은 여자들이 등장한 것은 커다란 사건이었다. 그것을 감행한 이는 세련된 흑인 모델이었다. 그들은 그녀의 입장을 막을 수 없었다. 그녀는 그들을 인종 차별로 고발할 수도 있었던 것이다. 이런 기억과 그에 수반된 승리의 작은 전율이 내가 나이든 사람임을 보여 준다. 요즘 어떤 여자가 바지 정장을 여성 해방과 연결 지어 생각하겠는가?

예전에는 이곳에 존과 오지 않았다. 존은 옛 시대를 모방한 푹신한 의자와 둥글게 굽이치는 커튼, 윤기 나는 위스키 광고에서 오려 낸 듯한 남자와 여자들을 비웃었을 것이다. 나와 함께 왔던 것은 조제프였으며, 탁자 너머로 내가 쓰다듬은 손도 조제프의 손이었다. 지금처럼 존의 손이 아닌.

우리는 그저 손가락 끝만 가볍게 맞대고 있다. 이번에는 별다른 말을 하지 않는다. 점심에 만났을 때와는 달리 말로 서로를 공격하지 않는다. 그 대신 단음절과 침묵이라는 서로 공유하는 어휘가 오간다. 우리는 우리가 왜 여기에 왔는지 알고 있다. 엘리베이터를 타고 내려가며 나는 흐릿한 거울 벽을 들여다보고, 시간에 의해 침침해진 어두운 유리 속에서 이끼가 잔뜩 낀 돌멩이 같은 내 얼굴을 바라본다. 나는 어떤 연령대에든 속할 수 있다.

우리는 택시를 타고 창고로 돌아온다. 택시에서 우리의 손은 나란히 놓여 있다. 우리는 작업실로 향하는 계단을 숨이 차지 않도록 천천히 올라간다. 중년의 가쁜 숨을 서로에게 보여 주기 싫은 것이다. 존의 손이 내 허리에 놓여 있다. 그 손길은 내게 친숙하다. 몇 년 만에 돌아온 집에 전기 스위치가 어디 있는지 아는 것과 비슷하게. 문에 다다르자 안으로 들어가기 전에 존이 내 어깨를 두드린다. 그것은 격려의 몸짓이며 아쉬워하는 체념의 몸짓이기도 하다.

"불 켜지 마." 내가 말한다.

존은 나를 감싸 안고 내 목에 비스듬히 얼굴을 기댄다. 그 것은 욕망보다는 피로의 몸짓이다.

작업실에는 가을 황혼의 자줏빛 어린 회색이 감돈다. 팔다 리 석고 틀은 폐허 속의 부서진 조각상처럼 하얗게 빛난다. 한구석에 내 옷이 흩어져 있고, 빈 컵들이 작업대와 창문 옆 등 여러 곳에서 내 일상적인 행동반경을 표시하며 내가 이 공 간을 점유하고 있음을 보여 준다. 그동안 다른 어느 곳에 있었 건, 다른 무엇을 하고 있었건 상관없이, 이곳은 마치 내가 계 속 살아온 나의 공간처럼 보인다. 떠나 있었던 것은 내가 아닌 존이며, 이제야 그가 돌아온 것처럼.

우리는 처음에 그랬던 것처럼 서로의 옷을 벗긴다. 그러나 그때보다 더 수줍어한다. 나는 어색하게 굴고 싶지 않다. 어스 름 녘이라 다행이라고 나는 생각한다. 허벅지 뒤와 무릎 위쪽 의 주름, 뚱뚱하다고는 할 수 없지만 어쨌든 주름진 배에 부드 럽게 겹친 살에 신경이 쓰인다. 존의 가슴 털은 이제 희게 세 었다. 그것은 충격적이다. 나는 약간 나온 그의 배를 보지 않 는다. 그러나 나는 그의 배가 튀어나왔고 몸이 변했다는 것을 알아본다. 그가 내 몸의 변화를 알아차리듯이.

우리는 이제 이전에 결여했던 진중함을 가지고 키스를 나 눈다. 이전의 우리는 열정적이었고 이기적이었다.

우리는 사랑의 행위가 가져다주는 위안을 누리며 사랑을 나눈다. 나는 그를 알아본다. 완전한 어둠 속에서도 그를 알 아볼 수 있었을 것이다. 모든 남자는 변화하지 않는 자신만의 리듬이 있다. 그것을 다시 맞이하는 안도감.

벤을 배반하고 있다고 생각하지는 않는다. 나는 그저 다른 무엇인가에 충실할 뿐이다. 벤의 존재에 선행하는 무엇, 그와 아무 상관없는 무엇에. 오래된 원한에.

또한 앞으로 두 번 다시 이렇게 하지 않으리라는 것을 나는 알고 있다. 이것은 한때 가 보았던, 한때 화려했던 장소를 앞으로 결코 찾아오는 일이 없으리라는 것을 인식하며 마지막으로 돌아서서 바라보는 것과 비슷하다. 나이아가라 폭포의 야경.

우리는 팔로 서로를 감싸고 듀베를 덮고 누워 있다. 우리가 전에 무엇에 대해 싸웠는지 잘 기억할 수 없다. 이전의 분노는 사라졌고, 우리가 서로에게 품었던 날카롭고 질투에 가득 찬 정욕 또한 분노와 함께 사라졌다. 이제 남은 것은 애정과 회한이다. 우리는 점점 약해지는 음조 같다.

"개막전에 올 거지? 왔으면 좋겠어." 내가 말한다.

"아니, 가고 싶지 않아." 존이 말한다.

"왜?"

"기분이 썩 유쾌하진 않을 거야. 나는 그런 식으로 당신을 보고 싶지 않았어." 그는 말한다.

"어떤 식?" 내가 묻는다.

"당신에게 감탄하는 그 모든 사람들과 함께 말이야."

그는 단순한 구경꾼이 되고 싶지 않으며, 이 모든 것에서 자신이 설 여지가 없을 것이라는 말이다. 존의 말이 옳다. 그는 단순히 나의 전남편으로 머물고 싶지 않은 것이다. 그렇게 되면 그는 나와 자기 자신 둘 다 모두 잃게 될 것이다. 나 역시 그것을 원하지 않는다. 나도 그가 오지 않기를 바란다. 그곳에서 그가 와 주는 게 필요하지만, 오지 않았으면 좋겠다.

나는 몸을 돌려 팔꿈치로 몸을 지탱하며 다시, 이번에는 그의 뺨에, 키스한다. 아래쪽과 귀 뒤쪽 머리가 이미 하얗게 세었다. 나는 생각한다. '우리는 가장 적당한 때에 했구나.' 너무 늦을 뻔했다.

65장

존과의 관계는 아래층으로 추락하는 형국이다. 이제까지는 초기의 비틀거림, 회복, 손잡이를 그러쥐는 과정이 있었다. 그러나 이제는 모든 균형이 깨지고, 우리 둘 다 시끄럽게, 우아하지 못한 모습으로 추락하고, 아래로 내려갈수록 속도와 마멸이 더 가속화된다.

나는 화난 상태로 잠이 들고 깨어나는 것을 두려워한다. 그리고 깨어나면 침대 위에서 잠들어 있는 존의 몸 옆에 누워 있는 내 모습을 발견한다. 나는 그의 숨소리의 리듬을 들으며 그가 편안히 마음대로 잊어버릴 수 있다는 것에 분개한다.

몇 주 동안 존은 평소보다 말수가 줄어들었고 집에 자주 오지 않았다. 집에 자주 오지 않았다는 것은 내가 집에 있을 때의 이야기다. 내가 직장에 있거나 세라가 유아 학교에 있을 때 그는 집에서 시간을 잘 보낸다. 나는 흔적을, 길을 따라 떨어진 빵 부스러기처럼 내 생활 영역에 남겨진 작은 실마리를 발견하기 시작한다. 분홍색 입술 자국이 남은 담배, 개수대에 담긴 두 개의 사용된 잔, 베개 밑에 놓인 내 것 아닌 머리핀. 나는 모든 것을 깨끗이 치워 버리고 아무 말도 하지 않고, 더 긴요할 때를 위해 이런 물건들을 모아 둔다.

"모니카라는 여자가 전화했어." 내가 존에게 말한다.

지금은 아침이고, 하루라는 시간이 우리 앞에 펼쳐져 있다. 회피와 억누른 분노와 거짓 침착함의 하루. 이제 우리는 물건을 던지는 단계를 이미 벗어났다.

존은 신문을 읽고 있다. "아, 그래? 뭐가 필요하대?" 그가 말한다.

"모니카가 전화했다고 전해 달래." 나는 대답한다.

존은 밤늦게 돌아오고, 나는 침대에 누워 자는 척한다. 머릿속은 소용돌이에 휩싸인 듯 어지럽다. 나는 전략을 생각해 본다. 향수 냄새를 찾아 셔츠를 조사하고, 길에서 그를 미행하고, 벽장 안에 숨어 있다가 새로운 발견에 노발대발하며 튀어나오는 것. 내가 할 수 있는 다른 일들을 생각해 본다. 세라와 함께 이곳을 떠나 막연한 어디론가 갈 수 있을 것이다. 아니면 진지하게 얘기를 나눠 보자고 제안할 수도 있다. 아니면 아무 일도 일어나지 않은 것처럼 일상적인 삶을 계속할 수도 있다.

십 년 전 여성지에 나왔을 만한 충고일 것이다. 호전되기를 기다려라.

나는 이런 생각들을 일종의 시나리오로 생각해 본다. 영화로 만들어지고 폐기되는 시나리오. 어쩌면 영화로 만들어지는 동시에 폐기되는 것일 수도 있다. 그 모든 시나리오는 서로 긴밀히 연결되어 있다.

실제 삶에서 나날들은 평상시와 마찬가지로 흘러간다. 겨울을 향해 어두워져 가고, 말하지 못한 것들로 무거워지면서.

"너 엉클 조하고 그렇고 그런 사이였지, 안 그래?"

존이 대수롭지 않은 투로 묻는다. 오늘은 토요일이고, 정상적인 가족 생활을 위한 작은 시도로서 눈 놀이를 하러 세라를 그레인지 파크로 데려왔다.

"누구?" 내가 되묻는다.

"거 알잖아. 조제프 머시기 씨. 그 늙은 꼰대."

"아, 그 사람."

내가 말한다. 세라는 다른 아이들과 저쪽에서 그네를 타고 있다. 우리는 벤치의 눈을 치우고 앉아 있다. 나는 눈사람을 만들거나 아니면 좋은 어머니들이 해야 하는 다른 무엇을 해야겠다고 생각한다. 하지만 지금 나는 너무 지쳤다.

"하여간 당신 그랬지. 안 그래? 나와 사귀면서 동시에 말이야." 존이 말한다.

"그런 생각은 어디서 주워 담았어?" 내가 대꾸한다. 비난받는 상황에 처하게 되면 나는 즉시 알아차린다. 나는 방어 수단을 살펴본다. 머리핀, 립스틱, 전화, 개수대에 있던 유리잔.

"난 바보가 아니야. 짐작할 수 있었어."

그러니까 존은 자신만의 질투심을, 핥으며 자위할 자신만의 상처를 갖고 있었던 것이다. 내가 가한 상처들. 나는 거짓말을 하고, 모든 것을 부정해야 한다. 하지만 그러고 싶지 않다. 바로 이 순간, 조제프라는 존재는 내게 약간의 자만심을 불어넣어 준다.

"그건 몇 년 전 일이야. 백만 년 전 일이라고. 심각한 게 아니었어." 내가 말한다.

"제기랄."

존은 욕을 내뱉는다. 한때 나는 그가 조제프에 대해 알게되면 나를 비웃을 것이라고 생각했다. 그가 조제프를 심각하게 여긴다는 것은 놀라운 일이다.

그날 밤, 우리는 사랑을 나눈다. 그걸 사랑이라고 부를 수 있는지 모르겠지만. 이것은 사랑의 형태도, 색채도 지니지도 않았고, 그저 거칠고 전쟁의 색깔과 금속성을 띠고 있을 뿐이다. 사건들이 판명되고 있다. 혹은 부인되고 있다.

다음 날 아침, 존이 말한다. "또 어떤 놈이 있었어?" 난데없는 질문이다. "주위의 시시한 늙은이들과 전부 놀아났을지 어떻게 알아?"

나는 한숨을 내쉰다. "존, 제발 어른답게 행동해." 내가 말한다.

"비니위니 씨는 어땠어?" 존은 계속한다.

내가 말한다.

"아, 제발. 너도 나을 것 하나 없었어. 집에 항상 그 마른 여자들이 득실거렸지. 너는 매이는 걸 싫어했잖아, 기억 안 나?"

세라는 여전히 유아용 침대에서 잠들어 있다. 우리는 안전하다. 완전히 진실은 아닌 이 나쁜 진실 털어놓기를 제대로 할 수 있는 것이다. 일단 시작하면 멈추기 힘들다. 우리는 심지어 일종의 즐거움마저 느낀다.

존이 말한다. "적어도 나는 드러내 놓고 했지. 비굴하게 몰래 그러지는 않았어. 너처럼 빌어먹게 순수하고 신실한 척은 안 했어."

"내가 너를 사랑했나 보지." 내가 말한다. 나는 과거 시제로 말했음을 깨닫는다. 존 역시 그것을 알아차린다.

"사랑에 우연히 빠지면 사랑을 결코 알 수 없는 법이야." 존이 말한다.

나는 말한다. "모니카와는 다르게 말이지? 너는 지금 솔직하게 행동하지 않잖아. 내 침대에서 그 머리핀을 발견했어. 적어도 다른 곳에서 그런 짓을 하는 예의 정도는 지켰어야지."

"너는 어때서? 너도 항상 외출하고, 여기저기 돌아다니잖아." 그가 말한다.

나는 말한다. "내가? 나는 그럴 시간도 없어. 생각할 시간도, 그림 그릴 시간도 없어. 똥 쌀 시간도 없다고. 그 망할 놈의 집세를 내느라 너무 바빠."

최악의 발언을 해 버리고 말았다. 너무 극단적으로 나간 것이다. 존이 말한다. "그만하지. 항상 너만 잘났어. 네가 무슨 일을 했는지, 네가 어떤 일을 견뎠는지만 중요해. 나는 언제나 아무것도 아니야." 그는 외투를 찾아서 현관문으로 간다.

"모니카를 만나러 가는 거야?"

나는 그러모을 수 있는 독기를 다 쏟아부어 소리 지른다. 학교 운동장에서나 적합할 이런 말다툼이 정말 싫다. 나는 포옹과 눈물과 용서를 원한다. 그 모든 것이 무지개처럼 노력 없이도 저절로 내게 다가왔으면 좋겠다.

"트리샤를 만나러 가는 거야. 모니카는 그냥 친구일 뿐이야." 존이 말한다.

지금은 겨울이다. 난방이 나갔다가 다시 들어왔다가 제멋대로 나가 버린다. 세라가 감기에 걸렸다. 그녀가 밤에 기침을 하고, 나는 일어나서 기침약을 먹이고 물을 갖다준다. 낮에는 우리 둘 다 지쳐 버린다.

이번 겨울에는 나도 자주 앓는다. 나는 세라에게 감기를 옮는다. 주말 아침, 나는 머릿속이 답답하고 몽롱한 가운데 침대에 누워 천장을 바라본다. 나는 진저에일과 직접 짠 오렌지 주스와 아득히 들려오는 라디오 소리를 원한다. 그러나 이런 것들은 영원히 사라져 버렸고, 그 어떤 것도 쟁반에 받쳐 대령되지 않는다. 진저에일을 마시고 싶으면 가게나 부엌에 가서 직접 사거나 잔에 따라야 한다. 큰방에서는 세라가 만화를 보고 있다.

나는 그림을 전혀 그리지 않는다. 그림 그리는 것에 대해 생각할 수 없다. 정부 예술 프로그램에서 청년 화가 보조금을 받고 있지만, 자신을 추슬러서 붓을 들고 그림을 그리지 못한다. 직장으로, 돈을 찾으러 은행으로, 음식을 사러 슈퍼마켓으로 끊임없이 자신을 내몬다. 때로 텔레비전에서 아침 드라마를 보기도 한다. 거기에는 실제 삶에서보다 훨씬 더 많은 고함 소리와 비싼 옷이 등장한다. 나는 세라를 키우는 데 전념한다.

나는 다른 일은 하지 않는다. 여자들의 모임에 더 이상 가지 않는다. 그들을 만나면 기분이 더 상하기 때문이다. 조디가 전화를 걸어 만나자고 제안하지만 거절한다. 그녀는 나를 격려하고, 이미 알고 있지만 실천할 수 없는 힘차고 긍정적인 충고들을 해 줄 것이다. 그런 후에는 결국 내가 실패자라는 생각에 더 깊이 사로잡힐 것이다.

어느 누구도 만나고 싶지 않다. 커튼을 드리운 채 침실에 누워 있으면 공허감이 느린 물결처럼 내 위를 휩쓸고 지나간다. 내게 일어나는 모든 일이 다 내 과오다. 나는 무언가 잘못을 저질렀다. 너무나 거대해서 차마 볼 수도 없는 무엇, 나를 익사시키고 있는 그 무엇인가를. 나는 부족하고 멍청하고 가치 없는 인간이다. 차라리 죽는 편이 낫다.

어느 날 밤 존이 집에 돌아오지 않는다. 여느 때와는 다르다. 이런 행동은 우리의 말 없는 합의에 포함되지 않은 것이다. 아무리 늦더라도 그는 자정쯤에는 귀가한다. 오늘은 싸움도 하지 않았다. 우리는 거의 말을 하지 않았다. 그는 어디 있는지 전화도 하지 않았다. 의도는 빤하다. 나를 이 추운 곳에 혼자 남겨 놓은 것이다.

나는 어두운 침실에서 존의 낡은 슬리핑 백을 두르고 웅크리고 앉아, 세라가 색색 숨 쉬는 소리와 싸락눈이 창에 부딪혀 내는 속삭임을 듣는다. 사랑은 시야를 흐릿하게 만든다. 그러나 사랑이 물러가고 나면 이전보다 더 선명하게 볼 수 있다. 조수가 빠져나가며 무엇이 버려져 가라앉았는지 보여 주는 것과도 비슷하다. 깨진 병, 오래된 장갑, 녹슨 청량음료 깡통, 조금씩 뜯어 먹은 생선 몸통, 뼈. 미래가 어떻게 될지 알지 못한 채 어둠 속에서 눈을 뜨고 있으면 이런 것들을 보게 된다. 나 자신이 만든 폐허.

내 몸은 아무런 의지 없이 무기력하다. 눈보라 속에서 얼어 죽지 않기 위해 해야 하는 것처럼 피가 순환되도록 계속 움직여야 한다. 나는 억지로 일어선다. 부엌으로 가서 차를 한 잔 만들 것이다.

집 바깥에서 차 한 대가 서두르는 소리를 희미하게 내며 눅눅한 눈 속을 지나간다. 창으로 들어오는 거리의 가로등 빛을 제외하면 안방은 어둠에 싸여 있다. 존의 작업대 위에서 도구들이 이 불충분한 빛 속에서 번쩍인다. 끝의 납작한 날, 망치의 머리. 내게 가해지는 지구의 인력을, 중력의 어두운 곡선이 나를 잡아당기는 것을, 내가 너무나 쉽게 추락할 수 있는 원자 사이의 공간을 느낄 수 있다.

그때 나는 그 목소리를 듣는다. 머릿속에 들려오는 목소리가 아니라 방 안에서 선명하게 들려오는 소리. "그렇게 해. 어서. 어서 하라고." 목소리는 선택할 여지를 남기지 않는다. 명령하는 힘을 지니고 있다. 이것이 뛰어내리는 것과 떠밀리는 것의 차이다.

팔목을 긋는 데 사용하는 것은 이그잭토 칼이다. 별다른 고통도 느껴지지 않는다. 손목을 그은 직후, 속삭이는 소리가 들려오고 공간이 닫히며 나는 바닥에 쓰러진다. 존이 그런 내 모습을 발견한다. 피는 빛을 반사하지 않기 때문에 어둠 속에서 까맣게 보인다. 불을 켠 후에야 비로소 그는 피를 보게 된다.

나는 응급실 사람들에게 사고였다고 말한다. "나는 화가예요. 캔버스를 자르다가 손이 미끄러졌어요." 하고 내가 말한다. 베인 것은 왼쪽 손목이니 개연성 있는 설명이다. 두렵다. 사실을 숨기고 싶다. 지금은 물론이고 나중 그 언제라도 퀸 스트리트 999번지에 처박히고 싶지 않다.

"한밤중에 말입니까?" 의사가 묻는다.

"밤에 자주 작업을 해요." 내가 말한다.

존이 내 말을 뒷받침한다. 그도 나만큼이나 겁이 난 것이다. 그는 내 손목을 마른 행주로 감고 병원으로 차를 몰았다. 피가 행주 사이로 흘러나와 앞좌석에 떨어졌다.

"세라." 나는 그녀를 생각해 낸다.

"세라는 아래층에 있어." 존이 말했다. 아래층이란 중년의 이탈리아 과부 집주인을 의미한다.

"걔한테 뭐라고 했어?" 내가 물었다.

"당신이 맹장염에 걸렸다고 했어." 존이 말한다. 나는 희미하게 웃었다. "도대체 무슨 생각을 한 거야?"

"나도 모르겠어. 세차해야겠다." 내가 말했다. 하얗게 표백

되고, 피가 몸에서 다 빠져나가고, 보호받고, 정화된 느낌이다.
평화로운 느낌.

"정말 누군가와 이야기를 나눠 보고 싶지 않으신가요?" 응
급실 의사가 묻는다.
"이젠 괜찮아요."
내가 말한다. 이야기하는 것은 내가 가장 하고 싶지 않은
일이다. 누군가라는 것이 누구를 의미하는지 나는 알고 있다.
바로 정신과 의사다. 내가 미쳤다고 말해 줄 그 누구. 나는 환
청을 듣는 이들이 어떤 부류인지 안다. 술을 너무 많이 마시
는 사람, 마약으로 자기 뇌를 지져 버리는 사람, 이성에서 벗어
난 행동을 하는 사람. 나는 완전히 안정을 되찾았고 더 이상
조바심도 느끼지 않는다. 이후에, 바로 내일, 어떻게 행동할 것
인지 이미 결정했다. 팔 지지대를 매고 손목뼈가 부러졌다고
말할 것이다. 그러니까 의사나 존이나 그 어느 누구에게도 내
가 들은 목소리에 대해 말할 필요가 없다.
나는 그 목소리가 실재가 아니라는 것을 안다. 동시에 내가
그것을 들었다는 것도 안다.
그것은 무서운 목소리가 아니었다. 협박조가 아니라 마치
일탈 행위, 장난, 즐거운 일을 제안하듯 신난 목소리였다. 진귀
하게, 비밀스럽게 간직된 무엇을 제안하듯. 아홉 살 아이의 목
소리.

66장

　섬세한 진흙 무늬를 남기며 눈이 녹고, 바람은 겨우내 남아 있었던 모래를 공중에 날린다. 크로커스가 눈에 눌려 황폐해진 잔디밭의 진흙을 뚫고 올라온다. 이곳에 계속 머물러 있다가는 나는 죽게 될 것이다.

　내가 떠나야 하는 것은 존뿐만 아니라 도시 자체라고 나는 생각한다. 나를 죽이고 있는 것은 바로 이 도시다.

　도시는 나를 갑자기 죽여 버릴 것이다. 나는 별다른 생각 없이 거리를 걷다가 갑자기 방향을 옆으로 틀어 보도에서 내려서서, 빠른 속도로 달리는 차에 부딪힐 것이다. 나는 아무 경고 없이 지하철에 앞으로 쓰러질 것이다. 나는 그러려는 의도 없이 다리에서 뛰어내릴 것이다. 나는 오직 그 목소리만을 듣게 될 것이다. 솔깃하고 음모를 꾸미는 듯한 목소리, 명랑하게 나를 재촉하는 그 목소리. 내가 그런 짓을 저지를 수 있다는 것을 나는 안다.

(더 끔찍한 사실은, 비록 내가 이런 상상들을 두려워하고 부끄러워하지만, 그리고 낮에는 통속적이고 웃기는 생각이라며 그것을 믿지 않으려고 하지만, 동시에 소중히 여기고 있다는 점이다. 그것은 알코올 중독자가 몰래 감추어 놓은 비밀 술병 같은 것이다. 비록 지금 당장 사용할 의도는 없지만, 그것이 있다는 사실을 아는 것만으로도 나는 안도한다. 그것은 비상금이자 사악한 버릇이고 비상구이기도 하다. 그것은 무기다.)

밤에 나는 세라의 유아용 침대 옆에 앉아, 꿈을 꾸면서 움직이는 그녀의 눈꺼풀을 바라보고, 그녀의 숨소리에 귀를 기울인다. 세라는 이제 혼자 남겨질 것이다. 아니, 존이 있으니 혼자는 아니다. 어머니 없는 아이. 상상조차 할 수 없는 일이다.

나는 거실 불을 켠다. 짐을 싸기 시작해야 한다는 것을 알지만 무엇을 가져가야 할지 모르겠다. 옷가지, 세라의 장난감, 그녀의 토끼 인형. 너무 어려운 일이다. 그래서 나는 그냥 잠자리에 든다. 존은 이미 벽 쪽으로 돌아누워 있다. 우리는 정전과 개선을 가장하는 시기를 지나 교착 상태에 다다랐다. 나는 그를 깨우지 않는다.

아침에 존이 집을 나간 후, 나는 세라를 유모차에 태우고 은행에 가서 내 보조금 일부를 인출한다. 나는 어디로 가야 할지 모른다. 생각할 수 있는 것은 그저 멀리 가야 한다는 것이다. 나는 밴쿠버행 표를 산다. 그곳은 따뜻하다는 이점이 있다. 아니 그저 내가 그렇게 생각하는 것일지도 모른다. 나는 불용 군수품(不用 軍需品) 상점에서 산 더플백에 우리 물건을 쑤셔 넣는다.

나는 존이 돌아와서 저지해 주기를 바란다. 이제 일에 착수하고 나니 내가 실제로 행동에 옮기고 있다는 것을 믿을 수 없다. 그러나 그는 돌아오지 않는다.

나는 쪽지를 남기고 샌드위치를 만든다. 땅콩버터 샌드위치. 그것을 반으로 잘라 우유와 함께 세라에게 준다. 나는 택시를 부른다. 우리는 코트를 입고 부엌 탁자 앞에 앉아서 샌드위치를 먹고 우유를 마시며 기다린다.

바로 이때 존이 돌아온다. 나는 계속 먹는다.

"도대체 어딜 가려는 거야?" 그가 묻는다.

"밴쿠버에." 내가 대답한다.

존은 탁자 앞에 앉아서 나를 노려본다. 그는 요즘 들어 엄청나게 많이 잤는데도, 몇 주 동안 제대로 눈을 붙이지 못한 것처럼 보인다. "당신을 막을 수는 없겠지." 그가 말한다. 술책을 쓰는 것이 아니라 사실을 말한 것이다. 싸우지 않고 우리를 가게 내버려 둘 작정인 것이다. 그 역시 지쳤다.

"택시가 온 것 같아. 편지 쓸게." 내가 말한다.

나는 떠나는 것에 능숙하다. 요령은 자기 자신을 철저히 고립시키는 것이다. 아무것도 듣지 말고, 아무것도 보지 말 것. 돌아보지 말 것.

돈을 아껴야 하기 때문에 우리는 침대칸에 타지 않는다. 나는 세라가 내 무릎에 대자로 누워 코를 쿵쿵대며 자는 동안, 밤새도록 꼿꼿이 앉아 있는다. 세라는 조금씩 울기는 하지만 내가 무슨 짓을 했는지, 우리가 어떤 일을 하고 있는지 알아차리기에는 너무 어리다. 다른 승객들이 기차 통로로 점점 자리를 넓힌다. 짐 꾸러미가 늘어나고, 담배 연기가 탁한 공기 속을 떠돌아다니며, 음식 포장지로 화장실 변기가 막힌다. 앞쪽에서는 맥주와 함께 카드 판이 벌어진다.

기차는 수백 킬로미터씩 펼쳐진 마른 나무숲과 화강암 노출 지층을 가로지르고, 늪지와 갈대와 죽은 가문비나무에 둘러싸인 이름 모를 수백 개의 작고 푸른 호수와, 그늘에 쌓여 있는 오래된 눈 더미를 거쳐 북서쪽을 향해 달린다. 나는 비와 먼지로 얼룩진 기차 유리창을 내다본다. 유년기에 보았던 풍경이 거기 놓여 있다. 얼룩지고 냄새 없고 만질 수 없는, 뒤로 밀려나는 풍경.

이따금 기차는 자갈 깔린 길이나 중앙에 하얀 줄이 그어진 좁은 포장도로를 가로지른다. 이 길은 공허하고 고요하게 보인다. 그러나 내게는 공허하지도, 고요하지도 않다. 대신 메아리로 가득 차 있다.

'집이다.' 나는 생각한다. 그러나 내가 돌아갈 수 있는 곳은 아무것도 아닌 곳이다.

이곳에서의 삶은 내가 예상했던 것보다 나쁘기도 하고 좋기도 하다.

어떤 날에는 이렇게 한 건 미친 짓이라고 생각한다. 다른 때에는 지난 수년간 했던 일 가운데 가장 분별 있는 일이었다고 생각하기도 한다. 밴쿠버는 물가가 싸다. 홀리데이 인 모텔에서 잠시 지낸 후, 나는 집세를 감당할 수 있는 집을 하나 찾는다. 키칠라노 해변 뒤 언덕에 위치한 겉보기보다는 내부가 크고 장난감처럼 보이는 집들 중 하나다. 이 집에서는 해만(海灣)과 그것을 가로지르는 산이 보이고, 여름에는 종일 햇빛이 들어온다. 나는 세라를 위한 협동조합 유아 학교를 찾아낸다. 한동안은 보조금으로 생활한다. 나는 잠시 프리랜서로 일한 다음, 골동품 상인의 가구를 마감하는 비상근 일자리를 구한다. 이 일이 마음에 든다. 생각을 요하지 않는 일이고, 가구는 말을 걸지 않기 때문이다. 나는 침묵을 갈구한다.

나는 마룻바닥에 누워, 공허함에 시달리면서, 그저 이 상태를 견딘다. 나는 밤마다 운다. 환청을 듣게 될까 두렵다. 나는 땅 언저리까지 다다랐다. 떠밀려 추락할 수도 있다.

나는 정신과 의사를 찾아가야 하지 않을까 생각한다. 이제 정신과를 찾는 것은 평정을 잃은 사람들에게 용인되는 일로 여겨지며, 나는 평정을 잃은 상태다. 마침내 나는 의사를 찾아간다. 정신과 의사는 남자이며 좋은 사람이다. 그는 여섯 살 전에 일어난 일을 모두 말하라고 한다. 그 이후의 일에 대해서는 말할 필요가 없다. 일단 여섯 살이 되면 기본 틀이 형성되는 것이라고 의사는 암시한다. 그 이후에 일어난 일은 중요하지 않다.

나는 기억력이 좋다. 나는 의사에게 전쟁에 대해 이야기한다.

나는 의사에게 이그잭토 칼과 손목에 대해서 이야기한다. 그러나 그 목소리에 대해서는 이야기하지 않는다. 그가 나를 미치광이라고 여기지 않기를 바란다. 그가 나에 대해 좋게 생각하기를 바란다.

나는 공허함에 대해 이야기한다.

의사는 오르가슴을 경험한 적 있는지 물어본다. 나는 그것은 문제가 아니라고 대답한다.

그는 내가 무언가를 감추고 있다고 생각한다.

얼마 후 나는 더 이상 의사를 찾아가지 않는다.

나는 굳은 손을 점차 다시 쓰기 시작한다. 나는 세라가 깨기 전에 아침 일찍 일어나 그림을 그린다. 토론토에서 열었던 전시회 덕분에 내가 소소하고 모호한 명성을 지니고 있다는 것을 알게 된다. 그리고 여러 파티에 초대받는다. 처음에는 불쾌한 신랄함에 맞닥뜨린다. 그것은 내가 부당한 우월함을 부여해 주는 소위 저 먼 동부라는 곳에서 왔다는 사실 때문이다. 그러나 어느 정도 시간이 흐른 다음에는 이곳에 오래 살았기 때문에 그것을 모면하게 되고, 그 후에는 나 자신이 그런 불쾌한 행동을 동부 사람들에게 별 문제 없이 할 수 있게 된다.

나는 또한 주로 여성들로 이루어진 여러 단체 전시회에 참여하도록 초청받는다. 그들은 잉크 세례 사건에 대해서 들어 보았고, 건방진 비평 기사도 읽어 보았다. 그 모든 것 덕분에 나는 비록 동부에서 왔지만 적합한 사람으로 평가된 것이다. 이곳의 여러 부류의 여자 예술가들과 여러 부류의 여자들은 동요하고 있다. 작은 공간에 갇혀 억눌린 폭발적 힘의 에너지와 모든 종교 운동의 초기, 가장 순수한 단계가 갖는 열정으로 들끓고 있다. 듣기 좋은 말만 늘어놓고 동등한 급여의 정당성을 믿는 것만으로는 충분하지 않다. 마음으로부터 우러난 완전한 회심이 있어야 한다. 적어도 그들은 그렇게 암시한다.

고해 역시 많은 인기를 누린다. 죄에 대한 고백이 아니라 남자들이 자기에게 가한 고통에 대한 고백. 고통은 중요하지만, 오직 특정한 종류의 고통이어야 한다. 즉 남성의 고통이 아닌 여성의 고통이어야 한다. 자신의 고통에 대해 이야기하는 것을 나눔이라고 부른다. 나는 이런 식으로 나누고 싶지 않다. 게다가 나는 흉터가 충분하지도 않다. 나는 기득권의 삶을 살아왔다. 얻어맞거나 강간당하거나 굶주린 적도 없다. 물론 돈문제가 있지만, 존 역시 나만큼이나 가난했다.

그것이 존의 모습이다. 그러나 나는 내가 존에게 과분한 상대라고 생각하지 않는다. 그가 내게 가한 모든 것에 대해 나는 복수했고, 어쩌면 더 심하게 했는지도 모른다. 존은 이제 세라에 대한 그리움으로 몸부림치고 있다. 그는 장거리 전화를 건다. 전화를 통해 들려오는 그의 목소리는 전쟁 시의 방송처럼 커졌다 작아졌다를 반복한다. 패배와 오래된 슬픔이 묻은 애처로운 목소리. 그 오래된 슬픔을 남자들 대부분이 소유하고 있는 것이 아닐까 하는 생각이 점점 더 강하게 든다.

그에게 자비를 갖지 말라고 그 여자들은 말할 것이다. 나는 자비롭지 않지만, 연민을 느낀다.

이 여자들 상당수는 레즈비언이다. 그들은 자신의 성적 정체성을 새롭게 선언했거나 바꾸었다. 이것은 용기 있는 행동이면서 동시에 권장되는 행동이기도 하다. 일부 여자들의 의견에 따르면 이것은 여자에게 가능한 유일한 동등한 관계다. 그렇지 않다면 진정성이 결여된 것이다.

나는 내 주저하는 모습, 욕망의 결여를 부끄러워한다. 그러나 사실을 말하자면 나는 여자와 동침하는 것을 끔찍하게 생각한다. 여자는 슬픔을 긁어모으고, 원한을 품으며, 모습을 변화시킨다. 그들은 낭만주의와 무지와 편견과 소망에 혼미해져 우둔한 추측을 하는 남자들과는 달리, 냉정하고 합법적인 판단을 내린다. 여자들은 너무나 많은 것을 알고 있고, 그들을 속여서도 안 되고 신뢰해서도 안 된다. 나는 왜 남자들이 여자를 두려워하는지 이해할 수 있다. 남자들은 그 두려움 때문에 자주 비난받는다.

파티에서 그들은 문초처럼 느껴지는 유도 질문을 한다. 그들은 내 입장과 주장에 관심을 가진다. 나는 별다른 입장과 주장을 갖고 있지 못한 것에 죄책감을 느낀다. 내가 비정통적이고, 가망 없는 이성애자이며, 어머니이고, 배반자이며, 비밀스러운 뱅충이라는 것을 나는 알고 있다. 내 마음은 기껏해야 모호한 대상에 불과하며, 더럽고 불성실하다. 나는 여전히 다리털을 민다.

나는 신성화되거나 나무에 달려 화형당할 것이라는 두려움에 이와 같은 여자들의 모임을 피한다. 그들은 내 뒤에서 나에 대해 수근거릴 것이다. 그들 때문에 나는 그 어느 때보다 더 긴장한다. 그들이 바라는 특정한 방식이 있으나 나는 그것을 따라갈 수 없다. 그들은 나를 개선시키고 싶어 한다. 때때로 반항적인 기분이 든다. 그들은 무슨 권리로 내가 무엇을 생각해야 하는지 말해 주는가? 나는 대표 여성이 아니다. 그리고 그 역할로 떠밀려 들어가느니 차라리 죽고 말겠다. 나는 속으로 욕한다. '나쁜 년들, 내게 명령하지 마.'

그러나 동시에 나는 그들의 확신, 낙관주의, 경솔함, 남성에 대한 대담무쌍함, 동지애를 부러워한다. 나는 군대가 용감한 노래를 부르며 소년들같이 전장으로 향할 때, 옆에서 바라보며 겁쟁이처럼 손수건을 흔드는 사람과 같다.

나에게는 여자 친구가 몇 명 있다. 우리는 아주 가깝지는 않다. 그들은 나처럼 혼자 아이를 키우는 엄마들이다. 나는 그들을 유아 학교에서 만났다. 우리는 서로 아이들을 맡기고 밤 외출을 하기도 하고, 함께 무해한 불평을 늘어놓기도 한다. 우리는 서로의 더 깊은 상처를 보지 않으려고 노력한다. 우리는 옛날 실물화 강좌에 다니던 뱁스나 마조리와 비슷하고, 그들과 같이 애처로운 유머 감각을 지니고 있다. 이것은 여자들의 오래된 교제 방식이다. 하지만 이제는 우리도 상당히 나이가 들었다.

존이 방문한다. 이것은 화해를 위한 시험적인 움직임이며, 나 역시 그것을 바란다고 생각한다. 관계는 잘 진전되지 않고, 결국 우리는 멀리 떨어져 산다는 이유를 들어 이혼한다.

부모님도 찾아온다. 부모님은 나보다 세라를 더 그리워하는 것 같다. 나는 크리스마스 때 동부로 가지 않으려고 변명을 해 왔다. 장막처럼 펼쳐진 산을 배경으로 서 있는 부모님의 모습은 이곳과 동떨어진 것처럼, 약간 움츠러든 것처럼 보인다. 편지 속의 모습이 오히려 더 부모님답게 보인다. 부모님은 현재 내 모습과, 당신들이 생각하기에 파탄 난 나의 가정을 보고 슬퍼한다. 그리고 이 모든 것에 대해 적당한 말을 찾지 못한다. 어머니가 존에 대해 이야기한다. "음, 얘야, 나는 언제나 그가 매우 격렬한 사람이라고 생각해 왔단다." 말썽과 동의어인 나쁜 단어.

나는 부모님과 함께 커다란 나무들이 있는 스탠리 공원으로 간다. 부모님에게 해초 사이로 출렁거리는 바다를 보여 준다. 거대한 민달팽이도 보여 준다.

오빠 스티븐이 엽서를 보낸다. 그는 세라에게 공룡 인형을 보낸다. 물총을 보낸다. 개미와 벌 이야기가 있는 숫자 책을 보내고, 태양계 모델로 된 플라스틱 모빌과 천장에 붙이는 야광별을 보내 준다.

어느 정도 시간이 흘러 나는 이 협소한 미술계에(정말 협소하다. 이것에 대해 누가 알고 있는가? 이런 것은 텔레비전에 방영되지 않는다.) 소용돌이, 정방형, 거대한 햄버거는 한물가고 다른 조류가 들어왔음을 발견한다. 그리고 나는 갑자기 소규모 조류의 전방에 서게 된다. 그런 일이 으레 그렇듯 일종의 돌풍이 일어난다. 내 그림들이 더 많이, 더 높은 가격에 팔린다. 이제 동부와 서부에 하나씩 두 개의 고정적인 화랑이 내 대리 역할을 해 준다. 나는 세라를 홀로 양육하는 엄마 친구에게 맡겨 놓고, 캐나다 정부가 주관하는 단체 전시회를 위해 짧은 일정으로 뉴욕에 간다. 전시회에는 상공 위원회 관련 인사들이 많이 참석한다. 나는 검은색 옷을 입는다. 혼잣말만 되풀이하는 것처럼 느껴지는 그곳 사람들에 비하면 나는 제정신이라고 생각하며 거리를 걷는다. 나는 되돌아온다.

나는 어쩌다가 자포자기한 심정으로 남자를 사귄다. 이런 연애는 황급하고 불만족스럽다. 세세한 것에 신경 쓸 시간이 없다. 이런 짧은 막간 같은 연애조차 내게는 너무나 엄청난 노력이 필요하다.

어떤 남자도 나를 퇴짜 놓지 않는다. 내가 그럴 기회를 주지 않는다. 나는 내 안의 위험한 요소를 알고 있으며, 모든 것의 예리한 가장자리를 피한다. 지나치게 밝은 것, 지나치게 날카로운 것을. 그리고 수면 부족을. 불안정한 느낌이 들기 시작하면 나는 드러누워 공허감이 도달하기를 기다린다. 이내 그것이 다가와 캄캄한 무(無)의 파도로 나를 휩쓴다. 그것이 지나갈 때까지 견딜 수 있다는 것을 나는 안다.

더 많은 시간이 흐른 후 나는 벤을 만난다. 우리는 슈퍼마켓에서의 만남이라는 가장 평범한 방식으로 서로를 알게 된다. 실은 그는 매우 무거워 보이고 실제로 무거운 내 짐을 들어 주겠다고 제안하고, 나는 스스로가 멍청하고 늙었다고 느끼면서, 아는 여자들이 혹시 보고 있는지 우선 살핀 다음, 허락한다.

수년 전이었으면 그의 수법이 너무 빤하고 무미건조하며 한마디로 순진하다고 생각했을 것이다. 몇 년이 지난 지금은 그가 보다 상냥한 부류의 남성 우월주의자라고 생각한다. 벤은 이 모든 요소를 다 지니고 있다. 그러나 그는 길고 게걸스러운 폭식 뒤끝에 먹는 사과 같기도 하다.

벤은 옛 여성지에서처럼 우리 집에 와서 자기 톱과 망치로 우리 집 뒷베란다를 고쳐 주고, 작업 후에는 광고에 나오는 것처럼 잔디밭에 앉아 맥주를 마신다. 벤은 고등학교 이후로 들어 보지 못했던 농담을 해 준다. 이런 평범한 즐거움에 내가 얼마나 감사하고 있는지 나도 놀란다. 그러나 내가 그를 필요로 하는 것은 아니다. 그가 나에게 피를 수혈해 주는 존재는 아니다. 그 대신 나를 기쁘게 해 준다. 단순히 기쁨을 느낄 수 있다는 것, 그것은 행복이다.

잡화점에서 파는 로맨스 소설처럼 벤은 나를 멕시코로 데려간다. 취미 삼아 할 요량으로 막 작은 여행사를 인수했던 것이다. 그는 이미 부동산 사업으로 재산을 모았다. 그러나 그는 사진 찍기와 햇살 아래 앉아 있기를 좋아한다. 원하는 일을 하면서 돈도 버는 것을 그는 평생 바랐다.

침실에서 벤은 수줍고, 잘 놀라고, 금방 즐거움을 느낀다.

우리는 서로의 집이 아닌 제삼의, 더 큰 집에 살림을 합친다. 얼마 후에 우리는 결혼한다. 어떤 극적인 요소도 없다. 이 모든 일이 벤에게는 당연한 일이지만 나에게는 비정상적인 일로 생각된다. 이것은 관습에 대한 반항이다. 그러나 그는 그런 관습에 대해 한 번도 들어 보지 못했다. 그는 내가 스스로를 얼마나 별난 사람이라고 여기는지 알지 못한다.

벤은 나보다 열 살 많다. 그 역시 이혼 경력이 있으며, 이미 성인이 된 아들이 하나 있다. 내 딸 세라는 그가 원해 왔던 딸이 되고, 곧 우리는 앤을 갖게 된다. 나는 앤이 내게 주어진 두 번째 기회라고 생각한다. 앤은 세라보다 덜 사색적이고 더 고집이 세다. 세라는 원하는 것을 모두 가질 수는 없다는 것을 그 나이에 이미 알고 있다.

벤은 내가 좋은 사람이라고 생각하고, 나는 그 믿음을 뒤흔들지 않는다. 그가 나에 관한 고약한 진실을 알아야 할 필요는 없다. 그는 내가 예술을 하기 때문에 어느 정도 유약하다고 생각한다. 나를 화분에 심은 식물처럼 돌봐 주어야 하는 존재라고 생각하는 것이다. 내 안에서 최선의 모습을 이끌어 내기 위한 약간의 가지치기, 약간의 물 주기, 약간의 잡초 뽑기와 위치 잡아 주기. 벤은 내 그림의 수익을 적어 넣는 일련의 장부를 마련한다. 어떤 작품이 어떤 가격에 팔렸는지 기록한 장부. 그는 내가 세금 공제를 얼마나 받을 수 있는지 말해 준다. 내 세금 정산서를 작성해 준다. 그는 부엌에 있는 전용 선반에 향료를 알파벳 순서로 배열한다. 그는 선반을 만든다.

나는 이런 것 없이도 살 수 있다. 이전에는 그렇게 살았다. 그렇지만 이것이 마음에 든다.

벤은 내 작품을 경이와 두려움으로 바라본다. 촛불을 바라보는 작은 아이와 같이. 그는 내가 손을 얼마나 잘 그리는지에 주목한다. 그리기 힘든 부분이라는 것을 알고 있는 것이다. 벤은 자기도 이런 것을 하고 싶었지만 생계를 책임지느라 한 번도 못 했다고 말한다. 화랑 전시 개막식에서 만난 사람들이 한 말과 상당히 유사하지만, 그가 말했기 때문에 나는 그냥 포용한다.

벤은 적절한 때에 출장을 떠나 나에게 그를 그리워할 기회를 주기도 한다.

나는 벽난로 앞에 앉아 있고, 벤은 의자 등받이처럼 든든한 손을 내게 두르고 있다. 나는 감미로운 밴쿠버의 이슬비 아래에서 방파제를 따라 걷는다. 해안의 중간 색조, 작은 파도들이 부딪치는 소리. 앞에는 계속되는 황혼의 빛을 무료로 보여 주는 태평양이 펼쳐져 있다. 뒤에는 실재처럼 느껴지지 않는 산이, 그 뒤에는 땅이라는 광대한 방책이 펼쳐져 있다.

토론토는 그 뒤에, 먼 곳에 놓여 있다. 내 마음속에서 그곳은 고모라처럼 불탄다. 나는 그곳을 감히 쳐다보지 않는다.

13부

피코초

67장

나는 늦게 일어난다. 오렌지와 토스트와 찻잔에 으깬 달걀을 먹는다. 달걀 껍질에 구멍을 뚫는 것은 코딜리어의 말처럼 마녀들이 바다로 가는 것을 막기 위해서가 아니다. 달걀 껍질과 달걀 컵 사이의 진공을 없애 껍질을 끄집어내기 위해서다. 이것을 알아내는 데 왜 사십 년이나 걸렸을까?

나는 담홍색의 다른 조깅복을 입고, 존의 작업실 마룻바닥에서 제멋대로 스트레칭을 한다. 이것은 내 것이 아니라 존의 마룻바닥이다. 내가 이제까지 간직하고 있었던 그의 삶의 파편, 아니 우리가 함께했던 삶의 파편과 더불어 이것을 그에게 돌려준 듯한 느낌이다. 나는 무기가 없다는 것을 보여 주기 위해 손을 들어 펼친 그 모든 중세의 그림들을 생각한다. "평안히 가라." 방면, 그리고 축복. 나의 방식은 성인들의 방식과 똑같지는 않지만, 효과를 잘 발휘한 듯하다. 평안은 그것을 베푸는 이를 위한 것이기도 하다.

나는 아래로 내려가 조간신문을 사 온다. 제대로 읽지 않고 슬쩍 넘겨 본다. 시간을 죽이는 중이다. 여기서 뭘 해야 하는지 거의 잊어버렸다. 그리고 나는 서부로, 내 현재의 삶을 살고 있는 시간대로 돌아가고 싶어 안달한다. 하지만 아직은 그렇게 할 수 없다. 공항이나 치과 대기실에서처럼 계류된 상태에서, 진통제나 비행기 안처럼 어떤 감촉이나 욕망도 없는 또 다른 막간을 기다리고 있는 것이다. 앞으로 다가올 행사, 즉 전시회 개막을 나는 이런 식으로 생각하고 있다. 재난을 당하지 않고 거쳐 가야 할 무엇.

나는 화랑에 가서 모든 것이 제자리에 있는지 점검해야 한다. 적어도 그런 최소한의 예의는 지켜야 하는 것이다. 그러나 그 대신 나는 지하철을 타고 나가 공동묘지 정문에 가까운 역에서 내린다. 그리고 남쪽과 동쪽을 서성이며, 낙엽 틈새를 쑤셔 보고, 도랑 속을 살핀다. 보도를 내려다보면서 은종이와 백동전과 횡재거리를 찾으려 노력한다. 나는 그런 것들이 아직도 존재하며, 내가 그것을 찾을 수 있으리라 믿는다.

지금 상태에서 약간 더 나아가거나 불명확한 경계선에서 조금만 더 미끄러지면 나는 노숙 여인네와 다를 바 없을 것이다. 그런 여인과 나는 똑같은 본능을 지니고 있다. 쓰레기 더미를 뒤지기, 버려진 물건 마구 헤쳐 보기. 쓸모없다고 내버려졌지만 긁어모아 재생할 수 있는 물건들 찾기. 그녀는 공간의 편린을, 나는 시간의 편린을 모으는 것이다.

이곳은 옛날 내가 학교에서 집으로 돌아오던 길이다. 나는 다른 아이들을 뒤따르거나 앞서 가면서 이 보도를 걸었다. 이 가로등 기둥 사이 겨울 눈 위에서 내 그림자가 내 앞에 두 배로 길게 늘어지다가 짧아져서는 사라져 버리곤 했고, 가로등 전구는 안개 속 달처럼 그 주위에 무리 같은 빛을 발했다. 여기 코딜리어가 벌렁 누워 눈 천사 형상을 만들었던 잔디밭이 있다. 여기 그녀가 뛰어갔던 길이 있다.

주위 집들은 여전하다. 그러나 더 이상 회백색 페인트칠이 벗겨지지도 않고, 전후의 누추한 모습도 아니다. 모래 분사기 작업자와 천창 제조자의 손길이 보인다. 안쪽에는 한때 부엌 창틀에 재배되었던 그 많은 아프리카 바이올렛을 축출하고 벤저민과 열대 덩굴 식물이 그 자리를 차지하고 있다. 이 집들의 예전 모습이 어땠는지 나는 간파할 수 있다. 칙칙한 장미색, 둔탁한 녹색, 버섯색 등 벽의 색깔과, 이제는 존재하지 않는 친츠 천 커튼을 볼 수 있다. 그들은 어떤 시간대에 속한 것인가? 그들 자신만의 시간, 아니면 나의 시간?

나는 점심을 먹으러 이리저리 흩어져 집으로 가는 아이들을 거슬러 낮은 오르막길을 걷는다. 여자아이들은 자유를 상징하는 청바지를 입고 있지만 과거의 우리들보다 조용하다. 노래 부르지도, 야유하지도 않는다. 꾸준히 터벅터벅 걸을 뿐이다. 아니, 내가 그렇게 보는 것인지도 모르겠다. 어쩌면 더 이상 그들과 키가 비슷하지 않아서 그럴 수도 있다. 내 키가 더 크기 때문에 그들의 소리가 걸러져 들리는 것일 수도 있다. 아니면 아이들 사이에 서 있는 나라는 존재 탓일 수도 있다. 그들 눈에 어른으로 보일, 힘을 가지고 있다고 보일 존재.

어떤 아이들은 나를 쳐다보지만 대부분은 쳐다보지 않는다. 볼 것이 뭐가 있겠는가? 코트 주머니에 손을 집어넣고 조깅복 바지는 부츠 위로 밀려 나와 뭉친, 다른 이들보다 특별히 더 이상할 바 없는 쉽게 잊힐 중년의 여자.

몇몇 현관에는 행복하거나 슬프거나 무시무시한 얼굴이 새겨진 호박들이 오늘 밤을 기다리며 놓여 있다. 만성절 전야, 죽은 영혼이 발레리나와 코카콜라 병과 우주인과 미키마우스 복장을 하고 산 자들에게로 돌아오며, 산 자들은 죽은 영혼들이 사악한 짓을 하지 않도록 사탕을 주는 날. 나는 아직도 그 축제를 음미할 수 있다. 짜릿한 공기, 입속의 캐러멜, 문 앞에서 품었던 부푼 희망, 모든 아이들이 당연히 여기는 공짜 물건에 대한 기대. 그러나 요즘 아이들은 집에서 만든 팝콘 볼이나 사과 같은 것은 받지 않을 것이다. 면도날에 대한 풍문이 만연하고, 독극물이 들었을 가능성도 제기된다. 내 아이들이 어렸을 때조차도 우리는 사과 때문에 걱정했다. 제멋대로 풀려난 악의가 마구 돌아다닌다.

멕시코에서는 아무 가장 없이 이 축제를 제대로 즐긴다. 선명한 두개골 모양 캔디, 묘지에서의 가족 피크닉, 손님 각각을 위해 차려진 접시, 영혼을 위한 촛불. 죽은 이들을 포함한 모든 이들이 행복한 마음으로 떠난다. 우리는 각 차원 사이의 그러한 자유로운 흐름을 차단해 버렸다. 우리는 죽은 이들이 언급되지 않기를 바라고, 그들의 이름 부르기를 거부하며, 그들에게 음식을 나누어 주지 않는다. 그 결과 우리의 죽은 자들은 더 마르고, 더 창백하고, 더 듣지 못하고, 더 심한 굶주림에 시달린다.

68장

오빠 스티븐은 오 년 전 죽었다. 죽었다고 말해서는 안 된다. 그는 죽임을 당했다. 그것은 살인이었지만, 나는 그렇게 생각하지 않고 열차 폭발 같은 일종의 사고였다고 생각하려 애쓴다. 아니면 산사태 같은 자연재해였다고. 보험 회사 사람들은 천재지변이었다고 말한다.

오빠는 눈에는 눈 식의 복수 때문에, 아니 그런 생각을 추종하는 누군가 때문에 죽었다. 지나친 공정성 때문에 죽은 것이다.

오빠는 비행기에 타고 있었다. 그는 창가 자리에 앉았다. 여기까지는 잘 알려진 사실이다.

좌석 앞 나일론 그물 주머니에는 기내 잡지가 꽂혀 있었다.

잡지에는 오빠가 읽은 낙타에 대한 기사와 읽지 않은 사업용 옷차림 개선에 대한 기사가 실려 있었다. 주머니에는 또한 이어폰과 구토 봉투도 들어 있었다. 앞좌석 아래, 오빠의 맨발 너머에는(신발과 양말을 벗었다.) 우주의 개연적 구성에 관해 그가 쓴 논문이 들어 있는 서류 가방이 있었다. 한때 오빠는 우주가 서른두 가지 색의 미소한 끈으로 이루어져 있을 것이라고 생각했다. 그 끈들은 너무나 작아서, '색'이란 그저 그렇게 불리는 것에 불과하다. 그러나 이제 그는 의심을 품기 시작한다. 다른 이론적 가능성이 있으며, 그는 그중 두 가지 이론을 논문에 개략적으로 써 놓았다. 우주란 규정하기 힘든 것이다. 그것은 마치 알려지기를 거부하는 것처럼 바라볼 때마다 변화한다.

오빠는 그저께 프랑크푸르트에서 논문을 발표하기로 되어 있었다. 다른 논문 발표도 들을 수 있었을 것이다. 다른 것에 대해 배울 수 있었을 것이다.

서류 가방과 함께 오빠가 가진 세 벌의 정장 가운데 한 벌의 재킷이 좌석 아래 구겨져 박혀 있다. 셔츠 소매를 걷어 올렸지만 별다른 도움이 되지 않는다. 에어컨이 고장 나서 비행기 안의 공기가 후끈하다. 게다가 냄새마저 고약하다. 적어도 한 개의 화장실 변기가 고장 났고, 비행기 여행을 많이 한 오빠가 관찰한 바에 따르면 사람들은 비행기 안에서 방귀를 더 자주 뀌는 경향이 있다. 이제 그것이 공포와 결합되어 소화를 방해하고 있다. 두 자리 건너에 뚱뚱한 대머리 남자가 입 벌리고 코를 골고 자면서 보이지 않는 입 냄새의 구름을 내뿜고 있다.

창문 가리개는 내려져 있다. 가리개를 열면 열기 아래 어른거리며 빛나는 활주로와, 그 너머로 달 표면의 풍광처럼 낯선 회갈색 풍경과, 배경에 펼쳐진 눈부신 바다를 볼 수 있으리라는 것을 오빠는 알고 있다. 납작 지붕의 긴 갈색 건물 몇 개도 볼 수 있을 것이다. 그 건물로부터 유예 결정이 올 수도 있고 오지 않을 수도 있다. 가리개가 닫히기 전 오빠는 이 모든 것을 보았다. 그는 이 건물이 있는 곳이 어느 나라인지 알지 못한다.

오빠는 오늘 아침부터 아무것도 먹지 못했다. 외부에서 샌드위치가 도착했다. 이상한 거친 빵, 녹아내린 버터, 썩은 내 풍기는 베이지색 고기 페이스트. 그리고 비닐로 포장된 끈적끈적한 연한색 치즈. 그는 이 치즈와 샌드위치를 먹었다. 이제 손에서는 옛날 피크닉 냄새, 전쟁 때 길옆에서 먹던 점심 냄새가 난다.

마지막으로 마신 물은 네 시간 전에 배분되었다. 오빠는 박하 향 라이프세이버 사탕 한 롤을 가지고 있다. 여행을 떠날 때마다 요동이 심할 경우에 대비해 항상 가지고 다닌다. 그는 커다란 안경을 끼고 체크무늬 바지 정장을 입은 옆자리의 중년 여성에게 사탕을 하나 주었다. 그녀가 가 버려서 그는 다소 안도감을 느낀다. 그녀의 소리 없고 색깔 없는 흐느낌, 단조롭게 코 홀쩍이는 소리가 신경에 거슬리기 시작했던 것이다. 여자들과 아이들은 모두 비행기에서 내리도록 허용되었다. 그러나 오빠는 여자도, 아이도 아니다. 기내에 남아 있는 이들은 모두 남자다.

승객들은 둘씩 짝을 지어 앉고, 각 쌍 사이에 빈 자리를 두라는 지시를 받았다. 여권이 수거된다. 수거를 맡았던 이들이 일정한 간격을 두고 비행기 복도에 서 있는다. 그들은 모두 여섯 명이며 세 명은 작은 기관총을, 세 명은 눈에 띄는 최루탄을 가지고 있다. 모두 눈과 입에 구멍을 뚫은 비행기 베갯잇을 머리에 쓰고 있다. 침침한 빛 아래 그것은 하얀 섬광, 분홍 번쩍거림으로 보인다. 붉은 베갯잇 아래로 보이는 복장은 평범하다. 레저용 옷차림, 회색 플란넬 바지와 자락을 바지에 밀어 넣은 하얀 셔츠, 보수적인 짙푸른색 정장 바지.

당연히 그들은 승객으로 가장하고 기내에 들어왔다. 무기를 가지고 보안 검색을 어떻게 통과했는지는 아무도 모를 일이다. 아마 그들은 어떤 공항 직원의 도움을 받았을 것이다. 그래서 영국 해협을 지날 즈음 갑자기 튀어나와, 고함쳐 명령을 내리고, 총기를 휘둘렀을 것이다. 아니면 비행기 안의 미리 상의한 장소에 이미 무기가 숨겨져 있었을 것이다. 요즘은 어떤 금속 물체도 엑스레이를 피해 갈 수 없다.

조종실에는 아마 두 사람, 아니면 세 사람이 무선으로 관제탑과 협상하고 있을 것이다. 그들은 승객들에게 자신들의 정체와 목적을 밝히지 않았다. 그들이 억양이 강하지만 알아들을 수 있는 영어로 말한 내용은 비행기 안의 사람들이 다 같이 살거나 같이 죽을 것이라는 게 전부다. 나머지는 단음절의 명령과 손가락질뿐이다. "너." "와." 똑같은 베갯잇을 쓰고 있기 때문에 전부 몇 명인지 파악하기 어렵다. 옛날 만화책에 나오는 두 정체성을 가진 인물들 같다. 이 사람들은 변신하는 중간에 붙잡힌 것이다. 평범한 몸, 그러나 영웅이나 악한으로 변화하는 중인 강력하고 초자연적인 머리.

오빠가 당시 이런 생각을 했을지 나는 알 수 없다. 이것은 내가 현재 시점에서 그를 대신해서 하고 있는 생각이다.

옆에서 입을 벌리고 자고 있는 남자와 달리 오빠는 잠을 이루지 못한다. 그래서 이론적인 전략에 몰두한다. 그들, 머리에 베갯잇을 쓴 남자들 입장이라면 그는 어떻게 할 것인가? 승객들의 늘어진 몸과 피로와 체념에도 불구하고, 이 남자들의 긴장, 예민한 흥분, 그리고 차단된 아드레날린이 이 비행기를 가득 채우고 있다.

만일 오빠가 그들 입장이라면 물론 그 역시 죽을 각오를 할 것이다. 그것을 기정사실로 받아들이지 않는다면 이런 작전은 무의미하며 생각조차 할 수 없다. 그러나 무엇을 위해 죽는단 말인가? 아마도 종교적인 동기가 도사리고 있을 것이다. 그러나 전면에서는 다음과 같은 급박한 이유를 내세웠을 것이다. 돈, 이 사람들과 비슷한 일을 한 죄로 일종의 소굴에 갇혀 있는 다른 이들을 석방할 것. 무언가를 폭파한 죄. 아니면 폭파하겠다고 위협한 죄. 아니면 누군가를 쏘아 죽인 죄.

어떤 면에서 이 모든 것은 익숙하다. 마치 이전에, 오래전에 이 모든 것을 겪어 본 것처럼. 그리고 불쾌함, 그것에서 야기된 짜증, 지루함과 두려움이 복합된 감정에도 불구하고 오빠는 일종의 동료 의식을 느낀다. 그는 이 남자들이 의연한 태도로 목표를 성공적으로 이루기를 기원한다. 승객들이 흐느껴 울거나 바지를 적시는 일이 없기를, 어느 누구도 광포한 행동을 하고 소리를 질러서 신경질적인 학살을 야기하는 일이 없기를 바란다. 그는 승객들이 차가운 손과 침착한 눈을 가지고 있기를 바란다.

한 남자가 비행기 앞쪽에서 객실로 들어와 동료 둘과 이야기를 나눈다. 논쟁을 하는 것 같다. 손동작이 격해지고 목소리가 높아진다. 다른 남자들은 긴장한 채 서 있고, 그들의 붉은 사각형 머리가 괴상한 레이더처럼 승객들을 감시한다. 오빠는 눈이 마주치는 것을 피하고 머리를 숙이고 있어야 한다는 것을 알고 있다. 그는 앞의 나일론 그물 주머니를 바라보며 몰래 박하 향 라이프세이버 사탕 포장을 벗긴다.

새로 들어온 남자는 구멍이 세 개 뚫린 긴 머리를 이쪽저쪽으로 돌리며 기내의 복도를 걸어 내려간다. 두 번째 남자가 뒤를 따른다. 으스스하게도, 녹음된 음악이 내부 통화 장치에서 흘러나온다. 달콤하고 졸음을 불러오는 음악. 남자가 걸음을 멈춘다. 그의 커다란 머리는 바보 같은 근시 괴물의 머리처럼 왼쪽으로 무겁게 움직인다. 그는 팔을 뻗어 손짓한다. "서." 그가 가리킨 것은 바로 나의 오빠다.

여기에서 나는 창작을 그만둔다. 나는 목격자들, 생존자들과 이야기를 나누었기 때문에 오빠가 일어서서 복도 쪽에 앉은 남자에게 "실례합니다."라고 하고 지나갔다는 것을 알고 있다. 오빠의 얼굴은 멍한 호기심에 사로잡힌 표정이다. 이 사람들의 속내를 헤아리기는 힘들다. 하긴 모든 사람이 그렇지 않은가. 어쩌면 그들은 오빠를 다른 누구와 착각했는지도 모른다. 혹은 베갯잇을 머리에 쓴 또 다른 남자가 서 있는 비행기 전면으로 데려가는 것을 보아 오빠가 협상을 도와주기 원하는지도 모른다.

이 또 다른 남자는 호텔의 공손한 문지기처럼 오빠에게 문을 열어 주고, 열린 문을 통해 대낮의 눈부신 빛이 쏟아져 들어온다. 어둠에 익숙해진 눈에 이 빛은 광포할 정도로 밝다. 그리고 오빠는 눈앞의 영상이 선명해져 모래와 바다가 보일 때까지 눈을 깜박이며 서 있다. 행복한 휴가에서 산 그림엽서 같은 풍경. 그리고 그는 빛보다 빠른 속도로 추락한다.

이렇게 나의 오빠는 과거 속으로 들어간다.

나는 비행기와 공항에서 열다섯 시간을 보내고서야 그곳에 도착했다. 그 후에 건물들과 바다와 길게 펼쳐진 활주로를 보았다. 비행기는 없었다. 결국 그 남자들이 얻은 것은 안전 통행권밖에 없었다.

나는 시신을 확인하고 싶지도 않았고, 아예 보고 싶지도 않았다. 시신을 보지 않으면 어느 누구도 죽지 않았다고 믿기가 더 쉬운 법이다. 그러나 나는 그들이 오빠를 밀어 버리기 전에 총을 쏘았는지 아니면 후에 쏘았는지 알고 싶었다. 나는 후자이기를 바랐다. 그렇다면 오빠는 탈출의, 햇빛의, 가장된 비상의, 짧은 순간을 누릴 수 있었을 것이다.

그 여행을 하는 동안 나는 밤에 깨어 있지 않았다. 별을 바라보고 싶지 않았다.

몸은 자신만의 방어 수단을, 특정한 일들을 차단해 버리는 나름의 방법을 지니고 있다. 정부 관계자들은 내가 훌륭하다고 말했다. 그들을 귀찮게 하지 않는다는 뜻이었다. 나는 쓰러지거나 이목을 끌 만한 짓을 하지 않았다. 나는 기자들과 이야기하고, 서식에 서명하고, 결정을 내렸다. 훨씬 더 많은 시간이 흐른 후에야 그때 내가 보지 못하고 생각하지 못했던 많은 일들이 있음을 알아차렸다.

그때 내가 생각한 것은 우주여행을 떠났다가 일주일 후 돌아왔을 때 쌍둥이 형제가 열 살을 더 먹은 것을 발견했다는 공간 쌍둥이였다.

'이제 나는 늙어 갈 것이다.' 나는 생각했다. 오빠는 늙지 않을 것이다.

69장

부모님은 오빠의 죽음을 결코 이해하지 못했다. 그것은 이유 없는 죽음이었다. 아니 오빠와 관련된 이유가 없었다고 하는 것이 더 정확하다. 부모님은 그 슬픔을 극복하지도 못했다. 그 사건이 일어나기 전 부모님은 활동적이고 기민하고 활기에 차 있었다. 그 후 부모님은 시들어 갔다.

어머니가 말했다. "몇 살이든 상관없이 자식들은 항상 네 아이들이야." 내가 이후에 알고 있어야 할 일이라며 말해 주는 것이다.

아버지는 더 작아지고 여위고 눈에 띄게 쇠약해졌다. 그는 아무것도 하지 않은 채 오랜 시간 앉아 있곤 했다. 아버지답지 않은 일이었다. 어머니가 장거리 통화로 알려 준 사실이었다.

아들은 아버지보다 먼저 죽으면 안 되는 법이다. 그것은 자연스럽지 못한 일이며, 순서가 잘못된 것이다. 아들이 먼저 죽으면 누가 이어 나갈 것인가?

부모님은 평범하게, 연로한 사람들이 겪는 그런 방식으로 돌아가셨다. 나도 생각보다 빨리 그렇게 죽을지도 모르겠다. 아버지는 갑자기, 그리고 어머니는 일 년 후에 천천히 진행되는 고통스러운 병으로 세상을 떠났다. 어머니가 말했다. "네 아버지가 그렇게 돌아가셔서 다행이야. 그 양반은 이 병을 지긋지긋해했을 거야." 어머니 자신이 그 병을 얼마나 싫어하는지에 대해서는 아무 말도 하지 않았다.

여름의 끝 무렵, 어머니가 병의 초기에 수세인트마리의 집에 여전히 살고 있었고 우리 모두가 이것이 여느 방문과 다르지 않은 척할 수 있었을 때, 딸들이 일주일간 찾아왔다. 나는 딸들이 떠난 후에도 계속 머무르면서 정원에서 잡초를 뽑고, 식기 세척기를 한 번도 산 적 없는 어머니를 도와 설거지를 하고, 아래층에서 자동 세탁기로 빨래를 했다. 그러나 어머니가 건조기는 전기를 너무 많이 소모한다고 생각했기 때문에 실외의 빨랫줄에 널어 말렸다. 머핀 틀에 기름칠하기. 아이 흉내 내기.

어머니는 지쳤지만 가만히 쉬지 못한다. 어머니는 오후에 낮잠 자기를 거부하고, 잡화점까지 걸어가겠다고 우긴다. "나는 할 수 있어." 어머니는 말한다. 내가 어머니 대신 요리하는 것도 원하지 않는다. "부엌에서 아무것도 찾지 못할 거다." 어머니가 말한다. 내가 부엌을 마구 어질러 놓기 시작하면 어머니 자신이 아무것도 찾을 수 없게 될 거라는 의미다. 나는 텔레비전 광고에 나오는 냉동 음식을 몰래 사다 냉장고에 넣고서, 이 음식을 지금 먹지 않으면 쓰레기통으로 들어갈 수밖에 없다고 어머니를 속여서 먹게 만든다. 음식 낭비에 대해 어머니는 여전히 강박적이다. 나는 우선 폭력과 섹스와 살인이 나오는지 점검한 다음 어머니와 함께 영화를 보러 가고, 중국 식당에 간다. 예전에 북쪽에서는 중국 식당이 유일하게 먹을 만한 곳이었다. 다른 식당에서는 하얀 빵과 고기 소스 샌드위치, 미지근한 구운 콩, 판지와 풀로 만든 듯한 파이를 팔았다.

어머니는 진통제를 복용하고, 이내 더 강한 진통제를 먹는다. 그리고 더 자주 드러눕는다. 어머니가 말한다. "병원에서 수술을 받지 않아도 되니 정말 다행이야. 병원에 간 적은 너희를 낳았을 때밖에 없었어. 스티븐을 낳았을 때는 에테르를 주더구나. 나는 빛처럼 빠르게 의식을 잃었단다. 정신을 차리니 스티븐이 이미 태어났더라."

어머니 이야기의 많은 부분은 오빠에 관한 것이다. "그 애가 피우던 그 냄새 기억하니, 그 화학 도구로? 브리지 파티를 하는 날이었는데! 한겨울에 문을 활짝 열어 놔야 했어." "걔가 침대 밑에 잔뜩 쌓아 두었던 만화책 기억나니? 보관하기에는 너무 많았지. 그 애가 집을 떠난 후 다 내버렸단다. 무슨 용도가 있으리라고 생각하지 않았어. 그런데 사람들이 그런 걸 수집한다더라. 기사를 읽었어, 이제는 상당한 돈이 될 텐데. 우리는 항상 그런 책이 쓰레기라고만 생각했어." 어머니는 자신에 대한 농담을 하듯 그런 이야기를 한다.

오빠에 대해 이야기할 때면 어머니는 항상 그를 열두 살 이하의 소년으로 묘사한다. 그 이후 오빠는 어머니의 손을 벗어난 것이다. 나는 어머니가 오빠를 경외하고 약간은 두려워했다는 것을, 아니 여전히 두려워한다는 것을 알아차린다. 어머니는 그런 사람을 낳을 생각이 없었던 것이다.

"그 아이들이 너를 참 괴롭혔지."

어느 날 어머니가 말한다. 나는 차를 두 잔 만들었고(어머니는 내가 차를 만드는 것은 허락했다.) 우리는 부엌 탁자에 앉아 차를 마신다. 어머니는 내가 차를 마신다는 것에 놀라워하며 우유를 더 좋아하지 않느냐고 여러 번 물었다.

"어떤 아이들요?"

내가 묻는다. 내 손가락은 엉망이다. 나는 스트레스를 받으면 으레 그러듯, 눈에 띄지 않게 탁자 밑에서 조용히 손가락을 뜯는다. 버리지 못하는 오랜 악습이다.

"그 아이들 말이다. 코딜리어와 그레이스, 그리고 다른 애. 캐럴 캠벨." 어머니는 마치 시험하듯, 약간 수줍은 표정으로 나를 바라본다.

"캐럴?" 내가 말한다. 돌연, 줄넘기 줄을 돌리는 통통한 소녀가 기억난다.

어머니가 말한다.

"물론 코딜리어는 고등학교 시절 네 가장 친한 친구였지만. 나는 그 애가 배후라고 전혀 생각하지 못했단다. 코딜리어가 아니라 그레이스라는 아이가 그런 거라고 착각했어. 그레이스가 그 애를 부추긴 거라고 나는 항상 생각했어. 그 애는 어떻게 됐니?"

"전혀 몰라요."

내가 말한다. 코딜리어에 대해 이야기하고 싶지 않다. 그녀를 내버려 두고 도움을 주지 않은 것에 나는 아직도 죄책감을 느낀다.

어머니는 말한다. "나는 어떻게 해야 할지 몰랐어. 그 아이들은 그날 우리 집에 와서 네가 선생님께 무례하게 굴어서 방과 후에 학교에 남아야 했다고 말했지. 그 말을 한 건 캐럴이었어. 나는 그 애들 말이 사실이라고 생각하지 않았단다." 어머니는 거짓말이라는 단어를 가능한 한 피한다.

"어느 날 말이에요?"

나는 조심스럽게 묻는다. 어머니가 어느 날을 말하는지 알 수 없다. 어머니는 약 기운 때문에 일들을 혼동하기 시작한 것이다.

"네가 거의 얼어 죽을 뻔했던 그날 말이다. 그 아이들 말을 믿었다면 너를 찾으러 나서지 않았을 거야. 공동묘지를 따라 길을 내려갔지만 너를 찾을 수 없었어."

어머니는 내가 무슨 말을 할지 궁금해하는 표정으로 나를 불안하게 바라본다.

"아, 그래요."

나는 어머니가 무슨 말을 하는지 아는 척 응수한다. 어머니를 혼란스럽게 하고 싶지 않다. 그러나 나 자신이 혼란스러워지기 시작한다. 내 기억은 숨결에 전율하는 수면처럼 잔잔히 흔들린다. 순간적으로 나는 코딜리어와 그레이스, 그리고 캐럴이 놀랄 만큼 하얀 눈을 가로질러 나를 향해 걸어오는 모습을 본다. 그들의 얼굴에는 그늘이 드리워져 있다.

"너무 걱정이 되었단다."

어머니가 말한다. 어머니는 내게 용서를 구하고 있다. 그러나 무엇을 용서할 것인가?

어떤 날에는 어머니는 기운을 좀 회복하고, 나아지고 있다는 환상을 심어 주기도 한다. 오늘 어머니는 지하층에 있는 물건들 정리를 도와 달라고 한다. "그래야 나중에 네가 그 많은 묵은 쓰레기를 다 치우지 않아도 될 것 아니니." 어머니는 부드럽게 말한다. 죽음이라는 단어는 쓰지 않는다. 내 감정을 상하게 하지 않으려는 배려다.

나는 지하층을 좋아하지 않는다. 공사도 완전히 마무리되지 않았다. 회색 시멘트, 드러난 서까래. 나는 위층 문이 열려 있는지 확인한다. "이 계단에 난간을 대야겠어요." 내가 말한다. 계단은 좁고 불안하다.

"나는 괜찮다." 어머니가 말한다. 괜찮은 정도면 충분했던 시절의 말.

우리는 오래된 잡지와 크기가 다른 판지 상자 더미와 깨끗한 병들이 늘어선 선반을 정리한다. 어머니는 이사 오면서 필요 없는 물건을 많이 버리지 않고 가져왔다. 아니면 여기에서 더 모은 것일 수도 있다. 나는 위층으로 물건들을 날라 차고에 채워

넣는다. 거기 넣어 놓으니 이제야 처분이 된 것처럼 보인다.

선반 하나 가득 아버지의 신발과 장화가 짝 맞춰 배열되어 있다. 구두코에 장식용 구멍이 송송 뚫린 도시용 신발, 덧신, 고무장화, 낚시용 진창 장화, 숲에서 신는 밑창이 두껍고 베이컨 기름때에 전 가죽끈 달린 장화. 일부는 오십 년, 아니 그보다 더 오래되었을 것이다. 어머니는 그것들을 절대 내버리지 않을 것이다. 그러나 어머니는 그에 대해 일절 언급도 않는다. 내가 스스로의 감정을 조절해 주기를 어머니는 바라고 있다. 나는 이미 장례식에서 슬픔의 눈물을 흘렸고, 어머니가 이 순간 우는 아이를 다독거려야 할 필요는 없다.

토요일마다 가던 동물학과 건물을 나는 기억한다. 삐걱거리고 지나치게 난방이 된 복도, 눈알이 든 병, 위안을 주는 포름알데히드와 쥐 냄새. 더러워진 물, 오염된 나무, 밟힌 개미처럼 멸종해 버리는 여러 종들에 대한 아버지의 경고가 우리 머리를 휩쓸고 지나가는 가운데, 코딜리어와 저녁 식탁에 함께 앉아 있던 것을 기억한다. 우리는 그런 말을 예언이라고 생각하지 않았다. 지루한 이야기이며 우리와 상관없는 어른들의 화제라고만 생각했다. 이제 그것은 모두 현실로 나타났다. 단, 아버지가 말했던 것보다 더 나쁜 상태로 현실화되었다. 나는 아버지가 꾸던 악몽 속에서 살아간다. 비가시적이라 해서 덜 현실적인 것은 아니다. 아직은 공기를 들이쉴 수 있지만, 언제까지 그럴 수 있을 것인가?

어머니의 명랑함은 아버지의 암울한 예고와 대조를 이룬다. 이제 와 보면 그것은 전적으로 의식적인 명랑함이었던 것이다.

우리는 여행용 트렁크를 정리하기 시작한다. 이게 토론토의 옛집에 있던 것을 기억한다. 나는 여전히 이것을 신비로운 보물 창고로 생각한다. 어머니 역시 이 정리 작업을 일종의 모험이라고 여긴다. 어머니는 이 트렁크를 수년간 들여다본 적이 없고, 안에 무엇이 들었는지 전혀 모른다고 말한다. 죽어 가고 있다 해서 생기가 덜한 것은 아니다.

내가 트렁크를 열자 좀약 냄새가 위로 피어오른다. 얇은 종이에 싼 아기 옷, 검누런 꽃문양 은제품이 나온다. 어머니가 말한다. "네 딸들을 위해 보관해 두렴. 너는 이걸 갖고." 웨딩 드레스, 결혼 사진, 세피아색의 친척들. 깃털 한 다발. 장식 술 달린 브리지 게임 짝, 하얀 염소 가죽 장갑 두 짝. 어머니가 말한다. "네 아버지는 춤을 참 잘 추셨지. 우리가 결혼하기 전에 말이다." 나는 전혀 몰랐다.

우리는 계속해서 층층이 쌓인 더미를 뒤지며 새로운 물건을 끄집어낸다. 내 고등학교 시절 사진, 립스틱 바른 웃음기 없는 입, 봉투에 든 누군가의 머리카락, 손뜨개 아기 양말 한 짝. 오래된 장갑, 오래된 넥타이. 앞치마. 어떤 것들은 보관하고, 어떤 것들은 버리거나 남에게 주어야 한다. 어떤 것들은 내가 가지고 갈 것이다. 우리는 물건을 분류해서 쌓는다.

어머니는 흥이 났고, 나도 어머니의 흥을 어느 정도 공유한다. 이것은 크리스마스 선물이 든 양말 같다. 비록 순전히 기쁨만 있는 것은 아니지만.

오빠가 모은 비행기 카드들이 너덜너덜한 고무줄로 묶여 있다. 오빠의 스크랩북, 폭파 장면을 그린 그림들, 오래된 보고

서. 어머니는 이것들을 한쪽으로 치워 둔다.

내가 그린 그림과 스크랩북. 이제서야 기억나는 부푼 소매와 분홍색 치마와 머리 리본을 한 소녀들 그림이 있다. 스크랩북에는 잡지에서 오려 낸 듯한 낯선 그림들이 붙어 있다. 1940년대 옷을 입은 여자들의 몸에 다른 여자들의 머리가 붙어 있다. "이것은 당신을 바라보고 있는 감시조다."

어머니는 말한다.

"너는 이 잡지들을 무척 좋아했지. 아파서 누워 있을 때면 몇 시간이나 뚫어지게 들여다보곤 했어."

스크랩북 아래에 내 옛날 앨범이 있다. 검은 페이지들이 신발 끈 같은 매듭으로 한데 연결되어 있다. 고등학교에 진학하기 전에 트렁크에 넣었던 것이 이제 기억난다.

"네게 크리스마스 선물로 주었던 거야. 네 카메라와 짝이 맞도록 말이야."

어머니가 말한다. 앨범 속에는 눈덩이를 들고 자세를 취한 오빠의 사진과 화관을 쓴 그레이스 스미스의 사진이 있다. 몇 개의 크고 둥근 돌 사진 아래에 흰색 연필로 이름이 쓰여 있다. 나는 소매가 너무 짧은 외투를 입고 모텔 방문에 기대 서 있다. 숫자 9.

어머니가 말한다.

"그 카메라는 어떻게 되었는지 모르겠구나. 누구한테 줘 버렸나 보다. 너는 얼마 지나지 않아 카메라에 흥미를 잃었어."

나는 우리 사이에 벽이 있음을 깨닫는다. 그 벽은 오랫동안 거기 있었다. 내가 증오해 왔던 무엇. 어머니를 감싸 안고 싶다. 그러나 나는 자제한다.

"그건 뭐니?" 어머니가 묻는다.

내가 말한다. "내 옛 손가방이에요. 교회에 들고 다니곤 했죠." 정말 그랬다. 이제 교회를 떠올릴 수 있다. 뾰족탑 위의 양파, 스테인드글라스 유리창. 하나님의·왕국은·너희·안에.

어머니가 살짝 웃으며 말한다.

"나는 전혀 몰랐네. 내가 이걸 왜 보관해 두었는지 모르겠다. 버리는 물건 더미에 놓으렴."

가방은 납작하게 눌려 있다. 빨간 플라스틱은 바느질한 옆구리가 약간 벌어졌다. 나는 손가방을 들고 원래 모양으로 누른다. 무언가 덜그럭거리는 소리가 난다. 나는 가방을 열고 내푸른 고양이 눈을 꺼낸다.

"구슬이구나!" 어머니는 아이와 같은 환희를 보인다. "스티븐이 모으던 그 많은 구슬 기억하니?"

"예." 나는 대답한다. 그러나 이것은 내 것이다.

나는 구슬 안을 들여다본다. 그리고 내 삶 전체를 본다.

70장

이 길 아래쪽에 가게가 있었다. 우리는 붉은 감초 끈과 풍선껌과 오렌지 맛 막대 아이스크림과 빨아 먹으면 씨앗처럼 작아지는 검은 눈깔사탕을 샀다. 왕의 머리가 그려진 1페니로 살 수 있는 것들. 게오르기우스 VI 데이 그라티아.[51]

나는 여왕이 성인이라는 사실에 결코 익숙해질 수 없다. 돈에 그녀의 잘린 두상이 새겨진 것을 볼 때마다 아직도 그녀가 열네 살짜리 소녀라고 생각한다. 걸스카우트 유니폼을 입고, 우리 모두의 모범이 될 만큼 등을 곧게 편 자세로, 럼리 선생이 담임이던 4학년 학급 칠판에 붙어 있던 누런 신문 기사 조

---

51) Georgius VI Dei Gratia. 조지 6세, '신의 은혜를 통하여'라는 뜻의 라틴어다.

각에서 나를 내려다보던 소녀. 런던에 폭탄이 떨어졌을 때 보기 흉한 다이아몬드 모양 라디오 마이크 앞에 서서, 진지함과 잘 감춘 두려움으로 이맛살을 찌푸리며 군대의 사기를 진작시키던 소녀. 그때, 변칙적인 시간의 흐름 속에서 팔 년 떨어진 지점에 존재하는 우리는 「잉글랜드는 영원하리라」 노래를 럼리 선생이 위협적으로 흔드는 나무 지시봉에 맞추어 불렀다.

그 후로 여왕은 손주를 보았고, 수천 개의 모자를 내다 버렸으며, 가슴이 커졌고,(이런 생각은 불경하다.) 턱살이 겹치기 시작했다. 이 모든 것들도 나를 속일 수 없다. 이전의 그녀는 어딘가에 남아 있다.

나는 다음 구획까지 걸어가서, 낯익은 더러운 학교의 말린간처럼 붉은 직사각형 건물이 나오기를 기대하며 모퉁이를 돈다. 재가 깔린 운동장, 핼러윈을 위해 주황색 종이 호박과 까만 고양이가 붙어 있는 길고 가는 유리창. 19세기 후반의 웅장한 무덤에 새겨진 비문처럼 문 위에 새겨진 '남학생', '여학생' 글씨.

그러나 학교는 사라져 버렸다. 그 자리에 신기루처럼 새 학교가 순간적으로 생겨났다. 미색 블록 모양의 반지르르한 현대적 학교.

배 속 깊은 곳을 얻어맞은 느낌이다. 옛 학교는 지워졌다. 공간에서 삭제되어 버렸다. 존재하지도 않았던 것처럼. 나는 뇌에서 무엇인가가 깎여 나간 것처럼 당황해서 전신주에 기댄다. 갑자기 피로가 몰려온다. 자고 싶다.

잠시 후 나는 새 학교로 다가가, 정문을 지나 건물을 향해 걸어가서, 주위를 천천히 둘러본다. 남학생 문과 여학생 문이 사라졌다는 것만은 확실하다. 그러나 사슬 울타리는 여전하다. 운동장에는 선명한 원색의 그네와 정글짐과 미끄럼틀이 점점이 놓여 있다. 몇몇 아이들이 점심을 일찍 먹고 돌아와 기구를 타며 놀고 있다.

이곳은 너무나 산뜻하고 너무나 시원하게 트여 있다. 분명히 매끄럽고 꾸밈 없는 문 뒤에는 더 이상 나무 지시봉도, 검은 고무 채찍도, 열 맞춰 늘어선 딱딱한 나무 책상도 없을 것이다. 뻣뻣한 왕실 의상 차림의 왕과 왕비도, 잉크병도 없다. 속바지를 두고 킬킬거리는 일도 없다. 냉혹하고 수염 난 나이 든 여자도 없다. 잔인한 비밀도 없다. 그런 것들은 모두 사라졌다.

뒤쪽 모퉁이로 가 본다. 그곳에는 몇 안 되는 빈약한 나무들이 서 있는 침식된 언덕이 있다. 그것만큼은 예전과 동일하다.

그 위에는 아무도 없다.

나는 나무 계단을 올라가 내가 예전에 서 있곤 하던 곳에 선다. 내가 아직도 서 있는 이곳은 결코 사라진 적이 없다. 아래쪽 운동장에서 들려오는 아이들의 목소리는 모든 시대, 모든 아이들의 목소리일 수 있다. 나무 아래로 비치는 빛이 흐려지며 사악하게 변한다. 적대감이 나를 둘러싼다. 숨을 쉬기 힘들다. 내가 무언가를 밀어 대는 것처럼 압력이 느껴진다. 눈보라 속에서 문을 여는 것처럼.

여기에서 나를 꺼내 줘, 코딜리어. 나는 갇혔어.

나는 영원히 아홉 살 소녀로 머물고 싶지 않다.

공기는 부드러운 가을 기운으로 가득 차 있다. 햇빛이 비친다. 나는 꼼짝 않고 서 있다. 그런데도 나는 고개를 숙이고 움직이지 않는 바람 속으로 걸어 들어간다.

14부

통일장 이론

71장

나는 새 드레스를 입고, 존의 철사 절단기로 가격표를 잘라 낸다. 결국 검은색 옷으로 결정했다. 그리고 욕실로 가서 작고 기름때 낀 거울 속에 비친 내 모습을 가는 눈을 뜨고 바라본 다. 이제 걸치고 보니 이 드레스는 전에 입었던 다른 모든 검 은 드레스들과 거의 비슷하다. 나는 보풀이 붙었는지 확인하 고, 분홍색 립스틱을 바르고, 내가 보기에 괜찮은 모습으로 변신한다. 괜찮고 시시한 모습.

어떻게 해서든 좀 더 화려하게 꾸밀 수도 있을 것이다. 늘어 지는 귀걸이와 팔찌와 작은 사슬에 달린 은 나비넥타이와 이 사도라 덩컨식으로 '실수로 목 졸라 죽기' 위한 커다란 스카프 와 1930년대식 장난기 어린 저속한 모조 다이아몬드 브로치 가 있어야 한다. 그러나 내겐 아무것도 없고, 지금 나가서 사

오기에는 너무 늦었다. 나는 그런 것 없이 해내야 한다. 예전에 있던 '있는 모습 그대로 오기 파티.' 나는 있는 모습 그대로 갈 것이다.

나는 화랑에 한 시간 일찍 도착한다. 차나와 다른 이들은 아직 없다. 식사를 하러 나갔거나 옷을 갈아입으러 갔을 수도 있다. 그러나 모든 것이 다 준비되어 있다. 빌려 온 스템이 굵은 포도주 잔, 중간급 약주, 금주주의자들을 위한 생수. 수도꼭지에서 나온 순수한 염소(鹽素)를 누가 대접하겠는가? 가장자리가 굳기 시작한 치즈, 유황에 절어 감미롭고 왁스처럼 빛나며 캘리포니아의 죽어 가는 일꾼들의 피로 포동포동해진 포도. 이런 것들에 대해 너무 많이 알고 있어 봐야 별 이로울 게 없다. 결국 입에 무언가 집어넣을 때마다 죽음을 맛보게 될 뿐이다.

무서운 눈매에 머리에 젤을 바르고 형태 없는 검은 옷을 입은 여자 바텐더가 바 용도의 긴 탁자 뒤에 서서 잔을 윤기 나게 닦고 있다. 바텐더에게 포도주 한 잔을 부탁한다. 그녀의 냉담한 태도는 이 일이 돈을 벌기 위해서일 뿐임을 암시하는 듯하다. 그녀의 진정한 야망은 다른 곳에 있다. 그녀는 입술을 굳게 다문 채 포도주를 내민다. 그녀는 나를 인정하지 않는다. 어쩌면 그녀는 화가가 되고 싶어 하며, 내가 성공에 굴복해 원칙을 훼손했다고 생각할 수도 있다. 나는 그런 씁쓸하고 사소한 속물적 언동을 얼마나 즐겼던가. 한때 그것은 얼마나 쉬웠던가.

나는 포도주를 조금씩 마시면서 천천히 화랑을 걸어 다니며 실로 처음으로 내 전시회를 관람한다. 이곳에 있는 그림들, 그리고 이곳에 없는 그림들까지. 카탈로그가 있다. 차나가 조합해서 전문적으로 보이도록 만든 컴퓨터와 레이저 프린터의 산물. 나는 첫 전시회의 카탈로그를 기억한다. 등사판으로 찍은 그 카탈로그는 번져서 읽기조차 힘들었고, 가난을 진정성의 증표처럼 달고 있었다. 나는 롤러 돌아가는 소리, 강렬한 잉크 냄새, 내 팔의 통증을 기억한다.

결국 연대기적 구성으로 낙착되었다. 초기 작품들은 동쪽 벽에 걸려 있고, 차나가 중기 작품이라고 부르는 것은 끝쪽 벽에, 서쪽 벽에는 한 번도 선보인 적 없는 다섯 점의 작품이 걸려 있다. 지난 삼백육십오 일간 그린 작품은 저 다섯 점이 전부다. 근래 들어 작업 속도가 더 느려졌다.

여기에는 정물화가 걸려 있다. "여성적 상징주의 영역과 가정용품이 지닌 카리스마적 본성에 대한 리슬리의 초기 시도."라고 차나가 기술해 놓았다. 다른 말로 하자면, 토스터, 커피 여과기, 어머니의 탈수 세탁기를 지칭하는 것이다. 세 개의 소파. 은종이.

그 작품들을 지나면 존과 조제프가 있다. 나는 일종의 애정을 가지고 그들을 바라본다. 그들과 그들의 근육과 여성에 대한 그들의 모호한 생각들을. 그들의 젊음은 공포를 자아낸다. 어떻게 저런 미숙함의 손에 나 자신을 던져 넣을 수 있었단 말인가?

다음은 스미스 부인이다. 다수의 스미스 부인. 앉아 있는 모습, 서 있는 모습, 거룩한 고무나무가 있는 가운데 누워 있는 모습, 스미스 씨가 등에 붙어 교미하는 딱정벌레처럼 날아다니는 모습. 럼리 선생의 짙푸른색 블루머를 입은 스미스 부인. 럼리 선생의 존재는 무서운 공생 관계를 통해 스미스 부인에 결합되어 있다. 몸을 감싼 얇고 하얀 종이가 한 겹 한 겹 벗겨지는 스미스 부인. 실물보다 큰, 거대한 스미스 부인. 하나님의 모습을 가려 버리는 엄청난 몸.

나는 그 상상의 몸을 그리는 데 많은 노력을 기울였다. 우엉 뿌리처럼 하얗고 돼지비계처럼 흐물흐물한 몸. 귓속처럼 털이 많은 그 몸. 이제 생각하건대 상당한 악의를 가지고 작업에 임했던 것 같다. 그러나 이 그림들이 조롱과 신성 모독만을 담고 있는 것은 아니다. 나는 빛을 부여했다. 창백한 다리와 금속 안경테 속의 눈은 실제 그대로, 빵처럼 평범하게 그려져 있다. 나는 말했다. "보세요." 나는 말했다. "알겠어요."

지금 나는 그 눈을 들여다보고 있다. 독선적이고 돼지 같고 철사 테 안에서 잘난 체하는 눈이라고 나는 생각해 왔다. 실제로도 그렇다. 그러나 그것은 패배의 눈, 불확실하고 우울하며 소중히 여겨지지 않는 의무에 눌린 눈이기도 하다. 신을 오로지 가학적인 늙은 남자로밖에 느끼지 못하는 사람의 눈. 소도시의 닳아빠진 체면의 눈. 스미스 부인은 훨씬 더 작은 곳에서 도시로 온 사람이었다. 과거의 나와 같은 난민이었다.

이제 나는 그려진 스미스 부인의 눈을 통해서 나 자신을 볼 수 있다. 어디에서 나타났는지 아무도 알지 못하는 너덜너덜한 머리의 부랑아, 집시와 다를 바 없는 존재, 이교도적인 아버지와 헐렁한 바지 차림으로 잡초를 주워 모아 들고 돌아다니는 무심한 어머니를 둔 아이. 나는 세례를 받지 않았고, 악마가 깃들일 처소였다. 어떤 신성 모독과 불신의 병균이 내 안에 번식하고 있을지 어떻게 알겠는가? 그럼에도 불구하고 스미스 부인은 나를 수용했다.

일부는 사실이다. 나는 그것을 정당하게 다루지도 않았고, 용서를 베풀지도 않았다. 그 대신 복수를 했다.

눈에는 눈이라는 원칙은 더 많은 맹목을 초래할 뿐이다.

나는 새로운 작품들이 걸려 있는 서쪽 벽으로 간다. 이 작품들은 내가 통상 쓰는 판형보다 크고, 벽의 공간을 잘 채우고 있다.

첫 작품은 「피코초」다. "죄 데스프리."[52]라고 차나는 부른다. "이 작품은 그룹 오브 세븐[53]을 계승해서 풍경에 대한 그들의 비전을 현대적 실험과 포스트모던적 모방을 통해 재구성하고 있다."

사실 이 작품은 유화 물감으로 그린 풍경화다. 푸른색 물과 자주색 바탕, 거친 바위와 바람에 시달려 남루해진 나무를

---

52) Jeu d'esprit. '재치 있는 익살', '경구'라는 뜻의 프랑스어다.
53) 톰 톰슨(Thomas John Thomson, 1877~1917)에게 영감을 받은 일곱 명의 캐나다 화가들이 결성한 그룹이다. 캐나다의 후기 인상주의에 많은 영향을 받았으며 대담하고 선명한 색상을 이용하여 캐나다의 풍경을 상징적으로 그렸다.

1920년대와 1930년대의 임파스토 기법으로 그린 그림. 이 풍경이 작품 거의 전체를 차지하고 있다. 그림 오른쪽 아래에는 브뤼겔의 그림에서 갑자기 등장하는 바다에 빠진 이카루스의 다리[54]만큼이나 의외의 장소에 점심을 만드는 부모님 모습이 그려져 있다. 부모님은 불을 피워 놓았고, 캠핑용 깡통이 그 위에 걸려 있다. 체크무늬 겉옷을 입은 어머니는 몸을 숙이고 깡통 속을 젓고 있고, 아버지는 나뭇조각을 불에 집어넣는다. 우리의 스튜드베이커 차는 뒤편에 주차되어 있다.

부모님은 다른 양식으로 그려졌다. 부드럽고, 섬세하게 다듬어졌으며, 스냅 사진처럼 사실적이다. 마치 다른 종류의 빛이 그들 위에 내려앉은 듯하다. 마치 풍경화 뒤나 안에 무엇이 있는지 보여 주려고 작품 속에 열어 놓은 창문을 통해 그들을 보는 것처럼.

아래쪽에는 이집트 무덤의 프레스코 벽화처럼 평면적 양식으로 그린 성상처럼 보이는 상징들이 각각 하얀 구(球)에 둘러싸여 일렬로 배치되어, 지하에 위치한 단처럼 부모님을 받치고 있다. 붉은 장미, 오렌지색 단풍잎, 조개껍질. 사실 그것들은 1940년대의 오래된 주유기 상표들이다. 인위성을 두드러지게 드러냄으로써 이것들은 풍경과 인물들의 실재성에 의문을 제기한다.

---

54) 피터르 브뤼헐(Piter Brueghel de Oude, 1527년경 ~1569)의 「이카루스의 추락이 있는 풍경」에서 그림 전면에서는 농부가 한가롭게 밭을 갈고 바다에는 배가 유유히 떠가는데 바다 한구석에 이카루스의 다리가 거꾸로 박혀 있는 것이 아주 작게 그려져 있다.

두 번째 그림은 「세 뮤즈」라고 불린다. 차나는 이 작품을 두고 고심했다. "리슬리는 우리가 인지하는 성별과 그것이 우리가 인지하는 권력에 대해 갖는 관계를 특히 신비한 이미지의 측면에서 파괴하는 교란 작업을 계속하고 있다."라고 그녀는 기술한다. 숨을 멈추고 눈을 가늘게 뜨고 보면 그녀가 어디에서 그런 생각을 하게 되었는지 알 것 같다. 모든 뮤즈는 여성이어야 하는데, 이 그림에 나오는 뮤즈 중 하나는 여성이 아니기 때문이다. 제목을 「무용수」라고 붙여서 이런 참담한 비평을 방지했어야 했는지도 모르겠다. 하지만 이들은 무용수가 아니다.

오른쪽에는 꽃무늬 실내복과 진짜 털이 달린 슬리퍼 차림의 키 작은 여자가 있다. 머리에는 체리 장식이 달린 테 없는 둥글넓적한 모자를 썼다. 그녀는 검은 머리에 커다란 금귀고리를 하고 비치 볼만 한 둥근 물체를 들고 있다. 그것은 사실 오렌지다.

왼쪽에는 푸른 기 도는 백발에 라벤더색 긴 실크 가운을 입은 나이 지긋한 여자가 있다. 소매에는 레이스 손수건이 꽂혀 있고, 간호사용 거즈 마스크를 쓰고 있다. 마스크 위에서 밝고 푸른 눈이 정면을 바라본다. 양쪽 눈가에 주름이 자글자글 잡혀 있고, 눈빛은 못처럼 날카롭다. 손에는 지구의를 들고 있다.

가운데에는 연갈색 피부와 하얀 치아를 가진 마른 남자가 어정쩡한 미소를 짓고 있다. 그는 얀 호사르트의 「동방 박사의 아기 예수 숭배」에 나오는 발타자르의 옷을 연상시키는 화려한 금색과 붉은색의 동양풍 의상을 입고 있다. 그러나 왕관과 스카프는 없다. 그 역시 둥근 물체를 들고 있다. 그것은 음반처럼 납작하고 자주색 스테인드글라스로 만들어진 것처럼 보인다. 표면에는 추상화에서 볼 수 있는 여러 개의 선명한 분홍색 물체가 언뜻 보기에 제멋대로 배열되어 있다. 그것들은 사실 가문비나무 애벌레 알 단면이다. 생물학자 말고는 알아보는 사람이 없을 것이다.

인물들의 배열은 고대 그리스의 삼미신(三美神)이나 옛날 주일 학교 신문의 앞장에서 예수를 둥글게 둘러싸고 있는 각기 다른 피부색의 아이들을 연상시킨다. 그러나 그들은 얼굴을 안쪽으로 향하고 있지만, 내 작품 속의 인물들은 바깥쪽으로 향하고 있다. 그들은 그림 밖에 서 있는 사람에게 주듯 선물을 앞으로 내밀고 있다.

핀스틴 부인, 스튜어트 선생, 바네르지 씨. 물론 그들 스스로 생각했던 자신들의 모습은 아닐 것이다. 그들이 자신들의 삶에서 무엇을 보았는지, 또는 무슨 생각을 했는지 아무도 모를 일이다. 전쟁 직후 몇 년 동안 어떤 죽음의 수용소의 재가 핀스틴 부인의 머릿속을 매일 휩쓸고 있었는지 누가 알겠는가? 바네르지 씨는 이곳 거리를 걸어 다니며 두려움을 경험해야 했을 것이고, 누군가 그를 밀치거나 상소리를 수근거리거나 외쳐 댔을 것이다. 스튜어트 선생은 약탈당하고 계속해서 쇠퇴하고 있는, 5000킬로미터나 떨어진 스코틀랜드로부터 온 망명자였다. 그들에게 나는 부수적인 존재였고, 그들이 내게

베푼 친절은 우연하고 작은 것이었다. 분명히 그들은 그것에 대해 별다른 생각을 하지 않았을 것이고, 그것이 무엇을 의미하는지 알지 못했을 것이다. 그렇다고 해서 내 마음이 이끌리는 대로 그들에게 보상하지 못할 이유가 있는가? 나는 신의 역할을 도맡아 그림의 내세에서 그들을 영광스러운 모습으로 변화시킨 것이다. 물론 그들은 영원히 알지 못할 것이다. 그들은 이미 죽었거나 노인이 되었을 것이다. 다른 세상에 존재하는 이들.

세 번째 그림은 「한쪽 날개」라는 작품이다. 오빠가 죽은 후 그를 위해 이 그림을 그렸다.

이것은 삼면화다. 양쪽에 크기가 작은 측면 화판이 있다. 첫 그림에는 2차 세계 대전 당시의 비행기가 담배 카드식으로 그려져 있다. 다른 화판에는 연녹색의 커다란 긴꼬리산누에 나방이 있다.

중앙의 더 큰 화판의 그림에서는 한 남자가 하늘에서 추락하고 있다. 그가 날고 있는 것이 아니라 추락하고 있다는 사실은 구름 몇 점에 대비되어 기울어져 거의 거꾸로 뒤집힌 그의 자세에서 분명히 드러난다. 그런데도 그는 평온해 보인다. 그는 2차 세계 대전 당시의 왕립 캐나다 공군 군복을 입고 있다. 그에게는 낙하산이 없다. 손에는 아이들의 장난감 나무칼이 들려 있다.

이것은 우리가 고통을 달래기 위해 하는 그런 종류의 일이다.

차나는 이것이 남자에 대한, 그리고 전쟁의 미숙한 본질에 대한 진술이라고 생각한다.

네 번째 그림의 제목은 「고양이 눈」이다. 이것은 일종의 자화상이다. 코 중간부터 그 위쪽만 그린 내 머리가 우측 전면에 놓여 있다. 코의 상단, 위쪽을 쳐다보는 눈, 이마와 그것을 덮고 있는 머리카락. 나는 이제 막 생기기 시작한 주름, 눈꺼풀 한끝의 작은 주름살을 그려 넣었다. 그리고 흰머리 몇 가닥. 실제로는 다 뽑아 버리기 때문에 이것은 사실과 다르다.

나의 반쪽 머리 뒤, 그림의 한가운데, 텅 빈 하늘에는 장식적인 틀에 둘러싸인 볼록한 체경이 걸려 있다. 거울 안에 내 머리 뒤쪽의 일부가 보인다. 그러나 머리카락은 달라 보인다. 즉 더 젊은 사람의 머리칼처럼 보인다.

먼 곳에는 거울의 굴곡 때문에 축소되어 보이는 세 명의 작은 사람들이 보인다. 그들은 사십 년 전 여자아이들의 겨울 옷차림을 하고 있다. 얼굴에 그늘이 드리워진 그들은 눈 덮인 들판을 배경으로 앞으로 걸어온다.

마지막 그림은 「통일장 이론」이다. 나머지 그림보다 큰 세로 직사각형 그림이다. 그림 아래쪽에서 3분의 1 좀 넘는 부분을 나무다리가 가로지른다. 다리 양쪽에 나무 우듬지가 보인다. 나무는 잎이 거의 떨어지고, 습기 많은 폭설 후처럼 눈으로 덮여 있다. 다리 난간과 지주에도 눈이 쌓여 있다.

다리 난간의 가장 높은 곳 위에 검은 옷과 후드, 아니면 베일을 머리에 쓴 여자가 어느 곳에도 발을 딛지 않은 상태로

서 있다. 그녀의 드레스, 아니면 외투 여기저기에는 빛나는 작은 점들이 있다. 그녀 뒤에 보이는 하늘은 일몰 후의 하늘이다. 하늘 가장 위쪽에 하현달이 보인다. 그녀의 얼굴은 그늘로 반쯤 덮여 있다.

그녀는 잃어버린 것들의 동정녀다. 그녀는 심장 높이에 유리로 된 물체를 양손에 들고 있다. 중심부가 커다란 푸른 고양이 눈 구슬이다.

다리 밑에는 망원경으로 관찰한 것 같은 밤하늘이 펼쳐져 있다. 촘촘하게 박힌 수많은 별들, 붉은색, 푸른색, 노란색, 그리고 하얀색 별, 소용돌이치는 성운, 은하수에 겹쳐진 또 다른 은하수. 환한 빛과 어둠 속의 우주. 그런 광경이라고 생각할 것이다. 그러나 그 아래쪽에는 돌멩이와 딱정벌레, 작은 뿌리들이 있다. 이것은 땅의 아래쪽이다.

그림의 아래쪽 가장자리에서는 어둠이 엷어지면서 더 밝은 색, 물의 맑은 푸른색과 융화된다. 땅 아래쪽, 다리 아래에는 공동묘지에서 흘러나온 샘이 흐르기 때문이다. 죽은 이들의 땅.

나는 바에 가서 포도주를 한 잔 더 부탁한다. 이 포도주는 우리가 전에 이런 행사를 위해 사던 질 낮은 혼합주보다 더 낫다.

나는 내가 창조한 시간에 둘러싸여 전시실을 걷는다. 그것은 장소가 아니라 단지 흐릿한 무엇, 우리가 살아가는 움직이는 경계선이다. 그것은 하나의 흐름이며, 파도처럼 그 자신에게로 되돌아가는 것이다. 나는 어쩌면 내가 시간으로부터 무엇인가를 보호하고 있다고, 무엇인가를 건져 내고 있다고 생각했는지도 모르겠다. 천상을 지상으로 가져오고 있다고, 신의 계시와 영원한 별을 재현하고 있다고 생각했으나, 결국 자신들이 제작한 나무판과 석고판이 도난당하고, 잊히고, 불타버리고, 난도질당하고, 부패와 곰팡이에 파괴되는 일을 당했던 수 세기 전의 저 화가들처럼.

비 새는 천장이나 성냥과 약간의 휘발유만 있으면 이 모든 것이 끝장나고 말 것이다. 왜 이런 생각은 내게 두려움이 아니라 유혹으로 다가오는가?

나는 더 이상 이 그림들을 통제하거나, 그것이 무엇을 의미하는지 말할 수 없기 때문이다. 그들이 지닌 에너지는 모두 내게서 빠져나간 것이다. 나는 그저 잔존물에 불과하다.

72장

이제서야 차나가 연자주색 가죽옷을 입고 모조 금 장신구를 짤랑거리며 내 쪽으로 서둘러 온다. 그녀는 나를 뒤쪽 사무실에 재빨리 밀어 넣는다. 흥청망청 돈을 쓸 첫 고객이 나타났을 때 내가 텅 빈 화랑에서 하릴없이 어정거리는 것을 원하지 않는다. 내가 성공적이지 못한 것처럼 보이고 지나치게 애걸하는 인상을 주게 될까 걱정하는 것이다. 그녀는 나중에, 화랑에서 보다 활기찬 말소리가 나올 때 나와 함께 입장할 계획이다.

"여기에서 쉬시면 돼요."

차나가 말한다. 그러나 쉴 수 있을 것 같지 않다. 사무실 빈 공간을 서성이며 나는 두 잔째 포도주를 마신다. 색 테이프 장식과 풍선이 다 준비되어 있고 부엌에서는 핫도그가 대기하고 있는 생일 잔치와 비슷하다. 하지만 아무도 오지 않으면 어떻게 할 것인가? 사람들이 오지 않는 것과 오는 것, 어떤 것이 더 나쁜 일일까? 이내 문이 열리고, 비열하고 변덕스러운 작은 소녀들 무리가 귓속말하고 손짓하면서 안으로 몰려들어 올 것이다. 그리고 나는 굽신거리고 알랑거릴 것이다.

손에 땀이 나기 시작한다. 술을 한 잔 더 하면 마음이 가라앉을 것 같다. 이것은 나쁜 신호다. 밖으로 나가 내가 누구의 관심을 끌 수 있는지 보기 위해 장난 삼아 누군가에게 추근대 볼 생각이다. 그러나 추근댈 만한 사람이 없을 수도 있다. 그러면 나는 술에 취할 것이다. 알코올이 과다하든 과다하지 않든 간에 아마도 화장실에서 구토를 할 것이다.

나는 다른 곳에서는 이렇지 않다. 이 정도로 상태가 나쁘지 않다는 뜻이다. 이곳으로, 내게 악의를 품은 이 도시로 돌아오지 말았어야 했다. 나는 이곳을 똑바로 내려다볼 수 있으리라 생각했다. 그러나 이 도시는 아직도 힘을 가지고 있다. 엉망이 된 반쪽 얼굴만을 보여 주는 거울처럼.

나는 뒷길로 도망칠까 생각해 본다. 나중에 아파서 그랬다고 변명하는 전보를 보낼 수 있을 것이다. 그것은 상당한 풍문을 자아낼 것이다. 질질 끄는, 보이지 않는 병에 대한 소문. 그렇게 되면 나는 이 바닥에서 완전히 밀려날 것이다.

그러나 때마침 차나가 흥분으로 상기되어 들어온다. 그녀가 말한다. "벌써 사람들이 아주 많이 왔어요. 모두 당신을 만나고 싶어서 안달이 났어요. 우리 모두 당신이 정말 자랑스러워요." 그녀의 말이 어머니나 이모, 가족이 해 주는 말처럼 들려서 나는 순간적으로 당황한다. 이 가족은 누구인가? 이것은 누구의 가족인가? 나는 꼼짝달싹할 수 없게 되었다. 피아노 독주회를 앞둔 고집 센 아이. 더 적합한 비유는 이것이다. 총알 맞은 흉터를 지닌 백전노장, 기억조차 힘든 옛날 전투의 노병이 이제 금시계와 악수와 마음 깊이 우러나오는 감사의 표시를 받게 되는 것. 푸른 잉크색의 바랜 후광이 나에게 따라붙는다.

갑자기 차나가 내게 다가오더니 빠르고 금속적인 포옹을 건넨다. 아마 그 따뜻함은 진정일 것이다. 아마 나는 내 뚱하고 냉소적인 생각을 부끄럽게 여겨야 할 것이다. 아마 그녀는 진정으로 나를 좋아하고 내가 잘되기를 바라는 것일 게다. 그렇게 믿을 수 있을 것 같다.

나는 목부터 발끝까지 검은색으로 차려입고, 화랑 중앙에 서서, 포도주를 세 잔째 마시고 있다. 차나는 이제 나를 만나고 싶어서 안달이 났다는 사람들을 찾아 군중을 뒤지고 있다. 나는 그녀가 시키는 대로 해야 한다. 나는 목을 길게 빼고, 그림을 가리고 있는 군중을 꿰뚫고 보려 노력한다. 그저 머리 끝 몇 개, 몇 개의 하늘, 몇 개의 배경과 구름만 보일 뿐이다. 내가 알아야 하는 사람들, 알았던 사람들이 내 앞에 나타나고, 내가 그들을 어렴풋하게만 알아보는 상황을 나는 계속해서 예상하고 두려워한다. 그들은 팔을 벌리고 내게 다가올 것이다. 몸이 불거나 줄어들고 주름진 피부와 영구적으로 새겨진 찌푸림을 가진 고등학교 때 여자 친구들, 삼십 년 전에는 매끈한 피부를 가졌으나 이제는 대머리가 되거나 콧수염을 기르거나 쪼그라진 그들의 남자 친구들. "일레인! 도대체 무슨 일이니! 만나서 너무 반갑다!" 내 얼굴이 포스터에 찍혀 있으니 그들은 나보다 유리한 입장이다. 나는 환영의 미소를 지을 것이고, 마음속으로는 과거를 열심히 뒤지면서 그들의 이름을 기억해 내느라 정신이 없을 것이다.

내가 정말로 기대하고 보고 싶은 사람은 코딜리어다. 그녀에게 물어봐야 할 것들이 있다. 내가 잃어버렸던 시간, 그 과거에 무슨 일이 일어났는지는 묻지 않을 것이다. 이제 나는 그것을 알고 있다. 그녀가 왜 그런 행동을 했는지를 물어봐야 한다.

만일 그녀가 기억한다면 말이다. 어쩌면 코딜리어는 나쁜 일들, 자기가 내게 한 말과 행동을 잊어버렸는지도 모른다. 아니면 기억하더라도 아주 사소하게, 마치 어떤 놀이나 한 번의 장난, 여자아이들이 말한 다음 금방 잊어버리고 마는 그런 대수롭지 않은 비밀로 기억하고 있을지도 모른다.

코딜리어가 자기 입장에서 기억하는 이야기가 있을 것이다. 나는 그녀 이야기의 주인공이 아니다. 그녀가 자기 이야기의 주인공이다. 그러나 나는 다른 사람에게 받지 않는 한 결코 가질 수 없는 무엇을 코딜리어에게 줄 수 있을 것이다. 그녀가 외부에서 어떻게 보이는가. 내게 비친 그녀의 모습. 이것이 내가 그녀에게 돌려줄 수 있는 그녀 존재의 한 부분이다.

우리는 옛 우화에 나오는 열쇠를 반씩 받은 쌍둥이와 유사하다.

코딜리어는 그녀에게 길을 비켜 주는 군중 사이로 나를 향해 걸어올 것이다. 연녹색 아이리시 트위드를 입고, 금테 두른 자개 귀고리를 하고, 예쁜 구두를 신은 모호한 나이의 여자. 예전에 사람들이 프랑스어로 '스와네(soignée)'라고 표현하던 잘 다듬은 단정한 몸차림. 지금의 나처럼 자신을 잘 돌보는 모습. 흰머리가 약간 있을 것이고, 미소는 살짝 냉소적일 것이다. 나는 그녀가 누구인지 알아보지 못할 것이다.

이 전시실에는 많은 여자들이 있다. 화가들 여럿에 부자도 몇몇 있다. 차나가 데려온 이들은 대부분 부자들이다. 나는 그들과 악수를 나누며 그들의 입술이 움직이는 모양을 바라본다. 나는 다른 장소에서는 이렇게 자신을 드러내는 행위를 보다 활기차게 할 수 있다. 뻔뻔하게 나댈 수도 있다. 그러나 이곳에서는 완전히 발가벗겨진 느낌이다.

부자들 틈을 뚫고 젊은 여자 하나가 다가온다. 그녀는 화가다. 말하지 않아도 명백하지만 어쨌든 그녀는 그렇게 말한다. 그녀는 미니스커트와 꼭 끼는 레깅스를 입고 끈이 달린 뭉툭한 검은 단화를 신고 있다. 머리는 한때 오빠가 했던 것처럼 1940년대 후반의 모범적 남학생 스타일로 뒤쪽을 위까지 짧게 깎았다. 그녀는 모든 것의 '후기'다. '후기' 무엇이라 불리는 것 이후의 세대. 나 다음으로 등장할 사람.

그녀가 말한다.

"당신의 초기 작품이 정말 마음에 들었어요. 「추락하는 여자」, 그 작품이 정말 좋았어요. 그러니까, 그 작품은 한 시대를 요약해 주잖아요, 그렇지 않아요?”

그녀가 일부러 잔인하게 구는 것은 아니다. 자신이 이제 막 크랭크 전화기, 고래뼈 코르셋과 함께 나를 먼지 더미로 밀쳐 버렸다는 사실을 그녀는 깨닫지 못한다. 예전 같으면 그녀를 완패시킬 어떤 말을, 거칠고 통렬한 한마디를 쏘아붙였겠지만 지금 당장은 아무 말도 생각해 낼 수 없다. 나는 한동안 연습을 하지 않았으며, 담력을 잃어 가고 있다. 어쨌든 그것이 무슨 소용이 있겠는가? 과거 시제로 된 그녀의 찬사는 신실하다. 그것에 감사해야 한다. 나는 그곳에 서서 내 미소가 의례적인 것으로 굳어 가는 것을 느낀다. 명성이란 것이 괴저(壞疽)처럼 다리를 타고 슬금슬금 올라온다.

“정말 기쁘군요.”

나는 가까스로 말한다. 불명확한 상황에서는 이를 앙다물고 거짓말을 해야 한다. 앙다물 이가 있다는 것이 행운으로 여겨진다.

나는 새로 채운 포도주 한 잔을 들고 뒤로 물러서 벽에 기댄다. 나는 목을 빼고 잘 다듬은 머리들 위로 군중 속을 살핀다. 코딜리어가 나타날 시간인데, 아직 보이지 않는다. 실망과 조급함이 내 안에 쌓이기 시작한다. 그리고 조바심 역시. 코딜리어는 분명 이곳을 향해 길을 나섰을 것이다. 오는 도중에 무슨 일이 일어난 것이 틀림없다.

더 많은 사람과 악수를 나누고 더 많은 이야기를 나누는 동안에도 상황은 여전하다. 그리고 전시실은 점차 비기 시작한다.

"정말 잘 진행되었어요." 차나가 한숨을 쉬며 말한다. 안도의 한숨일 것이라고 나는 생각한다. "당신은 정말 훌륭히 해냈어요." 그녀는 내가 누군가를 물거나 음료수를 누군가의 다리에 쏟거나 그 외 예술가다운 행동을 하지 않아서 기뻐하고 있다. "우리 모두와 함께 저녁 식사 어때요?"

나는 말한다. "아니요. 아니, 괜찮아요. 뼛속까지 피곤해요. 그냥 돌아가고 싶어요." 나는 다시 한번 둘러본다. 코딜리어는 여기 없다.

뼛속까지 피곤하다는 것은 어머니의 오랜 표현이다. 뼈 자체는 피곤함을 느끼지 않는다. 그것은 튼튼하고 지구력이 강하다. 몸의 나머지 부분이 멎은 후에도 뼈는 수년간 지속될 수 있다.

나는 미래로 향하고 있다. 미래 속에서 나는 낯선 젊은이가 물컹물컹한 음식을 내게 떠먹여 주는 동안, 휠체어에 아무렇게나 걸터앉아 몸을 의지하고, 머리카락을 점점 잃어 가며, 허튼소리를 지껄인다. 그리고 나는 눈 오는 다리 밑에서 계속 기다리고, 기다리고, 기다린다. 그러는 사이 코딜리어는 사라지고, 사라진다.

나는 화랑 밖, 황혼 녘 보도로 걸어 나간다. 택시를 잡고 싶지만 손을 들 힘조차 없다.

나는 거의 모든 것에 대한 준비를 하고 있었다. 단 부재와 침묵은 제외하고.

73장

나는 택시를 타고 작업실로 돌아와, 밤에 늘 그렇듯 희미하게 조명이 켜진 층계 네 층을 올라가며 층계참에서 휴식을 취한다. 여러 겹의 천 아래에서 둔중해지며 빨라지는 심장에 귀를 기울인다. 약해지고 있는 상한 심장. 포도주를 그렇게 많이 마시지 말았어야 했다. 이곳은 춥다. 그들은 난방에 인색하다. 내 숨소리가 들린다. 몸에서 이탈된 헐떡임. 마치 다른 누군가가 숨을 쉬고 있는 것처럼.

'코딜리어는 존재하고자 하는 경향이 있어.'

나는 손을 떨며 열쇠 구멍에 열쇠를 끼우고, 전기 스위치를 더듬어 찾는다. 이곳에 널려 있는 가짜 신체 부위가 없었더라면 더 나았을 것이다. 실내가 추워서 코트를 입은 채 약간 휘청거리며 간이 부엌으로 간다.

커피가 필요하다. 나는 커피를 만들어 따뜻한 컵을 손으로 감싸 작업대로 들고 와서, 철사와 날카로운 도구 사이에 팔꿈치를 기댈 공간을 만든다. 내일이면 한순간도 지체 않고 이 도시를 빠져나갈 것이다. 이곳에는 오래된 시간이 지나치게 많다.

그래, 코딜리어, 너에 대한 복수다.

결코 정당한 심판을 위해 기도하지 말라. 결국 너 자신이 심판을 받게 될 것이다.

나는 떨리는 컵을 들고 뜨거운 커피를 턱에 흘리면서 마신다. 지금 음식점에 있는 것이 아니라서 다행이다. 여자가 술에 취하는 것은 멋있는 일이 아니다. 술에 취한 남자는 여자보다 쉽게 변호되고 쉽게 용서받는다. 왜 그런가? 남자들이 술 마시는 이유가 더 타당하다고 생각하기 때문이다.

나는 코트 소매로 눈물에 젖은 얼굴을 닦는다. 이런 것이 내가 주의해야 할 일이다. 아무 이유 없이 울기, 꼴사나운 짓 하기. 나는 이것이 꼴사나운 짓이라고 느낀다. 아무도 보고 있지 않는데도.

넌 죽었어, 코딜리어.

아니야, 난 죽지 않았어.

넌 죽었어. 죽었단 말이야.

쓰러져.

15부

다리

74장

　병에서 회복 중인 것처럼 머리가 어지럽다. 나는 검은 드레스를 입은 채 온몸에 듀베를 둘둘 감고 잤다. 옷을 벗을 기운이 없었다. 두개골이 커다란 해면이 되어 버린 듯한 느낌으로, 숙취에 머리가 지끈거리는 가운데 정오에 잠을 깼다. 그리고 비행기를 놓쳤다는 사실을 깨달았다. 그렇게 술을 많이 마신 것은 정말 오랜만이었다. 다른 일들을 처리할 때와 마찬가지로 나는 좀 더 현명하게 행동했어야 했다.

　지금은 늦은 오후다. 하늘은 부드러운 회색으로 낮게 드리워져 있고, 젖은 압지처럼 축축하게 번져 보인다. 모든 사람들이 철수해 버린 것처럼 오늘 하루가 공허하게 느껴진다. 앞으로 어떤 일도 일어나지 않을 것처럼.

나는 철거된 학교에서 보도를 따라 걸어 나온다. 내가 항상 걷던 방향. 눈을 가리고도 이 길을 걸을 수 있다. 언제나 그렇듯이 이 길에서는 미움받는 느낌이 든다.

바로 아래에 다리가 있다. 이곳에서는 모든 것이 중립적으로 보인다. 나는 언덕 꼭대기에 서서 숨을 크게 쉰다. 그런 다음 언덕을 내려가기 시작한다.

이 주변은 놀라울 정도로 변하지 않았다. 진흙투성이 오솔길은 없어졌지만 양쪽에 늘어선 집들은 똑같다. 오솔길 대신 산뜻한 작은 난간과 단정한 시멘트 길이 있다. 낙엽 냄새, 낙엽이 서서히 썩어 가는 강렬한 냄새 역시 여전하다. 그러나 자주색 꽃과 붉은 핏방울 같은 열매가 달린 벨라도나와 잡초와 여러 잡동사니는 제거되었다. 모든 것이 정리되고 말쑥하다.

그럼에도 바삭거림, 고양이들과 그들의 사냥감과 은밀한 할퀸 상처의 기저 악취는 이 기만적인 깨끗함 뒤에서 계속되고 있다. 이 풍경의 표면 아래에서 다른, 더 거칠고 더 복잡하게 얽힌 풍경이 솟아오른다.

우리는 개들처럼 냄새를 통해 기억한다.

보도 위로 늘어진 버드나무도 똑같다. 나무들이 자라기는 했지만 나 역시 자랐기 때문에 우리 사이의 간극은 동일하다. 물론 다리 자체는 다르다. 무너져 내리고 썩어 가는 나무다리가 아니라 콘크리트 다리고, 밤에는 가로등이 켜진다. 그렇지만 이것은 같은 다리다.

빛을 담은 오빠의 병이 저 아래 어딘가에 묻혀 있다.

한 해의 이맘때면 해가 빨리 진다. 주위는 조용하고, 아이

388

들 목소리도 들리지 않는다. 그저 까마귀의 단조로운 까옥까옥 소리뿐이고, 그 뒤로 바닷소리처럼 아득한 차 소리가 들린다. 나는 콘크리트 벽에 팔을 기대고, 마른 산호처럼 보이는 헐벗은 나뭇가지들 사이로 아래를 내려다본다. 이곳에서 뛰어내리면 추락보다는 다이빙에 가까울 거라고 생각하곤 했다. 그렇게 죽으면 익사하는 것처럼 부드러울 거라고 생각했다. 그러나 상당히 먼 아래쪽에 던져져 으깨진 호박이 보인다. 사람 머리와 기분 나쁠 정도로 비슷하게 보인다.

협곡에는 전보다 덤불과 나무가 많다. 그 사이에는 식수로 부적합한 맑은 물이 흐르는 시내가 있다. 쓰레기와 녹슨 차 부품과 버려진 타이어가 치워졌다. 이곳은 더 이상 비공식적인 쓰레기장이 아니라 조깅 길이다. 내 아래쪽의 단정하게 자갈 깔린 경주로는 언덕을 타고 올라와 먼 길, 그리고 공동묘지까지 이어진다. 그곳에서 죽은 사람들은 원소 한 알갱이씩 자신을 망각해 가면서 고드름처럼 녹아내려 언덕 아래 강으로 스며들기를 기다린다.

저곳이 내가 물에 빠진 곳이고, 저것이 내가 기어올랐던 시내 기슭이다. 저기가 내가 움직일 의지를 끌어모으지 못하고 눈이 내리는 가운데 서 있던 곳이다. 저기가 내가 그 목소리를 들었던 곳이다.

아무런 목소리도 없었다. 어느 누구도 다리에서 허공을 걸어 내려오지 않았고, 나에게 몸을 숙였던 검은 외투 입은 숙녀도 없었다. 비록 지금도 그녀의 모습이 아주 선명하게 떠오르고, 다리에서 흘러나오는 빛을 배경으로 한 그녀의 후드 달린 윤곽, 외투 안에 보이던 심장의 붉음, 모든 세부가 강렬하게 떠오르지만, 나는 그것이 실제로 일어나지 않았다는 것을 안다. 그곳에는 오직 어둠과 침묵만이 있었다. 어느 누구도, 그 무엇도 없었다.

소리가 들린다. 푸석한 바위에 부딪힌 신발.

돌아갈 시간이다. 시멘트 벽에서 몸을 일으키자 하늘이 옆으로 움직인다.

바로 지금 돌아서면, 그리고 보도를 따라 앞을 바라보면 누군가가 그곳에 서 있으리라는 것을 나는 안다. 처음에는 내 옛날 외투를 입고 푸른 손뜨개 모자를 쓴 나 자신일 거라고 생각한다. 그러나 이내 코딜리어라는 것을 알아차린다. 코딜리어는 오르막길 중간에 서서 어깨 너머로 뒤를 바라보고 있다. 회색 방한 외투를 입었지만, 후드는 뒤로 젖혀졌고, 머리가 드러났다. 이전과 똑같은 녹색 양모 무릎 양말은 발목께까지 흘러내렸고, 갈색 등교용 단화는 앞코가 닳았고, 한쪽 신발 끈은 끊어지고 엉켜 있으며, 노란빛 도는 갈색 앞머리가 눈을 찌를 듯 길게 내려왔고, 눈은 회녹색이다.

날씨가 춥다. 더 추워진다. 싸락눈이 스치며 내리는 소리, 얼음 아래 흐르는 물 소리가 들린다.

나는 코딜리어가 나를 바라보고 있다는 것을 알고 있다. 한쪽으로 기운 입은 희미한 미소를 띠었고, 얼굴은 굳고 반항적이다. 동일한 수치심, 몸의 아픔, 나의 잘못됨, 어색함, 약함에 대한 동일한 깨달음이 몰려온다. 사랑받고자 하는 동일한 소망, 동일한 외로움, 동일한 두려움. 그러나 이러한 것은 더 이상 나 자신의 감정이 아니다. 언제나 그래 왔듯이 그것은 코딜리어에게 속한 것이다.

이제 나는 더 나이 들고, 더 강하다. 더 오래 있으면 코딜리어는 얼어 죽고 말 것이다. 그녀는 잘못된 시간대에 혼자 뒤처질 것이다. 너무 늦을 뻔했다.

나는 코딜리어에게 팔을 뻗치고, 몸을 굽히고, 손을 펴 내게 무기가 없음을 보여 준다. 내가 말한다. "괜찮아, 이제 집에 가도 된단다."

내 눈에 떨어지는 눈송이들이 연기처럼 물러난다.

마침내 내가 돌아서자 코딜리어는 더 이상 그곳에 없다. 붉은 뺨에 모자를 쓰지 않은 중년 여자가 청바지와 두꺼운 흰 스웨터 차림으로 테리어 한 마리를 초록색 목줄에 묶어 데리고 내가 있는 쪽으로 언덕에서 내려오고 있을 뿐이다. 그녀는 나를 스쳐 지나며 예의 바르고 무미건조한 미소를 지어 보인다.

내가 봐야 할 것은 더 이상 없다. 다리는 그냥 다리고, 강은 강이며, 하늘은 하늘이다. 이제 이곳의 풍경은 텅 비었다. 일요일 달리기하는 사람들을 위한 장소. 아니, 빈 것이 아니다. 내가 바라보지 않을 때, 이곳은 그 자체로 가득 차 있다.

75장

나는 기내에 있다. 습한 해안, 엽서에 나오는 산 풍경이 있
는 서쪽을 향해 날아가고 있다. 아니 실려 가고 있다. 앞쪽 창
밖에 해가 붉은색과 자주색, 오렌지색을 살인적이고 상스럽고
그림으로 표현할 수 없는 형상으로 화려하게 드러내면서 저문
다. 뒤쪽에서는 평범한 밤이 조금씩 전개된다. 아래 지상에는
거대하고, 세속적이고, 환각처럼 그럴듯한 대평원이 펼쳐져 있
다. 그곳에는 이미 눈이 흩뿌려져 있고, 꼬불꼬불한 강으로 낙
서가 되어 있다.

나는 창가 자리에 앉아 있다. 옆의 두 자리에는 두 명의 나
이 든 숙녀들, 늙은 여자들이 앉아 있다. 누런 백발의 그들은
손뜨개 카디건을 입고 알이 두꺼운 안경을 끼고 목에 안경 줄
을 걸치고 있다. 말라빠진 입술에는 용감하게도 선명한 붉은

립스틱을 발랐다. 그들은 기내 식탁을 앞으로 내려 차를 마시고, 엉성한 손놀림으로 매끄러운 카드를 가지고 스냅 놀이를 하고, 속임수를 쓰거나 실수를 하면 자갈길 달리는 자동차 소리를 내며 웃는다. 이따금 그들은 힘겹게 안전띠를 풀고 일어나 비행기 뒤쪽으로 가서 담배를 피우거나 화장실 앞에 줄을 선다. 자리에 돌아와서는 젖은 바지에 대한 변명이나 화장지가 동나는 것 등등 화장실 농담을 한다. 그러면서 나를 약삭빠르게 훔쳐본다. 육체라는 겉포장 아래에서 그들이 스스로를 몇 살이라고 생각하는지 궁금해진다. 내가 몇 살이라고 생각하는지 또한. 그들에게는 내가 자기들 어머니뻘로 보일 것이다.

그들은 놀랄 정도로 근심 없어 보인다. 그들은 이 여행을 위해 돈을 모았고, 한 사람은 류머티즘이 있고 다른 사람은 다리가 퉁퉁 부었지만 너무나 즐거운 시간을 보낼 것이다. 그들은 떠들썩하고, 활기가 넘친다. 열세 살짜리처럼 거칠고 순수하고 더러우며, 아무것도 신경 쓰지 않는다. 책임감, 의무, 오래된 미움과 불만 같은 것은 그들에게서 떨어져 나갔다. 이제 잠시 동안 그들은 다시 아이들처럼 놀 수 있다. 그러나 이번에는 고통 없이 놀 수 있다.

내가 그리워하는 것은 이것이란다, 코딜리어. 지나가 버린 것이 아니라 앞으로 결코 일어나지 않을 것. 두 늙은 여자는 차를 마시며 킥킥거린다.

이제 완전한 밤이다. 맑고, 달이 없고, 별로 가득 찬 밤. 별들은 한때 우리가 생각했던 것처럼 영원하지 않고, 우리가 생각했던 곳에 존재하지도 않는다. 그들이 소리라면 수백만 년 전 일어난 것의 메아리일 것이다. 숫자로 만들어진 단어. 공허의 한가운데서 반짝이는, 빛의 메아리.

그것은 오래된 빛이다. 그렇게 풍부하지는 않다. 그러나 선명하게 보기에는 충분하다.

집으로 가는 길

애트우드의 여섯 번째 장편 소설인 『고양이 눈』은 화가 일레인 리슬리의 예술가로서의 성장을 그려낸 예술가 소설(künstlerroman)이다. 변형된 작가의 자아인 일레인의 삶을 그린 자전적 픽션에서 애트우드는 1930년대 말에 소위 문화의 불모지였던 캐나다에서 출생한 여성이 예술가로서 입지를 다져가는 과정을 보여 준다. 그리고 그 과정을 통해 예술적 형상화의 문제, 시간의 문제, 용서와 치유의 문제를 다루고 있다. 제목인 고양이 눈은 유년기 유희의 대상이자, 아무도 보호해 주지 않는 어린 일레인을 지켜 주는 부적이며, 잃어버린 과거를 망각에서 되살려 주어 삶 전체를 보게 만드는 제삼의 눈이고, 잃은 것, 부서진 것들을 되살리고 결합해 주는 통합적 예술의 상징이다.

애트우드는 이전 문학 작품에서 주요하게 다루어지지 않았던 소녀들 간의 갈등을 작품 중심에 놓아 그것을 당대 사회를 들여다보는 렌즈로 사용한다. 여자아이들의 문화에 새롭게 편입된 일레인의 낯선 시선을 통해 친한 친구들 사이의 미세 권력에 투영된 사회의 구조를 탐색한다. 즉 일레인을 희생자로 만드는 소녀들의 잔인성에 스며들어 있는 당시 토론토 백인 중산층 사회의 관습과 교육과 종교와 성차별을 보여 주는 것이다. 애트우드는 『고양이 눈』이 여성들이 남성들보다 도덕적으로 우월하다는 19세기의 관념에 의문을 제기하는 작품이라고 설명한다.(Bouson, 159) 여성들 사이의 갈등과 반목을 부각시킨다는 것을 이유로 『고양이 눈』이 반여성주의적 작품이라고 비판하는 비평가들도 있다.(Greene) 그렇다면 남성들 간의 갈등을 그려 내면 반남성주의가 되는가? 애트우드는 반문한다. 실제로 애트우드는 페미니즘이라는 단어에 유보적 태도를 보이기도 한다. 1981년 어느 인터뷰에서 페미니즘은 너무나 광범위한 단어라서 사실 아무런 의미를 담지 못하며, 때로는 특정 작가들을 편협하게 규정하고 무시해버리는 수단이 된다고 말한다.(Atwood) 여성을 그려 내고 그들의 문제에 관심을 둔다는 면에서 자신을 페미니스트라고 부를 수 있지만, 여성들의 도덕적 우월성이나 그들만의 연대를 주장하는 페미니즘은 거부한다고 주장한다.

곤충학자인 아버지를 따라 숲을 돌아다니는 유목민 같은 삶을 살던 일레인은 토론토에 정착한 이후에야 책 속에서 보던 진짜 여자 친구들을 사귀게 된다. 그리고 곧이어 우정이라는 이름으로 코딜리어가 주도하는 잔인한 조정과 교정에 맞닥뜨리게 된다. 이는 일레인 가족의 생활 방식이 1940-1950년대의 편협하고 가부장적인 토론토 중산층의 행동 양식과 너무나 달랐기 때문이다. 소녀들은 이턴 카탈로그를 오려 붙이고 종이 인형을 갖고 노는 자신들의 사소한 놀이조차 당대 사회의 관습과 규범의 산물이라는 것을 의식하지 못한다. 그리고 일레인의 외모, 행동거지에 대한 지적 또한 당대 문화 속에서 주입된 가치를 휘두르는 행동이다. 그러한 사회적 행동 양식을 처음으로 접한 일레인은 자신이 "여자애들 흉내를 내는" 거라고 느낀다. 이런 사회에서 아버지들과 종교의 신은 눈에 보이지 않지만 가장 큰 힘을 행사할 수 있는 존재다. 열렬한 기독교 신자인 그레이스 어머니는 일레인과 그녀의 가족이 이교도적이라는 이유로 여자아이들의 잔인한 행동을 묵인하고, 코딜리어는 가부장적 아버지에게 인정받지 못한 좌절감을 일레인에게 쏟아붓는다. 셰익스피어의 『리어 왕』에서 코딜리어가 "아무것도 없다.(nothing)"라는 말을 통해 진실을 말하고자 한다면, 『고양이 눈』 속의 코딜리어는 아버지에게 실망스럽고 하찮은 존재로 취급받은 경험을 일레인에게 전가시켜 일레인으로 하여금 "아무것도 아닌 존재(nothing)"로 느끼게 만든다.

비록 고통스러운 관계에 대한 기억을 망각으로 덮어 버리지만, 여자 친구들에게 괴롭힘을 당한 경험은 일레인의 자아 형성과 사회적 관계, 나아가 이후 창작 활동에도 큰 영향을 미친다. 그녀는 자신이 다른 여성들과 분리된 존재라고 생각하고, 관계를 보다 쉽게 맺을 수 있는 남성들과 어울린다. 그러나 조제프, 그리고 존과의 관계에서 볼 수 있듯 그들의 잘못된 여성에 대한 개념 때문에 또 다른 상처를 받는다. 이후 대중에게는 페미니스트 작가로 알려지지만 정작 그녀는 자매애란 자신에게 어려운 개념이라고 고백하고, 1970년대에 제이물결 페미니즘이 사회를 휩쓸고 있을 때 그 안에 합류하지 못하고 자신은 전장으로 향하는 군대를 옆에서 바라보며 겁쟁이처럼 손수건을 흔드는 사람 같다고 느낀다. 이렇게 주저하는 일레인의 모습을 통해 애트우드는 성별에 기반을 둔 단순한 권력 관계 규정에 의문을 표시한다. 고등학생이 되어 다시 만난 일레인과 코딜리어 사이의 관계는 보다 복잡다단하고 미묘한 권력 작동 방식에 대한 애트우드의 인식을 보여 준다. 소녀들 사이의 관계 역학이 변화되면서 이제는 일레인이 코딜리어에게 언어적 폭력을 가하는 역할을 하게 된다. 더 나아가 코딜리어가 완전히 황폐한 상태가 되었을 때 도움을 주지 않고 외면해 버림으로써 관계는 단절된다. 이렇듯 가해자와 희생자의 권력 관계망 속에서 차지하는 위치에 따라 변화되는 상황에서는 그들이 어린 시절 전쟁 중에 생각했던 것처럼 적군과 아군을 단순하게 나눌 수 없다. 일레인이 말하듯 전쟁은 "작은 조각으로 부서지고 산산이 흩어져 모든 곳으로 확산되었"고, "선한 편과 악한 편을 구분하기 거의 불가능하다." 복수의 대상을 단순하게 특정하는 함무라비식 복수는 스티븐의 죽음 같은 무의미한 맹목적 희생만을 야기할 수 있다. 일레인이 뒤늦게 깨닫듯이 "눈에는 눈이라는 원칙은 더 많은 맹목을 초래할 뿐이다."

일레인과 코딜리어는 반목하고 배반하지만, 궁극적으로 보자면 서로를 반영해 주면서 각자를 완성시켜 주는 반쪽이 되는 상보적 관계다. 일레인은 코딜리어 초상화에 「반쪽 얼굴」이라는 제목을 붙임으로써 코딜리어가 자신의 반쪽이었다는 깨달음을 예술적으로 형상화한다. 「반쪽 얼굴」과 반대로 「고양이 눈」이라는 자화상에서는 자신의 현재 얼굴 반쪽만 등장한다. 화면의 나머지는 자신이 볼 수 없는 후면의 거울에 비추인 젊었을 때의 머리 뒤쪽과 유년 시절 친구 세 명으로 채워진다. 실제로 반쪽 얼굴만 그린 자화상에서 나머지 반쪽을 완성시켜 주는 것은 여자 친구들인 것이다. 그래서 일레인은 토론토에 도착하는 순간부터 코딜리어와의 재회를 꿈꾼다. 자신에게 비추어진 코딜리어의 모습을 들려주고, 코딜리어 편에서 바라본 자신의 이야기를 듣기 위해서, 파편화된 자아를 통합시켜 완성해 주기 위해서다.

일레인과 코딜리어가 서로를 반영해 주는 존재, 열쇠를 반씩 받은 쌍둥이 같은 존재라면, 일레인과 스티븐은 일종의 평행선을 그으면서 같지만 다른 궤적을 그리는 우주 쌍둥이 같다. 스티븐은 어둠 속에서 볼 수 있는 방식을 일레인에게 가르쳐 주고, 일레인은 이후 빛을 그려내는 것에 집중한다.("나는 유리와 빛을 반사하는 여러 다른 표면이 자아내는 효과에 매료

된다.""나는 빛을 뿜어내는 대상을 그리고 싶다. 빛을 발하는 평면성.") 일레인이 여자 친구들의 잔인한 장난의 희생자가 되었듯이, 스티븐 역시 맹목적 정의 구현에 나선 이들에 의해 희생된다. 그리고 일레인이 잃어버렸던 시간을 되찾고 파편화된 삶을 통합하려고 노력하듯, 스티븐은 규정하기 힘든 우주를 설명할 통합적 이론을 탐구한다. 스티븐이 일레인에게 끼친 가장 큰 영향은 시간에 대한 인식이다. 시간이 공간과 같은 하나의 차원이라는 것을 스티븐이 알려 준 후, 일레인은 "시간을 형태를 가진 것, 볼 수 있는 무엇, 켜켜이 쌓여 있는 일련의 흐르는 듯한 슬라이드 필름 같은 것으로 생각하게 되었"다고 말한다. 그래서 단선적으로 회고하기보다는, "물속을 헤엄치듯, 시간의 심연을 통과해 가며" 과거의 층들을 가로질러 간다. 과거는 현재의 한 시점에서 환기되는 것이 아니라, 그 당시의 시점으로 재현된다. 그렇기 때문에 현재뿐만 아니라 과거의 모든 일들이 마치 사진 속에 포착된 순간들처럼 현재 시점으로 서술된다. 일레인의 초기 작품들 역시 현재 시제로 복원된 과거와 같다. 기억 속에 존재하지만, 잃어버린 시간 속에 존재하는 사물들이라서 그것들은 모든 맥락에서 절연되어 있으며, 일레인은 그 사물들과 관련된 자신의 영상을 전혀 떠올릴 수 없다. 낡은 여행용 트렁크에서 우연히 고양이 눈 구슬을 통해 기억을 되살리고 나서 그 사물들이 불안하고 조바심에 가득 찼던 유년 시절의 물건들이라는 것을 알게 된다. 그리고 회고전에서 과거 작품들을 통해 자신의 삶 전체를 돌아본 후 그것이 망각 속에 소실된 사물과 삶들을 되살리려는 시도였음을 깨닫는다.

　그러나 예술적 승화가 소멸하는 운명을 지닌 가변적 존재의 영원성을 보장하는 것은 아니다. 예술은 시간의 파괴 작용을 거스르고 유한한 인간에게 일종의 영원을 획득하게 해 주는 것이라는 일반적 인식에 따라 일레인은 그림을 시작하면서 자신의 작품이 어쩌면 레오나르도 다 빈치의 작품처럼 채색 도판으로, 책으로 나오게 될 것이라는 야망을 품는다. 그러나 어머니와의 사별 직후 어머니를 다시 살아나게 하고 시간을 초월한 존재로 승화시키고 싶어 그렸던 그림 「압력솥」에 대해 회고하면서, 세상의 모든 것과 마찬가지로 그 작품은 "시간 속에 흠뻑 잠겨 있다"는 것을 깨닫는다. 예술 작품은 그것이 창조된 시대의 맥락을 벗어날 수 없으며, 시간을 뛰어넘은 불변의 무엇이 될 수 없다는 것이다. 비슷한 맥락에서, 회고전에서 작품 전체를 둘러본 이후 일레인은 초월적이고 영원한 것을 재현하고 있다고 생각했으나 도난과 망각과 화재와 부패와 곰팡이에 작품이 파괴되는 것을 경험했던 오래전 화가들에 자신을 비견한다. 뿐만 아니라 「피코초」, 「세 뮤즈」, 「한쪽 날개」와 같이 "다른 세상에 존재하는 이들"을 기리기 위해 그린 그림들은 그들을 다시 환기시킴과 동시에 그들의 부재를 가리킨다. 한순간을 포착하는 동시에 그 순간이 돌이킬 수 없는 과거 속으로, 죽음의 시간으로 들어갔음을 보여 주는 사진처럼, 일레인의 그림들은 그들의 사라짐과 그로 인한 상실감을 표시하고 있다.

이러한 상실감은 개인적, 사회적 과거에 대해 다루는 이 작품 전체를 관통하면서 이야기를 끌고 나가는 원동력으로 작용한다. 영문학자 얼 잉거솔과의 인터뷰에서 소설을 쓰고자 하는 충동은 과거의 세계, 이제는 존재하지 않는 물질 세계를 재창조하고자 하는 욕망에서 비롯되는 것이며, 그렇기 때문에 항상 비가적 성격을 띠고 있다고 애트우드는 설명한다. 그리고 『고양이 눈』을 통해 자신의 유년 시절에서 사라진 것들에게 문학적 고향을 마련해 주고 싶었노라고 말한다.(122) 당대의 문화사라고 불려도 손색이 없을 만큼 꼼꼼하게 과거를 복원하는 행위는 이제는 없어진 사물들, 사라진 관습, 죽어 간 사람들에 대한 애도인 동시에, 더 이상 존재하지 않는 이 모든 것을 불러 모아 상상적 고향으로 귀환시키려는 시도인 것이다. 상실의 슬픔을 위로하고 고향을 잃은 것들을 집으로 인도해 가는 따스한 손길.

"집"이란 이민자들의 나라인 캐나다의 맥락에서 중요한 함의를 지닌다. 닐 브레스너는 원래의 집을 떠나 새로운 집을 찾는 것이 캐나다 문학에서 반복되어 나타나는 모티프라고 지적한다.(230-31) 집이란 벗어나고 싶은 진부한 곳이기도 하고, 되돌아가고 싶은 향수의 대상이기도 하고, 지향하는 이상적 공간이기도 하다. 1967년에 인종이나 출신 국가보다 개인의 능력과 기술을 중시하도록 캐나다의 이민 정책이 변화하면서 보다 다양한 이민자들이 유입되었고, 1971년에 피에르 트뤼도 총리가 다문화주의를 국가적 정책으로 채택하면서 캐나다는 본격적으로 다변화된 사회로 접어들었다. 영국계와 프랑스계 정착민들의 후예들이 주류였고 이민자들은 그야말로 소수자들이었던 일레인의 어린 시절에도 바네르지 씨와 핀스틴 같은 이주자들이 있고, 고등학교에는 아르메니아 학생, 그리스 학생, 중국 학생 등 다양한 국적과 인종이 모여 있었다. 성인이 된 후에는 헝가리 혁명을 피해서 온 난민인 조제프, 베트남전 징집을 피해 도망 온 미국인들이 있었다. 현재 시점에는 국적을 특정할 수 없는 중동 출신의 난민이 등장하기도 한다. 고등학교에서는 모든 학생이 "차이점을 벗어 버리고" "체크 무늬의 안개" 속에서 통합되는 특이한 경험을 하지만, 사회 전체로 보면 이민자들의 경험은 차별과 배제의 변주다. 핀스틴 부인은 예수를 죽인 사람들이라는 유대계에 대한 편견에 맞닥뜨려야 하고, 바네르지 씨는 캐나다 학계의 공고한 벽을 넘지 못하고 결국 인도로 돌아가게 된다. 무서운 럼리 선생의 제국주의적 가르침은 영국을 선두로 해서 영국계 캐나다인, 프랑스계 캐나다인, 본토 민족들(First Nations)과 식민지 주민들 순서로 이어지는 위계적 질서를 고착화하고, 국가적, 인종적 차별을 정당화한다. 그와 정반대인 스튜어트 선생은 다양한 미술 작업을 통해 아이들에게 다른 문화에 대한 감수성을 길러 준다. 그리고 스튜어트 선생의 이야기에 매료된 일레인은 이곳이 아닌 다른 곳, 다른 집을 찾게 되는 꿈을 품는다.

어떤 의미에서 일레인의 삶은 집을 찾기 위한 하나의 여정이라고 볼 수 있다. 뿐만 아니라 집으로 가는 그녀의 여정은 예술적 행로와 궤를 같이한다. 숲속을 돌아다니며 뿌리 없이 살 때, 읽기 책에 나온 말뚝 울타리와 하얀 커튼이 있는 집은 일레인에게 집에 대한 하나의 이상을 제시해 준다. 그러나 토론토에서 마주친 새로운 집은 책 속의 집과 거리가 멀다. 실망스러운 토론토에서의 삶을 뒤로하고 밴쿠버에 도착했을 때, 그녀는 "집이다. 그러나 내가 돌아갈 수 있는 곳은 아무것도 아닌 곳이다."라고 말하며 밴쿠버를 새로운 집으로 받아들이고 이제까지 집이었던 토론토를 "아무것도 아닌 곳(nowhere)"으로 규정짓는다. 그렇다고 해서 토론토와 완전히 단절된 새로운 삶을 꾸려 갈 수 있는 것은 아니다. 일레인을 계속 따라다니는 코딜리어의 목소리는 일레인을 무의 어두움 속으로 계속 밀어 넣는다. 스티븐이 우주에 관한 통합적 이론을 완성시키기 위해 우주 생성 순간의 과거를 탐구하듯이, 일레인은 과거의 시간으로 돌아가 잊어버린 것과 잃어버린 것을 회복하고 과거와 화해해야 한다. 그런 맥락에서 밴쿠버로 가는 길의 풍경이 유년기 유랑적 삶의 풍경과 비슷하다는 것은 의미심장하다. 새로운 삶을 개척하기 위한 일레인의 미래로의 여정은 과거에 대한 회고, 지난 길을 되돌아가 보는 것과 맞닿아 있는 것이다. 회고전에서 자신의 그림들, 자신이 구축한 시간들을 다시 둘러보는 일레인은 복수를 위해 그렸던 스미스 부인의 눈, "독선적이고 돼지 같고 철사 테 안에서 잘난 체하는 눈"에서 불확실성과 우울과 과도한 의무에 짓눌린 불행한 이의 눈을 발견한다. 스미스 부인 역시 작은 곳에서 도시로 온, 과거의 일레인과 같은 난민이었던 것이다. 이제 스미스 부인의 눈을 통해서 어린 시절의 자신, 부랑아 집시 같았던 자신을 바라볼 수 있는 여유와 성숙함을 갖추게 된다. 밴쿠버에 돌아가는 비행기 안에서 어린아이들과 같은 두 할머니의 천진난만한 우정을 보면서 자신이 궁극적으로 찾고 있었던 것이 갈등과 괴로움 없는 여자 친구와의 관계였음을 알아차린다. 그리고 앞으로 일어나지 않을 미래, 영원히 상실된 코딜리어와의 조우를 애도한다. 더 나이 들고 더 강해지고, 돌아갈 진짜 집이 있는 자신과 달리 코딜리어는 아직 과거의 시간에 갇혀 차가운 협곡에서 여전히 서성거리고 있기 때문이다. 아홉 살 코딜리어의 수치심, 아픔, 외로움, 두려움을 이해한 일레인은 과거의 친구에게 평안을 기원하고 화해의 손길을 내민다. "괜찮아. 이제 집에 가도 된단다."

참고 문헌

Atwood, Margaret. "Margaret Atwood on Women's Fiction." CBC Archives, July 2, 2023. http://www.cbc.ca/player/play/1603901387.

Bouson, Brooks J. Brutal Choreographies: *Oppositional Strategies and Narrative Design in the Novels of Margaret Atwood.* Amherst: The University of Massachusetts Press, 1993.

Bresner, Neil. "Afterword: Homeward Bound?" *Home Words: Discourses of Children's Literature in Canada.* Ed. Mavis Reimer. Waterloo, ON: Wilfrid Laurier University Press, 2008, 225-232.

Green, Gayle. Review of Cat's Eye. *Women's Studies* 18 (1991): 445-55.

Ingersoll, Earl G. "Walzing Again." *Watzing Again: New and Selected Conversations with Margaret Atwood.* Ed. Earl G. Ingersoll. Princeton, NJ: Ontario Review Press, 2006. 119-24.

작가 연보

1939년   마거릿 엘리노어 애트우드, 11월 18일 캐나다 오
타와에서 출생했다.

1940~1945년   오타와에 기반을 두고 있었으나, 곤충학자인 아
버지의 직업 때문에 북부 온타리오와 북부 퀘벡
의 숲을 오랫동안 돌아다니며 살았다. 1945년까
지 북부 온타리오에 위치한 수세인트마리에서 거
주했다.

1946년   토론토로 이사했으나 여름에는 여전히 북부에서
지냈다. 애트우드는 열한 살(6학년)이 돼서야 정
규적으로 학교에 다니기 시작했다.

1952~1957년   리사이드 고등학교에 재학하며 학보 칼럼을 집필
했고, 그림 형제 동화, 추리 소설 시리즈, 캐나다

동물 이야기, 만화책을 비롯한 다양한 책들을 섭렵했다. 여섯 살부터 글을 쓰기 시작했으며, 열여섯 살에 전업 작가가 되기로 결심했다. 여름 캠프 지도 교사로 일했다.

1957~1961년 토론토 대학교의 빅토리아 칼리지에 재학하면서 재이 맥퍼슨과 노스롭 프라이를 사사했다. 대학 문학 잡지에 단편 소설과 시를 발표하고, 대학 연극회의 포스터와 프로그램을 제작했다. 『캐내디언 포럼(The Canadian Forum)』이라는 좌파적 문화-정치 잡지에 첫 시를 발표했고, 보헤미안 엠버시 커피 하우스에서 시 낭독을 시작했다. 1961년에 영문학 전공 및 불문학과 철학 부전공으로 학사 학위를 취득했다. 래드클리프 대학교(이후 하버드 대학교로 병합된다.)에서 수학할 수 있는 우드로 윌슨 장학금을 받았다. 자비 출판한 소책자 시집 『위선적 페르세포네(Double Persoephone)』로 토론토 대학교의 E. J. 프랫 메달을 받았다. 신화와 원형(原型)을 지향하는 이 초기 시들에서 맥퍼슨과 프라이의 영향이 드러난다.

1961~1963년 래드클리프 대학교에서 석사 학위를 받고 하버드 대학교에서 박사 과정을 시작했다.

1963~1964년 토론토로 돌아와 시장 연구 회사에서 일하며, 첫 소설 창작에 착수했다. 1964년 여름에 영국과 프랑스로 첫 여행을 떠났다.

1964~1965년　밴쿠버의 브리티시 컬럼비아 대학교에서 영문학을 가르치면서, 『먹을 수 있는 여자(The Edible Woman)』의 초고를 완성했고, 단편 소설 열네 편과 오십 편 이상의 시를 집필했다. 하버드 대학교로 돌아가서 박사 과정을 계속했으나 논문(「19세기와 20세기의 영국 형이상학적 로맨스에 나타난 자연과 권력(Nature and Power in the English Metaphysical Romance of the Nineteenth and Twenties Centuries」)은 완성하지 못했다.

1966년　시집 『서클 게임(The Circle Game)』을 출간했다.

1967년　『서클 게임』으로 캐나다 총독상을 받고 시인으로서의 명성을 확립했다. 하버드 대학교의 대학원생이었던 미국인 제임스 포크와 결혼 후 몬트리올로 이주해서 조지 윌리엄스 경 대학교(현 컨커디아 대학교)에서 영문학을 가르쳤다.

1968년　에드먼턴주 앨버타로 이사하고, 시집 『그 나라의 동물들(The Animals in that Country)』을 출간했다.

1969년　첫 소설 『먹을 수 있는 여자』 출간. 이 작품에서 시에서 다루어 왔던 여성의 소외라는 주제가 반복된다. 앨버타 대학교에서 문예 창작을 가르쳤다.

1970년　연작 시 『수재너 무디의 일기(The Journals of Susanna Moodie)』와 시집 『지하 세계의 절차(Procedures for Underground)』 출간. 19세기에 영국에서 캐나다로 이주했던 수재너 스틸럭랜드 무디의 글에서 영감을 받아 집필한 『수재너 무디의 일기』에서 인간 경험의 비이성적이고 신화적인 차원을 탐구했다. 영국과 프랑스에서 한 해를 보냈다.

1971년   시집 『권력 정치(Power Politics)』 출간. 개인적 신화를 보다 폭넓은 맥락에서 양성 간의 대결로 변환시켰다. 토론토로 돌아와 요크 대학교의 조교수가 되었다. 1973년까지 하우스 오브 아난시 출판사 이사회의 일원으로 참여했다. 아난시 출판사 출간 서적을 통해 국가주의적 문화 문제에 관심을 표현했다.

1972년   소설 『떠오름(Surfacing)』과 캐나다 문학 이론서인 『생존-캐나다 문학의 주제별 지침서(Survival: A Thematic Guide to Canadian Literature)』 출간. 기술과 자연의 첨예한 대립이 정치적 언어로 표현된 『떠오름』에서는 본질적 여성성의 추구가 표현되었다. 캐나다 문학의 원형적 이미지를 설명한 『생존』은 출판 당시 캐나다 문학에 관한 가장 대담한 책으로 평가되며 큰 반향을 불러일으켰다. 이 책은 지속적으로 애독되었고, 캐나다 문학 및 캐나다인들의 자기 정체성 형성에 지속적으로 영향을 미쳤다. 1973년까지 토론토 대학교의 매시 칼리지에서 입주 작가로 지냈다.

1973년   포크와 이혼하고, 작가 그레임 깁슨과 함께 온타리오주 앨리스턴의 한 농장으로 이사했다. 온타리오주 트렌트 대학교에서 첫 명예박사 학위를 받았다.

1974년　시집 『너는 행복해(You Are Happy)』 출간. 이 시집에는 오디세우스를 키르케의 관점에서 재서술한 시가 포함되어 있다. CBC의 「하녀(The Servant Girl)」 대본을 집필했는데, 이 대본은 1989년 출간된 소설 『그레이스(Alias Grace)』의 소재가 된 그레이스 마크스의 살인 사건을 담고 있다. 《디스 매거진(This Magazine)》의 풍자 만화가로 활동했다.

1976년　『시선집(Selected Poems)』과 소설 『신탁 여인(Lady Oracle)』 출간. 『신탁 여인』은 동화와 고딕 로맨스를 희화화한 작품이다. 딸 엘리너 제스 애트우드 깁슨이 출생했다.

1977년　단편집 『춤추는 소녀들(Dancing Girls)』과 역사서 『반역자들의 시대, 1815~1840(Days of the Rebels: 1815~1840)』 출간. 『춤추는 소녀들』로 토론토시 도서상, 캐나다 서점 협회상, 캐나다 단편 소설 정기 간행물 판매자 상을 받았다. 애트우드 작품에 대한 첫 비평 개론인 『맬러햇 리뷰(Malahat Review)』 애트우드 특집판이 출간되었다.

1978년　시집 『머리 두 개 달린 시(Two-Headed Poems)』와 동화 『나무 위에서(Up in the Tree)』 출간. 『머리 두 개 달린 시』에서는 언어의 이중을 탐구했고, 『나무 위에서』에서는 삽화를 직접 그림으로 써 시각 예술가로서의 면모를 보여 주었다. 첫 번째 책 홍보 여행(프랑스, 아프가니스탄, 인도, 호주)을 떠났고, 가족과 함께 스코틀랜드 장기 체류를 위해 출국했다.

1979년 소설 『인간 이전의 삶(Life Before Man)』 출간. 삼각 관계를 통해 결혼이라는 제도와 삶을 구체적으로 조명했다.

1980년 동화 『애나의 반려동물(Anna's Pet)』 출간. 가족과 함께 토론토로 돌아왔다. 캐나다 작가 노조(Writers' Union of Canada) 부회장으로 선출되었다. 래드클리프 대학교 졸업생 상을 받았다.

1981년 소설 『신체 상해(Bodily Harm)』와 시집 『실제 이야기(True Stories)』 출간. 두 책은 각각 정치적, 사회적 자유라는 주제를 다루고 있으며, 국제 사면 기구(Amnesty International)에서 활동하는 등 시민권 수호에 관심을 보여 온 애트우드의 면모를 잘 드러낸다. 몰슨상과 구겐하임 기금, 캐나다 훈장 훈작사 작위를 받았다. 캐나다 작가 노조 회장 직을 맡았다.

1982년 초창기 페미니즘 비평이 담긴 『두 번째 말-비평 산문집(Second Words: Collected Critical Prose)』 출간. 윌리엄 토이와 함께 새로운 『옥스퍼드 캐나다 영어권 시선집(The New Oxford Books of

Canadian Verse)』 편찬. 웨일스 예술 협의회 국제 작가상을 수상했다.

1983년   『어둠 속의 살인-단편 소설과 산문시(Murder in the Dark: Short Fictions and Prose Poems)』와 『푸른 수염의 알(Bluebeard's Egg)』 출간. 토론토 대학교에서 명예박사 학위를 받았다. 11월에 가족과 함께 영국 노퍽 장기 체류를 위해 출국했다.

1984년   산문 및 시집 『달이 저문 시기(Interlunar)』 출간. 3월부터 5월까지 서베를린에서 체류하다가 여름에 토론토로 돌아왔다. 1986년까지 국제 펜클럽 캐나다 영어권 지부 회장직을 맡아서 문학 검열에 맞섰다.

1985년   『시녀 이야기(The Handmaid's Tale)』 출간. 우파적 단일 신정주의 사회를 배경으로 한 디스토피아 이야기를 통해 국제적, 대중적 명성과 인기를 얻었다. 앨라배마주 터스칼루사의 앨라배마 대학교 문예창작과 방문 학과장직으로 맡았다.

1986년   『시녀 이야기』로 캐나다 총독상, 토론토 예술상, 로스앤젤레스 타임스 픽션상, 이다 누델 인도주의상, 미즈 잡지 올해의 여성상을 받았다.

1987년   국제 펜클럽 원조를 위해 『캐나다 문학 요리책(The Canlit Foodbook)』 편찬. 텔레비전 영화 대본인 『지상 위의 천국(Heaven on Earth)』과 동화 『실종된 크래스의 축제(The Festival of Misse Crass)』

집필. 캐나다 왕립 협회 회원으로 선출되었고, 시드니에 있는 매쿼리 대학교의 입주 작가가 되었다. 『시녀 이야기』로 아서 C. 클라크상 최고 공상과학 소설 부문, 영연방 문학상을 받았고, 부커상과 리츠 헤밍웨이 문학상 후보로 선정되었다.

1988년   가슴 아픈 유년 시절의 기억과 맞닥뜨림으로써 예술가로서의 정체성, 창조성, 시간에 대해 탐구하게 되는 중년의 화가를 그린 소설 『고양이 눈(Cat's Eye)』 출간. YWCA 탁월한 여성상, 환경 저널리즘을 위한 전국 잡지상을 받고, 미국 예술원 및 과학원의 외국 명예 회원으로 추대되었다.

1989년   『고양이 눈』으로 캐나다 베스트셀러 협회 올해의 작가상과 토론토시 도서상, 콜스 올해의 책상 등을 받았으며, 부커상 후보로 선정되었다. 미국 텍사스주 샌 안토니오에 위치한 트리니티 대학교에서 입주 작가로 지냈고, 1991년까지 『고양이 눈』 영화 각본을 집필했다.

1990년   『진짜 이야기』와 동화 『새들을 위하여(For the Birds)』 출간. 『새들을 위하여』는 아이들에게 환경 문제의 심각성을 일깨우고자 하는 의도로 창작되었다. 온타리오 훈장과 하버드 대학교의 100주년 메달을 받았다. 폴커 슐렌도르프가 영화화한 『시녀 이야기』 첫 상영을 위해 베를린 영화제에 참석했다.

1991년	단편집 『황무지에서의 생존 방법(Wilderness Tips)』 출간. 영국 옥스퍼드 대학교에서 캐나다 문학을 주제로 클래런던 강연을 했다.
1992년	단편 「좋은 뼈(Good Bones)」 발표. 『황무지에서의 생존 방법』으로 온타리오 정부로부터 트릴리엄상, 존 휴즈상을 받았고, 작품은 캐나다 정기 간행물 판매자 올해의 책으로 선정되었다. 캐나다 연방 125주년 기념 메달을 받았다.
1993년	독특한 치명적 여성과 여성들 간의 우정을 다룬 소설 『도둑 신부(The Robber Bride)』 출간. 이 소설로 캐나다 작가 협회 선정 올해의 소설상을 받았다.
1994년	단편집 『좋은 뼈와 단순한 살인(Good Bones and Simple Murders)』 출간. 『도둑 신부』로 트릴리엄상, 캐나다와 카리브해 지역 영연방상, 선데이 타임스상을 받았다. 프랑스 정부로부터 문화 예술 공로 훈장 기사장을 받았다.
1995년	1991년에 옥스퍼드 대학교에서 했던 강연을 바탕으로 쓴 캐나다 문학 개설서 『기이한 것들-캐나다 문학에 나타난 사악한 북방(Strange Things: The Malevolent North in Canadian Literature)』과 시집 『타버린 집의 아침(Morning in the Burned House)』, 동화 『프루넬라 공주와 보라색 땅콩(Princess Prunella and the Purple Peanut)』을 출간

했다. 『기이한 것들』을 통해서 캐나다의 북부, 신비로운 황야가 여전히 애트우드의 상상력에 큰 자리를 차지하고 있음을 보여 주었다. 『타버린 집의 아침』으로 트릴리엄상을 받았다. 로버트 위버와 『새로운 옥스퍼드 캐나다 영어권 단편집(The New Oxford Book of Canadian Short Stories in English)』을 편찬했다. 스웨덴 유머 협회로부터 국제 해학적 작가상을 받았다.

1996년   『그레이스』 출간. 19세기 중반 캐나다에서 살인자로 악명이 높았던 그레이스 마크스를 다룬 이 작품에서 애트우드는 진실을 말하는 것과 그것을 표현하는 것을 문제시했고, 또한 권력과 문화, 그리고 정체성에 관한 애트우드의 오랜 철학적, 정치적 견해를 드러냈다. 이 작품으로 길러 상을 받았다. 노르웨이 문학적 공로 훈장을 받았다. 단편 「래브라도의 대실패(The Labrador Fiasco)」를 발표했다.

1997년   『수재너 무디』의 일기가 찰스 파처의 삽화와 함께 재출간. 『조용한 게임과 다른 초기 작품들(A Quiet Game: And Other Early Works)』, 『그레이스』를 집필하기 위한 자료 조사 과정에서 발견한 것과 놓친 것, 그리고 그것이 작품 창작에 어떤 영향을 미쳤는지 설명한 『그레이스를 찾아서(In Search of Alias Grace)』 출간. 쿠바 작가 연합을 위하여 그레임 깁슨과 함께 캐나다 단편집 『겨울로부터(Desde El Invierno)』 편찬. 『그레이스』로 프레미오 몬델로상을 받았다.

1998년   『불 먹기-시선집 1965-1995(Eating Fire: Selected Poetry 1965-1995)』 출간. 오타와 대학교에서 명예박사 학위를 받았다.

1999년   런던 문학상을 받았다.

2000년   소설 『눈먼 암살자(The Blind Assassin)』 출간. 이 작품으로 부커 상을 받았다. 20세기 초중반의 국가적, 개인적 역사를 다층적 서술을 통해 보여 준다. 다양한 목소리, 관점, 플롯 라인을 능숙하게 짜 내서 비평가와 일반 대중에게 큰 찬사를 받았다. 케임브리지 대학교에서 엠슨 강연을 했고, 코펜하겐에서 포울 루더스가 감독한 「시녀 이야기」 오페라 초연에 참석했다.

2001년   『눈먼 암살자』로 국제 추리 작가 협회 북미 지회가 수여하는 해멋상, 캐나다 서적상 협회 독자들의 선택상을 받았고, 오렌지상 후보로 지명되었다. 케임브리지 대학교와 수 생트 마리에 위치한 앨고머 유니버시티 칼리지에서 각각 명예박사 학위를 받았다. 소설가로서 최초로 캐나다 명성의 길에 자리를 받았다.

2002년   2000년 케임브리지 대학교에서 한 엠슨 강연을 바탕으로 쓴 『죽은 자들과의 타협-작가가 쓰는 창작론(Negotiating with the Dead: A Writer on Writing)』을 출간했다.

2003년 과학 기술의 오용과 기업 및 사회 윤리의 소실로 인류가 거의 소멸에 이르게 된 상황을 그린 디스토피아적 소설 『오릭스와 크레이크(Oryx and Crake)』와 동화 『무례한 램지와 고함치는 무(Rude Ramsay and the Roaring Radishes)』 출간. 「시녀 이야기」 오페라 런던 초연에 참석했다. 『오릭스와 크레이크』로 부커 상, 캐나다 총독상, 오렌지상의 후보에 올랐다.

2004년 산문집 『병(Bottle)』과 『움직이는 표적-의도적 글쓰기, 1982~2004(Moving Targets: Writing with Intent, 1982~2004)』, 동화 『수줍은 봅과 침울한 도린다(Bashful Bob and Doleful Dorinda)』 출간. 「시녀 이야기」 오페라가 토론토에서 초연되었다. 하버드 대학교에서 명예박사 학위를 받았다.

2005년 트로이의 전쟁 영웅 오디세이 이야기를 그의 부인인 페넬로페의 관점에서 새롭게 쓴 소설 『페넬로피아드(The Penenlopiad)』와 산문집 『기이한 탐구-우발적으로 쓴 글, 1970~2005(Curious Pursuits: Occasional Writing, 1970~2005)』 출간. 파리의 누벨소르본 대학교에서 명예박사 학위를 받았다. 부커 국제상의 후보에 올랐고, 에딘버러 국제 도서 축제 계몽상, 시카고 트리뷴 문학상을 받았다.

2006년	단편집 『텐트(The Tent)』와 『도덕적 혼란(Moral Disorder)』을 출간했다.
2007년	시집 『문(The Door)』 출간. 부커 국제상의 후보에 올랐다. 『문』으로 캐나다 총독상 후보에 올랐다. 『페넬로피아드』 연극을 위한 극본을 집필했다.
2008년	CBC 라디오에서 돈과 빚에 대한 주제로 했던 매시 강연의 내용을 바탕으로 『돈을 다시 생각한다 (Payback: Debt and the Shadow Side of Wealth)』를 출간했다.
2009년	『오릭스와 크레이크』의 연작 『홍수의 해(The Year of the Flood)』 출간. 온타리오 아트 앤드 디자인 칼리지에서 명예박사 학위를 받았다.
2010년	세계 경제 포럼의 크리스털 상, 넬리 작스 상을 수상하고, 바드 대학교에서 명예박사 학위를 받았다.
2011년	오랜 시간 공상 과학 소설과 사변 소설 간의 논쟁을 설명하고 자신의 입장을 밝힌 산문집 『나는 왜 SF를 쓰는가(In Other Worlds: SF and the Human Imagination)』와 동화 『떠도는 웬다와 과부 왈롭의 지하 세탁장(Wandering Wenda and Widow Wallop's Wunderground Washery)』 발표. 아일랜드 국립 대학교에서 명예박사 학위를 받았다.
2012년	라이어슨 대학교(현 토론토 메트로폴리탄 대학교)에서 명예박사 학위를 받았다.

2013년	『오릭스와 크레이크』, 『홍수의 해』를 마무리 짓는 『미친 아담(MaddAddam)』 출간. 인류의 지속 가능성을 묻는 이 삼부작을 통해 궁극적으로 최악의 상황에 이르렀을 때 생존 조건은 무엇인지, 인간됨을 규정할 수 있는 조건이 무엇인지 탐구한다. 국립 아테네 대학교에서 명예박사 학위를 받았다.
2014년	단편 소설집 『돌 매트리스(Stone Mattress)』 출간.
2015년	소설 『심장은 마지막 순간에(The Heart Goes Last)』 출간. 안정적 거주 환경을 보장받는 대신 육 개월을 감옥에서 보내야 하는 조건을 받아들인 부부에게 일어나는 디스토피아적 상황을 재치 있고 유머러스하게 그려 냈다.
2016년	셰익스피어의 폭풍우를 바탕으로 한 소설 『마녀의 씨(Hag-Seed)』 발표. 셰익스피어 사망 400주년을 맞아 호가스 출판사에서 기획한 호가스 셰익스피어 시리즈 중 한 권이다. 그래픽노블 『천사 캣버드(Angel Catbird)』를 출간했다.
2017년	그래픽노블 『천사 캣버드』 2, 3권 출간. 이 책으로 오로라상을 받았다. 마드리드의 아우토노마 대학교에서 명예박사 학위를 받았다. 아이반 샌드로프 평생 공로상, 세인트루이스 문학상, 칼 샌드버그 문학상, 평화상, 프란츠 카프카 국제 문학상, PEN 미국 센터 평생 공로상, 레이먼드 챈들러상

을 수상했다.

2018년   그래픽노블 『전쟁 곰들(War Bears)』 1-3권 출간. 아카데미 이사회상과 유니버시티 칼리지 더블린의 율리시스 메달을 받았다.

2019년   『시녀 이야기』의 후속작인 『증언들(The Testaments)』 출간. 이 책으로 버나딘 에바리스토와 공동으로 부커 상을 받았다. 출간 직후 런던에서 책 홍보 여행을 하던 중, 애트우드의 평생 동반자였던 그레임 깁슨이 뇌출혈로 런던에서 사망했다. 버크 메달, 글래머 잡지 평생 공로상, 론 피어스 메달, 커트 라스비츠상, 에머슨-소로 메달을 받았다.

2020년   사별의 슬픔, 삶과 죽음에 대한 소회를 담은 시집 『진정으로(Dearly)』 출간. 스타일리스트 아이콘상, 캘리포니아 대학교 산타 크루즈 재단 메달, 영국 학술원 회장 메달을 받았다.

2021년   라테스 그린자네상, 종교로부터의 자유 재단상, 인종 차별에 대항한 예술가 인도주의상, 히천스상, 독일 연방국 십자훈장을 받았다. 캐나다 우정사업본부에서 애트우드 기념우표를 발행했다.

2022년   산문집 『타오르는 질문들(Burning Questions: Essays an Occasional Pieces 2004~2021)』 출간. 포르토 대학교에서 명예 학위를 받았다. 더글러스 핌롯상, 오라이온 배리 로페즈 문학과 환경 업적상을 받았다.

2023년 『도덕적 혼란』에 이어지는 티그와 넬의 이야기들, 그리고 팬데믹 기간에 창작한 단편들을 수록한 단편 소설집 『숲속의 늙은 아이들(Old Babes in the Wood)』 출간. 아메리칸 컬리지 오브 그리스에서 명예박사 학위를 받았다. 회고록을 저술하는 중이라고 밝혔다.

세계문학전집 **425**

고양이 눈 2

1판 1쇄 펴냄 2007년 12월 28일
2판 1쇄 펴냄 2010년 3월 12일
3판 1쇄 찍음 2023년 10월 13일
3판 1쇄 펴냄 2023년 10월 20일

지은이   마거릿 애트우드
옮긴이   차은정
발행인   박근섭, 박상준
펴낸곳   (주)민음사

출판등록   1966. 5. 19. (제 16-490호)
서울특별시 강남구 도산대로1길 62(신사동) 강남출판문화센터 5층 (우편번호 06027)
대표전화 02-515-2000   팩시밀리 02-515-2007
www.minumsa.com

ISBN 978-89-374-6425-6 04800
ISBN 978-89-374-6000-5 (세트)

* 잘못 만들어진 책은 구입처에서 교환해 드립니다.

세계문학전집 목록

세계문학전집은 계속 간행됩니다.